D1728538

Deborah Crombie

UND RUHE
IN FRIEDEN

Deborah Crombie

UND RUHE
IN FRIEDEN

Roman

Aus dem Amerikanischen von
Mechtild Sandberg-Ciletti

Bechtermünz Verlag

Die Originalausgabe erschien 1995 unter dem Titel
»Leave the Grave Green«
bei Charles Scribner's Sons, New York

Genehmigte Lizenzausgabe für
Weltbild Verlag GmbH, Augsburg 1999
Copyright © der Originalausgabe 1995 bei Deborah Darden Crombie
Copyright © der deutschsprachigen Ausgabe 1995
beim Wilhelm Goldmann Verlag in der Verlagsgruppe
Bertelsmann GmbH, München
Übersetzung: Mechtild Sandberg-Ciletti
Einbandgestaltung: Georg Lehmacher, Friedberg (Bay.)
Umschlagmotiv: Mauritius/Thonig, Mittenwald
Gesamtherstellung: Clausen & Bosse, Leck
Printed in Germany
ISBN 3-8289-6658-6

Für meinen Vater,
dessen Kreativität und Lebensfreude
mich stets aufs neue inspirieren

PROLOG

»Gib acht, daß du nicht ausrutschst!« Mit ängstlich besorgtem Gesicht strich Julia die feinen Strähnen dunklen Haars zurück, die sich aus ihrem Pferdeschwanz gelöst hatten. Die Luft war schwül und schwer, so dicht wie Watte. Feuchtigkeit glänzte auf ihrer Haut, und von den Bäumen tropfte es auf den durchnäßten Boden unter ihren Füßen. »Wir kommen bestimmt zu spät zum Tee, Matty. Und du weißt, was Vater sagt, wenn du nicht rechtzeitig zum Üben mit deinen Hausaufgaben fertig wirst.«

»Ach, hör doch auf, Julia«, entgegnete Matthew, ein Jahr jünger als seine Schwester, blond und stämmig. Er hatte die schmale, dunkle Julia im Lauf des letzten Jahres körperlich überflügelt, und das hatte ihn noch selbstherrlicher gemacht. »Du bist eine richtige alte Glucke. ›Matty, gibt acht …‹, Matty, paß auf …‹«, äffte er sie spöttisch nach. »Als könnte ich mir noch nicht mal selbst die Nase putzen.« Die Arme in Schulterhöhe ausgebreitet, balancierte er auf einem umgefallenen Baumstamm am Ufer des angeschwollenen Bachs. Seine Schultasche lag achtlos hingeworfen im Schmutz.

Die eigenen Bücher fest an ihre Brust gedrückt, wippte Julia ungeduldig auf den Fußballen. Geschieht ihm ganz recht, wenn Vater ihn ausschimpft. Aber das Gewitter, selbst wenn es heftig war, würde sich rasch verziehen und alles wieder seinen normalen Gang gehen – wobei ›normal‹ bedeutete, daß sich alle benahmen, ›als ginge mit Matthew die Sonne auf und unter‹, wie Plummy zu sagen pflegte, wenn sie besonders verärgert über ihn war.

Mit einer kleinen Grimasse stellte Julia sich vor, was Plummy sagen würde, wenn sie seine schmutzige Schultasche und die verdreckten Stiefel sah. Aber ganz gleich, ihm wurde immer alles verziehen; Matthew nämlich besaß eine Gabe, die ihre Eltern über alles schätzten. Er konnte singen.

Er sang mühelos, leicht wie ein Hauch lösten sich die klaren reinen Soprantöne von seinen Lippen. Und beim Singen verwandelte er sich. Der tolpatschige Zwölfjährige mit den Zahnlücken schien sich zu verklären, wenn er sich voll ernster Anmut auf seinen Gesang konzentrierte. Sie pflegten sich nach dem Tee im Wohnzimmer zu versammeln, wo ihr Vater geduldig mit Matthew die Feinheiten der Bachkantate übte, die er zu Weihnachten mit dem Chor singen sollte, während ihre Mutter laut und häufig unterbrach, um Kritik oder Lob anzubringen. Julia schien es, als gehörten diese drei einer verzauberten kleinen Welt an, zu der ihr aufgrund eines Versehens bei ihrer Geburt oder einer unerklärlichen Laune Gottes der Zutritt auf immer verwehrt bleiben würde.

Die Kinder hatten am Nachmittag ihren Bus verpaßt. Julia hatte in der Hoffnung auf ein Gespräch mit ihrer Zeichenlehrerin zu lange gewartet. Vollbeladen war der Bus an ihnen vorbeigerumpelt und hatte dunkle Schlammspritzer auf ihre Beine geschleudert. Sie mußten zu Fuß nach Hause gehen, und auf dem Weg quer über die Felder wurden ihre Schuhe so schwer vom Lehm, daß sie Mühe hatten, die Füße zu heben, und sie sich fühlten wie Besucher von einem leichteren Planeten. Als sie den Wald erreichten, faßte Matthew Julia bei der Hand und zog sie rutschend und schlitternd durch die Bäume den Hang hinunter zum Bach in der Nähe ihres Hauses.

Fröstelnd blickte Julia auf. Der Tag hatte sich merklich verdunkelt, und sie fürchtete, auch wenn jetzt im November die Tage deutlich kürzer waren, das würde neuen Regen bedeuten. Seit Wochen gab es jeden Tag schwere Regenfälle. Scherze über die vierzig Tage und die vierzig Nächte hatten sich längst totgelaufen; jetzt folgte auf die Blicke zum düsteren Himmel nur noch schweigendes und resigniertes Kopfschütteln. Hier, in den Kreidehügeln nördlich der Themse, sickerte das Wasser unablässig aus dem durchtränkten Boden in die bereits überlasteten Flüsse und Bäche.

Matty hatte seinen Seiltänzerakt auf dem umgestürzten Baumstamm beendet; er hockte jetzt am Bachufer und stocherte mit einem Stock im Wasser herum. Der Wasserlauf, bei normalem Wetter ein trockener Graben, war jetzt bis zu den Uferböschungen gefüllt, das brodelnde Wasser so trübe wie milchiger Tee.

Julia, die immer ärgerlicher wurde, sagte: »Komm jetzt endlich, Matty. Bitte!« Ihr Magen knurrte. »Ich hab Hunger. Und kalt ist mir auch.« Sie drückte ihre Bücher fester an ihre Brust. »Wenn du nicht kommst, geh ich ohne dich.«

»Schau mal, Julia!« Unbeeindruckt von ihrem Drängen, wies er mit dem Stock aufs Wasser. »Da hat sich was im Wasser verfangen, gleich unter der Oberfläche. Eine tote Katze vielleicht?« Er drehte sich nach ihr um und grinste.

»Sei nicht so eklig, Matty.« Sie wußte, daß ihr pingeliger, scharfer Ton ihn in seiner Necklust nur bestärken würde, aber es war ihr inzwischen egal. »Ich geh wirklich ohne dich.« Als sie sich zornig abwandte, spürte sie, wie sich ihr Magen unwillig zusammenzog. »Ehrlich, Matty, ich hab keine Lust —«

Das aufspritzende Wasser klatschte ihr an die Beine, gerade als sie herumwirbelte. »Matty! Sei nicht so —«

Er war in den Bach gefallen, lag mit Armen und Beinen strampelnd rücklings im Wasser. »Das ist vielleicht kalt«, rief er mit verblüfftem Gesicht. Lachend robbte er auf das Ufer zu und schüttelte sich dabei das Wasser aus den Augen.

Julia sah, wie sein Lachen erlosch. Wie seine Augen sich weiteten, sein Mund sich mit einem Ausdruck des Schreckens öffnete.

»Matty –«

Die Strömung erfaßte ihn und riß ihn fort. »Julia, ich kann nicht –« Wasser überschwemmte sein Gesicht und füllte seinen Mund.

Stolpernd rannte sie am Ufer entlang und rief seinen Namen. Es begann zu regnen. Große Tropfen schlugen ihr ins Gesicht und nahmen ihr die Sicht. Sie blieb mit dem Fuß an einem Stein hängen und stürzte. Sie rappelte sich hoch und rannte weiter, den Schmerz an ihrem Schienbein kaum wahrnehmend.

»Matty! Oh, Matty! Bitte!« Die immer selben Worte wurden zur Beschwörung. Durch das schlammige Wasser konnte sie das Blau seiner Schuluniform sehen und den hellen Fleck seines Haars.

An der Stelle, wo der Bach breiter wurde und sich von ihr abwandte, fiel das Gelände jäh ab. Julia schlitterte den Hang hinunter und hielt an. Auf der anderen Seite hing eine alte Eiche über den Bach, ihre starken Wurzeln freigelegt vom Wasser, das das Ufer unterhöhlt hatte. Hier hing Matthew fest, unter den Wurzeln eingeklemmt wie von einer Riesenhand.

»Oh, Matty!« schrie sie, lauter jetzt und voller Angst. Sie watete ins Wasser, und warmes, salziges Blut sickerte in ihren Mund, als sie sich die Unterlippe aufbiß. Die Kälte war ein Schock, betäubte ihre Beine. Sie zwang sich weiterzugehen. Das Wasser wirbelte um ihre Knie, riß an ihrem Rock. Es erreichte ihre Taille, dann ihre Brust. Sie schnappte nach Luft, als die Kälte sie einschloß. Ihre Lunge schien wie gelähmt von der Kälte, unfähig, sich auszudehnen.

Die Strömung riß an ihr, zerrte an ihrem Rock, drohte ihre Füße von den bemoosten Steinen zu stoßen. Die Arme ausgebreitet, um die Balance zu halten, schob sie vorsichtig ihren rechten Fuß vorwärts. Nichts. Sie tastete nach der einen Seite, dann nach der anderen, auf der Suche nach Grund. Noch immer nichts.

Kälte und Anstrengung raubten ihr schnell die Kraft. Sie atmete mit zitternden, keuchenden Stößen, und die Strömung schien fester zuzupacken. Sie blickte bachauf und bachab, sah keinen Weg, zur anderen Seite zu kommen. Aber das hätte sowieso nicht geholfen – von dem steilen Ufer aus hätte sie ihn niemals erreichen können.

Sie begann leise zu jammern. Sie streckte ihre Arme nach Matty aus, aber er war viel zu weit weg, und sie hatte zu große Angst, um der Strömung zu trotzen. Hilfe. Sie mußte Hilfe holen.

Sie spürte, wie das Wasser sie hochhob und vorwärtsriß, als sie sich herumdrehte, aber sie stolperte weiter, stemmte ihre Absätze und Zehen in die Steine, um Halt zu finden. Die Strömung ließ nach, und sie kletterte aus dem Wasser. Von einer Welle der Erschöpfung überschwemmt, blieb sie einen Moment am schlammigen Ufer stehen. Noch einmal sah sie zu Matty hinüber, sah seine Beine, die sich seitwärts in der Strömung drehten. Dann rannte sie los.

Das Haus hob sich aus dem Dunkel der Bäume, seine weißen Kalksteinmauern schimmerten geisterhaft im frühen Zwielicht. Ohne zu überlegen rannte Julia an der Haustür vorbei, um das Haus herum, zur Küche, wo Wärme und Geborgenheit warteten. Keuchend vom steilen Anstieg den Hügel hinauf, rieb sie sich das Gesicht, das von Regen und Tränen naß war. Sie hörte ihren eigenen Atem, das Quietschen ihrer

Schuhe bei jedem Schritt und spürte das Kratzen der dicken feuchten Wolle ihres Rocks an ihren Oberschenkeln.

Sie riß die Tür zur Küche auf, stürzte hinein, blieb stehen. Wasser sammelte sich auf den Fliesen zu ihren Füßen. Plummy, die mit einem Holzlöffel in der Hand am Herd stand, das dunkle Haar zerzaust wie immer, wenn sie kochte, fuhr herum. »Julia! Wo seid ihr so lange geblieben? Was wird eure Mutter sagen —?« Sie brach plötzlich ab. »Julia, Kind, du blutest ja. Ist etwas passiert?« Sie warf den Holzlöffel weg und eilte voller Besorgnis auf Julia zu.

Julia roch Äpfel, Zimt, sah den Mehlfleck auf Plummys Busen, registrierte automatisch, daß Plummy dabei war, einen Apfelkuchen zu backen, Mattys Lieblingskuchen. Sie spürte, wie Plummy mit beiden Händen ihre Schultern umfaßte, sah durch Tränenschleier das gütige und vertraute Gesicht, das sich ihr näherte.

»Julia, was ist passiert? Was ist los? Wo ist Matty?«

Plummys Stimme klang atemlos vor plötzlicher Angst, doch immer noch stand Julia stumm und starr, mit zugeschnürter Kehle, unfähig, ein Wort hervorzubringen.

Behutsam streichelte Plummy ihr Gesicht. »Julia. Was ist mit deiner Lippe? Was ist passiert?«

Sie begann zu schluchzen, so heftig, daß es weh tat. Sie drückte ihre Arme fest auf ihre Brust, um den Schmerz zu lindern. Ein losgelöster Gedanke schoß ihr durch den Kopf — sie konnte sich nicht erinnern, ihre Bücher weggeworfen zu haben. Matty. Wo hatte Matty seine Bücher gelassen?

»Schätzchen, sag es mir. Was ist passiert?«

Sie lag jetzt in Plummys Armen, ihr Gesicht an der weichen Brust. Als wäre plötzlich ein Damm gebrochen, brachen die Worte aus ihr hervor. »Matty! Oh, Plummy, Matty ist in den Bach gefallen. Er ist ertrunken.«

Vom Zugfenster aus konnte Duncan Kincaid die Haufen von Gerümpel in den Gärten und auf Gemeindeland sehen. Altes Bauholz, abgebrochene Zweige und Äste, zusammengedrückte Kartons, gelegentlich ein ausrangiertes Möbelstück – alles, was irgendwie zu schleppen war, mußte als Nahrung für die Freudenfeuer des Guy-Fawkes-Tages herhalten. Ohne viel Erfolg wischte er mit seinem Jackenärmel über die schmutzige Fensterscheibe, um sich einen besseren Blick auf ein besonders eindrucksvolles Monument britischen Übermuts zu verschaffen, dann lehnte er sich seufzend wieder zurück. Der feine Nieselregen draußen reduzierte in Verbindung mit den Reinlichkeitsnormen der British Rail die Sichtweite auf wenige hundert Meter.

Der Zug fuhr langsamer, als er sich High Wycombe näherte. Kincaid stand auf und streckte sich, dann nahm er seinen Mantel und seine Reisetasche aus dem Gepäcknetz. Er war direkt vom Yard aus zum Bahnhof gefahren, hatte nur die Reisetasche mitgenommen, die stets gepackt in seinem Büro stand und das Nötigste enthielt – ein sauberes Hemd, Toilettensachen, einen Rasierapparat, was man eben für den Fall eines unerwarteten Rufs brauchte. Dabei wäre ihm praktisch jeder andere Auftrag angenehmer gewesen als gerade dieser, eine mehr oder weniger persönliche Bitte des *Assistant Commissioner*, einem alten Schulkameraden in einer heiklen Situation unter die Arme zu greifen. Kincaid schnitt eine Grimasse. Dann schon lieber eine unbekannte Leiche im Straßengraben.

Er schwankte, als der Zug ruckend zum Stillstand kam, und beugte sich zum Fenster vor, um auf dem Parkplatz nach dem Empfangskomitee Ausschau zu halten, das man ihm geschickt hatte. Der Streifenwagen, selbst im dichter werdenden Regen deutlich zu erkennen, stand mit eingeschalteten Parklichtern nahe am Bahnsteig.

»Jack Makepeace. Sergeant, sollte ich sagen. Kriminalpolizei Thames Valley.« Makepeace lächelte und zeigte gelblich verfärbte Zähne unter dem borstigen blonden Schnurrbart. »Freut mich, Sie kennenzulernen, Sir.« Er drückte Kincaid mit kräftiger Pranke die Hand, dann nahm er Kincaids Reisetasche und schwang sie in den Kofferraum. »Steigen Sie ein, wir können auf der Fahrt reden.«

Im Auto roch es nach kaltem Zigarettenrauch und feuchter Wolle. Kincaid öffnete sein Fenster einen Spalt und setzte sich ein wenig schräg, so daß er den Sergeant sehen konnte. Ein Haarkranz von derselben Farbe wie der Schnurrbart, Sommersprossen, die Gesicht und glänzende Glatze sprenkelten, eine kräftige, vermutlich von einem Bruch deformierte Nase – insgesamt nicht gerade ein einnehmendes Gesicht, doch die hellblauen Augen wirkten scharfsichtig, und die Stimme war unerwartet sanft für einen Mann seiner Wuchtigkeit.

Makepeace steuerte den Wagen sicher auf den regennassen Straßen nach Südwesten, bis sie die M 40 überquerten und die letzten Reihenhäuser hinter sich ließen. Dann warf er Kincaid einen Blick zu, bereit, einen Teil seiner Aufmerksamkeit von der Straße abzuwenden.

»Also dann, erzählen Sie mal«, sagte Kincaid.

»Was wissen Sie schon?«

»Nicht viel. Mir wäre es am liebsten, Sie fangen ganz von vorn an, wenn Ihnen das nichts ausmacht.«

Makepeace sah ihn an, öffnete den Mund, als wolle er eine Frage stellen, schloß ihn dann wieder. Nach einer kleinen Pause sagte er: »Okay. Als der Schleusenwärter von Hambleden, ein gewisser Perry Smith, heute morgen bei Tagesanbruch das Schleusentor öffnete, um die Kammer für ein Boot zu füllen, das schon in aller Frühe unterwegs war, hat's plötzlich eine Leiche durch das Tor hereingespült. Er hat natürlich einen Riesenschrecken gekriegt, wie Sie sich vorstellen können. Er hat sofort in Marlow angerufen – die haben einen Streifenwagen und den Notarzt geschickt.« Er hielt inne, als er vor einer Kreuzung herunterschaltete, und konzentrierte sich dann darauf, einen uralten Morris Minor zu überholen, der den Hang hinaufkeuchte. »Sie haben den Toten rausgefischt, und als sich zeigte, daß der arme Kerl nicht mehr zu retten war, haben sie uns angerufen.«

Die Scheibenwischer krochen quietschend über trockenes Glas, und Kincaid sah, daß es nicht mehr regnete. Frisch gepflügte Felder stiegen zu beiden Seiten der schmalen Straße an. Die nackte Erde hatte eine blaßbraune Färbung, von der sich die futtersuchenden Saatkrähen wie schwarze Sprenkel abhoben. Weiter im Westen krönte eine Gruppe von Buchen einen Hügel.

»Wie haben Sie ihn identifiziert?«

»Er hatte seine Brieftasche in der Hüfttasche seiner Hose. Connor Swann, fünfunddreißig Jahre alt, braunes Haar, blaue Augen, Größe ungefähr einsachtzig, Gewicht etwa fünfundsiebzig Kilo. Wohnhaft in Henley, nur ein paar Meilen flußaufwärts.«

»Na, das klingt doch simpel genug. Damit hätten Sie doch bestimmt auch allein fertigwerden können«, sagte Kincaid, ohne sich zu bemühen, seine Verärgerung zu verbergen. Eine reizende Aussicht, seinen Freitagabend damit zu verbringen, in den Chiltern Hills herumzustapfen, anstatt den Arbeitstag mit

Gemma zusammen bei einem gemütlichen Glas Bier im Pub in der Wilfred Street zu beschließen. »Er trinkt ein Glas zuviel, macht einen Spaziergang auf dem Schleusentor und fällt rein. Fertig ist der Lack.«

Makepeace schüttelte den Kopf. »Das ist noch nicht die ganze Geschichte, Mr. Kincaid. Er hatte nämlich auf beiden Seiten seines Hales ein paar deutliche Druckstellen.« Er hob einen Moment beide Hände vom Lenkrad, um seine Worte zu veranschaulichen. »Sieht aus, als sei er erwürgt worden, Mr. Kincaid.«

Kincaid zuckte die Achseln. »Tja, das ist wahrscheinlich eine ganz vernünftige Vermutung. Aber ich verstehe immer noch nicht, weshalb da gleich Scotland Yard zugezogen werden muß.«

»Es geht nicht um das *Wie*, Mr. Kincaid, sondern um das *Wer*. Der verstorbene Mr. Swann war nämlich der Schwiegersohn von Sir Gerald Asherton, dem Dirigenten, und Dame Caroline Stowe, die, soviel ich weiß, eine ziemlich bekannte Sängerin ist.«

Angesichts Kincaids verständnisloser Miene fügte er hinzu: »Sie sind wohl kein Opernfan, Mr. Kincaid?«

»Sind Sie einer?« fragte Kincaid, der seine Überraschung nicht unterdrücken konnte, obwohl er wußte, daß er nicht vom Äußeren des Mannes auf seine Vorlieben hätte schließen sollen.

»Ich hab ein paar Platten und ich schau mir immer die Opern im Fernsehen an, aber in einer Liveaufführung war ich noch nie.«

Die weiten, sanft ansteigenden Felder waren dicht bewaldeten Hügeln gewichen, und nun, als die Straße aufwärts führte, rückten die Bäume immer näher.

»Wir kommen jetzt in die Chiltern Hills«, bemerkte Makepeace. »Sir Gerald und Dame Caroline wohnen nicht weit von hier, in der Nähe von Fingest.« Er zog den Wagen um eine

Haarnadelkurve herum, und dann rollten sie, von einem Bach begleitet, wieder abwärts. »Wir haben Sie übrigens im Pub in Fingest untergebracht, im *Chequers*. Er hat einen wunderschönen Garten, ganz herrlich bei gutem Wetter. Aber den werden Sie wahrscheinlich kaum genießen können«, fügte er mit einem Blick zum dunklen Himmel hinzu.

Die Bäume schlossen sie jetzt ein. Golden und kupferrot leuchtete es über ihnen, und feuchtes Herbstlaub bedeckte die Straße. Der Spätnachmittagshimmel war noch immer dicht bewölkt, doch im Schein eines vereinzelten Lichtstrahls schienen die Blätter einen geisterhaften, beinahe phosphoreszierenden Glanz anzunehmen.

»Denken Sie, daß Sie mich brauchen werden?« fragte Makepeace. »Ich hatte eigentlich erwartet, daß Sie mit einem Mitarbeiter kommen würden.«

»Gemma James, meine Mitarbeiterin, kommt heute abend. Bis dahin schaffe ich es sicher allein«, antwortete Kincaid.

»Ist schon besser, daß Sie das machen.« Makepeace gab ein Geräusch von sich, das halb wie ein Lachen, halb wie ein Schnauben klang. »Einer meiner Constables hat heute morgen den Fehler gemacht, Dame Caroline ›Lady Asherton‹ zu nennen. Sie hätten hören sollen, wie ihm die Haushälterin die Leviten gelesen hat. Sie hat ihm unmißverständlich erklärt, daß Dame Caroline einen Anspruch auf ihren eigenen Titel hat und erst in zweiter Linie Lady Asherton ist.«

Kincaid lächelte. »Ich werd mich bemühen, nicht ins Fettnäpfchen zu treten. Es gibt also auch eine Haushälterin?«

»Ja, eine Mrs. Plumley. Und dann noch die Witwe, Mrs. Julia Swann.« Nach einem amüsierten Seitenblick auf Kincaid fuhr er fort: »Daraus soll einer klug werden. Anscheinend wohnt Mrs. Swann bei ihren Eltern und hat nicht mit ihrem Mann zusammengelebt.«

Ehe Kincaid eine Frage stellen konnte, hob Makepeace die Hand und sagte: »Schauen Sie jetzt.«

Sie bogen nach links in eine steile, von hohen Böschungen begrenzte Straße ab, so schmal, daß Brombeerbüsche und nacktes Wurzelwerk die Seiten des Wagens streiften. Der Himmel war mit dem nahenden Abend merklich dunkler geworden, und unter den Bäumen war es schattig und düster. »Da rechts ist das Wormsley Tal, auch wenn man es kaum ahnt.« Makepeace machte eine Handbewegung, und durch eine Lücke in den Bäumen sah Kincaid flüchtig dunstige Felder, die wellig zum Tal abfielen. »Kaum zu glauben, daß man nur ungefähr vierzig Meilen von London entfernt ist, nicht wahr, Mr. Kincaid?« fügte er mit einem gewissen Besitzerstolz hinzu.

Auf der Anhöhe der Straße bog Makepeace nach links ab in das Dunkel der Buchenwälder. Die Straße führte sachte abwärts, ihr dicker Laubteppich dämpfte die Geräusche der Räder und des Motors. Einige hundert Meter weiter umrundeten sie eine Biegung, und Kincaid sah das Haus. Die weißen Steinmauern leuchteten im Dunkel der Bäume, und Lichterschein glänzte willkommenheißend in den Fenstern. Mit seinen schmucklosen weißen Mauern und den Bogenfenstern und -türen vermittelte es einen Eindruck schlichter Eleganz, hatte beinahe etwas Klösterliches.

Makepeace brachte den Wagen auf dem weichen Blätterteppich zum Stehen, ließ den Motor jedoch laufen, während er in seiner Tasche kramte. Er reichte Kincaid eine Karte. »Ich fahr gleich wieder. Hier ist die Nummer von unserem örtlichen Revier. Ich hab noch was zu erledigen, aber wenn Sie anrufen, sobald Sie fertig sind, holt jemand Sie ab.«

Kincaid winkte dem davonfahrenden Makepeace nach, dann wandte er sich dem Haus zu und blieb einen Moment stehen, während die Stille des Waldes sich über ihn senkte. Eine gramgebeugte Witwe, verstörte Angehörige, Diskretion und Takt dringend erforderlich … Das waren keine Voraussetzungen für einen gemütlichen Abend. Er straffte seine Schultern und ging auf das Haus zu.

Die Haustür öffnete sich, Licht strömte ihm entgegen.

»Ich bin Caroline Stowe. Ich danke Ihnen für Ihr Kommen.«

Ihre Hand, die die seine ergriff, war klein und weich, und er blickte in das nach oben gerichtete Gesicht der Frau. »Duncan Kincaid, Scotland Yard.« Mit seiner freien Hand zog er seinen Dienstausweis aus der Innentasche seines Jacketts, aber sie beachtete diese Geste gar nicht, sondern hielt noch immer seine Hand.

Er, der bei den Worten ›Dame‹ und ›Oper‹ Assoziationen von ›groß und imposant‹ gehabt hatte, war im ersten Moment verblüfft. Caroline Stowe war nur knapp über einen Meter fünfzig groß, und wenn auch ihr zierlicher Körper wohlgerundet war, hätte keiner sie als korpulent bezeichnen können.

Seine Überraschung war ihm offenbar anzusehen, denn sie lachte und sagte: »Ich bin keine Wagnersängerin, Mr. Kincaid. Meine Spezialität ist der Belcanto. Im übrigen ist körperliche Größe für den Stimmumfang nicht ausschlaggebend. Er hängt vielmehr von der Atemtechnik ab – unter anderem.« Sie ließ seine Hand los. »Aber bitte, kommen Sie doch herein.«

Während sie hinter ihm die Tür schloß, sah er sich mit Interesse um. Eine Lampe auf einem kleinen Tisch an der Wand beleuchtete das Vestibül mit dem glatten grauen, gefliesten Boden. Die Wände waren in einem hellen Graugrün gehalten und schmucklos bis auf einige große, in Gold gerahmte Aquarelle, die üppige, barbusige Frauen vor einer Kulisse wild romantischer Ruinen zeigten.

Dame Caroline öffnete eine Tür zur Rechten und wartete mit einladender Handbewegung, um ihm den Vortritt zu lassen.

Direkt gegenüber der Tür war ein offener Kamin, in dem ein Feuer brannte, und über dem Sims, in einem Spiegel mit verziertem Rahmen, sah er sich selbst – das kastanienbraune Haar kraus von der Feuchtigkeit, die Augen umschattet, ihre Farbe auf diese Entfernung nicht zu erkennen. Von Caroline war lediglich ihr dunkler Scheitel etwas unterhalb seiner Schulter zu sehen.

Er hatte nur einen Moment Zeit, einen Eindruck von dem Raum zu gewinnen. Der gleiche graue Fliesenboden, seine Härte hier durch Teppiche gemildert; bequeme, leicht abgenützte, chintzbezogene Sitzmöbel; Teegeschirr auf einem Tablett; alles beherrschend ein Flügel mit aufgeschlagenem Notenheft. In seiner dunklen Oberfläche spiegelte sich das Licht einer kleinen Lampe. Die Klavierbank war zurückgeschoben und stand etwas schräg, so als sei gerade jemand im Spiel unterbrochen worden.

»Gerald, das ist Superintendent Kincaid von Scotland Yard.« Caroline trat zu dem großen, zerknautscht wirkenden Mann, der aus dem Sofa aufstand. »Mr. Kincaid, mein Mann, Sir Gerald Asherton.«

»Es freut mich, Sie kennenzulernen«, sagte Kincaid und war sich bewußt, wie unangemessen diese Erwiderung war. Doch wenn Dame Caroline seinen Besuch unbedingt wie ein gesellschaftliches Zusammentreffen behandeln wollte, würde er eben das Spiel eine Weile mitspielen.

»Nehmen Sie Platz.« Sir Gerald nahm eine Zeitung von einem der Sessel und legte sie auf einen Beistelltisch.

»Möchten Sie eine Tasse Tee?« fragte Dame Caroline. »Wir haben schon welchen getrunken, aber es ist überhaupt kein Problem, frischen zu machen.«

Kincaid stieg der Duft von Toast in die Nase, der noch in der Luft hing, und ihm knurrte der Magen. Von seinem Platz aus konnte er die Gemälde sehen, die ihm entgangen waren, als er das Zimmer betreten hatte – wieder Aquarelle, von derselben Hand gemalt, diesmal jedoch ruhten die Frauen in eleganten Zimmern, und ihre Gewänder glänzten wie Seidenmoiré. Ein Haus für den Genießer, dachte er und sagte: »Nein, danke.«

»Dann nehmen Sie doch einen Drink«, meinte Sir Gerald.

»Dafür ist es nun wirklich nicht zu früh.«

»Nein, danke, wirklich.« Ein seltsames Paar, diese beiden, wie sie da nebeneinander standen und sich um ihn bemühten, als sei er ein königlicher Gast. Dame Caroline, in pfauenblauer Seidenbluse und dunkler langer Hose, wirkte adrett und beinahe kindlich neben ihrem massigen Ehemann.

Sir Gerald sah Kincaid mit einem breiten, ansteckenden Lächeln an. »Geoffrey hat Sie uns sehr empfohlen, Mr. Kincaid.«

Geoffrey mußte Geoffrey Menzies-St. John sein, Kincaids *Assistant Commissioner* und Ashertons alter Schulkamerad. Die beiden Männer mußten im gleichen Alter sein, aber äußerliche Ähnlichkeit hatten sie keine. Doch der *Assistant Commissioner*, der pingelig und genau bis zur Pedanterie war, besaß eine scharfe Intelligenz, und Kincaid bezweifelte, daß die beiden Männer über die Jahre den Kontakt gehalten hätten, wenn nicht Sir Gerald über ähnliche Verstandesgaben verfügte.

Kincaid beugte sich ein wenig vor. »Möchten Sie sich nicht setzen, bitte, und mir berichten, was geschehen ist?«

Sie setzten sich gehorsam, Dame Caroline allerdings nur auf die Kante des Sofas, kerzengerade, abseits vom beschützerisch gekrümmten Arm ihres Mannes. »Es geht um Connor. Unseren Schwiegersohn. Aber das wird man Ihnen bereits gesagt haben.« Sie sah ihn an. Die braunen Augen wirkten dunkler durch die erweiterten Pupillen. »Wir können es einfach nicht glauben. Weshalb sollte jemand Connor töten wollen? Es ist völlig unsinnig, Mr. Kincaid.«

»Wir brauchen natürlich zusätzliche Indizien, ehe wir die Sache offiziell als Mordfall behandeln können, Dame Caroline.«

»Aber ich dachte –«, begann sie und sah Kincaid ratlos an.

»Beginnen wir doch einmal beim Anfang, ja? War Ihr Schwiegersohn ein Mann, den die Leute mochten?« Kincaid richtete die Frage an beide, doch es war Dame Caroline, die ihm antwortete.

»Aber ja. Jeder mochte Con. Man konnte gar nicht anders.«

»War sein Verhalten in letzter Zeit irgendwie anders als sonst? Wirkte er verstimmt oder unglücklich?«

Mit einem Kopfschütteln antwortete sie: »Con war immer – nun eben einfach Con. Sie hätten ihn kennen müssen ...« Ihre Augen wurden feucht. Sie ballte eine Hand zur Faust und drückte sie an ihren Mund. »Wie albern! Ich neige sonst nicht zur Hysterie, Mr. Kincaid. Oder zum Stammeln. Es ist vermutlich der Schock.«

Kincaid fand ihre Definition von Hysterie recht übertrieben, sagte jedoch beschwichtigend: »Machen Sie sich darüber keine Gedanken, Dame Caroline. Das ist doch ganz normal. Wann haben Sie Ihren Schwiegersohn zuletzt gesehen?«

Sie schniefte einmal und rieb sich mit einer Hand über ihre Augen. »Beim Mittagessen. Er kam gestern zum Mittagessen. Das hat er oft getan.«

»Und Sie waren auch hier, Sir Gerald?« fragte Kincaid, der den Eindruck hatte, daß er von diesem Mann nur auf eine direkte Frage eine Antwort erhalten würde.

Sir Gerald saß mit zurückgelehntem Kopf, die Augen halb geschlossen, das Kinn mit dem kurzen zerzausten, grauen Bart vorgeschoben. Ohne sich zu rühren, sagte er: »Ja, ich war auch hier.«

»Und Ihre Tochter?«

Bei dieser Frage hob Sir Gerald den Kopf, doch es war wieder seine Frau, die Kincaid antwortete. »Julia war hier im Haus, aber sie hat nicht mit uns gegessen. Sie ißt mittags lieber in ihrem Atelier.«

Das wird ja immer seltsamer, dachte Kincaid. Der Schwiegersohn kommt zum Lunch, aber seine Frau lehnt es ab, mit ihm zusammen zu essen. »Sie wissen also nicht, wann Ihre Tochter ihn zuletzt gesehen hat?«

Ein rascher, beinahe verschwörerischer Blick zwischen Mann und Frau, dann sagte Sir Gerald: »Für Julia war das alles sehr schwierig.« Er lächelte Kincaid an und zupfte dabei an einem losen Fädchen seines braunen Pullovers. »Sie werden es gewiß verstehen, wenn sie ein wenig – empfindlich ist.«

»Ist Ihre Tochter im Haus? Ich würde sie gern sehen, wenn ich darf. Und ich würde gern ausführlich mit Ihnen beiden sprechen, sobald ich Gelegenheit gehabt habe, mir die Protokolle Ihrer Aussagen anzusehen.«

»Natürlich. Ich bringe Sie hinauf.« Dame Caroline stand auf, und Sir Gerald folgte ihrem Beispiel. Ihre unsicheren Mienen erheiterten Kincaid. Sie hatten ein Verhör dritten Grades erwartet und wußten jetzt nicht, ob sie erleichtert oder enttäuscht sein sollten. Keine Sorge, dachte er im stillen, ihr werdet noch froh sein, mich loszuwerden.

»Sir Gerald.« Auch Kincaid stand auf und reichte Sir Gerald zum Abschied die Hand.

Die Aquarelle fielen ihm wieder ins Auge, als er sich zur Tür wandte. Obwohl die Frauen auf den Bildern fast alle blond waren, mit zart rosiger Haut und ebenso rosigen Mündern, die halb geöffnet kleine weiße Zähne zeigten, erinnerten sie ihn irgendwie an Dame Caroline.

»Das war früher das Kinderzimmer«, bemerkte Dame Caroline, nicht im geringsten außer Atem nach den drei Treppen, die sie hinaufgestiegen waren. »Wir haben es zum Atelier für sie umbauen lassen, ehe sie aus dem Haus ging. Ich denke, man könnte sagen, es hat sich als nützlich erwiesen«, schloß sie mit einem Blick zu ihm, den er nicht deuten konnte.

Sie waren im obersten Stockwerk des Hauses. Der Flur war kahl, der Teppichboden an manchen Stellen fadenscheinig. Dame Caroline wandte sich nach links und blieb vor einer geschlossenen Tür stehen. »Sie erwartet Sie schon.« Sie lächelte Kincaid noch einmal zu und ging davon.

Er klopfte, wartete, klopfte noch einmal und lauschte einen Moment mit angehaltenem Atem, um ja nichts zu überhören. Das Geräusch von Dame Carolines Schritten war verklungen. Von unten hörte er gedämpftes Husten. Noch einmal klopfte er an, dann drehte er kurz entschlossen den Türknauf und trat ins Zimmer.

Die Frau saß mit dem Rücken zu ihm auf einem hohen Hocker, ihren Kopf über irgend etwas geneigt, das er nicht sehen konnte. Als Kincaid sagte: »Äh – guten Tag«, drehte sie sich ruckartig nach ihm um, und er sah, daß sie einen Pinsel in der Hand hielt.

Julia Swann war nicht schön. Er sagte sich das ganz bewußt und sachlich und konnte dennoch den Blick nicht von ihr wenden. Sie war größer, schmaler, kantiger als ihre Mutter, trug ein weißes Herrenhemd und enge schwarze Jeans. Ihre Figur und ihre Gestik hatten nichts Weiches, Rundes. Das kinnlange dunkle Haar folgte mit brüskem Schwung der Bewegung ihres Kopfes, als sie sich umdrehte.

Ihre Haltung, wie aufgeschreckt, die sogleich spürbare Intimität des Raums verrieten ihm das Störende seines Eindringens. »Verzeihen Sie, daß ich Sie störe. Ich bin Duncan Kincaid von Scotland Yard. Ich habe mehrmals geklopft.«

»Ich habe Sie gar nicht gehört. Ich meine, wahrscheinlich habe ich Sie gehört, aber nicht darauf geachtet. Das geht mir häufig so, wenn ich arbeite.« Selbst ihrer Stimme fehlte der samtige Wohlklang, den die Stimme ihrer Mutter besaß. Sie glitt vom Hocker und wischte sich die Hände an einem Tuch ab. »Ich bin Julia Swann. Aber das wissen Sie ja schon, nicht wahr?«

Ihre Hand war ein wenig feucht von der Berührung mit dem Tuch, doch ihr Zugriff war rasch und hart. Er sah sich nach einer Sitzgelegenheit um, konnte aber nur einen schäbigen alten Sessel entdecken, so tief, daß er ihr darin praktisch zu Füßen gesessen hätte. Er zog es vor, sich an einen Arbeitstisch zu lehnen, auf dem heilloses Durcheinander herrschte.

Obwohl der Raum ziemlich groß war – wahrscheinlich, dachte er, hatte man hier eine Wand herausgerissen, um aus zwei Zimmern eines zu machen –, war kein Winkel vom Chaos verschont. Nur die Fenster, mit Sonnenjalousien aus einfachem weißem Reispapier, waren Inseln der Ruhe im Sturm der allgemeinen Unordnung, ebenso wie der hohe Arbeitstisch, an dem Julia Swann gesessen hatte, als er ins Zimmer gekommen war. Auf diesem Tisch lag lediglich ein Stück weißen Kunststoffs, das mit leuchtenden Farbklecksen gesprenkelt war, und daneben lehnte leicht schräg eine Sperrholzplatte. Ehe sie sich wieder auf den Hocker setzte und ihm den Blick versperrte, sah er, daß ein kleines Blatt weißen Papiers mit Klebeband an der Sperrholzplatte befestigt war.

Sie warf einen flüchtigen Blick auf den Pinsel, den sie immer noch in der Hand hielt, legte ihn auf den Tisch hinter sich und zog eine Packung Zigaretten aus ihrer Hemdtasche. Sie hielt ihm die Packung hin, und als er den Kopf schüttelte und »Nein danke« sagte, zündete sie sich eine Zigarette an und musterte ihn, während sie langsam den Rauch ausblies.

»Also, Superintendent Kincaid – Sie sind doch Superintendent, nicht wahr? Meine Mutter war sehr beeindruckt von dem Titel, aber das ist nichts Ungewöhnliches. Was kann ich für Sie tun?«

»Zunächst mein Beileid zum Tod Ihres Mannes, Mrs. Swann«, sagte er, wie es sich gehörte, obwohl er bereits ahnte, daß ihre Erwiderung nicht den Konventionen entsprechen würde.

Sie zuckte die Achseln. Er sah die Bewegung ihrer Schultern unter dem losen Stoff des Hemdes. Frisch gestärkt, die Knöpfe links – Kincaid fragte sich, ob es ein Hemd ihres Mannes war.

»Nennen Sie mich Julia. An ›Mrs. Swann‹ konnte ich mich nie gewöhnen. Da bin ich mir immer vorgekommen wie Cons Mutter.« Sie neigte sich zu ihm hinüber und nahm einen billigen Porzellanaschenbecher mit der Aufschrift ›Besuchen Sie die Cheddar-Höhle‹. »Sie ist im letzten Jahr gestorben, die Schmerzensmutter bleibt uns also erspart.«

»Haben Sie die Mutter Ihres Mannes nicht gemocht?« fragte Kincaid.

»Eine zweihundertprozentige Irin, die immer nur ihr irisches Image gepflegt hat.« Dann fügte sie freundlicher hinzu: »Ihr Akzent hat sich proportional zu ihrer Entfernung von County Cork verstärkt.« Zum erstenmal lächelte Julia. Es war das Lächeln ihres Vaters, unverwechselbar, und es verwandelte ihr Gesicht. »Maggie hat Con vergöttert. Sein Tod hätte sie vernichtet. Cons Vater hat sich aus dem Staub gemacht, als Con noch ein Säugling war – wenn er überhaupt je einen Vater hatte«, fügte sie hinzu, leicht amüsiert, wie über einen Scherz, den nur sie kannte.

»Bemerkungen Ihrer Eltern entnahm ich, daß Sie und Ihr Mann schon länger nicht mehr zusammengelebt haben.«

»Nein seit ...« Sie spreizte die Finger ihrer rechten Hand und schien abzuzählen. Ihre Finger waren lang und schlank, und sie trug keine Ringe. »Wir lebten seit mehr als einem Jahr getrennt.« Sie drückte ihre Zigarette im Aschenbecher aus.

»Ein etwas merkwürdiges Arrangement, wenn ich das mal sagen darf.«

»Finden Sie, Mr. Kincaid? Uns hat es gepaßt.«

»Keine Scheidungspläne?«

Wieder zuckte Julia die Achseln. Sie schlug die Beine übereinander und wippte leicht mit einem Fuß. »Nein.«

Während er sie betrachtete, fragte er sich, wie hart er sie eventuell anfassen könnte. Wenn sie um ihren Mann trauerte, so verstand sie gut, es zu verbergen. Sie wurde unruhig unter seiner Musterung und klopfte mit einer Hand leicht auf ihre Hemdtasche, als wollte sie sich vergewissern, daß ihre Zigaretten nicht verschwunden sind. Er hatte den Eindruck, daß ihre Panzerung vielleicht doch nicht ganz undurchdringlich war.

»Rauchen Sie immer so viel?« sagte er, als habe er ein Recht, das zu fragen.

Mit einem Lächeln zog sie die Packung aus der Tasche und nahm sich eine neue Zigarette.

Er bemerkte, daß das weiße Hemd nicht so makellos sauber war, wie er zuerst gedacht hatte – quer über der Brust hatte es einen violetten Farbfleck. »Standen Sie mit Ihrem Mann auf freundschaftlichem Fuß? Haben Sie ihn häufig gesehen?«

»Wir haben miteinander gesprochen, falls Sie das meinen, aber wir waren nicht gerade die dicksten Freunde.«

»Haben Sie ihn gestern gesehen, als er zum Mittagessen hier war?«

»Nein. Ich mache im allgemeinen keine Mittagspause, wenn ich arbeite. Das reißt mich aus der Konzentration.« Julia drückte die Zigarette aus, die sie gerade erst angezündet hatte, und glitt vom Hocker. »So wie Sie mich jetzt herausgerissen haben. Für heute kann ich Schluß machen.« Sie sammelte eine Handvoll Pinsel zusammen und ging durch das Zimmer zu einem altmodischen Waschtisch mit Schüssel und Krug. »Das ist der einzige Nachteil hier oben«, bemerkte sie über ihre Schulter. »Kein fließendes Wasser.«

Jetzt, da sie ihm die Sicht nicht mehr versperrte, richtete sich Kincaid auf und betrachtete das Blatt Papier, das an das Zeichenbrett geklebt war. Es hatte etwa die Größe einer Buchseite und zeigte die Bleistiftskizze einer ihm unbekannten Blume mit stacheligen Blättern. An einigen Stellen hatte sie begonnen klare, lebhafte Farben aufzutragen, Lavendelblau und Grün.

»Rauhhaarige Wicke«, sagte sie, als sie sich herumdrehte und sah, daß er das Bild betrachtete. »Eine Rankenpflanze. Sie wächst oft in Hecken. Die Blumen sind –«

»Julia!« unterbrach er den Wortschwall, und überrascht von seinem Befehlston hielt sie inne. »Ihr Mann ist gestern abend umgekommen. Heute morgen wurde seine Leiche gefunden. Reichte das nicht aus, um Sie aus Ihrer Konzentration zu reißen? Um Ihren Arbeitsrhythmus zu stören?«

Einen Moment lang wandte sie sich ab, und ihr dunkles Haar verbarg ihr Gesicht. Doch ihre Augen waren trocken, als sie ihn wieder ansah. »Sie erfahren es am besten gleich, Mr. Kincaid. Sie werden es sowieso früh genug von anderen hören. Connor Swann war ein Schwein. Und ich habe ihn verachtet.«

2

»Ein Lagerbier mit Zitronenlimo bitte«, sagte Gemma James lächelnd zu dem Mann hinter dem Tresen. Wenn Kincaid hier wäre, würde er über ihren Geschmack zumindest spöttisch eine Augenbraue hochziehen. Sie hatte sich so sehr daran gewöhnt, von ihm geneckt zu werden, daß es ihr tatsächlich fehlte.

»Unfreundlicher Abend, Miss.« Der Mann schob ihr einen Bierdeckel hin und stellte das kühle Glas darauf. »Kommen Sie von weit her?«

»Nur von London. Der Verkehr war allerdings grauenhaft.«

Als sie das Verkehrschaos West-Londons endlich hinter sich gelassen hatte, war sie bis Beaconsfield auf der M 40 geblieben und dann das Themsetal hinaufgefahren. Selbst durch den Nebel hatte sie einige der prächtigen viktorianischen Häuser am Fluß gesehen, Relikte aus einer Zeit, als die ländliche Gegend hier oben ein Tummelplatz der Londoner gewesen war. In Marlow hatte sie die Straße nach Norden genommen, die sie direkt in die von Buchenwäldern bedeckten Hügel hineingeführt hatte. Es war, als dringe sie in eine geheime Welt ein, dunkel unter dichtem Laub und weit entfernt vom breiten, friedlichen Lauf des Flusses unten im Tal.

»Was sind eigentlich die *Chiltern Hundreds?*« fragte sie den Barkeeper. »Ich hab den Ausdruck mein Leben lang gehört und weiß bis heute nicht, was er bedeutet.«

Er stellte die Flasche ab, die er gerade mit einem Tuch abgewischt hatte, und bedachte seine Antwort. Er war ein Mann mittleren Alters mit dunklem, welligem Haar und dem Ansatz eines Bauches und schien gegen einen kleinen Schwatz nichts einzuwenden zu haben. Das Pub war fast leer – wahrscheinlich noch ein bißchen früh für die Stammgäste, dachte Gemma –, aber gemütlich mit einem offenen Feuer und Polsterstühlen. Am Ende des Tresens war ein Buffet mit kalten Pasteten, Salaten und Käse aufgebaut, bei dessen Anblick ihr das Wasser im Mund zusammenlief.

Man konnte wirklich nichts sagen gegen die Kollegen von der Kriminalpolizei Thames Valley. Sie hatten das Pub in Fingest gut ausgesucht und ihr präzise Fahranweisungen gegeben. Bei ihrer Ankunft hatte sie in ihrem Zimmer bereits ein Bündel Berichte vorgefunden, und sobald sie sie durchgesehen hatte, brauchte sie nur noch genüßlich ihr Bier zu trinken und auf Kincaid zu warten.

»Tja, also, die *Chiltern Hundreds*«, sagte der Barkeeper,

Gemma aus ihren Gedanken reißend, »das sind Bezirke. Früher haben sie die Grafschaften in Hundertschaften aufgeteilt. Jede hatte ihr eigenes Gericht, und drei davon in Buckinghamshire bekamen den Namen die *Chiltern Hundreds,* weil sie in den Chiltern Hills liegen. Stoke, Burnham und Desborough, genau gesagt.«

»Ganz logisch eigentlich«, sagte Gemma beeindruckt. »Sie sind wirklich gut beschlagen.«

»Ich beschäftige mich in meiner freien Zeit ein bißchen mit Lokalgeschichte. Ich heiße übrigens Tony.« Er reichte Gemma über den Tresen hinweg die Hand.

»Gemma.«

»Die Hundertschaften sind mittlerweile veraltet, aber es gibt noch das Amt des Verwalters der *Chiltern Hundreds,* es untersteht dem Finanzminister. Nur wer dieses Amt innehat, darf sich aus dem Unterhaus verabschieden. Ein bißchen fauler Zauber in Wirklichkeit und wahrscheinlich der einzige Grund, warum es dieses Amt überhaupt noch gibt.« Er lächelte. »Sehen Sie, jetzt hab ich Ihnen mehr erzählt, als Sie vermutlich überhaupt wissen wollten. Möchten Sie noch ein Glas?«

Gemma blickte auf ihr beinahe leeres Glas hinunter und fand, sie habe genug getrunken, wenn sie einen klaren Kopf behalten wollte. »Lieber nicht, danke.«

»Sind Sie geschäftlich hier? Wir haben um diese Zeit eigentlich kaum Gäste. Im November zieht es Urlauber nicht gerade hierher.«

»Das kann ich mir vorstellen«, sagte Gemma, die sich des unablässigen Regens unter den dunklen Bäumen erinnerte.

Tony wusch seine Gläser und behielt sie gleichzeitig aufmerksam im Auge, bereit, mit ihr zu schwatzen, wenn sie das wollte, jedoch ohne sie zu drängen. Angesichts seiner selbstsicheren Freundlichkeit fragte sie sich, ob er vielleicht der Wirt des Pubs war; wie dem auch sein mochte, er war vermutlich ein ergiebiger Quell lokalen Klatsches.

»Ich bin wegen des Toten hier, den man heute morgen an der Schleuse gefunden hat. Ich bin von der Polizei.«

Tony starrte sie verblüfft an. »Von der Polizei sind Sie? Ist ja nicht zu glauben.« Er schüttelte ungläubig den Kopf und musterte sie ganz ungeniert, das lockige rotblonde Haar, das sie mit einer Spange zurückgesteckt hatte, den grobgestrickten naturfarbenen Pullover, die dunkle Hose. »Na, da sind Sie jedenfalls der bestaussehende Bulle, der mir je über den Weg gelaufen ist, wenn ich das mal so sagen darf.«

Gemma lächelte. »Haben Sie den Mann gekannt? Ich meine den, der ertrunken ist?«

Tony nickte. »Ja, natürlich hab ich ihn gekannt. Traurig, wirklich. Jeder hier in der Gegend hat Connor gekannt. Ich glaub, zwischen hier und London gibt's kein Pub, wo er nicht ab und zu reingeschaut hat. Und keine Rennbahn. War ein echter Lebenskünstler, dieser Mann.«

»War wohl allgemein beliebt?« fragte Gemma, die Mühe hatte, ihre Vorurteile gegen einen Mann mit einem solchen Faible für Alkohol und Pferde zu unterdrücken. Erst nach ihrer Heirat mit Rob hatte sie entdeckt, daß er das Flirten mit anderen Frauen und das Glücksspiel als sein unveräußerliches Recht betrachtete.

»Connor war ein netter Kerl. Er hatte immer ein freundliches Wort oder einen kameradschaftlichen Klaps für andere. Und er war gut fürs Geschäft. Wenn er ein paar Gläser getrunken hatte, hat er immer sämtliche Gäste eingeladen, die gerade da waren.« Lebhaft neigte sich Tony über den Tresen. »Wirklich eine Tragödie für die Familie nach dieser anderen Geschichte.«

»Was für eine andere Geschichte? Für wessen Familie?« fragte Gemma verwirrt.

»Entschuldigen Sie.« Tony lächelte. »Ich weiß, für den Außenstehenden ist das Ganze ein bißchen unklar. Ich hab die Familie von Connors Frau Julia gemeint, die Ashertons. Die leben seit Ewigkeiten hier. Connors Familie stammt aus Irland, glaub ich, aber trotzdem ...«

»Was war denn mit den Ashertons?« drängte Gemma interessiert.

»Ich war damals noch ein junger Kerl, zwei Jahre aus der Schule und hatte gerade mal in London mein Glück versucht.« Seine weißen Zähne blitzten, als er lachte. »Ich bin ziemlich schnell dahintergekommen, daß die Großstadt doch nicht so glanzvoll ist, wie ich mir das vorgestellt hatte. Es war übrigens genau um diese Jahreszeit, kalt und naß. Es hatte wochenlang unaufhörlich geregnet.« Tony hielt inne, nahm ein Glas vom Regal und hielt es hoch. »Haben Sie was dagegen, wenn ich mir auch ein Bier genehmige?«

Sie schüttelte den Kopf. »Natürlich nicht.« Das Gespräch machte ihm jetzt sichtlich Spaß, und je weiter sie ihn seine Geschichte ausspinnen ließ, desto mehr Details würde sie erfahren.

Er zapfte sich ein Guinness, trank einen Schluck und wischte sich den cremigen Schaum von der Oberlippe, ehe er zu sprechen fortfuhr. »Wie hieß er gleich wieder? Ich meine, Julias kleiner Bruder. Es ist bestimmt zwanzig Jahre her, oder fast.« Er strich sich über sein welliges Haar, als hätte die Erwähnung der vergangenen Zeit ihm sein Alter zu Bewußtsein gebracht. »Matthew, genau! Matthew Asherton. Gut zwölf Jahre alt, so eine Art musikalisches Wunderkind. Und eines Tages, als er mit seiner Schwester von der Schule heimging, ist er ertrunken.«

Das Bild ihres eigenen kleinen Sohnes stand Gemma plötzlich vor Augen – die Vorstellung, Toby, der kleine blonde Frechdachs, der gerade begann den Babyspeck zu verlieren, könnte ihr entrissen werden, drückte ihr das Herz ab. Sie schluckte und sagte: »Wie schrecklich. Für alle natürlich, aber besonders für Julia. Erst ihr Bruder und jetzt ihr Mann. Wie ist der Kleine denn ertrunken?«

»Ich glaube, so genau ist das nie rausgekommen. Es war wohl einfach so eine Verkettung unglücklicher Umstände.« Er zuckte die Achseln und kippte die Hälfte seines Biers hinunter. »Keiner hat damals offen darüber gesprochen. Es wurde nur getuschelt, und der Familie gegenüber wird es bis heute nicht erwähnt, soviel ich weiß.«

Ein kalter Luftzug blies Gemma in den Rücken, als sich die Tür des Pubs öffnete. Sie drehte sich herum und beobachtete eine Vierergruppe, die hereinkam und sich mit einem freundschaftlichen Gruß zu Tony an einem Ecktisch niederließ. »Wir möchten gern in einer halben Stunde einen Tisch, Tony«, rief einer der Männer. »Inzwischen dasselbe wie immer, okay?«

»Jetzt wird's langsam voll werden«, bemerkte Tony zu Gemma, während er begann die bestellten Getränke zu mixen. »Am Freitagabend ist hier im Restaurant meistens Hochbetrieb – da machen sich die Leute einen netten Abend, ohne ihre Kinder.« Gemma lachte, und als erneut ein kalter Luftzug sie erfaßte, drehte sie sich nicht mehr erwartungsvoll herum.

Kincaid tätschelte leicht ihre Schulter, als er sich neben sie auf den Hocker setzte. »Hallo, Gemma. Ich sehe, Sie halten hier für mich die Festung.«

»Oh, hallo, Chef.« Sie spürte, wie ihr Herz stolperte, obwohl sie ihn erwartet hatte.

»Und flirten mit den Einheimischen. Sie Glückspilz.« Er lachte Tony an. »Ich nehme ein – Brakspear, das wird doch hier in Henley gebraut?«

»Mein Chef«, sagte Gemma erklärend zu Tony. »Tony, das ist Superintendent Duncan Kincaid.«

»Freut mich, Sie kennenzulernen.« Tony warf Gemma einen überraschten Blick zu, als er Kincaid die Hand bot.

Gemma musterte Kincaid kritisch. Groß und schlank, das braune Haar ein wenig zerzaust, die Krawatte schief, das Tweedjackett feucht vom Regen – er sah wirklich nicht so aus, wie sich die meisten Leute wahrscheinlich einen hohen Beamten von Scotland Yard vorstellen. Und er war natürlich viel zu jung dafür. Superintendents hatten entschieden älter und gewichtiger zu sein.

»Also heraus damit«, sagte Kincaid, als er sein Bier bekommen hatte und Tony damit beschäftigt war, den Gästen am Tisch ihre Getränke zu bringen.

Gemma wußte, daß er sich darauf verließ, daß sie alle Informationen sichtete und ihm dann die relevanten Einzelheiten vorlegte. Selten mußte sie von ihren Notizen Gebrauch machen. »Ich hab mir die Berichte von Thames Valley angesehen.« Mit einem Kopfnicken wies sie zu den Zimmern über ihren Köpfen hinauf. »Sie lagen schon da, als ich kam. Sehr gewissenhaft.« Sie schloß einen Moment die Augen, um ihre Gedanken zu sammeln. »Sie bekamen heute morgen um sieben Uhr fünf einen Anruf von einem Perry Smith, dem Schleusenwärter an der Hambleden Schleuse. Er hatte eine Leiche gefunden, die an seinem Schleusentor hängengeblieben war. Die Kollegen schickten einen Bergungstrupp los, um den Toten rausholen zu lassen, und identifizierten ihn anhand seiner Brieftasche als Connor Swann, wohnhaft in Henley-on-Thames. Als der Schleusenwärter sich vom ersten Schock erholt hatte, konnte er ihnen sagen, daß Connor Swann der Schwiegersohn der Ashertons ist, die ungefähr zwei Meilen von Hambleden entfernt wohnen. Er sagte aus, die Familie gehe häufig da spazieren.«

»Was, auf der Schleuse?« fragte Kincaid überrascht.

»Ja, anscheinend ist das Teil einer Panoramawanderung.«

Gemma runzelte flüchtig die Stirn und führte ihren Bericht da fort, wo er unterbrochen worden war. »Nach der Bergung hat der örtliche Amtsarzt die Leiche untersucht. Er stellte erhebliche Druckstellen rund um den Hals fest. Außerdem war der Tote sehr kalt, aber die Leichenstarre hatte gerade erst eingesetzt —«

»Man würde doch erwarten, daß das kalte Wasser den Beginn der Leichenstarre verzögert«, unterbrach Kincaid.

Gemma schüttelte ungeduldig den Kopf. »Im allgemeinen setzt die Leichenstarre bei Ertrunkenen sehr rasch ein. Er hält es daher für wahrscheinlich, daß der Mann erdrosselt wurde, ehe er im Wasser landete.«

»Der gute Mann ist ja ziemlich großzügig mit seinen Vermutungen, finden Sie nicht?« Kincaid nahm einen Beutel Chips mit Zwiebelaroma von einem Ständer und zählte Tony das Geld dafür auf den Tresen. »Wir werden sehen, was die Obduktion ergibt.«

»Hauptsächlich Unappetitliches«, sagte Gemma mit einem angewiderten Blick auf die Chips.

Kincaid antwortete mit vollem Mund. »Ich weiß, aber ich bin total ausgehungert. Was haben die Aussagen der Familie ergeben?«

Sie trank den letzten Schluck aus ihrem Glas, ehe sie antwortete. »Lassen Sie mich überlegen – die Kollegen haben die Schwiegereltern und die Ehefrau befragt. Sir Gerald Asherton hat gestern abend im Coliseum in London eine Oper begleitet. Dame Caroline Stowe war zu Hause im Bett und hat gelesen. Und Julia Swann, die Ehefrau, war bei einer Vernissage in Henley. Ihren Angaben zufolge hatte niemand von ihnen mit Connor Streit oder Anlaß zu glauben, er könnte erregter oder verzweifelter Stimmung gewesen sein.«

»Natürlich nicht.« Kincaid schnitt ein Gesicht. »Das alles bedeutet gar nichts, solange wir keine geschätzte Todeszeit haben.«

»Sie haben die Familie doch heute nachmittag kennengelernt, nicht wahr? Was sind das für Leute?«

»Hm«, machte Kincaid. »Interessant. Aber ich denke, es ist besser, Sie bilden sich Ihre eigene Meinung. Wir sprechen morgen noch einmal mit ihnen.« Er seufzte und trank von seinem Bier. »Ich glaube allerdings nicht, daß da die große Offenbarung auf uns wartet. Keiner von ihnen kann sich vorstellen, weshalb jemand hätte Connor Swann töten sollen. Wir haben also kein Motiv, keinen Verdächtigen, und wir sind nicht einmal sicher, daß es Mord ist.« Er hob sein Glas und prostete ihr mit spöttischem Gesicht zu. »Auf einen spannenden Fall.«

Nach einer Nacht gesunden Schlafs brachte Kincaid etwas mehr Enthusiasmus für den Fall auf. »Zuerst die Schleuse«, sagte er beim Frühstück im Speisesaal des *Chequer* zu Gemma. »Ich kann erst weitermachen, wenn ich das selbst gesehen habe. Dann möchte ich einen Blick auf den Toten werfen.« Er spülte seinen Kaffee hinunter und schaute sie mit zusammengekniffenen Augen an. »Wie schaffen Sie es, so früh am Morgen so frisch und vergnügt auszusehen?« Sie trug einen Blazer in leuchtendem Rostrot, ihr Gesicht war wach und lebendig, selbst ihr Haar schien vor Energie zu knistern.

»Tut mir leid.« Sie lächelte, doch Kincaid hatte den Eindruck, daß ihre Anteilnahme mit Mitleid gefärbt war. »Ich kann nichts dafür. Wahrscheinlich hat es was mit den Genen zu tun. Oder damit, daß ich die Tochter eines Bäckers bin. Wir sind zu Hause immer sehr früh aufgestanden.«

»Puh.« Er hatte nach einem Glas Bier zuviel am Abend zuvor tief und fest geschlafen und eine zweite Tasse Kaffee gebraucht, um wenigstens halbwegs munter zu werden.

»Es wird schon werden«, sagte Gemma lachend, und sie beendeten ihr Frühstück in freundschaftlichem Schweigen.

Im frühen Morgenlicht fuhren sie durch das stille Dorf Fingest und dann weiter nach Süden in Richtung Themse. Nachdem sie Gemmas Escort auf dem Parkplatz eine halbe Meile vom Fluß entfernt stehengelassen hatten, überquerten sie die Straße zum Wanderpfad. Ein kühler Wind blies ihnen in die Gesichter, als sie langsam hangabwärts gingen. Kincaid, der mit seiner Schulter versehentlich Gemma streifte, spürte ihre Wärme selbst durch sein Jackett hindurch.

Ihr Weg kreuzte die Straße, die parallel zum Fluß verlief, und schlängelte sich dann zwischen Häusern und verwilderten Büschen hindurch. Erst als sie aus einem eingezäunten Durchgang traten, sahen sie den Fluß. Bleiernes Wasser reflektierte den bleiernen Himmel, und direkt vor ihnen führte ein Betonweg im Zickzack über den Fluß.

»Sind wir hier auch wirklich richtig?« fragte Kincaid. »Ich kann nichts entdecken, was wie eine Schleuse aussieht.«

»Da drüben, hinter dieser Böschung dort, sind Boote zu sehen. Es muß da einen Kanal geben.«

»Gut. Dann gehen Sie voraus.« Mit einer galanten kleinen Verneigung ließ er ihr den Vortritt.

Einer nach dem anderen traten sie auf den Betonweg hinaus. Nebeneinander hätten sie nicht gehen können, ohne an das Metallgitter zu stoßen, das eine gewisse Sicherheit bot.

Auf halbem Weg erreichten sie das Wehr. Gemma blieb stehen, und Kincaid machte hinter ihr halt. Sie sah in die donnernden Wasserströme unterhalb des Wegs hinunter und fröstelte. »Manchmal vergessen wir die Macht des Wassers. Die friedliche alte Themse kann ganz schön wild sein, nicht?«

»Der Fluß hat Hochwasser vom vielen Regen«, sagte Kincaid, die Stimme über das Brausen erhebend. Er spürte die Vibrationen der Wasserkraft unter seinen Füßen. Mit beiden Händen umfaßte er das Metallgitter, dessen Kälte beinahe schmerzhaft war, und beugte sich hinüber, um ins stürzende Wasser zu sehen, bis ihm schwindlig zu werden begann. »Meine Güte, wenn man wirklich jemanden in den Fluß stoßen wollte, wär das der richtige Platz dafür.« Als er sich aufrichtete und Gemma ansah, bemerkte er, daß sie fror. Ihr Gesicht wirkte ein wenig verkrampft, die Sommersprossen hoben sich dunkel von ihrer blassen Haut ab. Er legte ihr leicht eine Hand auf die Schulter. »Gehen wir weiter. Drüben, unter den Bäumen, ist es wärmer.«

Sie gingen schnell, die Köpfe gegen den Wind gesenkt, ganz bedacht darauf, den Schutz der Bäume zu erreichen. Der Weg führte noch etwa hundert Meter weiter, am Wehr vorbei, immer parallel zur Böschung, dann machte er eine plötzliche Biegung nach links und verschwand in den Bäumen.

Die Atempause war kurz, der Baumgürtel schmal, doch er gestattete ihnen zu verschnaufen, ehe sie wieder ins Freie hinaustraten und die Schleuse vor sich sahen. Den Zugang hatte die Polizei mit gelbem Plastikband gesperrt. Rechts von ihnen stand ein kompaktes kleines Haus aus rotem Backstein mit je einem Fenster symmetrisch zu beiden Seiten der Tür. Das Fenster, das ihnen am nächsten lag, war jedoch so üppig überwuchert von einer grünen Kletterpflanze, daß es aussah wie ein Auge unter buschiger Braue.

Als Kincaid mit einer Hand das Plastikband leicht anhob und darunter hindurchschlüpfen wollte, trat ein Mann aus der Tür des Hauses und rief sie an. »Sir, Sie dürfen da nicht weitergehen. Da hat die Polizei gesperrt.«

Kincaid richtete sich wieder auf. Während er wartete, musterte er den Mann, der auf sie zukam. Er war kurz und stämmig, mit grauem, kurzgeschorenem Haar, und hatte ein Polohemd an, das mit dem Emblem des *Thames River Authority* gekennzeichnet war. In einer Hand trug er einen dampfenden Becher.

»Wie hieß der Schleusenwärter gleich wieder?« flüsterte Kincaid Gemma zu.

Gemma schloß einen Moment die Augen. »Perry Smith, glaube ich.«

»Das wird er sein, wenn ich mich nicht täusche.« Er zog seinen Dienstausweis heraus und hielt ihn dem Mann hin, als dieser zu ihnen trat. »Sind Sie zufällig Perry Smith?«

Der Schleusenwärter nahm mit seiner freien Hand den Ausweis und studierte ihn argwöhnisch, dann musterte er Kincaid und Gemma, als hoffte er, sie wären Betrüger. Er nickte einmal kurz. »Ich hab der Polizei schon alles gesagt, was ich weiß.«

»Das ist Sergeant James«, fuhr Kincaid im Plauderton fort, »und Sie sind genau der Mann, den wir suchen.«

»Das einzige, was mich interessiert, ist, daß hier an der Schleuse alles ordentlich läuft, Superintendent. Gestern mußte ich wegen der Polizei das Tor geschlossen lassen, während die hier mit ihren Pinzetten und ihren kleinen Plastikbeuteln rumgerannt sind. Eine Meile weit hat sich der Verkehr auf dem Fluß gestaut«, erklärte er mit wachsendem Unmut. »Lauter Trottel, sag ich Ihnen.« Er warf Gemma einen finsteren Blick zu und entschuldigte sich nicht für seinen Ton. »Die hatten sich offensichtlich überhaupt nicht überlegt, was passieren würde oder wie lange es dauern würde, das Chaos wieder zu beseitigen.«

»Mr. Smith«, sagte Kincaid beschwichtigend, »es ist nicht meine Absicht, den Betrieb Ihrer Schleuse zu stören. Ich möchte Ihnen lediglich ein paar Fragen stellen –« Er hob eine Hand, als Smith den Mund öffnete – »Ja, ich weiß, Sie haben sie bereits beantwortet, aber ich würde alles lieber von Ihnen direkt hören und nicht aus zweiter Hand. Da passiert's nämlich manchmal, daß was durcheinanderkommt.«

Smiths Gesicht wurde eine Spur freundlicher, und er trank einen Schluck aus seinem Becher. Die geballten Muskeln seines kräftigen Oberarms zeichneten sich unter dem Ärmel seines Hemdes ab. »Durcheinanderkommen ist noch gelinde ausgedrückt, wenn man nach diesen Eseln von gestern gehen kann.« Er sah Gemma an, die ihren Jackenkragen hochgeschlagen hatte und ihn unter dem Kinn zusammenhielt, und schien erst jetzt wahrzunehmen, daß sie fror. »Wir können ja reingehen, Miss, da ist es wärmer«, sagte er etwas weniger aggressiv.

Gemma lächelte ihm dankbar zu. »Danke. Ich hab mich offensichtlich nicht richtig angezogen.«

Smith wandte sich wieder Kincaid zu, als sie zum Haus gingen. »Wann machen die dieses blöde Band endlich wieder runter?«

»Da müssen Sie bei der Polizeidienststelle Thames Valley nachfragen. Aber wenn die Spurensicherung hier fertig ist, wird es sicher nicht mehr lang dauern.« Kincaid blieb stehen, als sie die Haustür erreichten, und betrachtete die Schleuse und den grasüberwachsenen Pfad, der auf der gegenüberliegenden Seite flußaufwärts führte. »Ich fürchte allerdings, sie werden nicht viel Glück gehabt haben.«

Der Boden in dem kleinen Hausflur war mit Sisal ausgelegt, auf dem mehrere Paar abgetragener Gummistiefel standen. An den Wänden hing Arbeitskleidung – Ölhautjacken und -hüte, leuchtendgelbe Regenmäntel und Seilrollen. Smith führte sie in ein Wohnzimmer, spartanisch eingerichtet, aber warm.

Gemma klappte ihren Jackenkragen herunter und zog ihren Block heraus. Smith stellte sich ans Fenster, den Blick auf den Fluß gerichtet.

»Erzählen Sie uns doch erst mal, wie Sie die Leiche gefunden haben, Mr. Smith.«

»Ich bin gleich nach Sonnenaufgang rausgegangen, genau wie immer. Erst trink ich eine Tasse Tee, dann schau ich nach, daß alles in Ordnung ist. An manchen Tagen geht's schon früh los mit dem Verkehr, obwohl jetzt nicht mehr so oft wie im

Sommer. Na ja, und oben wartete schon ein Boot, das durch die Schleuse wollte.«

»Können denn die Bootsführer die Schleuse nicht selbst betätigen?« fragte Gemma.

Er schüttelte den Kopf. »Eigentlich ist es ja ganz einfach, aber wenn man zu ungeduldig ist, um abzuwarten, bis die Kammer voll ist und sich wieder richtig leert, kann man da ganz schön Mist bauen.«

»Gut. Was passierte dann?« hakte Kincaid nach.

»Ich seh schon, daß Sie von Schleusen nicht viel Ahnung haben«, sagte Smith und sah sie mit einem Ausdruck des Mitleids an, als hätte er jemanden vor sich, der noch keine Schleife binden kann.

Kincaid verkniff es sich zu sagen, daß er in West Cheshire aufgewachsen war und eine ganze Menge von Schleusen verstand.

»Normalerweise ist die Kammer leer. Wenn ein Boot kommt, öffne ich zuerst die Schleusen im Oberhaupt, um die Kammer zu füllen. Na, und wie ich dann das obere Tor öffne, daß das Boot einfahren kann, taucht da plötzlich eine Leiche auf.« Smith trank einen Schluck aus seiner Tasse und fügte verächtlich hinzu: »Irgend so ein albernes Frauenzimmer auf dem Boot hat angefangen zu schreien wie am Spieß, so was haben Sie noch nie gehört. Ich bin sofort ins Haus gerannt und hab den Notruf angerufen, nur damit ich dieses Geschrei nicht weiter ertragen muß.« Smiths Augenwinkel kräuselten sich leicht, als lächelte er. »Die Leute vom Bergungstrupp haben den armen Kerl dann rausgefischt und versucht, ihn wiederzubeleben. Aber meiner Ansicht nach hätte jeder mit einem Funken Grips sofort sehen können, daß er schon seit Stunden tot war.«

»Wann haben Sie ihn erkannt?« fragte Gemma.

»Ich hab ihn nicht erkannt. Jedenfalls nicht die Leiche. Aber als sie ihm die Brieftasche rauszogen, hab ich sie mir angesehen, und der Name kam mir sofort bekannt vor. Ich hab dann nur noch einen Moment gebraucht, bis mir eingefallen ist, wer er war.«

Kincaid trat ebenfalls zum Fenster und sah hinaus. »Woher kannten Sie den Namen?«

Smith zuckte die Achseln. »Wahrscheinlich vom Klatsch aus dem Pub. Hier in der Gegend kennt jeder die Ashertons.«

»Halten Sie es für möglich, daß er draußen auf dem Schleusentor war und von dort aus hineingefallen ist?« fragte Kincaid.

»Na ja, das Gitter ist nicht so hoch, daß ein großer Mann da nicht drüberfallen könnte, wenn er betrunken ist. Oder leichtsinnig. Aber flußaufwärts vom Tor läuft der Betonvorbau noch ein Stück weiter, ehe er mit dem alten Treidelpfad zusammenstößt, und da ist überhaupt kein Gitter.«

Kincaid erinnerte sich der Häuser, die er auf dieser Seite des Flusses stromaufwärts gesehen hatte. Alle standen sie in wohlgepflegten Gärten, deren Rasenflächen bis zum Wasser hinunterführten, einige hatten außerdem kleine Bootsstege. »Und wenn er nun weiter stromaufwärts hineingefallen ist?«

»Die Strömung ist da oben nicht so stark wie unmittelbar vor dem Schleusentor. Wenn er also da oben reingefallen ist« – er wies mit dem Kopf flußaufwärts – »würd ich sagen, daß er bewußtlos gewesen sein muß oder vielleicht sogar schon tot. Sonst wär er bestimmt wieder rausgekommen.«

»Und wenn er hier beim Schleusentor in den Fluß gestürzt ist? Wäre die Strömung dann stark genug gewesen, um ihn hinunterzudrücken?«

Smith sah einen Moment lang zur Schleuse hinaus, ehe er antwortete. »Das ist schwer zu sagen. Es ist ja die Strömung, die das Tor geschlossen hält – sie ist ziemlich wild. Aber ob sie auch einen Menschen runterdrücken könnte, der mit aller Kraft versucht, sich zu retten – unwahrscheinlich, würde ich sagen, aber man kann natürlich nie sicher sein.«

»Eines noch, Mr. Smith«, sagte Kincaid. »Haben Sie in der Nacht irgend etwas Ungewöhnliches gesehen oder gehört?«

»Ich geh früh zu Bett, weil ich immer schon bei Tagesanbruch aufstehe. Nein, mir ist nichts aufgefallen.«

»Hätte ein Kampf Sie geweckt?«

»Ich hab einen sehr gesunden Schlaf, Superintendent. Das kann ich also wirklich nicht sagen.«

»Nach dem Motto, ein gutes Gewissen ist ein sanftes Ruhekissen«, flüsterte Gemma, als sie gingen und Smith energisch die Tür hinter ihnen schloß.

Kincaid blieb stehen und sah wieder zu der Schleuse hinüber. »Wenn Connor Swann bei seinem Sturz ins Wasser bewußtlos oder vielleicht sogar schon tot war, wie zum Teufel hat man ihn hierhergebracht? Das wäre selbst für einen starken Mann eine beinahe unmögliche Aufgabe.«

»Mit einem Boot vielleicht«, meinte Gemma.

Kincaid sagte nichts.

Den Wind im Rücken, gingen sie langsam zu dem Fußweg, der sie über das Wehr zurückführen würde. Vertäute Boote lagen leise schwankend im ruhigen Wasser. Enten schwammen schaukelnd auf den Wellen.

»War er schon tot, als er ins Wasser stürzte? Das ist die Frage, Gemma.« Kincaid sah sie mit hochgezogener Braue an. »Haben Sie Lust auf einen Besuch im Leichenhaus?«

3

Der Geruch nach Desinfektionsmitteln erinnerte Kincaid immer an das Krankenzimmer seiner alten Schule, wo die Hausmutter das Verbinden aufgeschrammter Knie überwacht und die Macht besessen hatte, einen nach Hause zu schicken, wenn die Krankheit oder Verletzung sich als ernst genug erwies. Denen jedoch, die sich in diesem Raum befanden, konnte niemand mehr helfen, und das Desinfektionsmittel vermochte den Hauch der Verwesung nicht ganz zu kaschieren. Es war so kalt, daß ihn fröstelte.

Ein Anruf beim Revier Thames Valley hatte sie ins städtische Krankenhaus High Wycombe geführt, wo Connor Swanns Leiche auf die Obduktion wartete. Das Krankenhaus war ein alter Bau, die Leichenhalle noch immer ein kalter gekachelter Raum mit Porzellanspülbecken; die langen Reihen von Schubladen aus rostfreiem Stahl, in denen sich die Leichen sauber und unsichtbar aufbewahren ließen, gab es hier noch nicht.

»Wen suchen Sie gleich wieder?« fragte sie die junge Frau im weißen Kittel, auf deren Namensschildchen ›Sherry‹ stand und deren heiter unbekümmerte Art besser in einen Kindergarten gepaßt hätte.

»Connor Swann«, antwortete Kincaid mit einem belustigten Blick zu Gemma.

Die junge Frau ging die Reihe der Tragen ab, wobei sie im Vorübergehen an die an den Zehen der Leichen befestigten Etiketten schnippte. »Hier haben wir ihn schon. Nummer vier.« Mit routinierter Geschicklichkeit schlug sie das Leintuch bis zur Taille des Toten zurück. »Eine schöne saubere Leiche. Das macht es immer ein bißchen einfacher, finden Sie nicht auch?« Sie lächelte sie strahlend an, als hielte sie sie für leicht debil, ging dann zur Schwingtür zurück und rief laut »Mickey!« in den Flur hinaus. »Wir brauchen Hilfe, wenn wir ihn umdrehen wollen«, fügte sie zu Kincaid und Gemma gewandt erklärend hinzu.

Mickey erschien einen Augenblick später. Wie ein Bulle, der endlich aus dem Stall gelassen worden ist, stürmte er durch die Tür. Die Muskeln in seinen Armen und Schultern spannten das

44

dünne Gewebe seines T-Shirts, und er trug die kurzen Ärmel aufgerollt, um ein paar Extrazentimeter Bizeps zu zeigen.

»Kannst du diesen Leuten hier mal mit Nummer vier helfen, Mickey?« sagte Sherry sehr artikuliert. Ihrem freundlich gönnerhaften Kindergärtnerinnengehabe war jetzt eine Prise Gereiztheit beigemischt. Der junge Mann nickte nur mit unbewegtem Pickelgesicht und zog ein paar dünne Latexhandschuhe aus der Hüfttasche seiner weißen Hose. »Lassen Sie sich Zeit, soviel Sie wollen«, bemerkte sie zu Kincaid und Gemma. »Wenn Sie fertig sind, brauchen Sie nur zu rufen, okay? Tschüs inzwischen.« Mit flatterndem Kittel flitzte sie an ihnen vorüber und ging durch die Schwingtür hinaus.

Sie traten zu der Trage und blieben schweigend vor ihr stehen. In der Stille hörte Kincaid Gemmas leisen Atem. Connor Swanns Hals und Schultern waren mager und gut geformt, das volle glatte braune Haar hatte einen Stich ins Rötliche. Kincaid vermutete, daß er im Leben einer jener Männer gewesen war, die im Zorn oder in der Erregung schnell rot anliefen. Sein Körper zeigte in der Tat kaum Male. Am linken Oberarm und an der Schulter waren Blutergüsse zu erkennen, und als Kincaid näher hinsah, entdeckte er auf beiden Halsseiten schwache dunkle Stellen.

»Ein paar Quetschungen«, sagte Gemma zweifelnd, »aber keinerlei Verfärbung von Gesicht und Hals, wie man sie bei manueller Strangulierung erwarten würde.«

Kincaid beugte sich tiefer über den Toten. »Keine Ligatur. Schauen Sie, Gemma, da am rechten Wangenknochen, ist das ein Bluterguß?«

Sie musterte die dunkle Stelle. »Möglich. Schwer zu sagen. Er kann leicht mit dem Gesicht gegen das Schleusentor geschlagen sein.«

Connor Swann, dachte Kincaid, mußte ein gutaussehender

45

Mann gewesen sein, hohe, breite Wangenknochen, eine kräftige Nase und ein ebenso kräftiges Kinn. Über seinen vollen Lippen saß ein gepflegter, rötlich schimmernder Schnauzbart, der auf der fahlen Blässe der Haut seltsam lebendig wirkte.

»Sieht nicht übel aus, der Mann, finden Sie nicht auch, Gemma?«

»Ja, er war wahrscheinlich recht attraktiv … Möglicherweise allerdings auch ganz schön eingebildet. So wie ich es verstanden habe, war er ein ziemlicher Casanova.«

Kincaid fragte sich, wie Julia Swann damit umgegangen war – sie hatte ihm nicht den Eindruck einer Frau gemacht, die bereit war, brav am heimischen Herd zu sitzen, während ihr Ehemann den Draufgänger spielte. Und er fragte sich weiter, wie weit sein Wunsch, Connor zu sehen, mit dienstlichem Interesse zu tun hatte und wie weit mit persönlicher Neugier.

Mit fragend hochgezogener Braue wandte er sich Mickey zu. »Könnten wir uns den Rest mal ansehen?«

Der junge Mann leistete der Aufforderung wortlos Folge, indem er das Laken ganz herunterzog.

»Er war im Urlaub, aber es scheint schon länger her zu sein«, bemerkte Gemma, als sie die Ränder verblaßter Sonnenbräune an den Oberschenkeln und am Bauch sahen. »Aber vielleicht hat er auch ein Boot und ist damit im Sommer auf der Themse herumgegondelt.«

Kincaid nickte und ahmte dann Mickeys nonverbalen Kommunikationsstil nach, indem er mit einer Hand eine Drehbewegung machte. Mickey schob daraufhin seine beiden behandschuhten Hände unter Connor Swanns Körper und drehte ihn mit scheinbarer Mühelosigkeit herum, wobei er allerdings ein Ächzen nicht ganz unterdrücken konnte.

Breite, sommersprossige Schultern; im Nacken, unter dem Haaransatz, ein blasser Streifen, Zeugnis eines kürzlichen

Haarschnitts; ein Muttermal, wo die Schwellung des Gesäßes begann – Trivialitäten, dachte Kincaid, aber alle Beweise für Connor Swanns Einzigartigkeit. Stets trat im Lauf einer Ermittlung dieser Augenblick ein, in dem aus dem Leichnam ein Mensch wurde, eine Person, die vielleicht eine Vorliebe für Gewürzgurken oder alte Benny-Hill-Komödien gehabt hatte.

»Genug gesehen?« fragte Gemma, etwas gedämpfter als sonst wirkend. »Keinerlei Male auf dieser Seite.«

Kincaid nickte. »Genug gesehen«, bestätigte er. »Und das alles hilft uns sowieso nicht viel, solange wir nicht wissen, was er in der fraglichen Nacht getrieben hat, und keine geschätzte Todeszeit haben. – Okay, Mickey«, sagte er zu dem jungen Mann, der sie anstarrte, als hätten sie Griechisch gesprochen, »das wär's. Sprechen wir noch mal mit Sherry Sonnenschein.«

An der Tür drehte sich Kincaid noch einmal herum. Mickey hatte Connors Leiche bereits wieder auf den Rücken gelegt und das Laken über ihr ausgebreitet.

Sie fanden die junge Frau in einem winzigen Büro gleich links von der Schwingtür, wo sie über einem Computer saß.

»Wissen Sie, für wann die Obduktion angesetzt ist?« fragte Kincaid.

»Da muß ich mal nachsehen.« Sie studierte einen Plan, der über ihrem Schreibtisch an der Wand hing. »Winnie wird ihn sich wahrscheinlich morgen am späten Nachmittag oder übermorgen gleich in aller Frühe vornehmen können.«

»Winnie?« fragte Kincaid, dem plötzlich ein absurdes Bild von Pu dem Bären mit Messer und Skalpell vorschwebte.

»Dr. Winstead.« Sherry lächelte, und in ihren Wangen bildeten sich niedliche Grübchen. »Wir nennen ihn alle so – er ist ein bißchen mollig.«

Kincaid dachte mit Resignation daran, daß er der Obduktion würde beiwohnen müssen. Die anfängliche gruselige Erregung angesichts der Vorgänge hatte sich längst gelegt. Jetzt fand er sie nur noch widerwärtig, und diese letzte Verletzung menschlicher Intimsphäre schien ihm manchmal unerträglich traurig.

»Würden Sie mir Bescheid geben, sobald der Zeitpunkt feststeht?«

»Sie können sich darauf verlassen.« Sherry strahlte ihn an.

Flüchtig nahm Kincaid Gemmas Gesichtsausdruck wahr und wußte, sie würde ihm nachher eins dafür auf den Deckel geben, daß er den kleinen Angestellten Honig ums Maul schmierte. »Vielen Dank, Schätzchen«, sagte er zu Sherry und beschenkte sie mit seinem charmantesten Lächeln. »Sie waren mir eine große Hilfe.« Mit klimpernden Fingern winkte er ihr zu. »Tschüs inzwischen.«

»Sie sind wirklich schamlos«, sagte Gemma, sobald sie draußen waren. »Das arme kleine Ding war ja völlig hingerissen von Ihnen.«

Kincaid lachte. »Aber man erreicht was damit, oder nicht?«

Nach einigen nicht eingeplanten Umwegen infolge ihrer Unvertrautheit mit dem Einbahnstraßensystem von High Wycombe fand Gemma schließlich ihren Weg aus der Stadt hinaus. Kincaids Anweisungen folgend, fuhr sie in südwestlicher Richtung, zurück ins Gebiet der Chiltern Hills. Ihr knurrte ein wenig der Magen, aber sie hatten beschlossen, noch vor dem Mittagessen mit den Ashertons zu sprechen.

Was sie von Tony und Kincaid über die Familie gehört hatte, hatte sie neugierig gemacht. Mit einer Frage auf den Lippen sah sie Kincaid an, doch sein ins Leere gerichteter Blick verriet ihr, daß er mit seinen Gedanken ganz woanders war. Er war oft so vor einer Vernehmung, als müßte er sich in sich selbst versenken, um diese intensive Konzentration dann nach außen richten zu können.

Sie lenkte ihre Aufmerksamkeit wieder auf die Straße, war sich jedoch plötzlich seiner Nähe und seines Schweigens ungewöhnlich stark bewußt.

Nach ein paar Minuten erreichten sie eine Straßengabelung, und ehe sie fragen konnte, welchen Weg sie nehmen sollte, sagte er: »Biegen Sie hier ab. Das Haus liegt ungefähr auf halbem Weg an dieser kleinen Straße.« Mit der Fingerspitze zog er eine feine Linie auf der Karte nach, die die Dörfer Northend und Turville Heath verband. »Sie ist nicht gekennzeichnet, wahrscheinlich eine Abkürzung für die Einheimischen.«

Ein Wasserlauf kam aus den Bäumen hervor und kreuzte die schmale Straße, und Rinnsale klaren Wassers schlängelten sich über den Asphalt. Ein gelbes Dreieck warnte: VORSICHT! GEFAHR DER ÜBERFLUTUNG, und plötzlich wurde die Geschichte, die Gemma über Matthew Ashertons Tod im Wasser gehört hatte, sehr plastisch.

»Scharf links jetzt«, sagte Kincaid, und Gemma zog das Lenkrad herum. Das von hohen Böschungen begrenzte Sträßchen, in das sie hineinfuhren, war für den Escort gerade breit genug. Zu beiden Seiten standen dicke alte Bäume, deren Zweige sich über ihnen zu einem Dach schlossen. Die kleine Straße stieg stetig an, und die hohen Böschungen wuchsen, bis die Baumwurzeln auf Augenhöhe waren. Rechts konnte Gemma durch das dichte Laub gelegentlich den Glanz goldener Felder sehen, die sich zu einem Tal hinabsenkten. Links stand der Wald, dunkel und undurchdringlich, und das Licht, das durch das Laubdach über der Straße sickerte, hatte einen grünlichen Schimmer.

»Wie beim Rodeln«, sagte Gemma plötzlich.

»Was?«

»Das erinnert mich ans Rodeln. Sie wissen schon, Schlittenfahren.«

Kincaid lachte. »Sie haben vielleicht eine Phantasie! Vorsicht jetzt, gleich kommt eine Abzweigung nach links.«

Sie näherten sich dem höchsten Punkt der Steigung, als Gemma in der Böschung zur Linken einen Einschnitt entdeckte. Sie nahm Gas weg und steuerte den Wagen vorsichtig auf den laubgepolsterten Fahrweg, folgte seinem leicht abwärtsführenden Lauf, bis sie hinter einer Biegung eine Lichtung erreichte. »Oh«, sagte sie leise und überrascht. Sie hatte ein Fachwerkhaus erwartet, ein Haus wie jene, die sie in den nahe gelegenen Dörfern gesehen hatte. Die Sonne, die immer wieder von Wolken verdrängt worden war, fand eine Lücke und malte lichtgesprenkelte Muster auf die weißen Kalksteinmauern des Gebäudes.

»Gefällt es Ihnen?«

»Ich weiß nicht recht.« Gemma kurbelte das Fenster herunter, nachdem sie den Motor ausgeschaltet hatte, und einen Moment lang blieben sie sitzen und lauschten. Durch die Stille des Waldes hörten sie ein schwaches, tiefes Summen. »Es ist ein bißchen gespenstisch. Ganz anders, als ich es mir vorgestellt hatte.«

»Warten Sie nur«, sagte Kincaid, als er die Wagentür öffnete, »bis Sie die Familie kennenlernen.«

Gemma nahm an, die Frau, die ihnen öffnete, sei Dame Caroline Stowe – elegante lange Hose aus teurem Stoff, Seidenbluse und marineblaue Strickjacke, kurzes dunkles, von Grau durchzogenes Haar – alles an ihr zeugte von konservativem gutem Geschmack. Doch als die Frau sie beide verständnislos anblickte und dann sagte: »Kann ich Ihnen irgendwie behilflich sein?« wurde Gemma unsicher.

Kincaid stellte sich und Gemma vor und fragte dann nach Sir Gerald und Dame Caroline.

»Oh, tut mir leid, sie sind im Augenblick nicht hier. Sie sind zum Bestattungsunternehmen hinuntergefahren. Wegen der Beerdigung.« Sie bot erst Gemma, dann Kincaid die Hand. »Ich bin Vivian Plumley.«

»Die Haushälterin?« fragte Kincaid, und Gemma erkannte an seiner nicht gerade sehr taktvollen Frage, daß er auf diese Begegnung nicht vorbereitet gewesen war.

Vivian Plumley lächelte: »So könnte man sagen. Es stört mich jedenfalls nicht.«

»Gut.« Kincaid hatte seine Gewandtheit und sein charmantes Lächeln bereits wiedergefunden. »Wir würden uns gern auch mit Ihnen unterhalten, wenn das möglich ist.«

»Kommen Sie mit in die Küche. Ich mache Ihnen einen Kaffee.« Sie führte sie durch den mit Schieferplatten ausgelegten Flur und wich dann zurück, um ihnen den Vortritt zu lassen.

Die Küche war von Modernisierungen verschont geblieben. Gemma mochte über Fotografien blitzender Superküchen in wehmütige Seufzer ausbrechen, sie wußte dennoch instinktiv, daß sie für einen Raum wie diesen keinen emotionalen Ersatz boten. Ein geschrubbter alter Eichentisch, umgeben von Stühlen mit Lederrücken, stand in der Mitte des Raums, bunte Flickenteppiche milderten die Kühle des grauen Schieferbodens, und an einer Wand stand ein rot emaillierter Herd, der Wärme und Gemütlichkeit verbreitete.

»Nehmen Sie doch Platz«, sagte Vivian Plumley mit einer Geste zum Tisch. Gemma zog einen Stuhl heraus und setzte sich. Sie spürte, wie die Spannung, derer sie sich gar nicht bewußt gewesen war, aus ihr herausfloß. »Etwas zu essen?« fragte Vivian, und Gemma schüttelte rasch den Kopf, da sie fürchtete, sie würden, von der Behaglichkeit des Raumes verführt, die Kontrolle über das Gespräch verlieren.

Kincaid sagte »Nein, danke« und setzte sich auf den Stuhl am

Kopfende des Tischs. Gemma nahm ihren Block aus ihrer Tasche und legte ihn unauffällig auf ihren Schoß.

Der Duft frischen Kaffees begann sich im Zimmer auszubreiten. Vivian stellte Tassen, Sahne und Zucker auf ein Tablett. Sie verrichtete ihre Tätigkeit schweigend, eine Frau, die selbstsicher genug war, um sich nicht gezwungen zu fühlen, Konversation zu machen. Als der Kaffee fertig war, füllte sie die Tassen und trug das Tablett zum Tisch.

»Bitte, bedienen Sie sich. Das ist übrigens richtige Sahne, kein Diätersatz. Wir haben einen Nachbarn, der ein paar Kühe hält.«

»So einen Genuß darf man sich natürlich nicht entgehen lassen«, sagte Kincaid und kippte eine Ladung Sahne in seine Tasse. Gemma lächelte, sie wußte, daß er seinen Kaffee gewöhnlich schwarz trank. »Dann sind Sie also gar nicht die Haushälterin?« fuhr er in leichtem Ton fort. »Bin ich ins Fettnäpfchen getreten?«

Vivian rührte ihren Kaffee um und seufzte. »Oh, ich gebe Ihnen gern Auskunft über mich, wenn Sie das möchten, aber es klingt immer so schrecklich viktorianisch. Tatsächlich bin ich mit Caroline verwandt, wir sind Cousinen zweiten Grades, um genau zu sein. Wir sind praktisch im selben Alter und gingen zusammen zur Schule.« Sie hielt inne, um einen Schluck Kaffee zu trinken, verzog aber gleich das Gesicht. »Zu heiß. Nach der Schule haben wir uns ein bißchen aus den Augen verloren. Wir heirateten beide, und Caro begann ihre Karriere als Sängerin.« Vivian lächelte. »Dann starb mein Mann. Eine krankhafte Arterienerweiterung.« Sie schlug kurz ihre Hände aneinander. »Praktisch von einem Tag auf den anderen. Wir hatten keine Kinder, ich hatte keine richtige Berufsausbildung, und das Geld war knapp. Das ist jetzt dreißig Jahre her. Damals war es noch nicht üblich, daß jedes junge Mädchen einen Beruf erlernt.« Sie sah Gemma direkt an. »Bei Ihnen war das sicher ganz anders.«

Gemma dachte an ihre Mutter, die an jedem Tag ihrer Ehe vor Tagesanbruch aufgestanden war, um zu backen, und dann den ganzen Tag im Laden hinter der Theke gestanden hatte. Die Möglichkeit, *nicht* zu arbeiten, kam Gemma und ihrer Schwester nie in den Sinn – Gemmas größter Ehrgeiz war es gewesen, einen Beruf zu wählen, der sie erfüllte, und nicht einfach irgendeinen Job zu machen, damit abends etwas zu essen auf dem Tisch stand. »Ja, da haben Sie recht«, sagte sie in Antwort auf Vivian Plumleys Bemerkung. »Und was haben Sie getan?«

»Caro hatte zwei kleine Kinder und einen sehr anstrengenden Beruf.« Sie zuckte die Achseln. »Die Lösung schien vernünftig. Sie hatten Platz, ich hatte genug eigenes Geld, um nicht ganz von der Familie abhängig zu sein, und ich liebte die Kinder, als …«

Als wären sie deine eigenen, vollendete Gemma im stillen für sie und verspürte spontan eine starke Sympathie mit dieser Frau, die aus dem, was das Leben ihr zugeteilt hatte, das Beste gemacht zu haben schien. Sie strich mit ihren Fingern über die Tischplatte und bemerkte schwache Farbspuren, die sich in die Maserung des Holzes eingegraben hatten.

Vivian, die sie beobachtete, sagte voll Wärme: »Die Kinder haben immer an diesem Tisch hier gesessen. Sie haben natürlich meistens in der Küche gegessen. Ihre Eltern waren so viel auf Reisen, daß eine Mahlzeit in der Familie eine ganz besondere Sache war. Sie haben hier ihre Hausaufgaben gemacht, gespielt – Julia hat hier an diesem Tisch zu zeichnen angefangen.«

Die Kinder dies – die Kinder das … Gemma hatte den Eindruck, als wäre die Zeit mit dem Tod des Jungen einfach stehengeblieben. Aber Julia war ja noch dagewesen, allein.

»Für Julia muß das heute alles sehr schwer sein«, sagte sie, sich vorsichtig dem eigentlichen Thema annähernd. »Ich meine, nach dem, was ihrem Bruder zugestoßen ist.«

Vivian wandte sich ab. Mit einer Hand umfaßte sie die Tischkante, als müßte sie sich daran hindern aufzustehen. Nach einem kurzen Schweigen sagte sie: »Darüber sprechen wir nie. Aber ja, Cons Tod ist eine schwere Belastung für Julia. Er ist eine Belastung für uns alle.«

Kincaid, der bisher schweigend zugehört hatte, beugte sich vor und sagte: »Haben Sie Connor Swann gemocht, Mrs. Plumley?«

»Gemocht?« wiederholte sie ein wenig verblüfft, dann runzelte sie die Stirn. »Ich habe eigentlich nie darüber nachgedacht, ob ich Connor mag oder nicht. Er war einfach … Nun, Connor eben. Eine Naturgewalt.« Sie lächelte ein wenig über ihren Vergleich. »In vieler Hinsicht ein sehr attraktiver Mann, und doch … Irgendwie hat er mir immer ein wenig leid getan.«

Kincaid zog eine Augenbraue hoch, sagte aber nichts, und Gemma folgte seinem Beispiel.

Achselzuckend fügte Vivian hinzu: »Ich weiß, es klingt ein bißchen albern zu sagen, so ein vitaler Vollblutmensch wie Con habe einem leid getan, aber Julia war ihm immer ein Rätsel.« Die Goldknöpfe an ihrer Strickjacke blitzten im Licht auf, als sie sich ein wenig anders setzte. »Nie reagierte sie so, wie er es erwartete oder wünschte, und damit hatte er keine Erfahrung. Deshalb benahm er sich manchmal – unangemessen.«

Im vorderen Teil des Hauses fiel eine Tür zu, und sie neigte lauschend den Kopf. Sich halb von ihrem Stuhl erhebend, sagte sie: »Sie sind zurück. Ich will ihnen gleich –«

»Eine Frage noch, bitte, Mrs. Plumley«, unterbrach Kincaid. »Haben Sie Connor Swann am Donnerstag gesehen?«

Sie ließ sich wieder nieder, jedoch nur auf die Stuhlkante, wie auf dem Sprung. »Natürlich habe ich ihn gesehen. Ich habe ja das Mittagessen gemacht – nur kalte Salate und Käse –, und wir haben alle zusammen im Speisezimmer gegessen.«

»Alle außer Julia?«

»Ja, aber sie arbeitet mittags oft durch. Ich habe ihr selbst einen Teller hinaufgebracht.«

»War Connor Swann wie immer?« fragte Kincaid wie beiläufig, doch Gemma wußte, daß er voll stiller Konzentration auf die Antwort wartete.

Vivian entspannte sich, während sie überlegte, lehnte sich auf ihrem Stuhl zurück und zeichnete geistesabwesend das Blumenmuster auf ihrer Kaffeetasse nach. »Con hat immer viel gescherzt und gelacht, aber vielleicht war es ein wenig aufgesetzt. Ich weiß nicht.« Mit einem Stirnrunzeln sah sie Kincaid an. »Es ist gut möglich, daß ich das erst jetzt, im nachhinein so sehe. Ich traue meinem eigenen Urteil nicht recht.«

Kincaid nickte. »Ich danke Ihnen für Ihre Offenheit. Erwähnte er beim Mittagessen etwas über seine Pläne für den Rest des Tages? Es ist wichtig für uns festzustellen, was er an diesem Tag getan hat.«

»Ich erinnere mich, daß er auf seine Uhr sah und etwas von einer Verabredung sagte, aber er nannte keinen Namen. Das war gegen Ende des Essens. Als wir alle fertig waren, bin ich in die Küche gegangen, um abzuspülen, und danach in mein Zimmer, um mich ein wenig hinzulegen. Am besten fragen Sie Caro oder Gerald, ob er ihnen Näheres gesagt hat.«

»Danke, das werde ich tun«, antwortete Kincaid so höflich, daß Gemma sicher war, es würde Vivian Plumley überhaupt nicht auffallen, daß sie ihn soeben darüber belehrt hatte, wie er seine Arbeit tun solle. »Es ist natürlich eine reine Förmlichkeit, aber ich muß Sie bitten, uns zu sagen, wie Sie den Donnerstagabend verbracht haben«, fügte er beinahe entschuldigend hinzu.

»Sie wollen ein Alibi von mir?« fragte Vivian in einem Ton, der mehr Überraschung als Gekränktheit verriet.

»Wir wissen noch nicht, wann genau Connor Swann gestorben ist. Es geht vor allem darum, Fakten zu sammeln – je mehr wir über das Tun der Personen wissen, die mit Connor in Verbindung standen, desto leichter wird es, die Lücken zu sehen. Die Löcher in der Logik.«

»Natürlich.« Besänftigt lächelte sie. »Das ist ganz einfach. Caro und ich haben im Wohnzimmer zusammen zu Abend gegessen. Ziemlich früh, wie häufig, wenn Gerald nicht da ist.«

»Und danach?«

»Danach haben wir noch eine Weile am Feuer gesessen, gelesen, ferngesehen, ein wenig miteinander geredet. Gegen zehn habe ich uns beiden eine Tasse Kakao gemacht, und als wir ausgetrunken hatten, bin ich zu Bett gegangen.« Mit einem Anflug von Ironie fügte sie hinzu: »Ich weiß noch, daß ich dachte, es sei ein besonders friedlicher und angenehmer Abend gewesen.«

»Das war alles?« Kincaid richtete sich auf und schob seine leere Tasse weg.

»Ja«, antwortete Vivian, doch dann hielt sie abrupt inne und starrte einen Moment ins Leere. »Ich erinnere mich tatsächlich an etwas, aber es ist ziemlich lächerlich.« Als Kincaid auffordernd nickte, fuhr sie fort. »Kurz nachdem ich eingeschlafen war, glaubte ich, die Türglocke zu hören, aber als ich mich aufsetzte und lauschte, war es völlig still im Haus. Ich muß es geträumt haben. Gerald und Julia haben natürlich beide ihre eigenen Schlüssel, es bestand daher kein Anlaß, auf sie zu warten.«

»Haben Sie die beiden nach Hause kommen hören?«

»Ich glaubte, gegen Mitternacht Gerald zu hören, aber ich war nicht richtig wach, und als ich das nächste Mal aufwachte, begann es draußen schon hell zu werden, und die Krähen machten in den Buchen vor meinem Fenster einen Höllenlärm.«

»Könnte es nicht auch Julia gewesen sein?« fragte Kincaid.

Sie überlegte einen Moment mit gekrauster Stirn. »Ja, möglich wäre es, aber wenn es nicht gerade schrecklich spät ist, schaut Julia im allgemeinen noch einmal zu mir hinein, ehe sie hinaufgeht.«

»Und an diesem Abend hat sie das nicht getan?«

Als Vivian den Kopf schüttelte, sagte Kincaid mit einem Lächeln: »Ich danke Ihnen, Mrs. Plumley. Das war schon alles.«

Vivian Plumley sah ihn an und fragte: »Soll ich ihnen jetzt sagen, daß Sie hier sind?«

Sir Gerald Asherton stand im Wohnzimmer vor dem Feuer, die Hände auf dem Rücken. Wie man sich einen Landjunker vorstellt, dachte Gemma, als sie ihn sah, in entspannter Pose, die Beine leicht gespreizt, in sportlichen Tweed gekleidet. Selbst die obligaten Lederflicken auf den Jackenärmeln waren da. Nur eine Pfeife und zwei ihm zu Füßen liegende Jagdhunde fehlten, um das Bild zu vervollständigen.

»Tut mir leid, daß Sie warten mußten.« Er kam ihnen entgegen, schüttelte beiden die Hand und wies zum Sofa.

Gemma fand seine Höflichkeit entwaffnend und vermutete, daß sie genau das bezweckte.

»Danke, Sir Gerald«, sagte Kincaid mit gleicher Höflichkeit. »Und Dame Caroline?«

»Sie hat sich hingelegt. Die Sache beim Bestattungsunternehmer hat sie doch sehr mitgenommen.« Sir Gerald setzte sich ihnen gegenüber in einen Sessel, schlug die Beine übereinander und zog sein Hosenbein ein wenig hoch. Ein Stück karierter Socke im herbstlichen Orange und Rostbraun zeigte sich zwischen Schuh und Hosenaufschlag.

»Ich möchte Ihnen nicht zu nahe treten, Sir Gerald«, sagte Kincaid mit einem gewinnenden Lächeln, »aber ist es nicht etwas merkwürdig, daß Ihre Tochter diese Formalitäten nicht selbst erledigt? Connor Swann war schließlich ihr Ehemann.«

»Eben«, antwortete Sir Gerald mit einem Anflug von Schärfe. »Manchmal ist es besser, wenn diese Dinge von jemandem erledigt werden, der etwas mehr Distanz hat. Und diese Bestattungsleute sind ja berüchtigt dafür, daß sie aus den Gefühlen der Leute gern Kapital schlagen.« Mit einer Aufwallung von Mitleid erinnerte sich Gemma daran, daß dieser stämmige, selbstsichere Mann aus schlimmster persönlicher Erfahrung sprach.

Kincaid zuckte die Achseln und ließ die Sache ruhen. »Ich muß Sie fragen, was Sie am Donnerstag abend getan haben, Sir.« Als Sir Gerald fragend eine Augenbraue hochzog, fügte er hinzu: »Es ist nur eine Formalität.«

»Natürlich, Mr. Kincaid. Ich habe am Donnerstag abend eine Aufführung von *Pelleas und Melisande* dirigiert. Im Coliseum.« Er sah ihn mit seinem breiten, jovialen Lächeln an. »Sichtbar für alle Welt.«

Gemma stellte ihn sich auf dem Podium vor einem großen Orchester vor und war überzeugt, daß er einen Konzertsaal ebenso mühelos beherrschte wie diesen kleinen Raum hier. Von ihrem Platz aus sah sie eine Fotografie von ihm, die zusammen mit mehreren anderen in Silber gerahmt auf dem Flügel stand. Möglichst unauffällig erhob sie sich und ging hinüber, um sich die Bilder anzusehen. Das nächststehende zeigte Sir Gerald im Smoking, den Dirigentenstab in der Hand. Er wirkte so ungezwungen wie im sportlich rustikalen Tweed. Auf einem anderen Foto hielt er eine zierliche dunkelhaarige Frau im Arm, die vergnügt in die Kamera lachte.

Die Fotografie der Kinder war nach rückwärts geschoben, als hätte niemand Interesse daran, sie öfter zu betrachten. Der Junge stand leicht im Vordergrund, stämmig und blond, mit einer Zahnlücke und einem spitzbübischen Lachen. Das Mädchen war einige Zentimeter größer, dunkelhaarig wie die Mutter, das schmale Gesicht hatte einen ernsten Ausdruck. Das war natürlich Julia. Julia und Matthew.

»Und danach?« hörte sie Kincaid sagen und richtete, etwas verlegen über ihre Unaufmerksamkeit, ihre Konzentration wieder auf das Gespräch.

Sir Gerald zuckte die Achseln. »Man braucht nach jeder Aufführung eine gewisse Zeit, um sich wieder zu entspannen. Ich blieb eine Weile in meiner Garderobe, aber ich muß gestehen, ich habe nicht auf die Zeit geachtet. Dann bin ich direkt nach Hause gefahren. Ich denke, ich werde irgendwann nach Mitternacht hier angekommen sein.«

»Genauer können Sie es nicht sagen?« fragte Kincaid mit einem Anflug von Skepsis.

Sir Gerald hob seinen rechten Arm und schob den Jackenärmel über einem behaarten Handgelenk hoch. »Ich trage keine Uhr, Mr. Kincaid. Armbanduhren haben mich immer gestört. Und es ist lästig, sie für jede Probe oder Aufführung abnehmen zu müssen. Ich habe die verdammten Dinger immer irgendwo liegenlassen. Und die Autouhr hat nie richtig funktioniert.«

»Sie haben unterwegs nirgends gehalten?«

Sir Gerald schüttelte den Kopf und antwortete so entschieden wie jemand, der es gewöhnt ist, daß sein Wort Gesetz ist: »Nein, ich habe nirgends gehalten.«

»Haben Sie mit jemandem gesprochen, als Sie nach Hause kamen?« fragte Gemma, die es an der Zeit fand, auch etwas beizusteuern.

»Es war niemand mehr auf. Meine Frau schlief, als ich kam,

und ich habe sie nicht geweckt. Ich kann nur annehmen, daß auch Vivian schon schlief. Sie sehen also, junge Frau, falls es Ihnen um eine Alibi geht«, er hielt inne und sah Gemma zwinkernd an, »kann ich Ihnen leider keines liefern.«

»Was war mit Ihrer Tochter, Sir? Hat sie ebenfalls geschlafen?«

»Das kann ich Ihnen leider nicht sagen. Ich kann mich nicht erinnern, Julias Wagen in der Auffahrt gesehen zu haben, aber es ist natürlich möglich, daß jemand sie hierher mitgenommen hat.«

Kincaid stand auf. »Ich danke Ihnen, Sir Gerald. Wir werden uns noch einmal mit Ihrer Gattin unterhalten müssen, wenn es ihr paßt, aber jetzt würden wir gern Ihre Tochter sprechen.«

»Nun, Sie kennen ja den Weg, Mr. Kincaid.«

»Du meine Güte, ich komme mir vor wie in einem Boulevardstück.« Gemma drehte sich nach Kincaid um, als sie ihm voraus die Treppe hinaufging. »Perfekte Formen und keine Substanz. Was wird in diesem Haus eigentlich gespielt?« Auf dem ersten Treppenabsatz blieb sie stehen und sah ihn an. »Man könnte ja meinen, diese Frauen seien aus Glas, so wie Sir Gerald und Mrs. Plumley sie verhätscheln. Nur ja Caroline nicht aufregen … Nur ja Julia nicht aufregen«, zischte sie, als ihr etwas verspätet einfiel, ihre Stimme zu senken.

Kincaid zog nur auf diese unerschütterlich stoische Art und Weise, die sie manchmal so aufregte, eine Augenbraue hoch. »Ich weiß nicht, ob ich Julia Swann als eine Hätschelpuppe bezeichnen würde.« Er nahm die nächste Treppe in Angriff, und Gemma folgte ihm schweigend.

Die Tür öffnete sich, sobald Kincaid klopfte. »Ach, Plummy, endlich. Ich bin schon am Ver –« Julia Swanns Lächeln erlosch abrupt, als sie sie erkannte. »Oh! Superintendent Kincaid. Schon wieder da?«

»Wie eine lästige Fliege«, antwortete Kincaid mit seinem gewinnendsten Lächeln.

Julia Swann schob den Pinsel, den sie in der Hand hielt, hinter ihr Ohr und trat zurück, um Kincaid und Gemma hereinzulassen. Gemma musterte sie und verglich die Frau mit dem mageren, ernsthaften Kind auf der Fotografie im Wohnzimmer. Die junge Julia war unzweifelhaft noch in der erwachsenen Frau wiederzufinden, doch aus der kindlichen Schlaksigkeit war geschmeidige Eleganz geworden, und die Unschuld im Blick des kleinen Mädchens war lange verloren.

Die Jalousien vor den Fenstern waren herabgelassen, und blasses, wäßriges Licht erhellte den Raum. Der Zeichentisch in der Mitte, leer bis auf eine Palette und ein Zeichenbrett, an dem ein weißes Blatt Papier angeheftet war, wirkte wie ein Ruhepunkt in der allgemeinen Unordnung des Ateliers.

»Plummy bringt mir meistens um diese Zeit ein Sandwich herauf«, bemerkte Julia, als sie die Tür schloß und zum Tisch zurückkehrte. In lässiger Haltung lehnte sie sich dagegen, doch Gemma hatte den Eindruck, daß sie mehr als nur körperlichen Halt suchte.

Auf dem Tisch lag das fertige Bild einer Blume. Beinahe instinktiv trat Gemma näher und streckte die Hand aus. »Oh, wie schön«, sagte sie leise, jedoch ohne das Blatt zu berühren. Das Aquarell mit den intensiven Grün- und Violetttönen der Pflanze hatte beinahe etwas Orientalisches.

»Das tägliche Brot«, sagte Julia, doch sie lächelte, offensichtlich um Höflichkeit bemüht. »Ich arbeite an einer ganzen Serie für den National Trust. Sie wollen sie als Karten vertreiben. Sie wissen schon, ähnlich wie bei UNICEF. Und ich bin sehr unter Termindruck.« Julia rieb sich das Gesicht und hinterließ einen verwischten Farbfleck auf ihrer Stirn. Gemma sah plötzlich die Müdigkeit in dem schmalen Gesicht unter dem dunklen, schick geschnittenen Haar.

Sie strich mit einem Finger leicht über den unregelmäßigen Rand des Aquarellpapiers. »Ich dachte eigentlich, die Gemälde unten wären von Ihnen, aber dieses hier ist ganz anders.«

»Als die Flints? Das will ich doch hoffen.« Julias Antwort war brüsk. Sie nahm sich eine Zigarette aus der Packung, die auf einem Tisch an der Seite lag, und riß mit heftiger Bewegung ein Streichholz an.

»Mich haben sie auch neugierig gemacht«, sagte Kincaid. »Irgend etwas an ihnen kam mir bekannt vor.«

»Sie haben wahrscheinlich Zeichnungen von ihm in den Büchern gesehen, die Sie als Kind gelesen haben. William Flint war nicht so bekannt wie Arthur Rackham, aber er hat zum Teil herrliche Illustrationen gemacht.« Julia lehnte sich wieder an den Arbeitstisch und kniff die Augen gegen den Rauch zusammen, der von ihrer Zigarette aufstieg. »Dann kamen die Busenlandschaften.«

»Busenlandschaften?« wiederholte Kincaid amüsiert.

»Technisch sind die brillant, wenn man nichts gegen das Banale hat, und sie haben auf jeden Fall seinen Lebensabend gesichert.«

»Und das mißbilligen Sie?« In Kincaids Stimme lag ein Anflug von Spott.

Julia berührte flüchtig ihr eigenes Aquarell, als prüfte sie seinen Wert, dann zuckte sie die Achseln. »Ja, es ist wahrscheinlich ziemlich heuchlerisch von mir. Diese Sachen hier bringen mir das Geld ein, das ich zum Leben brauche, und sie haben Connor erlaubt, in dem Stil zu leben, an den er sich gewöhnt hatte.«

Zu Gemmas Überraschung schnappte Kincaid nicht nach

dem dargebotenen Köder, sondern fragte statt dessen: »Wenn Sie Flints Aquarelle nicht mögen, wieso hängen sie dann fast in jedem Zimmer dieses Hauses?«

»Sie gehören nicht mir. Vor ein paar Jahren packte meine Eltern plötzlich die Sammelleidenschaft. Flints waren der große Renner, und sie haben sich mitreißen lassen. Vielleicht dachten sie, es würde mich freuen.« Julia lächelte trübe. »In ihren Augen sieht ein Aquarell so ziemlich wie das andere aus.«

Kincaid erwiderte das Lächeln, und sie tauschten einen Blick des Verständnisses wie über einen Scherz, der nur ihnen bekannt war. Julia lachte, und Gemma fühlte sich plötzlich ausgeschlossen.

»Was war denn das für ein Lebensstil, an den sich Ihr Mann gewöhnt hatte, Mrs. Swann?« fragte sie etwas zu schnell und hörte einen unbeabsichtigten Ton der Anklage in ihrer Stimme.

Julia setzte sich halb auf ihren Arbeitshocker und wippte mit dem Fuß, während sie ihre halb gerauchte Zigarette in einem Aschenbecher ausdrückte. »Aufwendig, könnte man sagen. Ich hatte manchmal den Eindruck, Con hielte es für seine Pflicht, einem Image zu entsprechen, das er geschaffen hatte – Alkohol, Frauen und Pferde, alles, was man eben so vom Stereotyp des irischen Draufgängers erwartet. Manchmal war ich gar nicht sicher, ob es ihm so viel Spaß machte, wie er gern vorgab.«

»Gab es da besondere Frauen?« fragte Kincaid so leichthin, als erkundigte er sich nach dem Wetter.

Sie warf ihm einen rätselhaften Blick zu. »Es gab immer eine Frau, Mr. Kincaid. Die Besonderheiten haben mich nicht interessiert.«

Kincaid lächelte nur, als lehne er es ab, sich von ihrem Zynismus schockieren zu lassen. »Ihr Mann blieb weiter in der Wohnung in Henley, in der Sie gemeinsam gelebt hatten?«

Julia nickte. Sie glitt vom Hocker, um aus der zerdrückten Packung eine weitere Zigarette herauszubohren. Sie zündete sie an, lehnte sich, groß und gertenschlank in schwarzem Rolli und schwarzen Leggings, an den Arbeitstisch und verschränkte die Arme.

»Sie waren am Donnerstag abend in Henley, soviel ich weiß«, fuhr Kincaid fort. »Bei einer Vernissage.«

»Sehr schlau von Ihnen, Mr. Kincaid.« Julia lächelte flüchtig. »Trevor Simons, Thameside.«

»Aber Ihren Mann haben Sie nicht gesehen?«

»Nein. Wir verkehren in unterschiedlichen Kreisen, wie Sie sich vielleicht denken können«, erwiderte Julia, ihren Sarkasmus kaum verbergend.

Gemma sah Kincaid an. Sie erwartete eine herausfordernde Antwort von ihm, doch er sagte nur träge: »Ja, vielleicht.«

Julia drückte die Zigarette aus, an der sie nur ein paarmal gezogen hatte, und Gemma sah, wie ihr Gesicht und ihre Schultern sich entspannten. »Nehmen Sie es mir nicht übel, aber ich muß wirklich wieder an die Arbeit.« Sie schloß diesmal Gemma in das Lächeln mit ein, das dem ihres Vaters so ähnlich war, nur etwas mehr Schärfe hatte. »Vielleicht könnten Sie –«

»Julia!«

Es war eine altbewährte Vernehmungstaktik, den Zeugen oder Verdächtigen plötzlich und mit gebieterischem Nachdruck mit seinem Namen anzusprechen; sie diente einem Einreißen von Barrieren, einem Einbruch in persönliche Sphären. Dennoch war Gemma verblüfft über den vertraulichen Ton von Kincaids Stimme. Es klang, als kenne er diese Frau bis ins Innerste und könnte all ihre Täuschungen mit einem Fingerschnippen hinwegfegen.

Julia erstarrte mitten im Satz, ihren Blick unbeweglich auf Kincaid gerichtet. Sie hätten allein im Zimmer sein können.

»Sie waren nur wenige hundert Meter von der Wohnung Ihres Mannes entfernt. Vielleicht sind Sie hinausgegangen, um frische Luft zu schnappen, sind ihm zufällig begegnet und verabredeten, sich später mit ihm zu treffen.«

Eine Sekunde verstrich, und noch eine, dann richtete sich Julia auf. Sie sagte langsam: »So könnte es gewesen sein, ja. Aber es war nicht so. Es war nämlich meine Ausstellung – meine große Stunde –, und ich habe die Galerie überhaupt nicht verlassen.«

»Und hinterher?«

»Oh, da wird Trev für mich bürgen können, denke ich. Ich habe mit ihm geschlafen.«

4

»Arbeitsteilung«, sagte Kincaid zu Gemma, als sie beim Mittagessen im Pub in Fingest saßen. »Sie sehen zu, ob Sie für Sir Geralds Alibi eine Bestätigung bekommen können – dann haben Sie auch gleich ein oder zwei Nächte zu Hause bei Toby –, und ich versuche mein Glück in Henley. Ich möchte Connor Swanns Wohnung einmal selbst durchgehen, und ich will mit diesem Simons sprechen, Trevor Simons, und mir seine Galerie ansehen. Was Julia an dem fraglichen Abend getan hat, würde ich gern ein bißchen genauer wissen«, fügte er hinzu, und Gemma sah ihn mit einem Blick an, den er nicht deuten konnte.

Nachdem sie unter Tonys wachsamem Auge ihre Sandwiches gegessen hatten, eilte Gemma nach oben, um zu packen. Kincaid wartete auf dem gekiesten Parkplatz, klimperte mit dem Wechselgeld in seiner Hosentasche und zog mit der Fußspitze Furchen in den Kies. Die Ashertons waren sehr glaubhaft, aber je länger er über das nachdachte, was sie ihm berichtet hatten, desto schwerer fiel es ihm, Hand und Fuß daraus zu machen. Sie schienen zu dem Mann, den ihre Tochter kaum ertragen konnte, eine sehr enge Beziehung unterhalten zu haben, gleichzeitig jedoch schienen sie alles daranzusetzen, eine Konfrontation mit Julia zu vermeiden. Er zeichnete mit der Schuhspitze ein J in den Kies und löschte es gleich wieder aus. Wie hatte Julia Swann wirklich zu ihrem Mann gestanden? In Gedanken sah er sie wieder vor sich, das schmale Gesicht beherrscht, die dunklen Augen auf ihn gerichtet, und merkte, daß er ihr das Image der harten Zynikerin, das sie zur Schau trug, nicht recht abnehmen konnte.

Gemma kam mit ihrer Reisetasche aus dem Haus und drehte sich noch einmal einen Moment um, um Tony zuzuwinken. Die Sonne glänzte auf ihrem Haar, und erst da wurde Kincaid gewahr, daß sie hinter den Wolken, die sie den ganzen Morgen verhüllt hatten, hervorgekommen war.

»Fertig?« fragte Gemma, nachdem sie ihre Sachen hinten im Wagen verstaut hatte, und setzte sich ans Steuer ihres Escort. Kincaid schlug sich seine Spekulationen aus dem Kopf und stieg ein. Sie erschien ihm erfrischend unkompliziert, und er dankte, wie häufig, dem Schicksal für ihre Kompetenz und ihr heiteres Gemüt.

Sie ließen die Hügel hinter sich und nahmen die breite Straße nach Henley. Flüchtig sahen sie unter der Henley-Brücke den Fluß, der hinter ihnen zurückblieb, als das ausgeklügelte Einbahnstraßensystem sie ins Stadtzentrum brachte.

»Und wie kommen Sie zurück zum Pub, Chef?« fragte Gemma, als sie auf dem Marktplatz anhielt, um Kincaid aussteigen zu lassen.

»Ach, ich werde schon jemanden finden, der mich mitnimmt. Ich könnte natürlich auf meinen Rang pochen und

66

einen Wagen verlangen«, fügte er lächelnd hinzu, »aber wenn ich an das Theater mit dem Parken denke, laß ich es lieber sein.«

Er stieg aus und schlug mit der Hand gegen die Tür, als gäbe er einem startenden Pferd einen aufmunternden Klaps. Gemma nahm den Fuß von der Bremse, doch bevor sie den Wagen in den Verkehr hinaussteuerte, kurbelte sie das Fenster herunter und rief Kincaid zu: »Passen Sie auf sich auf.«

Er winkte ihr lachend zu und sah dem davonfahrenden Wagen noch einen Moment nach. Merkwürdig, diese plötzliche Besorgnis in ihrer Stimme. Schließlich war sie diejenige, die nach London zurückfuhr, während er lediglich eine Vernehmung und eine Durchsuchung von Connor Swanns Wohnung vorhatte. Er zuckte die Achseln und lächelte – ihre gelegentliche Fürsorglichkeit tat manchmal ganz gut.

Die Polizeidienststelle Henley war gleich auf der anderen Straßenseite, aber nach einem Moment des Zögerns wandte er sich von ihr ab und stieg statt dessen die Treppe zum Rathaus hinauf. Ein Pappschild an der Wand sagte ihm, daß die Touristeninformation sich im Souterrain befand, und naserümpfend über die üblichen Eigenarten öffentlicher Gebäude – Uringeruch und rissiges Linoleum – ging er hinunter.

Für fünfzig Pence bekam er einen Stadtplan, den er entfaltete, als er dankbar wieder in die Sonne hinaustrat. Nachdem er gesehen hatte, daß sein Weg ihn die Hart Street hinunter und dann am Fluß entlang führte, steckte er den Plan ein, schob seine Hände in die Hosentaschen und schlenderte den Hang hinunter. Der trutzige eckige Turm der Kirche schien vor den sanft gefärbten Hügeln jenseits des Flusses zu schweben und zog ihn an wie ein Magnet. »Zur Heiligen Jungfrau Maria«, sagte er laut, als er vor ihr stand, und dachte, daß dieser Name für eine anglikanische Kirche einen sehr katholischen Klang hatte. War er irischer Katholik oder irischer Protestant gewesen? Konnte das überhaupt eine Rolle spielen? Er wußte noch nicht genug über den Mann, um Mutmaßungen darüber anzustellen.

Er überquerte die verkehrsreiche Straße und blieb einen Moment auf der Henley-Brücke stehen. Ruhig strömte die Themse unter ihm dahin, als hätte sie nichts gemein mit den donnernden Wassern am Hambleden-Wehr. Hinter Henley wand sich der Fluß ein Stück nach Norden, bog nach Osten ab, ehe er Hambleden erreichte, und schlängelte sich dann in nordöstlicher Richtung, ehe er auf Windsor zu nach Süden floß. Konnte Connor Swann hier, in Henley, in den Fluß gestürzt und stromabwärts bis Hambleden getragen worden sein? Er hielt es für höchst unwahrscheinlich, nahm sich jedoch vor, mit den Kollegen von Thames Valley über die Möglichkeit zu sprechen.

Von der Terrasse des *Angel Pub* lockten rotweiße Schirme, doch er hatte jetzt anderes zu tun. Ein paar hundert Meter weiter fand er die Adresse, die er gesucht hatte. Neben einer Teestube war ein diskretes Schild mit der Aufschrift ›The Gallery, Thameside‹ angebracht, das Schaufenster schmückte ein goldgerahmtes Bild. Die Tür öffnete sich zum Bimmeln eines Glockenspiels, fiel dann leise hinter Kincaid zu und schloß die Geräusche von der Straße aus.

Stille umgab ihn. Selbst seine Schritte wurden von einem dicken Berber gedämpft, der den Boden bedeckte. Es schien niemand da zu sein. Hinten stand eine Tür offen und zeigte einen kleinen, von einer Mauer umgebenen Garten und jenseits eine weitere Tür.

Kincaid sah sich mit Interesse in dem Raum um. Die Gemälde, die in großzügigen Abständen an den Wänden verteilt waren, schienen größtenteils Aquarelle des späten neunzehnten und frühen zwanzigsten Jahrhunderts zu sein, meist Flußlandschaften.

Auf einem Podest in der Mitte des Raums stand eine Bronze einer kauernden Katze. Kincaid strich mit der Hand über das kühle Metall und dachte an Sid. Er hatte mit seinem Nachbarn, Major Keith, vereinbart, daß dieser sich um die Katze kümmern würde, wenn er nicht zu Hause war. Obwohl der Major immer so tat, als hätte er für Katzen nichts übrig, sorgte er mit der gleichen rauhbeinigen Freundlichkeit für Sid, die er der ehemaligen Eigentümerin des Katers gegenüber gezeigt hatte. Die Katze, dachte Kincaid, war für ihn und den Major eine lebendige Verbindung zu der Freundin, die sie verloren hatten.

Neben der Tür zum Garten stand ein Schreibtisch, chaotisch im Vergleich zu der beinahe sterilen Ordnung, die sonst im Raum herrschte. Kincaid warf einen flüchtigen Blick auf die Stapel von Papieren und trat dann in den zweiten kleinen Raum, zu dem eine Stufe hinunterführte.

Im ersten Moment verschlug es ihm fast den Atem. Das Gemälde an der gegenüberliegenden Wand war ein langes, schmales Rechteck, vielleicht einen Meter breit und dreißig Zentimeter hoch, von einem Lämpchen darüber beleuchtet. Der Körper des Mädchens füllte den Rahmen fast aus. In Hemd und Jeans gekleidet, lag sie rücklings in einer Wiese, die Augen geschlossen, den Hut auf dem kastanienbraunen Haar zurückgeschoben, und neben ihr im Gras stand ein Korb mit reifen Äpfeln, von denen einige auf ein aufgeschlagenes Buch hinuntergefallen waren.

Eine durchaus einfache Komposition, beinahe fotografisch in Klarheit und Detail, doch von einer Tiefe und einer Wärme, wie sie mit dem Fotoapparat unmöglich einzufangen waren. Man spürte die Wärme der Sonne auf dem Gesicht des Mädchens, empfand seine glückliche Gelöstheit und Freude an diesem Tag.

Andere Bilder von derselben Hand hingen rundherum, Porträts und Landschaften, die durch die gleichen glühenden Farben und das intensive Licht gekennzeichnet waren. Während Kincaid sie betrachtete, verspürte er etwas wie Sehnsucht, als sollten solche Schönheit und Vollendung für immer außerhalb seiner Reichweite bleiben, wenn er nicht, wie Alice, durch den Rahmen in die Welt des Künstlers eintreten konnte.

Er hatte sich vornübergeneigt, um den unleserlich hingeworfenen Namen des Malers zu entziffern, als hinter im jemand sagte: »Sie sind schön, nicht wahr?«

Kincaid schreckte auf und drehte sich herum. Der Mann stand an der hinteren Tür, umrißhaft vor dem Sonnenlicht des Gartens. Als er weiter in den Raum trat, konnte Kincaid ihn besser sehen – groß, schlank, mit klaren Gesichtszügen und dichtem ergrauendem Haar. Die Brille verlieh dem Gesicht etwas Penibles, das im Gegensatz zur lässigen Kleidung – Hose und Pulli – des Mannes stand.

Gerade als Kincaid sprechen wollte, bimmelte das Glockenspiel an der Eingangstür. Ein junger Mann kam herein, ganz in Schwarz, selbst das Haar schwarz gefärbt, eine große, abgegriffene Ledermappe unter dem Arm. Sein Aufzug hätte lachhaft gewirkt, wäre nicht der Ausdruck stummen Flehens auf seinem Gesicht gewesen. Kincaid nickte dem Mann zu, den er für Trevor Simons hielt, und sagte: »Bitte, ich habe es nicht eilig.«

Zu seiner Überraschung sah sich Simons die Zeichnungen des jungen Mannes aufmerksam an. Dann schüttelte er den Kopf und schob sie wieder in die Mappe, doch Kincaid hörte, wie er dem Jungen den Namen einer anderen Galerie nannte, bei der er sein Glück versuchen könnte.

»Das Schlimme ist nur«, sagte er zu Kincaid, nachdem die Tür zugefallen war, »daß er nicht malen kann. Es ist wirklich eine Schande. In den Sechzigern hat man in den Kunsthochschulen plötzlich aufgehört, den jungen Leuten das Zeichnen

70

und das Malen beizubringen. Sie wollen alle nur noch Grafiker werden – aber niemand sagt ihnen, daß es keine Jobs gibt. Und dann kommen sie aus den Schulen daher wie dieser arme Kerl«, er wies mit dem Kopf zur Straße, »und versuchen wie fliegende Händler ihre Sachen bei den Galerien an den Mann zu bringen. Sie haben es ja selbst gesehen – halbwegs gekonnt mit der Spritzpistole hingelegt, aber ohne einen Funken Originalität. Wenn er Glück hat, findet er einen Job als Spüler oder Ausfahrer.«

»Sie waren sehr taktvoll«, sagte Kincaid.

»Na ja, man ist ja nicht ganz ohne Mitgefühl, nicht wahr? Es ist nicht ihre Schuld, daß sie weder von der Technik noch von der Realität des Lebens eine Ahnung haben.« Er machte eine wegwerfende Handbewegung. »Aber ich hab lang genug geschwatzt. Was kann ich für Sie tun?«

Kincaid wies zu den Aquarellen im anderen Raum. »Die Bilder da –«

»Oh, sie ist eine Ausnahme«, sagte Simons lächelnd. »In vieler Hinsicht. Einmal ist sie Autodidaktin, was wahrscheinlich ihre Rettung war, und zum anderen ist sie sehr erfolgreich. Allerdings nicht mit diesen hier«, fügte er hinzu, »obwohl ich persönlich glaube, daß da der Erfolg auch noch kommen wird, aber mit ihren Auftragsarbeiten. Sie ist immer schon für zwei Jahre im voraus ausgebucht. Für einen Künstler, der kommerziellen Erfolg hat, ist es sehr schwierig, die Zeit für wirklich kreative Arbeit zu finden, die Ausstellung hat ihr daher sehr viel bedeutet.«

Obwohl er die Antwort schon wußte, als er fragte, und sich wie ein kompletter Narr vorkam, sagte Kincaid: »Und wer ist sie?«

Trevor Simons sah ihn erstaunt an. »Julia Swann. Ich dachte, das wüßten Sie.«

»Aber …« Kincaid versuchte, die makellose, aber emotional ziemlich karge Perfektion von Julias Blumenbildern mit diesen von Licht und Leben durchströmten Gemälden zu vereinbaren. Er konnte jetzt Ähnlichkeiten in der Technik und der Ausführung erkennen, doch die Endprodukte waren von überraschend anderer Art. Er brauchte einen Moment, um sich neu zu sammeln, darum sagte er: »Ich sehe schon, ich hab Sie ganz durcheinandergebracht. Vielleicht sollte ich wieder hinausgehen und noch einmal hereinkommen. Meine Name ist Duncan Kincaid.« Er zeigte seinen Dienstausweis. »Ich wollte mich mit Ihnen über Julia Swann unterhalten.«

Trevor Simons sah erst den Ausweis an, dann Kincaid und sagte verblüfft: »Das sieht aus wie ein Bibliotheksausweis.« Er schüttelte stirnrunzelnd den Kopf. »Ich verstehe nicht, was Sie von mir wollen. Ich weiß, daß Cons Tod für alle Beteiligten ein schwerer Schock war, aber ich dachte, es sei ein Unfall gewesen. Wieso Scotland Yard? Und wieso ich?«

»Die Kriminalpolizei Thames Valley hat von Anfang an nicht recht an einen Unfall geglaubt und uns auf Sir Gerald Ashertons Bitte hin um Beistand gebeten.«

Simons zog nur eine Augenbraue hoch und sagte: »Aha.«

»Genau«, stimmte Kincaid zu, und als ihre Blicke sich trafen, schoß ihm der Gedanke durch den Kopf, daß er sich unter anderen Umständen vielleicht mit diesem Mann hätte anfreunden können.

»Und warum ich?« fragte Simons wieder. »Sie können doch nicht im Ernst glauben, daß Julia etwas mit Cons Tod zu tun hatte.«

»Waren Sie den ganzen Donnerstagabend mit Julia zusammen?« entgegnete Kincaid, das Gespräch etwas aggressiver vorantreibend, obwohl er den Ton der Ungläubigkeit in Simons' Stimme als echt empfunden hatte.

Ruhig lehnte sich Simons an seinen Schreibtisch und verschränkte die Arme. »Mehr oder weniger, ja. Es war ein ziemliches Gedränge hier drinnen.« Mit einer Kopfbewegung maß er die beiden kleinen Räume aus. »Die Leute hockten wie die Sardinen aufeinander. Julia hätte vermutlich kurz verschwinden können, zur Toilette oder um eine zu rauchen, ohne daß ich es gemerkt hätte, aber keinesfalls für längere Zeit.«

»Um welche Zeit haben Sie die Galerie geschlossen?«

»So gegen zehn. Das Buffet war wie leergefegt, es war kein Tropfen Wein mehr da, und es sah aus wie in einem Schweinestall. Die letzten mußten wir praktisch hinauswerfen.«

»Wir?«

»Julia hat mir beim Aufräumen geholfen.«

»Und danach?«

Zum erstenmal wich Trevor Simons seinem Blick aus. Er sah einen Moment zum Fluß hinaus, dann wandte er sich Kincaid widerstrebend wieder zu. »Sie haben schon mit Julia gesprochen. Hat sie Ihnen erzählt, daß sie die Nacht hier verbracht hat? Ich kann mir nicht vorstellen, daß sie so albern wäre, meine Ehre schützen zu wollen.« Simons schwieg einen Moment, doch ehe Kincaid etwas sagen konnte, fuhr er zu sprechen fort. »Es ist wahr. Sie war bis zum Morgen hier, bei mir, in der Wohnung. Sie ist gegangen, kurz bevor es hell wurde. Ein kleiner Versuch, die Diskretion zu wahren«, fügte er mit einem trüben Lächeln hinzu.

»Sie hat Sie vorher zu keiner Zeit alleingelassen?«

»Ich denke, das hätte ich bemerkt«, antwortete Simons, diesmal mit echter Erheiterung. Er wurde jedoch rasch wieder ernst und sagte: »Ich lasse mich normalerweise nicht auf solche Geschichten ein, Mr. Kincaid. Ich bin verheiratet und habe zwei halbwüchsige Töchter. Ich möchte meiner Familie keinen Kummer machen. Ich weiß«, fuhr er hastig fort, als hätte er Angst, Kincaid könnte ihn unterbrechen, »ich hätte mir die Konsequenzen vorher überlegen sollen, aber das tut man eben nicht, nicht wahr?«

»Das kann ich wirklich nicht beurteilen«, antwortete Kincaid unverbindlich, während er dachte, tut man es wirklich nicht, oder ist es vielleicht so, daß man sich die Konsequenzen sehr wohl überlegt und sich dafür entscheidet, dennoch zu handeln? Das Bild seiner geschiedenen Frau kam ihm in den Sinn, ihr verschlossenes, von glattem blondem Haar halb verborgenes Gesicht. Hatte Vic sich die Konsequenzen überlegt?

»Sie wohnen also nicht hier?« fragte er, sich aus seinen Gedanken reißend. Er wies mit einer Hand zu der Tür auf der anderen Seite des Gartens.

»Nein. Ich wohne in Sonning, nicht allzuweit von hier. Die Wohnung gehörte zum Anwesen, als ich die Galerie kaufte, und ich benütze sie hauptsächlich als Atelier. Manchmal bleibe ich über Nacht, wenn ich beim Malen bin oder eine Vernissage habe.«

»Sie malen?« fragte Kincaid ein wenig überrascht.

Simons lächelte mit wehmütiger Ironie. »Bin ich ein praktischer Mann, Mr. Kincaid? Oder lediglich ein kompromittierter? Sagen Sie es mir.« Er schien die Frage rhetorisch gemeint zu haben, denn er fuhr sogleich zu sprechen fort. »Ich wußte schon, als ich mit dem Kunststudium fertig war, daß ich im Grunde genommen nicht gut genug war, daß mir diese einzigartige Kombination aus Talent und Glück fehlte. Ich verwendete daher etwas Geld, das ich geerbt hatte, um diese Galerie zu kaufen. Ich empfand es ein wenig als Ironie des Schicksals, daß Julias Ausstellungseröffnung am Tag meines fünfundzwanzigjährigen Jubiläums hier stattfand.«

Kincaid war nicht bereit lockerzulassen, obwohl er den Verdacht hatte, daß seine Neugier mehr persönlicher als dienstlicher Art war. »Sie haben meine Frage nicht beantwortet.«

»Ja, ich male, und ich fasse es als Beleidigung auf, wenn man mich als ›einheimischen Künstler‹ bezeichnet und nicht als ›Künstler, der hier heimisch ist‹. Das ist ein feiner Unterschied, verstehen Sie«, fügte er mit leichtem Spott hinzu. »Albern, nicht wahr?«

»Was malen Sie?« fragte Kincaid und ließ seinen Blick über die Gemälde an den Wänden des kleinen Ausstellungsraums wandern.

Simons sah es und lächelte. »Manchmal hänge ich tatsächlich meine eigenen Sachen auf, aber im Augenblick ist hier nichts von mir. Ich mußte für Julias Bilder Platz machen, und, um offen zu sein, ich habe andere Sachen, die sich besser verkaufen als meine, auch wenn ich Themselandschaften male. Ich male in Öl – ich bin noch immer nicht gut genug, um Aquarell zu malen, aber eines Tages werde ich es sein.«

»Ist Aquarellmalen denn so schwierig?« Kincaid betrachtete das angestrahlte Bild von Julias Hand und entdeckte, daß er sich bisher gezwungen hatte, eben das nicht zu tun. Es besaß genau wie sie eine Anziehung, die ihm vertraut und zugleich gefährlich schien. »Ich dachte immer, man wählt einfach, Aquarell oder Öl, je nachdem, was einem mehr liegt.«

»Aquarellmalerei ist weit schwieriger«, erklärte Simons geduldig. »Mit Öl kann man Fehler machen, soviel man will, und sie mit Leichtigkeit wieder übermalen. Beim Aquarell braucht man Selbstvertrauen, vielleicht sogar ein gewisses Quantum Bedenkenlosigkeit. Man muß es gleich beim erstenmal richtig hinkriegen.«

Kincaid betrachtete Julias Bilder mit neuem Respekt. »Sie sagten, daß sie sich alles selbst beigebracht hat? Warum hat sie bei ihrem Talent keine Kunstakademie besucht?«

Simons zuckte die Achseln. »Ich vermute, ihre Eltern haben sie nicht ernst genommen. Musiker haben eine Neigung zur Eindimensionalität, mehr noch als bildende Künstler. Für sie gibt es nichts anderes. Sie essen, schlafen und atmen Musik, und ich könnte mir denken, daß Julias Gemälde in Sir Gerald und Dame Carolines Augen nur lustige Klecksereien waren.« Er stieg die eine Stufe in den kleineren Raum hinunter und trat vor das große Aquarell. »Was auch immer der Grund gewesen sein mag«, sagte er, »es hat ihr erlaubt, sich auf ihre eigene Weise zu entfalten, ohne sich von dieser modernen grafischen Mittelmäßigkeit anstecken zu lassen.«

»Zwischen Ihnen beiden besteht offenbar eine ganz besondere Beziehung«, bemerkte Kincaid, der wahrnahm, daß Trevor Simons mit seinem Körper das Bild auf eine Weise abschirmte, die beinahe etwas Beschützendes hatte. »Sie bewundern sie – beneiden Sie sie auch?«

Es dauerte einen Moment, ehe Simons antwortete, Kincaid immer noch den Rücken zugewandt. »Vielleicht. Kann man denn überhaupt anders als die Menschen beneiden, die so ein Talent mitbekommen haben?« Er drehte sich herum. Mit offenem Blick sah er Kincaid an. »Trotzdem bin ich mit meinem Leben zufrieden.«

»Warum haben Sie es dann aufs Spiel gesetzt?« fragte Kincaid. »Ihre Ehe, Ihre Familie … Vielleicht sogar Ihr Geschäft?«

»Ich wollte es ja gar nicht.« Simons lachte selbstspöttisch. »Das sagt man immer, nicht wahr – ich wollte es ja gar nicht. Es war nur … Julia.«

»Was sonst wollten Sie nicht, Trevor? Wozu haben Sie sich noch hinreißen lassen?«

»Sie glauben, *ich* könnte Connor getötet haben?« Er riß die braunen Augen hinter den Brillengläsern auf und lachte wieder. »Nein, Mr. Kincaid, dazu kann ich mich nicht bekennen.

Was hätte mich veranlassen sollen, den armen Kerl aus dem Weg zu räumen? Julia hatte ihn ja bereits gewogen und für zu leicht befunden.«

Kincaid lächelte. »Und wird sie mit Ihnen das gleiche tun?«

»O ja, da bin ich ziemlich sicher. Ich neige nicht zur Selbsttäuschung.«

Kincaid schob einen Stapel Papiere zur Seite und setzte sich auf die Kante von Simons' Schreibtisch. »Kannten Sie Connor Swann eigentlich gut?«

Simons schob seine Hände in die Hosentaschen und verlagerte sein Gewicht von einer Seite zur anderen wie jemand, der plötzlich einen Stoß bekommen hat. »Eigentlich nur vom Sehen. Wir haben ein paar Worte miteinander gesprochen, wenn er ab und zu mit Julia hierherkam, bevor die beiden sich trennten.«

»Was glauben Sie, war er eifersüchtig auf Sie?«

»Con eifersüchtig? Na, das wäre nun wirklich grotesk gewesen. Ich habe nie verstanden, wie Julia es überhaupt so lange mit ihm ausgehalten hat.«

Draußen blieb eine vorüberkommende Frau stehen und betrachtete das Gemälde im Fenster, wie schon mehrere andere Passanten, seit Kincaid die Galerie betreten hatte. Die Sonne war weitergewandert, und die Schatten der Weiden streckten sich länger über die Straße.

»Sie kommen nie herein«, bemerkte Kincaid, als die Frau in Richtung zur Teestube weiterging und aus seinem Blickfeld verschwand.

»Nein. Nicht oft.« Simons wies auf die Bilder an den Wänden. »Die Preise sind für Spontankäufe ein bißchen hoch. Die meisten meiner Kunden sind Stammkunden, Sammler. Aber hin und wieder kommt es vor, daß jemand einfach hereinschaut, sich in ein Bild verliebt und dann nach Hause geht und sich das Geld dafür zusammenspart.« Er lächelte. »Diese Leute sind mir die liebsten, die nichts von Kunst verstehen und nur aus Liebe zu dem Bild kaufen. Das ist so etwas Ursprüngliches.«

Kincaid richtete seinen Blick wieder auf das Mädchen auf der Wiese, das mit geschlossenen Augen dalag, das Gesicht der Sonne dargeboten, und nickte. »Ja, das verstehe ich.«

Einen Moment sah er Trevor Simons, der ihm ein aufmerksamer und anständiger Mann zu sein schien, schweigend an. »Einen guten Rat, Mr. Simons, den ich Ihnen wahrscheinlich gar nicht geben sollte. Ein Ermittlungsverfahren dieser Art schlägt Wellen – je länger es dauert, desto weitere Kreise zieht es. Ich an Ihrer Stelle würde versuchen, den Schaden zu begrenzen – sprechen Sie mit Ihrer Frau über Julia, wenn es geht. Ehe wir es tun.«

Kincaid saß an einem Fenstertisch in der Teestube. Die Metallkanne hatte getropft, als er eingeschenkt hatte, und seine Tasse stand in einer kleinen Pfütze auf der gesprenkelten Kunststoffplatte des Tischs. Am Tisch nebenan sah er die Frau, die vor ein paar Minuten vor dem Schaufenster der Galerie stehengeblieben war – eine korpulente Frau mittleren Alters, mit von Grau durchzogenem dauergewelltem Haar. Obwohl es im Lokal so warm war, daß die Fenster leicht beschlugen, trug sie noch immer eine wasserdichte Jacke über ihrem dicken Pullover. Vielleicht fürchtete sie, es könnte ganz unerwartet hier drinnen zu regnen anfangen? Als sie aufblickte, lächelte er ihr zu, aber sie sah weg, einen Ausdruck leiser Mißbilligung auf dem starren Gesicht.

Während er seinen Blick wieder zum Fluß hinauswandern ließ, spielte er geistesabwesend mit dem Schlüssel in seiner Hosentasche. Gemma hatte zusammen mit den ersten Berichten Connor Swanns Schlüssel, Adresse und eine Beschreibung des

Hauses von der Dienststelle Thames Valley bekommen. Bis vor einem Jahr hatten Julia und Connor in der Wohnung zusammengelebt, die, wenn er sich beim Studium des Stadtplans nicht vertan hatte, nicht weit von hier sein mußte, in der Nähe der von Weiden überwachsenen Inseln, die er vom Fenster aus sehen konnte. Gut möglich, daß Julia morgens zu einer Tasse Kaffee oder nachmittags zum Tee in dieses Lokal gekommen war. Er stellte sich vor, sie säße ihm in der Nische gegenüber, in einem schwarzen Pulli, hastig rauchend, nachdenklich die Stirn gekraust. Er sah sie im Geiste vor sich, wie sie aufstand und auf die Straße hinausging. Einen Moment blieb sie vor der Galerie stehen, als zögerte sie, dann hörte er das Bimmeln des Glockenspiels, als sie die Tür öffnete und eintrat.

Kincaid schüttelte den Kopf und kippte den Rest seines Tees hinunter. Er schob sich aus der Nische und ging mit seiner aufgeweichten Rechnung zur Kasse, dann folgte er Julias Geist in die länger werdenden Schatten hinaus.

Er schlug den Weg zu den Grasniederungen am Fluß ein und blickte beim Gehen abwechselnd auf den ruhig dahinfließenden Fluß zu seiner Linken und die Wohnblöcke zu seiner Rechten. Es überraschte ihn, daß die Häuser hier nicht eleganter waren. Eines der größeren Gebäude war neugeorgianisch, ein anderes erinnerte mit seinen Bogenfenstern an den Tudor-Stil, und beide wirkten ein wenig heruntergekommen. Das Buschwerk in den Gärten war verwildert, hier und dort bildeten welker roter Mauerpfeffer und blaßblaue Herbstzeitlosen gelegentliche Farbtupfer. Aber es ist ja schließlich auch November, dachte Kincaid nachsichtig. Selbst der Kiosk, der im Sommer Dampferfahrten und Mietboote anbot, war geschlossen.

Die Straße wurde schmäler, und die großen Wohnblöcke wichen niedrigeren Bauten und alleinstehenden Häusern. Hier schien der Fluß nicht so scharf vom Land abgetrennt zu sein, und als Kincaid das hohe Gitter aus schwarzem Schmiedeeisen erreichte, erkannte er es sofort dank der Skizze in seiner Hosentasche. Er umfaßte zwei der lanzenähnlichen Stangen mit seinen Händen und spähte zwischen ihnen hindurch. Ein Keramikschild, das in die Mauer des nächststehenden Gebäudes eingelassen war, sagte ihm, daß die Häuser erst kürzlich errichtet worden waren, Julia und Connor Swann waren also vielleicht die ersten Bewohner gewesen. Sie erinnerten an Bootshäuser, gebaut aus ziegelrotem Backstein, mit weißgerahmten Fenstern, weißen Balkongittern und weißen Giebelverzierungen nach Zuckerbäckerart. Kincaid fand das alles ein bißchen übertrieben, insgesamt jedoch gefielen ihm die Häuser, denn sie harmonierten mit der natürlichen Landschaft und den umgebenden Häusern. Wie Prinz Charles empfand er moderne Architektur großenteils als eine Verunglimpfung der Landschaft.

An abgestellten Booten und Anhängern vorbei ging Kincaid am Gitter entlang, bis er ein Tor fand. Die Häuser standen versetzt inmitten eines gepflegten Gartens, keines ganz wie das andere. Er fand das Haus ohne Mühe, zweistöckig, wie ein Pfahlbau auf Säulen über der Erde errichtet. Als er den Schlüssel ins Türschloß schob, fühlte er sich plötzlich wie ein Einbrecher, aber von den benachbarten Terrassen rief ihn niemand an.

Er hatte Schwarz und Weiß erwartet.

Unlogischerweise in Anbetracht der intensiven Farben, die Julia Swann bei ihrer Malerei verwendete, sagte er sich. Eine weichere Palette empfing ihn, beinahe mediterran, mit blaßgelben Wänden und Terrakottaböden. Leichte, helle Möbel im Wohnzimmer, ein marokkanischer Teppich auf dem gefliesten Boden. Auf einem niedrigen bemalten Tisch vor dem Sofa stand ein Schachspiel. Hatte Connor gespielt, oder war es nur ein Vorzeigestück?

Ein Jackett lag achtlos hingeworfen über der Rückenlehne eines Sessels, Zeitungen waren über Sofa und Boden verstreut, unter dem Couchtisch erkannte er ein Paar Segelschuhe. Kincaid strich mit dem Zeigefinger über einen Tisch und wischte den aufgenommenen Staub an seinem Hosenbein ab. Connor Swann war offensichtlich nicht gerade ein Herr Saubermann gewesen.

Er ging in die anschließende Küche, die keine Fenster hatte, jedoch zum hellen Wohnzimmer hin offen war und von dort genug Licht erhielt. Im Gegensatz zum Wohnzimmer war sie pieksauber und ordentlich. Auf einem Bord neben dem Herd stand ein Sortiment offensichtlich viel benützter Kochbücher. *Die Kunst der guten Küche,* las Kincaid, *Die italienische Küche, La Cucina Fresca.* Es waren noch mehr da, einige mit üppigen Farbfotos, deren Anblick allein ihn hungrig machte. Auf einem anderen Bord reihten sich Dosen mit Olivenöl, Essigflaschen, Gläser mit eingemachten Oliven, Artischocken, Pilzen.

Kincaid öffnete den Kühlschrank und fand ihn gut ausgestattet mit verschiedenen Käsen, Eiern, Milch und Grünzeug. Im Gefrierschrank lagen einige ordentlich etikettierte Päckchen mit Fleisch, ein Baguette, einige Plastikbehälter, die vermutlich Suppen- oder Soßenfonds enthielten. Neben dem Telefon sah er eine angefangene Einkaufsliste: Auberginen, Tomatenmark, Radicchio, Birnen. Der Mann war offensichtlich ein ambitionierter Koch gewesen, der nichts davon gehalten hatte, gefrorene Fertiggerichte in die Mikrowelle zu schieben.

Im ersten Stock waren ein Schlafzimmer mit anschließendem Bad, ebenfalls in weichen Gelbtönen gehalten, und ein kleines Zimmer, das offenbar als Büro oder Arbeitszimmer diente. Kincaid ging die nächste Treppe zum obersten Stockwerk hinauf.

Hier war Julias Atelier gewesen. Durch große Fenster strömte das Licht des späten Nachmittags, und über die Wipfel der Weiden hinweg konnte er den Fluß sehen. In der Mitte des Zimmers stand ein kahler Tisch, an der Wand ein alter Schreibtisch mit einigen teilweise benützten Skizzenblöcken und einem Holzkasten voller Farbtuben. Neugierig kramte Kincaid darin herum. Er hatte nicht gewußt, daß es Aquarellfarben in Tuben gab. *Karmesin. Maigrün. Ultramarinblau.* Die Namen klangen wie Poesie, doch die Tuben hinterließen den feinen Staub der Vernachlässigung an seinen Fingern. Der Raum selbst wirkte leer und unbewohnt.

Langsam ging er wieder hinunter und sah noch einmal ins Schlafzimmer. Das Bett war flüchtig gemacht, eine Hose lag mit herabhängendem Gürtel über einem Stuhl.

Das ganze Haus vermittelte den Eindruck eines jäh abgebrochenen Lebens. Connor Swann hatte vorgehabt einzukaufen, ein Abendessen zu richten, die Zeitungen hinauszubringen, sich die Zähne zu putzen, unter die warme, blaugelbe Steppdecke auf dem Bett zu schlüpfen. Kincaid wußte, wenn es ihm nicht gelang, die Persönlichkeit Connor Swanns zu verstehen, hatte er kaum Hoffnung, seinen Mörder zu finden, und ihm war klar, daß sein ganzes Wissen über den Mann bisher von der Einstellung Julias und ihrer Eltern zu ihm gefärbt war.

Dies war Julias Haus. Jeder Raum trug ihren Stempel; Connor schien, außer in der Küche, nur oberflächliche Spuren hinterlassen zu haben. Warum hatte Julia dieses Haus aufgegeben?

Vom Schlafzimmer aus ging Kincaid in das Arbeitszimmer. Vor dem Fenster stand ein Schreibtisch mit Stuhl, in einer Ecke ein Lehnsessel mit einer Leselampe. Kincaid setzte sich an den Schreibtisch, schaltete die Schreibtischlampe mit dem grünen

Schirm ein und begann planlos den Wust von Papieren durchzugehen.

Als erstes fiel ihm ein in Leder gebundener Terminkalender in die Hand. Langsam blätterte er ihn durch. Die Namen der Rennbahnen sprangen ihm ins Auge – Epsom, Cheltenham, Newmarket ... In regelmäßiger Folge wechselten sie sich die Monate hindurch ab. Manchmal stand eine Zeit neben dem Namen, manchmal folgten Ausrufezeichen. Ein lohnender Tag vielleicht?

Kincaid kehrte zum Anfang zurück und ging das Buch noch einmal sorgfältiger durch. Ein Muster des gesellschaftlichen Lebens, das Connor Swann geführt hatte, begann sich herauszuheben. Verabredungen zum Mittagessen, zum Abendessen, zum Cocktail, häufig von einem Namen, einer Zeit und den Worten ›Red Lion‹ begleitet. Du lieber Gott, dachte Kincaid, dieser Mann hatte einen bis zum Rand gefüllten Terminplan. Und um es noch schlimmer zu machen, gab es in Yorkshire Pubs und Hotels namens *Red Lion* wie Sand am Meer. Am gescheitesten war es wahrscheinlich, bei dem feudalen alten Hotel hier in Henley anzufangen.

Golftermine erschienen häufig, ebenso der Buchstabe J., von einem Gedankenstrich gefolgt, und wechselnde Namen, von denen einige ihm nichts sagten, andere jedoch – wie Tyler Pipe und Carpetland – offensichtlich Geschäftsunternehmen bezeichneten. Anscheinend handelte es sich bei diesen Eintragungen nicht ausschließlich um private Verabredungen, sondern auch um geschäftliche Termine mit Kunden irgendeiner Art. Kincaid hatte angenommen, Connor hätte vom Vermögen der Ashertons gelebt, auch den Berichten der Kollegen von Thames Valley war nichts anderes zu entnehmen gewesen, doch vielleicht war das gar nicht der Fall gewesen. Er klappte das Buch zu und begann die Papiere auf dem

Schreibtisch durchzusehen, dann jedoch kam ihm ein Gedanke, und er schlug den Terminkalender noch einmal auf. Der Eintrag ›Mittagessen G + C‹ erschien regelmäßig jeden Donnerstag.

Der Papierstoß auf dem Schreibtisch bestand aus gewöhnlichen Haushaltsrechnungen, Wettscheinen, Rennzeitschriften, einem Wirtschaftsbericht einer Firma in Reading und einem Auktionskatalog. Kincaid schob ihn mit einem Achselzucken zur Seite und setzte seine Bestandsaufnahme fort. Heftklammern, Federmesser, ein Becher mit der Aufschrift *Henley Art Fest,* in dem eine Handvoll Kugelschreiber steckte.

Connor Swanns Scheckbuch fand er in der linken Schublade. Eine rasche Durchsicht der Verwendungsnachweise und Eingangsbestätigungen zeigte die erwarteten monatlichen Zahlungen sowie regelmäßige Einzahlungen, die mit dem Namen Blackwell, Gillock und Frye versehen waren. Eine Anwaltskanzlei? Kincaid wurde auf ein interessantes Muster aufmerksam und blätterte noch einmal zum Anfang des Verzeichnisses zurück, um seinen Eindruck zu überprüfen. Der erste nach jeder Einzahlung ausgestellte Scheck lautete auf den Namen K. Hicks, und die Beträge, wenn auch nicht immer gleich, waren stets erheblich.

Kincaid war so vertieft in seine Überlegungen, daß das feine, klirrende Geräusch von unten erst nach einer Weile zu ihm durchdrang. Er blickte auf. Es war inzwischen fast dunkel geworden. Die Konturen der Weiden vor dem Fenster hoben sich schwarz von einem violetten Himmel ab.

Die Geräusche, die er nun von unten wahrnahm, waren klarer zu erkennen – ein lauteres Klirren, dem ein Quietschen folgte. Kincaid stand auf und ging leise in den Flur hinaus. Einen Moment lauschte er, dann huschte er die Treppe hinunter. Als er die letzte Stufe erreichte, ging im Wohnzimmer das Licht an. Wieder lauschte er, dann trat er um die Ecke.

Sie stand an der Tür, eine Hand noch am Lichtschalter. Enge Jeans, ein rosafarbener Pullover, so eng, daß man die Linie ihres Büstenhalters durch das Gewebe sah, irrsinnig hohe Absätze, blondes Haar, kraus wie das Schlangenhaar der Medusa.

»Hallo«, sagte er und versuchte es mit einem Lächeln.

Sie schnappte einmal kurz nach Luft, ehe sie zu kreischen anfing. »Wer zum Teufel sind Sie?«

5

Verwirrt streckte Gemma den Arm zur anderen Seite des Doppelbetts aus und klopfte auf das Kissen. Leer. Als sie ihre Augen öffnete, sah sie, daß das schwache graue Licht auf der falschen Seite des Zimmers durchs Fenster fiel.

Mit einem Ruck fuhr sie in die Höhe. Natürlich. Eine neue Wohnung. Kein Ehemann. Sie schob sich das wirre Haar aus der Stirn. Sie hatte seit Monaten nicht mehr von Rob geträumt und geglaubt, dieser Teil ihrer Vergangenheit sei endlich abgeschlossen.

Heißes Wasser begann glucksend durch die Heizröhren zu fließen, als der Thermostat sich einschaltete. Erschrocken fragte sie sich, weshalb der Wecker nicht geläutet hatte, dann fiel ihr ein, daß Sonntag war, und sie entspannte sich. Sie schloß die Augen und kuschelte sich wieder in die Kissen, mit diesem besonderen Wohlgefühl, das man empfindet, wenn man früh aufwacht und weiß, daß man noch nicht aufzustehen braucht.

Doch der Schlaf ließ sich nicht zurückholen. Gedanken an das Gespräch, zu dem sie sich für den späteren Vormittag im Coliseum verabredet hatte, machten sich in ihrem Bewußtsein breit, bis sie schließlich mit einem tiefen Gähnen die Bettdecke zurückschob und die Beine aus dem Bett schwang. Es war ihr logisch erschienen, mit der Überprüfung von Gerald Ashertons Aussage in der Oper selbst anzufangen, und sie stellte fest, daß sie dem kommenden Tag mit einer gewissen angenehmen Aufregung entgegensah.

Sie krümmte unwillkürlich die Zehen, als ihre Füße den eiskalten Boden berührten, und während sie in ihren Morgenrock schlüpfte, angelte sie nach ihren Hausschuhen. Nun, wenigstens konnte sie die Zeit vor Tobys Erwachen dazu nützen, in aller Ruhe eine Tasse Kaffee zu trinken und sich auf den Tag vorzubereiten.

Ein paar Minuten später wurde es behaglich warm in der Wohnung. Ihre heiße Kaffeetasse mit beiden Händen umschließend, setzte sie sich an den schwarzen Lattentisch vor dem Gartenfenster und fragte sich wieder einmal, ob sie das Richtige getan hatte.

Sie hatte ihr Haus in Leyton verkauft – eine Doppelhaushälfte mit vier Zimmern und Garten, ein Symbol aus Ziegelsteinen und Rauhputz für Robs illusorische Zukunftspläne – und anstatt die vernünftige Wohnung in Wanstead zu kaufen, wie sie das eigentlich vorgehabt hatte, hatte sie – das hier gemietet. Kopfschüttelnd sah sie sich um.

Ihre Maklerin hatte gesagt: »Sie sollen es sich ja nur einmal ansehen, Gemma, mehr verlang ich ja gar nicht. Ich weiß, es ist nicht das, was Sie suchen, aber Sie müssen es einfach sehen.« Und so war sie hergekommen, hatte gesehen und auf der gestrichelten Linie unterzeichnet, unversehens Mieterin der umgebauten Garage hinter einem stattlichen viktorianischen Haus in einer von Bäumen gesäumten Straße in Islington. Das Haus an sich schon war unerwartet, wie es da zwischen zwei von Islingtons elegantesten georgianischen Reihenhauszeilen stand, doch es nahm seinen Platz mit selbstsicherer Würde ein.

Die Garage war alleinstehend und lag tiefer als der Garten, so daß die Fenster, die eine ganze Wand der Wohnung einnahmen, sich von außen zu ebener Erde befanden. Die Eigentümer, ein Psychiater, der seinen Arbeitsplatz in einem Gartenhäuschen hatte, und seine holländische Frau, hatten die Garage in einem Stil eingerichtet, den die Maklerin als ›japanischen Minimalismus‹ bezeichnete.

Gemma lachte beinahe laut heraus, als ihr das einfiel. Für mich ist es eher eine Übung in ›minimalistischem Wohnen‹, dachte sie. Die Wohnung bestand im Grunde genommen aus einem einzigen großen Raum, der mit einem Futon und einigen anderen schicken modernen Stücken möbliert war. Küche und Bad waren in kleinen Nischen untergebracht, und eine Vorratskammer mit einem kleinen Fenster war in Tobys Zimmer umfunktioniert worden. Auf Ungestörtheit konnte man hier nicht hoffen, aber wenn man ein kleines Kind hatte, war Ungestörtheit sowieso nur ein Wunschtraum, und Gemma konnte sich nicht vorstellen, daß sie in der vorhersehbaren Zukunft wieder mit einem Mann zusammenleben würde.

Gemmas Möbel und andere Besitztümer waren derweil im Keller unter der Bäckerei ihrer Eltern in der Leyton High Street gelagert. Ihre Mutter hatte über ihre Entscheidung nur den Kopf geschüttelt und mit leichter Mißbilligung gefragt: »Was hast du dir nur dabei gedacht, Kind?«

Eine ruhige Straße mit Bäumen und einem Park an ihrem Ende. Ein grüner eingefriedeter Garten voll verschwiegener Eckchen und Winkel, in denen sich ein kleiner Junge verstecken kann. Ein Ort voller Geheimnisse und Verheißung. Doch Gemma hatte nur gesagt: »Mir gefällt es, Mama. Und es ist näher beim Yard«, obwohl sie bezweifelte, daß ihre Mutter das verstehen würde.

Sie fühlte sich von Ballast befreit, auf das Wesentliche reduziert, heiter und zufrieden in der Klarheit dieses Raums.

Jedenfalls war es bis zu diesem Morgen so gewesen. Stirnrunzelnd überlegte sie, warum sie sich plötzlich so unruhig fühlte, und das Bild des zwölfjährigen Matthew Asherton stieg vor ihr auf.

Abrupt stand sie auf, schob zwei Weißbrotscheiben in den Toaster, der auf dem Tisch stand, und ging zu Toby, um ihn zu wecken.

Nachdem sie Toby bei ihrer Mutter abgesetzt hatte, fuhr sie mit der Untergrundbahn bis zum Charing Cross. Der Luftwirbel des davonfahrenden Zugs schlug ihr ihren Rock um die Beine, und fröstelnd hielt sie das Revers ihrer Jacke zusammen. Als sie oben, in der Fußgängerzone hinter St. Martin-in-the-Fields, ins Freie trat und um die Kirche herum in die St. Martin's Lane ging, stellte sie fest, daß es draußen nicht besser war. Ein kalter Windstoß, der Staub und Papierfetzen mit sich trug, fegte die Straße hinunter.

Sie rieb sich die Augen und zwinkerte mehrmals, um wieder klar sehen zu können, dann blickte sie sich um. Vor ihr an der Ecke war das *Chandos Pub,* und gleich dahinter stand ein großes vertikales Schild mit schwarzen Lettern auf weißem Grund: ›London Coliseum‹. Blaue und weiße Flaggen mit den aufgedruckten Buchstaben ENO umgaben es und zogen ihren Blick aufwärts. Scharf hob sich die weiße Kuppel vom blauen Himmel ab. Die Aufschrift ›English National Opera‹, die sich in weißen Lettern quer über die Kuppel zog, war ziemlich zurückhaltend, Gemma vermutete, daß sie abends beleuchtet war.

Ihr fiel plötzlich ein, daß sie hier schon einmal gewesen war. Sie und Rob hatten sich ein Stück im Albury Theater etwas weiter die Straße hinauf angesehen und waren hinterher zu einem Drink ins *Chandos* gegangen. Es war ein warmer Abend gewesen, und sie hatten ihr Bier draußen im Freien getrunken, um dem Gedränge und dem Qualm in der Bar zu entkommen. Gemma hatte die Leute beobachtet, die aus dem Opernhaus strömten, angeregt, in lebhaftem Gespräch über die Aufführung, die sie gesehen hatten. »Ich würde auch gern mal in die Oper gehen«, hatte sie sehnsüchtig zu Rob gesagt.

Er hatte auf seine herablassende Art gelächelt und spöttisch erwidert: »Damit du dir von dicken alten Kühen in albernen Kostümen die Ohren vollkreischen lassen kannst? Sei nicht blöd, Gem.«

Gemma lächelte bei dem Gedanken an das Foto Caroline Stowes, das sie gesehen hatte. Rob wäre ganz schön von den Socken gewesen. Von wegen alte Kuh.

Mit einem kleinen Prickeln der Erregung bei ihrem Eintritt in diese glitzernde Märchenwelt stieß sie die Tür zum Foyer auf. »Ich möchte zu Alison Douglas«, sagte sie zu der korpulenten grauhaarigen Frau am Empfang. »Der stellvertretenden technischen Leiterin des Orchesters. Ich bin mit ihr verabredet.«

»Da müssen Sie nach hinten gehen, Schätzchen«, antwortete die Frau und machte eine Drehbewegung mit ihrem Finger. »Um das Gebäude herum, gleich neben der Laderampe.«

Einigermaßen ernüchtert ließ Gemma die Pracht und die Wärme des Foyers hinter sich und umrundete das Gebäude in der angezeigten Richtung, bis sie in eine Gasse mit lauter Lieferantenzufahrten für Pubs und Restaurants gelangte. Der Bühneneingang zum Coliseum mit seiner Betontreppe und der schäbigen Tür, von der die Farbe abblätterte, war nur durch das ENO-Logo neben der Tür kenntlich. Gemma stieg die Treppe hinauf und trat durch die Tür in ein kleines Vestibül.

Links von ihr saß ein Portier in einer verglasten Loge; geradeaus versperrte eine weitere Tür den Weg in die tieferen Regionen. Sie meldete sich beim Portier an, und er reichte ihr lächelnd ein Anmeldeformular zu ihrer Unterschrift. Er war jung, mit sommersprossigem Gesicht und braunem Haar, das verdächtig danach aussah, als hätte es vor nicht allzu langer Zeit ein Irokesenschnitt geziert. Gemma sah genauer hin und bemerkte das kleine Loch in seinem Ohrläppchen, in dem eigentlich ein Ring hätte hängen sollen. Er bemühte sich offensichtlich sehr, bei der Arbeit nur ja keinen ausgeflippten Eindruck zu machen.

»Ich gebe Miss Alison Bescheid«, sagte er und gab ihr einen Aufkleber, den sie sich ans Revers ihrer Jacke klebte. »Sie wird gleich kommen und Sie holen.« Er griff zum Telefon und murmelte ein paar unverständliche Worte.

Gemma hätte gern gewußt, ob er am vergangenen Donnerstagabend im Dienst gewesen war. Sein freundliches Lächeln versprach Gutes für eine Befragung, doch sie wollte lieber warten, bis sie ungestört mit ihm sprechen konnte.

In der Nähe begannen Kirchenglocken zu läuten. »St. Martin's?« fragte sie.

Er nickte und warf einen Blick auf die Uhr an der Wand hinter ihm. »Punkt elf. Man kann seine Uhr danach stellen.«

Gab es für einen Elfuhrgottesdienst eine Gemeinde, oder war die Kirche nur für Touristen da?

Sich ihrer Überraschung erinnernd, als Alison Douglas zugesagt hatte, sie an diesem Sonntagmorgen zu treffen, fragte sie den Portier: »Hier geht wohl sogar an einem Sonntagmorgen alles seinen normalen geschäftlichen Gang?«

Er nickte lächelnd. »Die Sonntagsmatinee. Eines unserer stärksten Zugpferde, besonders wenn so was Populäres wie die *Traviata* gegeben wird.«

Verwundert zog Gemma ihren Block aus ihrer Handtasche und blätterte rasch. »Ich dachte, es gäbe *Pelleas und Melisande*.«

»Donnerstags und samstags. Die Inszenierungen —«

Er hielt inne, als eine junge Frau zur Tür hereinkam, dann sagte er kurz zu Gemma: »Sie werden schon sehen.« Er zwinkerte ihr zu. »Alison wird es Ihnen schon erklären.«

»Guten Tag, ich bin Alison Douglas.« Ihre Hand war kühl, ihr Händedruck energisch. »Lassen Sie sich von Danny nur nicht irre machen. Was kann ich für Sie tun?«

Sie hatte kurzes hellbraunes Haar, trug einen schwarzen Pulli zum schwarzen Rock und Schuhe mit Plateausohlen, mit denen sie fast so groß wie Gemma war. Das Bemerkenswerteste an ihr jedoch war ihre Art, sich selbst ganz ernst zu nehmen.

»Können wir uns hier irgendwo in Ruhe unterhalten? In Ihrem Büro vielleicht?«

Alison zögerte, öffnete dann die Tür zu den inneren Räumen und gab Gemma mit einer Kopfbewegung zu verstehen, daß sie ihr vorausgehen solle. »Am besten kommen Sie einfach mit. Wir haben in knapp drei Stunden eine Aufführung«, fügte sie hinzu, »und ich habe noch eine Menge zu tun. Wenn Sie nichts dagegen haben, könnten Sie mich einfach begleiten, und wir unterhalten uns unterwegs.«

»In Ordnung«, stimmte Gemma zu, da sie bezweifelte, daß ihr ein besseres Angebot gemacht werden würde.

Sie befanden sich in einem unterirdischen Labyrinth dunkelgrüner Korridore. Gemma, die sofort die Orientierung verloren hatte, blieb Alison Douglas dicht auf den Fersen, während es in verwirrender Folge rechts und links ging, auf und ab, rundherum. Ab und zu sah sie auf den schmutzig grünen Teppich unter ihren Füßen und fragte sich, ob sie die Form einzelner besonderer Schmutzflecken wiedererkennen würde. Würde sie ihnen folgen können wie Hänsel und Gretel den Brotkrumen? Die Gerüche nach feuchtem Moder und Desinfektionsmitteln reizten sie zum Niesen.

Alison drehte sich nach ihr herum, um etwas zu ihr zu sagen, blieb plötzlich stehen und lächelte. Gemma war sicher, daß sie ihr ihre Verwirrung angesehen hatte, und war ausnahmsweise einmal dankbar dafür, daß ihr Gesicht jede ihrer Regungen verriet.

»Wir sind hier hinter der Bühne«, erklärte Alison, nicht mehr ganz so brüsk, wie sie zu Anfang gewesen war. »Ziemlich ernüchternd, nicht wahr? Aber hier ist in Wirklichkeit das Herz des Theaters. Ohne das hier alles« – sie machte eine umfassende Handbewegung – »passiert vorn gar nichts.«

Gemma vermutete, Alisons Zunge lasse sich am ehesten lösen, wenn man mit ihr über ihre Arbeit sprach. »Miss Douglas, ich verstehe offen gestanden nicht ganz, was Sie hier für eine Aufgabe haben.«

Alison setzte sich wieder in Bewegung, während sie sprach. »Mein Chef – Michael Blake – und ich sind für die gesamte Verwaltungsarbeit, die zur Führung eines Orchesters gehört, zuständig. »Wir –« Mit einem Blick auf Gemmas Gesicht zögerte sie, offenbar bemüht, die einfachste Erklärung zu finden. »Wir sorgen dafür, daß alles und jeder an dem Ort ist, wo er sein sollte. Das kann manchmal sehr anstrengend und mühsam sein. Und Michael ist im Augenblick für einige Tage verreist.«

»Haben Sie auch mit den Dirigenten selbst zu tun?« hakte Gemma sofort nach, aber da machte der Korridor wieder einen Knick, und Alison schob den verschossenen Plüschvorhang zur Seite, der ihnen den Weg versperrte. Sie wich zurück, um Gemma den Vortritt zu lassen.

Überrascht bliebt Gemma stehen. Alison, die neben sie getreten war, sagte gedämpft: »Es ist schon erstaunlich, nicht wahr? Ich habe mich schon so daran gewöhnt, daß es mir nur noch auffällt, wenn ich es mit den Augen eines anderen sehe. Wir haben hier das größte Theater im West End, mit dem größten Bühnenhaus in London. Das macht es uns möglich, mehrere Produktionen gleichzeitig auf die Bühne zu bringen.«

Der riesige Raum summte vor Geschäftigkeit. Bühnenbilder verschiedener Inszenierungen standen in surrealem Nebeneinander herum. »Oh«, sagte Gemma, während sie zusah, wie ein riesiges Stück Steinmauer von zwei Männern in Overalls mit Leichtigkeit durch den Raum gerollt wurde. »Das meinte Danny also. Donnerstags und samstags dirigiert Sir Gerald *Pelleas und Melisande,* freitags und sonntags wird das andere Stück aufgeführt – ich weiß nicht mehr, wie es hieß.«

»*La Traviata.* Da, schauen Sie.« Alison wies zur Bühne. »Da ist Violettas Ballsaal, in dem sie und Alfredo ihr erstes Duett singen. Und dort« – sie zeigte auf das Stück Steinmauer, das jetzt säuberlich in eine Aussparung eingepaßt worden war – »das ist ein Teil von König Arkels Schloß aus Pelleas.« Sie warf einen Blick auf ihre Uhr, sah dann wieder Gemma an und sagte: »Ich muß dringend noch ein paar Dinge erledigen. Sehen Sie sich inzwischen hier um, ja? Sobald ich fertig bin, hol ich Sie hier wieder ab. Dann können wir auf einen Sprung in die Kantine gehen.« Mit den letzten Worten entfernte sie sich bereits von Gemma.

Gemma ging über die Bühne zur Rampe und sah sich um. Vor ihr stiegen die Sitzreihen des Zuschauerraums an, barocke Pracht in blauem Samt mit Goldverzierung. Die Leuchter hingen wie glitzernde Monde hoch über ihr aus der Kuppel herab. Sie stellte sich den riesigen Saal mit Menschen gefüllt vor, die gespannt ihre Blicke auf sie richteten und darauf warteten, daß sie den Mund öffnete und zu singen begann. Ihr wurde plötzlich ganz kalt. Caroline Stowe mochte zierlich und zart wirken, aber sich auf einer solchen Bühne zu präsentieren und der erwartungsvollen Menge gegenüberzutreten, bedurfte einer Art von Kraft, die Gemma nicht besaß.

Sie blickte in den Orchestergraben hinunter und lächelte. Sir Gerald wenigstens genoß einen gewissen Schutz und konnte den Zuschauern den Rücken kehren.

Von irgendwoher vernahm sie Musik, eine eingängige, heitere Melodie, die von Frauenstimmen getragen wurde. Sie machte kehrt und ging wieder nach hinten, lauschte, um mehr zu hören, doch das Klopfen und Hämmern rund um sie herum übertönte die Musik, so daß sie nicht einmal feststellen konnte, aus welcher Richtung sie kam. Sie merkte erst, daß Alison Douglas wieder da war, als diese sie ansprach. »Haben Sie den Orchestergraben gesehen? Wir quetschen hundertneunzehn Musiker in diesen Raum, wenn Sie sich das vorstellen können, Ellbogen an —«

Gemma berührte ihren Arm. »Diese Musik – was ist das?«

»Was –?« Alison lauschte einen Moment verwundert, dann lächelte sie. »Ach so, das ist aus *Lakme,* Mallikas Duett mit Lakme im Garten des Hohen Priesters. Eine der Sängerinnen, die in *La Traviata* auftritt, singt im nächsten Monat im Covent Garden die Mallika. Sie versucht sich wahrscheinlich darauf einzustimmen, indem sie Platten hört.« Schon wieder sah sie auf die Uhr und sagte dann: »Wir können eine Tasse Tee zusammen trinken, wenn Sie das möchten.«

Die Musik verklang. Während Gemma Alison wieder durch das Gewirr von Korridoren folgte, fühlte sie sich seltsam traurig, als hätte etwas sehr Schönes und Flüchtiges sie berührt. »Und nimmt diese Oper ein glückliches Ende?« fragte sie Alison.

Alison warf einen Blick über ihre Schulter und lachte erheitert. »Natürlich nicht. Am Ende opfert sich Lakme, um ihren Geliebten zu schützen.«

In der Kantine roch es nach Bratenfett. Gemma saß Alison Douglas gegenüber, trank Tee, der so stark war, daß der Löffel darin steckenblieb, und versuchte vergeblich, es sich in dem vorgeformten Plastiksessel bequem zu machen. Um sie herum tranken Männer und Frauen in völlig normaler Kleidung Tee und aßen Sandwiches, doch die Gesprächsfetzen, die Gemma auffing, enthielten so viele technische Ausdrücke, daß man hätte meinen können, eine fremde Sprache zu hören. Sie zog ihren Block aus ihrer Handtasche und legte ihn auf den Tisch.

»Miss Douglas«, sagte sie, als sie sah, daß Alison mit einer Fingerspitze auf ihre Armbanduhr klopfte. »Ich verstehe, daß Ihre Zeit knapp ist. Ich werde Sie nicht länger als unbedingt nötig aufhalten.«

»Ich weiß nicht recht, wie ich Ihnen überhaupt helfen kann. Ich meine, ich weiß natürlich von der Geschichte mit Sir Geralds Schwiegersohn. Wirklich schlimm.« Ihre Miene trübte sich, und sie sah plötzlich sehr jung und unsicher aus wie ein Kind, das zum erstenmal mit einem tragischen Ereignis konfrontiert wird. »Aber ich verstehe nicht, was das mit mir zu tun hat.«

Gemma schlug ihren Block auf und legte ihren Kugelschreiber neben ihn. »Arbeiten Sie eng mit Sir Gerald zusammen?«

»Nicht enger als mit den anderen Dirigenten.« Alison hielt inne und lächelte. »Aber es macht mir mehr Spaß. Er ist ein ausgesprochen netter Mann. Die Ruhe selbst, im Gegensatz zu manchen anderen.«

Gemma, die nicht gern zugeben wollte, daß sie keine Ahnung hatte, wie das System funktionierte, improvisierte und fragte. »Dirigiert er häufig?«

»Mehr als alle anderen außer unserem Musikdirektor.« Alison beugte sich über den Tisch zu Gemma und senkte ihre Stimme. »Man hat ihm die Position einmal angeboten, aber er hat sie abgelehnt. Das war allerdings vor Jahren, lange vor meiner Zeit. Er sagte damals, er wolle mehr Freiheit haben, mit anderen Orchestern zusammenzuarbeiten, aber ich glaube, es hatte mit seiner Familie zu tun. Er und Dame Caroline hatten damals im Sadler's Wells zusammen bei der Truppe angefangen – es wäre nun naheliegend gewesen, ihn zum Direktor zu machen.«

»Singt Dame Caroline noch hier an der Oper? Ich meine, ist sie nicht – sie hat doch eine erwachsene Tochter …«

Alison lachte. »Sie meinen, daß sie für ihren Beruf zu alt ist, stimmt's?« Wieder beugte sie sich vor. Ihr lebhaftes Mienenspiel verriet, welche Freude es ihr machte, die Uneingeweihten zu belehren. »Die meisten Sopransängerinnen finden erst in ihren Dreißigern wirklich zu ihrer Form. Es braucht jahrelange Arbeit und Übung, um eine Stimme zu entwickeln, und wenn man zu früh zuviel singt, kann der Stimme nicht wiedergutzumachender Schaden zugefügt werden. Viele erreichen ihren Höhepunkt, wenn sie in den Fünfzigern sind, und einige Ausnahmesängerinnen können auch danach noch weitermachen. Ich muß allerdings zugeben, daß es manchmal etwas komisch wirkt, wenn sie dann noch die jugendliche Naive spielen.« Sie lachte und fuhr dann ernst fort: »Aber bei Caroline Stowe wäre das sicherlich nicht der Fall gewesen. Ich kann mir nicht vorstellen, daß sie je lächerlich wirkt, ganz gleich, wie alt sie ist.«

»Sie sagten eben ›es wäre nicht der Fall gewesen‹. Ich verstehe nicht –«

»Sie hat sich ganz von der Bühne zurückgezogen. Vor zwanzig Jahren schon, als ihr Sohn umkam. Sie ist danach nie wieder öffentlich aufgetreten.« Alison hatte wieder die Stimme gesenkt, und obwohl sie ein angemessen betrübtes Gesicht machte, erzählte sie die Geschichte mit dem Genuß, in dem sich die Leute im allgemeinen über das Unglück anderer ergehen. »Und sie war wirklich genial. Sie hätte eine der berühmtesten Sopranistinnen unserer Zeit werden können.« Mit echtem Bedauern schüttelte Alison den Kopf.

Gemma trank einen letzten Schluck von ihrem bitteren Tee und schob die Tasse weg. »Wieso dann der Titel, wenn sie aufgehört hat zu singen?«

»Sie ist eine der besten Gesangslehrerinnen in England, wenn nicht der Welt. Viele Sängerinnen, von denen wirklich Großes zu erwarten ist, sind von ihr unterrichtet worden und werden immer noch von ihr unterrichtet. Außerdem hat sie unheimlich viel für unser Unternehmen getan.« Alison lächelte ein wenig ironisch und fügte hinzu: »Sie ist eine sehr einflußreiche Frau.«

»Offensichtlich«, meinte Gemma, die daran dachte, daß es Dame Caroline und Sir Gerald gewesen waren, die erreicht hatten, daß Scotland Yard die Ermittlungen über Connor Swanns Tod übernahm. Etwas abrupt das Thema wechselnd, sagte Gemma: »Wissen Sie, um welche Zeit Sir Gerald am Donnerstag abend das Theater verlassen hat?«

Alison überlegte einen Moment mit gekrauster Stirn. »Nein, das weiß ich wirklich nicht. Ich habe unmittelbar nach der Aufführung in seiner Garderobe mit ihm gesprochen, das war so gegen elf, aber ich bin höchstens fünf Minuten geblieben. Ich hatte noch eine Verabredung«, fügte sie mit einem vielsagenden Lächeln hinzu. »Am besten fragen Sie Danny. Der hatte an dem Abend Dienst.«

»Wirkte Sir Gerald in irgendeiner Weise erregt? War an diesem Abend irgendwas anders als sonst?«

»Nein, nicht daß ich –« Alison brach ab, die Hand an der Teetasse. »Warten Sie. Da war doch was. Tommy war bei ihm. Die beiden kennen sich praktisch seit Ewigkeiten«, fügte sie eilig hinzu, »aber wir sehen Tommy sehr selten nach einer Aufführung, und schon gar nicht in der Garderobe des Dirigenten.«

Gemma, die das Gefühl hatte, daß ihr die Fäden dieses Gesprächs entglitten, fragte: »Und wer genau ist Tommy?«

Alison lächelte. »Ach, ich hab vergessen, daß Sie das nicht wissen können. Tommy ist Tommy Godwin, unser Kostümier. Und er ist nicht so einer, der so tut, als sei ein Besuch von ihm hier eine göttliche Gnade, wie ich das von einigen anderen Kostümbildnern kenne« – sie verdrehte die Augen –, »aber wenn er hier im Theater ist, hat er im allgemeinen mit dem Kostümwechsel und dergleichen alle Hände voll zu tun.«

»Ist er heute hier?«

»Nicht daß ich wüßte. Aber ich denke, Sie können ihn morgen im LB-Haus erreichen.« Diesmal war Gemmas Verwirrung wohl offensichtlich; ehe sie eine Frage stellen konnte, setzte Alison hinzu: »Das ist das Lilian-Baylis-Haus in West Hampstead, wo unsere Kostümwerkstätten sind. Moment.« Sie griff nach Gemmas Block. »Ich schreibe Ihnen Adresse und Telefonnummer auf.«

Ein Gedanke kam Gemma, als sie Alison schreiben sah. »Haben Sie eigentlich Sir Geralds Schwiegersohn Connor Swann einmal kennengelernt?«

Alison Douglas errötete. »Ich bin ihm ein- oder zweimal begegnet. Er kam manchmal zu ENO-Veranstaltungen.« Sie schob Block und Kugelschreiber über den Tisch und griff sich an den Kragen ihres schwarzen Pullovers.

Gemma neigte leicht den Kopf, während sie die Frau betrachtete, die ihr gegenübersaß – attraktiv, etwa in ihrem Alter, unverheiratet, nach der schmucklosen linken Hand und der Verabredung, von der sie gesprochen hatte, zu urteilen. »Heißt das, daß er Annäherungsversuche gemacht hat?«

»Es war ihm überhaupt nicht ernst damit«, erwiderte Alison beinahe entschuldigend. »Sie wissen doch, das merkt man.«

»Viel Gedöns und nichts dahinter?«

Alison zuckte die Achseln. »Ich glaube, er hatte einfach ein Faible für Frauen – er gab einem das Gefühl, etwas Besonderes zu sein.« Sie blickte auf, und zum erstenmal bemerkte Gemma, daß sie sehr klare, hellbraune Augen hatte. »Wir haben natürlich alle darüber gesprochen. Sie wissen ja, wie geklatscht wird. Aber eben hab ich mir eigentlich zum erstenmal wirklich vorgestellt ...« Sie schluckte einmal, dann fügte sie langsam hinzu: »Er war ein sehr netter Mann. Es tut mir leid, daß er tot ist.«

Die Tische in der Kantine leerten sich rasch. Alison blickte auf und schnitt eine Grimasse, dann führte sie Gemma eilig in das Gewirr dunkelgrüner Korridore zurück. Mit einer kurzen Entschuldigung ließ sie Gemma im kleinen Vestibül in der Obhut des Portiers zurück.

»Hallo, Miss«, sagte Danny vergnügt. »Na, haben Sie bekommen, was Sie wollten?«

»Nicht ganz.« Gemma lächelte ihn an. »Aber vielleicht können Sie mir helfen.« Sie zog ihren Dienstausweis aus ihrer Handtasche und zeigte ihn ihm.

»Wahnsinn!« Er riß die Augen auf und betrachtete sie von oben bis unten. »Sie sehen überhaupt nicht wie ein Bulle aus.«

»Nur nicht frech werden, Sportsfreund«, sagte sie lachend. Sie stützte ihre Ellbogen auf die Ablage unter dem Portiersfenster und beugte sich mit ernster Miene vor. »Können Sie mir sagen, um welche Zeit Sir Gerald am vergangenen Donnerstag abend hier weggegangen ist?«

»Aha, jetzt geht's wohl um Alibis?« fragte Danny, so gespannt und begierig wie ein kleiner Junge, der Detektiv spielt.

»Im Moment geht es nur darum festzustellen, was jeder, der möglicherweise mit Connor Swann am Tag seines Todes Kontakt hatte, zur fraglichen Zeit getan hat«, antwortete Gemma, die Mühe hatte, nicht zu lachen.

Danny zog sich einen Hefter heran, der auf einem Stapel anderer lag, und öffnete ihn hinten. »Hier«, sagte er, nachdem er einige Seiten zurückgeblättert hatte, und hielt das Blatt hoch, so daß Gemma es sehen konnte. »Punkt Mitternacht. So hatte ich's auch in Erinnerung, aber ich dachte, Sie wollen wahrscheinlich – wie sagt man gleich, eine Bestätigung?«

Sir Geralds Unterschrift paßte zu dem Mann, fand Gemma, großzügig und kräftig. »Bleibt er immer so lang nach einer Aufführung, Danny?«

»Manchmal.« Der junge Mann richtete seinen Blick wieder auf das Blatt. »Aber an dem Abend war er der letzte, der ging. Ich erinnere mich daran, weil ich endlich abschließen wollte – ich hatte noch was vor, verstehen Sie.« Er zwinkerte Gemma zu. »Aber irgendwas war da«, sagte er zögernd. »An dem Abend … Sir Gerald … Na ja, er hatte einen in der Krone.«

Gemma gelang es nicht, ihre Überraschung zu verbergen. »Sir Gerald war betrunken?«

Danny senkte verlegen den Kopf. »Ich sag's nicht gern, Miss. Sir Gerald hat für jeden immer ein freundliches Wort. Ganz im Gegensatz zu einigen anderen.«

»Ist so etwas schon einmal vorgekommen?«

Danny schüttelte den Kopf. »Soweit ich mich erinnern kann, nicht. Und ich bin jetzt seit über einem Jahr hier.«

Gemma schrieb sich das alles eilig auf, dann steckte sie ihren

Block wieder ein. »Vielen Dank, Danny. Das war eine echte Hilfe.«

Um einiges gedämpfter als zuvor, schob er ihr das Anmeldeformular zur Unterschrift hin.

»Also dann, Tschüs«, sagte sie, als sie sich zur Tür wandte.

Noch ehe sie sie geöffnet hatte, rief Danny ihr nach: »Da ist noch was, Miss. Der Schwiegersohn, Sie wissen schon, der jetzt tot ist ...« Er hob seinen Hefter hoch und wies auf einen Eintrag nicht weit von dem Sir Geralds. »Der war an dem Tag auch hier.«

6

Eier, Schinkenspeck, Würstchen, Tomaten, Pilze – und waren das etwa Nierchen? Kincaid schob die fraglichen Fleischstückchen mit der Gabelspitze auf die Seite. Nieren zum Abendessen, das konnte er verkraften, aber zum Frühstück – das war denn doch des Guten zuviel. Sonst jedoch hatte man sich im *Chequers* wahrhaftig nicht lumpen lassen. Er betrachtete das üppige Frühstück, das blütenweiße Tischtuch, die Vase mit den bunten Löwenmäulchen und sagte sich, er sollte vielleicht dankbar dafür sein, daß Sir Gerald Asherton solchen Einfluß genoß. Wenn er sonst dienstlich außerhalb zu tun hatte, war er selten so komfortabel untergebracht.

Da er spät aufgestanden war, hatten die tugendhafteren Frühaufsteher ihr Frühstück längst beendet, als er kam, so daß er den Speisesaal für sich allein hatte. Beim Essen blickte er durch das Fenster in den feuchten, windigen Morgen hinaus und genoß die ungewohnte Muße. Der Wind trieb in Wirbeln die Herbstblätter vor sich her, deren Gold- und Rosttöne einen leuchtenden Kontrast zum noch grünen Gras des

Kirchhofs bildeten. Die ersten Kirchgänger trafen zum Morgengottesdienst ein, und bald waren die Straßen rund um die Kirche von einem Ende zum anderen mit parkenden Autos gesäumt.

Er fragte sich, weshalb eine Kirche in einem so kleinen Dorf wie Fingest eine solche Menschenmenge anzog, und bekam plötzlich Lust, das selbst zu ergründen. Er stopfte sich den letzten Bissen Toast in den Mund und rannte noch kauend die Treppe hinauf, holte sich eine Krawatte aus seinem Zimmer und knotete sie hastig auf dem Rückweg nach unten.

Die Kirchenglocken begannen zu läuten, als er sich in die letzte Bankreihe schob. Die Anschläge im Vestibül hatten ihm rasch Antwort auf seine Frage gegeben – diese Kirche war für den gesamten Sprengel da, nicht nur für das Dorf. Höchstwahrscheinlich war es auch die Kirche der Ashertons. Sicher kannten viele hier die Familie, und manche waren vielleicht nur aus Neugier gekommen, um sie zu sehen.

Von den Ashertons jedoch erschien niemand, und eingelullt vom geordneten Ablauf des Gottesdienstes, kehrte er in Gedanken zu den Ereignissen des vergangenen Abends zurück.

Er hatte ein paar Minuten gebraucht, um sie soweit zu beruhigen, daß sie ihm ihren Namen sagte – Sharon Doyle –, und selbst das hatte sie erst getan, nachdem er ihr seinen Dienstausweis übergeben und sie ihn so angestrengt studiert hatte, als bereite ihr Lesen und Schreiben große Mühe.

»Ich wollte nur meine Sachen holen«, sagte sie, als sie ihm den Ausweis zurückgab. »Ich hab schließlich ein Recht drauf. Da kann einer sagen, was er will.«

Kincaid wich bis zum Sofa zurück und setzte sich. »Wer

würde denn sagen, daß Sie dieses Recht nicht haben?« fragte er leichthin.

Sharon Doyle verschränkte die Arme über der Brust. »Sie!«

»Sie?« wiederholte Kincaid, der sich schon damit abgefunden hatte, daß hier Geduld gefragt war.

»Na, Sie wissen schon. Seine Frau. Julia«, sagte sie, spöttisch eine Aussprache nachäffend, die kultivierter war als ihre eigene. Nach dem ersten Schrecken schien die Feindseligkeit die Oberhand gewonnen zu haben, dennoch kam sie nur ein paar Schritte näher an ihn heran und blieb dann mit gespreizten Beinen in Abwehrhaltung stehen.

»Sie haben einen Schlüssel«, bemerkte er mehr in feststellendem als in fragendem Ton.

»Con hat ihn mir gegeben.«

Kincaid musterte das weiche, rundliche Gesicht, sehr jung noch hinter der Fassade von Make-up und Dreistigkeit. Behutsam sagte er: »Woher wissen Sie, daß Connor tot ist?«

Mit zusammengepreßten Lippen starrte sie ihn an. Dann fielen ihre Arme herab, und ihr Körper sank in sich zusammen. »Ich hab's im Pub gehört«, antwortete sie so leise, daß er sie kaum hörte.

»Setzen Sie sich doch.«

Sie ließ sich in den Sessel ihm gegenüber sinken, als wäre sie sich ihres Körpers gar nicht bewußt, und sagte: »Gestern abend. Ich bin ins *George* rübergegangen. Er hatte nicht angerufen, wie er es versprochen hatte, und da hab ich mir gedacht, also ich hock bestimmt nicht allein zu Hause rum und dreh Däumchen. Ich find schon einen, der mir einen Drink spendiert – soll Con mir doch gestohlen bleiben. Das hab ich gedacht.« Ihre Stimme geriet ins Schwanken, und sie hielt einen Moment inne. Flüchtig leckte sie sich mit der Zungenspitze die Lippen. »Im Pub haben sie alle nur davon geredet. Am Anfang hab ich gedacht, sie wollen mich verschaukeln.« Sie schwieg und wandte ihren Blick von ihm ab.

»Aber dann haben sie Sie überzeugt?«

Sharon nickte. »Ja, dann kam einer von den Stammgästen rein, er ist Constable. Und die andern haben gesagt, frag Jimmy, der wird's dir bestätigen.«

»Und haben Sie ihn gefragt?« hakte Kincaid nach, als sie wieder in Schweigen versank.

Sie saß zusammengekrümmt in ihrem Sessel, die Arme wieder über der Brust verschränkt, und als er sie musterte, glaubte er einen schwachen bläulichen Schimmer um ihre Lippen zu entdecken. Er stand auf und ging zu dem Servierwagen mit den Getränken, den er bei seiner früheren Inspektion des Zimmers gesehen hatte. Er nahm zwei Sherrygläser vom oberen Tablett und füllte sie aus einer Sherryflasche, die er darunter fand.

Er sah, daß im offenen Kamin Holz für ein Feuer aufgeschichtet war, zündete es mit einem Streichholz aus der Schachtel auf dem Sims an und wartete, bis die Flammen hell zu lodern begannen.

»Da wird Ihnen gleich ein bißchen wärmer werden«, sagte er, als er zu Sharon zurückkehrte und ihr den Sherry anbot. Sie sah mit stumpfem Blick zu ihm auf und hob die Hand, doch das Glas kippte, als sie es entgegennahm, und etwas von der blaßgoldenen Flüssigkeit schwappte über den Rand. Als er ihre starre Hand nahm, um sie fester um das Glas zu legen, spürte er, daß sie eiskalt war.

»Sie frieren«, sagte er. »Hier, nehmen Sie meine Jacke.« Er schlüpfte aus seinem Tweedsakko und legte es ihr um die Schultern, dann ging er auf der Suche nach dem Thermostat für die Zentralheizung durch das Zimmer. Die großen Fenster und der nach südländischer Art gefliese Boden waren zwar gefällig, aber für das englische Klima nicht allzu geeignet.

»So ist es richtig.« Er setzte sich wieder und führte sein eigenes Glas zum Mund. Sie hatte etwas von ihrem Sherry getrunken, und er meinte, eine schwache Röte in ihren Wangen zu sehen. »Prost«, fügte er hinzu und nahm einen Schluck. Dann sagte er: »Ich kann mir denken, daß es Ihnen seit gestern abend sehr schlecht geht. Haben Sie denn den Constable nach Connor gefragt?«

Sie trank noch einen Schluck, dann wischte sie sich mit dem Handrücken über die Lippen. »Er hat gesagt ›Warum wollen Sie das denn wissen?‹ und hat mich mit so einem kalten Blick angesehen. Da hab ich gewußt, daß es wahr ist.«

»Und haben Sie ihm gesagt, warum Sie es wissen wollten?«

Sharon schüttelte den Kopf. »Ich hab nur gesagt, daß ich ihn eben kenn. Dann haben sie angefangen, sich drüber zu streiten, wer die nächste Runde zahlen müßte, und ich bin durch die Hintertür raus.«

Ihr Überlebensinstinkt hatte, fand Kincaid, selbst im Schock gut funktioniert, ein Hinweis darauf, daß sie hinreichend Erfahrung darin hatte, für sich selbst zu sorgen.

»Und was haben Sie dann getan?« fragte er. »Sind Sie hierhergekommen?«

Es dauerte einen Moment, ehe sie nickte. »Ich hab stundenlang draußen rumgestanden. Es war eiskalt. Aber ich hab immer noch gedacht, wissen Sie, daß er vielleicht ...« Sie drückte rasch beide Hände auf ihren Mund, doch er hatte das Beben ihrer Lippen gesehen.

»Sie hatten doch einen Schlüssel«, sagte er. »Warum sind Sie nicht einfach hineingegangen und haben hier gewartet?«

»Ich hab ja nicht gewußt, ob nicht vielleicht noch jemand

kommt. Dann hätt ich vielleicht zu hören gekriegt, daß ich kein Recht hab, hier zu sein.«

»Aber heute haben Sie den Mut gefunden.«

»Ich brauch doch meine Sachen«, erwiderte sie, aber sie wandte sich ab, und Kincaid hatte den Verdacht, daß mehr als das dahintersteckte.

»Und warum sind Sie noch gekommen, Sharon?«

»Das würden Sie doch nicht verstehen.«

»Versuchen Sie's mal.«

Sie sah ihm in die Augen und schien eine Möglichkeit des Verständnisses in ihnen zu finden, denn nach einer kleinen Pause sagte sie: »Ich bin jetzt ein Niemand, verstehen Sie? Ich hab mir gedacht, daß ich nie wieder einfach hier sein kann wie … Wir haben es oft sehr schön hier gehabt, Con und ich. Ich wollte mich erinnern.«

»Glaubten Sie nicht, Con könnte Ihnen die Wohnung hinterlassen haben?« fragte Kincaid.

Sie blickte in ihr Glas hinunter und schwenkte es leicht hin und her. »Das hätte er gar nicht gekonnt«, sagte sie so leise, daß er sich vorbeugen mußte, um sie zu hören.

»Wieso nicht?«

»Sie gehört ihm nicht.«

Der Sherry hatte sie nicht sehr gesprächig gemacht. Es war mehr als mühsam, etwas aus ihr herauszubekommen. »Wem gehört sie denn?«

»Ihr.«

»Connor hat in Julias Wohnung gewohnt?« Er fand die Vorstellung äußerst merkwürdig. Warum hatte sie ihn nicht hinausgeworfen und war selbst geblieben, anstatt zu ihren Eltern zurückzukehren? Dies schien ihm für zwei Menschen, die angeblich nichts mehr miteinander hatten zu tun haben wollen, ein viel zu freundschaftliches Arrangement.

Es ist natürlich möglich, sagte er sich, während er die junge

Frau betrachtete, die ihm gegenübersaß, daß es gar nicht stimmt. Vielleicht hatte Connor nur eine praktische Ausrede gebraucht.

»Ist das auch der Grund, weshalb Connor nicht wollte, daß Sie mit ihm zusammenziehen?«

Sein Jackett glitt von Sharons Schultern, als sie die Achseln zuckte. »Er hat gesagt, es wär einfach nicht recht, weil die Wohnung doch Julia gehört.«

Kincaid hatte sich Connor Swann eigentlich nicht als einen Mann mit moralischen Skrupeln vorgestellt, doch es war ja nicht die erste Überraschung, die er in bezug auf diesen Menschen erlebte. Mit einem Blick zur Küche fragte er: »Kochen Sie?«

Sharon sah ihn an, als sei bei ihm eine Schraube locker. »Natürlich kann ich kochen. Wofür halten Sie mich?«

»Nein, so meinte ich das nicht. Ich wollte wissen, wer hier gekocht hat, Sie oder Connor?«

Sie schob schmollend ihre Unterlippe vor. »Er hat mich überhaupt nicht in die Küche reingelassen, als wär's eine Kirche oder so was. Reste essen wären barbarisch, hat er gesagt, und in seiner Küche würden höchstens Eier und Wasser für die Nudeln aufgewärmt.« Mit dem Glas in der Hand stand sie auf und ging zum Eßtisch hinüber. Während sie mit einem Finger langsam über die Platte strich, sagte sie: »Aber er hat für mich gekocht. Das hat noch nie einer getan. Für mich hat überhaupt noch nie jemand gekocht außer meiner Mutter und meiner Großmutter.« Sie blickte auf und starrte Kincaid an, als sähe sie ihn zum erstenmal. »Sind Sie verheiratet?«

Er schüttelte den Kopf. »Ich war mal verheiratet, aber das ist lange her.«

»Was ist passiert?«

»Sie ist gegangen. Sie hatte einen anderen kennengelernt.« Er sprach die Worte ganz ohne Ausdruck, mit der Gelassenheit jahrelanger Übung, und dennoch erstaunte es ihn immer noch, daß zwei so schlichte Sätze so tiefen Verrat beinhalten konnten.

Sharon ließ sich das durch den Kopf gehen und nickte dann. »Con hat oft für mich gekocht. Besonders abends. Ein richtiges Diner, wie er immer gesagt hat. Mit Kerzen und gutem Porzellan. Ich mußte am Tisch sitzen bleiben, und er hat mir serviert – ›Versuch das mal, Shar, versuch dies mal, Shar.‹ Oft war er richtig komisch.« Sie lächelte Kincaid an. »Manchmal bin ich mir vorgekommen wie ein Kind, das feine Dame spielt. Würden Sie so was für eine Frau tun?«

»Es ist schon vorgekommen. Aber Cons Standard würde ich sicher nicht erreichen – meine Kochkünste beschränken sich mehr auf Omelettes und Käsetoast.« Er fügte nicht hinzu, daß er niemals Lust gehabt hatte, Pygmalion zu spielen.

Die flüchtige Fröhlichkeit, die Sharons Gesicht erhellt hatte, erlosch. Langsam kehrte sie zu ihrem Sessel zurück und sagte mit kleiner Stimme: »So was erleb ich bestimmt nie wieder.«

»Ach was, das bilden Sie sich nur ein«, schalt er und hörte zugleich die falsche Jovialität in seiner Stimme.

»Nein, so wie mit Con wird's nie wieder.« Kincaid direkt ansehend, fügte sie hinzu: »Ich weiß, daß ich keine Frau bin, für die Männer wie er was übrig haben – ich hab mir immer gesagt, es ist zu schön, um wahr zu sein. Ein Märchen.« Sie rieb sich die Augen, als schmerzten sie von unvergossenen Tränen. »In der Zeitung hat noch nichts gestanden. Wissen Sie, … wann die Beerdigung ist?«

»Es hat niemand von der Familie Sie angerufen?«

»Mich angerufen?« Ein Teil ihrer früheren Aggressivität kehrte zurück. »Was, zum Teufel, glauben Sie denn, wer mich anrufen sollte?« Sie rümpfte die Nase und fragte dann spöttisch: »Julia? Dame Caroline?«

Kincaid erwog die Frage in allem Ernst. Julia schien entschlossen, so zu tun, als hätte es ihren Mann nie gegeben. Und Caroline? Er konnte sich vorstellen, daß sie es auf sich nehmen würde, eine unangenehme, aber notwendige Pflicht zu erfüllen. »Vielleicht, ja. Wenn sie von Ihnen gewußt hätten. Ich vermute, sie wußten nichts?«

Sie senkte ihren Blick und sagte ein wenig trotzig: »Woher soll ich wissen, was Con ihnen erzählt hat – ich weiß nur, was er zu mir immer gesagt hat.« Sie schob sich mit kurzen Fingern das Haar aus dem Gesicht, und Kincaid bemerkte, daß der Nagel an ihrem Zeigefinger abgebrochen war. Als sie wieder sprach, hatte ihr Ton nichts Trotziges mehr. »Er hat gesagt, er würde für uns sorgen – für Hayley und mich.«

»Hayley?« sagte Kincaid verwirrt.

»Das ist meine kleine Tochter. Sie ist vier. Sie hat letzte Woche Geburtstag gehabt.« Zum erstenmal lächelte Sharon.

Diese Wendung hatte er nicht erwartet. »Ist sie auch Cons Tochter?«

Sie schüttelte heftig den Kopf. »Ihr Vater hat sich aus dem Staub gemacht, sobald er gehört hat, daß ich schwanger bin. Ein mieses Schwein. Seitdem hab ich kein Wort mehr von ihm gehört.«

»Aber Con wußte von ihr?«

»Na klar. Wofür halten Sie mich, für ein Flittchen vielleicht?«

»Natürlich nicht«, entgegnete Kincaid beschwichtigend und stand auf, um die Sherryflasche zu holen. »Hat Con Ihre kleine Tochter gemocht?« fragte er, während er ihr und sich noch einmal von dem Sherry eingoß.

Als sie nicht antwortete, fürchtete er schon, er habe ihr zuviel Sherry eingeflößt, doch nach einem Moment des Schweigens sagte sie: »Manchmal hab ich mich gefragt ... ob es ihm nicht in Wirklichkeit um Hayley geht und gar nicht um mich.

Schauen Sie.« Sie kramte in ihrer Handtasche und zog ein abgegriffenes Lederetui heraus. »Das ist Hayley. Sie ist doch süß, nicht?«

Es war eine billige Porträtaufnahme, aber selbst die künstliche Pose konnte der Schönheit des kleinen Mädchens keinen Abbruch tun. Blond, mit kleinen Lachgrübchen in den Wangen und einem zarten, herzförmigen Gesicht. »Ist sie so brav, wie sie aussieht?« fragte Kincaid mit hochgezogener Braue.

Sharon lachte. »Nein, aber sie sieht wirklich aus, als könnte sie kein Wässerchen trüben, stimmt's? Con hat sie immer seinen kleinen Engel genannt. Er hat immer so viel Spaß mit ihr gemacht.« Zum erstenmal wurden ihre Augen feucht. Sie schniefte und wischte sich mit dem Handrücken über die Nase. »Julia wollte keine Kinder. Deshalb wollte er sich scheiden lassen, aber Julia war nicht einverstanden.«

»Julia wollte sich nicht von Connor scheiden lassen?« fragte Kincaid, der nach seinen Gesprächen mit Julia und ihren Eltern einen ganz anderen Eindruck gewonnen hatte, obwohl die Frage selbst nie berührt worden war.

»Er wollte sich gleich scheiden lassen, wenn die zwei Jahre um gewesen wären – solang dauert das nämlich, wenn man sich ohne die Zustimmung des andern Partners scheiden lassen will.« Aus der Art, wie sie sich ausdrückte, gewann Kincaid den Eindruck, daß sie diesen Satz auswendig gelernt hatte, vielleicht, um sich selbst zu trösten, daß sie etwas wiederholte, was Connor ihr gesagt hatte.

»Und Sie wollten auf ihn warten? Das hätte doch noch ein ganzes Jahr gedauert, nicht wahr?«

»Warum hätte ich nicht warten sollen?« entgegnete sie mit anschwellender Stimme. »Con hat mir nie Anlaß gegeben zu glauben, daß er es nicht ernst meint.«

Ja, warum nicht? dachte Kincaid. Hätte sie denn bessere

Aussichten gehabt? Er sah sie nachdenklich an. Ein wenig zurückgelehnt saß sie in ihrem Sessel, die Unterlippe streitlustig vorgeschoben, beide Hände um ihr Sherryglas gelegt. Hatte sie Connor Swan wirklich geliebt, oder hatte sie ihn nur als guten Versorger gesehen? Und wie war diese sonderbare Beziehung überhaupt zustande gekommen? Er bezweifelte, daß die beiden sich in den gleichen gesellschaftlichen Kreisen bewegt hatten.

»Sharon«, sagte er vorsichtig, »wie haben Sie und Connor sich eigentlich kennengelernt?«

»Im Park«, antwortete sie mit einer Kopfbewegung zum Fluß hin. »Gleich da draußen, in den Themseauen. Man kann es von der Straße aus sehen. Es war im Frühling. Ich hab Hayley beim Schaukeln angeschubst, und sie ist rausgefallen und hat sich das Knie aufgeschlagen und fürchterlich geschrien. Da ist Con rübergekommen und hat mit ihr geredet, und ruckzuck hat sie wieder gestrahlt und ihn angelacht.« Sie lächelte bei der Erinnerung. »Er konnte sie um den Finger wickeln. Er hat uns dann mit hierhergenommen und ihr Knie verarztet.« Als Kincaid eine Augenbraue hochzog, fügte sie eilig hinzu: »Ich weiß, was Sie denken. Erst hab ich auch ein bißchen Angst gehabt, daß er – na ja, Sie wissen schon, irgendwie komisch ist. Aber so war es überhaupt nicht.«

Sharon wirkte jetzt entspannt, die innere Kälte schien gewichen zu sein. Die Beine mit den unglaublichen Schuhen vor sich ausgestreckt, saß sie bequem in ihrem Sessel, das Sherryglas in ihrem Schoß haltend.

»Wie war es denn?« fragte Kincaid leise.

Sie ließ sich Zeit mit ihrer Antwort. Die dunkel getuschten Wimpern legten Schatten auf ihre Wangen, während sie mit gesenktem Blick in ihr Glas starrte. »Komisch. Ich mein, mit seinem Job und so hat Con einen Haufen Leute gekannt. Immer war er mit irgend jemand zum Mittagessen oder zum Abendessen verabredet, oder auch zum Golfspielen. Dauernd in Aktion, lauter wichtige Sachen.« Sie hob den Blick und sah Kincaid an. »Ich glaube, er war einsam. Zwischen den vielen Verabredungen und Terminen hat's gar nichts gegeben.«

Kincaid dachte an den Terminkalender mit der unendlichen Zahl von Einträgen. »Sharon, was hatte Con denn für einen Job?«

»Er war in der Werbebranche.« Sie zog die Brauen zusammen und sagte: »Blakely, Gill ... ich weiß nicht mehr, ich kann mich nicht erinnern. Es war jedenfalls in Reading.«

Dann war es kein Wunder, daß er so viele Termine gehabt hatte. Kincaid erinnerte sich des Namens im Scheckverzeichnis und sagte: »Blackwell, Gillock und Frye.«

»Genau.« Sie nickte strahlend.

Kincaid rief sich das Scheckverzeichnis noch einmal ins Gedächtnis. Wenn Connor Sharon finanziell unterstützt hatte, so hatte er ihr Bargeld gegeben – ihr Name war nirgends eingetragen gewesen. Es sei denn, er hatte ihr das Geld über eine dritte Person zukommen lassen. Wie beiläufig fragte er: »Kennen Sie jemanden namens Hicks?«

»Ach, dieser Kenneth!« sagte sie wütend und setzte sich mit einem Ruck auf. »Ich hab gedacht, Sie wären er, als ich vorhin reinkam und Sie oben gehört hab. Ich hab gedacht, er wär hergekommen, um sich zu holen, was er kriegen kann, dieser Aasgeier.«

War das der Grund, weshalb sie so erschrocken gewesen war?

»Wer ist dieser Mann, Sharon? Was für eine Verbindung hatte er zu Con?«

»Ach, wissen Sie, Con hatte eine Schwäche fürs Pferderennen«, antwortete sie in nachsichtigem Ton. »Und dieser Kenneth hat bei einem Buchmacher gearbeitet und für Con die Wetten plaziert. Er klebte dauernd an Con dran, und mich hat er behandelt wie Dreck.«

Wenn das zutraf, mußte Connor Swann ein echter Spieler gewesen sein. »Wissen Sie, bei welchem Buchmacher dieser Kenneth Hicks arbeitet?«

Sie zuckte die Achseln. »Bei irgendeinem hier in der Stadt. Wie ich schon gesagt hab, er war immer irgendwo in der Nähe.«

Kincaid, dem die vielen Termine im *Red Lion* in Connor Swanns Terminkalender einfielen, fragte sich, ob dies der regelmäßige Treffpunkt der beiden Männer gewesen war. »War Con oft im Red Lion Hotel? Ich meine das neben der Kirche, das —«

Sie unterbrach ihn kopfschüttelnd. »Das ist doch eine Touristenfalle. Eine aufgedonnerte Hure, hat Con immer gesagt, wo man nicht mal ein anständiges Bier kriegen könnte.«

Sie hatte entschieden schauspielerisches Talent und ein gutes Gedächtnis für Dialoge. Wenn sie Connor Swann zitierte, konnte Kincaid den Tonfall seiner Stimme hören, selbst den leichten Anklang eines irischen Akzents.

»Nein«, fuhr sie fort, »er ist immer ins *Red Lion* in Wargrave gegangen. Das ist ein richtiges Pub mit anständigem Essen zu anständigen Preisen.« Sie lächelte, und in ihren Wangen bildeten sich Grübchen, die an ihre Tochter erinnerten. »Das Essen war das Wichtige, wissen Sie – Con ist nie irgendwo hingegangen, wo ihm das Essen nicht geschmeckt hat.« Sie setzte ihr Glas an den Mund und leerte es bis auf den letzten Tropfen. »Mit mir ist er da auch ein paarmal hingegangen, aber am liebsten war er zu Hause.«

Kincaid konnte über diese Widersprüchlichkeiten nur den Kopf schütteln. Der Mann hatte allen Berichten zufolge ein äußerst flottes Leben geführt, getrunken und gespielt, aber am liebsten war er mit seiner Geliebten und deren Kind zu Hause gewesen. Er hatte ferner, wie das aus seinem Terminkalender hervorging, das ganze letzte Jahr jeden Donnerstag mit seinen Schwiegereltern zu Mittag gegessen.

Kincaid dachte an das Ende seiner eigenen Ehe zurück. Obwohl Vic ihn verlassen hatte, war es ihren Eltern irgendwie gelungen, ihn in die Rolle des Bösewichts zu drängen, und er hatte nie wieder von ihnen gehört. Nicht einmal zu einer Weihnachts- oder Geburtstagskarte hatte es gereicht.

»Wissen Sie, was Con donnerstags immer gemacht hat, Sharon?« fragte er.

»Wieso? Das gleiche wie an allen anderen Tagen, soviel ich weiß«, antwortete sie stirnrunzelnd.

Sie hatte also von den regelmäßigen Mittagessen bei den Schwiegereltern nichts gewußt. Was sonst hatte Connor ihr bequemlichkeitshalber verschwiegen?

»Und am letzten Donnerstag, Sharon, an dem Tag, an dem er gestorben ist? Waren Sie da mit ihm zusammen?«

»Nein. Er ist nach London gefahren. Aber ich glaube, ursprünglich hat er das gar nicht vorgehabt. Als ich Hayley abends gefüttert hatte, bin ich rübergekommen, und da war er gerade erst nach Hause gekommen. Total aufgedreht, er konnte kaum ruhig sitzen.«

»Und hat er Ihnen gesagt, wo er gewesen ist?«

Sie schüttelte langsam den Kopf. »Er hat nur gesagt, er müßte noch mal ein Weilchen weg. Er hätte noch was zu erledigen.«

»Und er hat Ihnen nicht gesagt, wohin er wollte?«

»Nein. Er hat gesagt, ich soll nicht gleich ausflippen, er wär ja bald wieder da.« Sie streifte ihre hochhackigen Schuhe ab, zog die Beine hoch und rieb sich plötzlich angestrengt die Zehen. Als sie aufsah, waren ihre Augen feucht. »Aber ich konnte nicht bleiben, weil meine Großmutter Donnerstag abends immer Bridge spielt und ich nach Hayley sehen mußte. Ich konnte nicht ...« Sie schlang ihre Arme um die angezogenen Beine und drückte ihr Gesicht auf ihre Knie. »Ich hab ihm nicht mal einen Kuß gegeben«, flüsterte sie, »als er gegangen ist.«

Sie war also gekränkt gewesen, hatte geschmollt und auf kindliche Weise versucht, ihn zu bestrafen. Eine kindliche Reaktion, ein Verhalten, wie es zwischen Liebenden nichts Besonderes war, über das man später im Bett lachen konnte, diesmal jedoch gab es keine Möglichkeit mehr zur Versöhnung. Aus solchen Kleinigkeiten sind lebenslange Schuldgefühle gemacht, und was sie bei ihm suchte, war Absolution. Nun, er würde ihr geben, was in seiner Macht stand.

»Sharon. Sehen Sie mich an.« Er rutschte nach vorn bis zur Sofakante, beugte sich vor und tätschelte ihre gefalteten Hände. »Sie konnten es doch nicht wissen. Keiner von uns ist so vollkommen, daß er jede Minute so leben kann, als wäre es seine letzte. Con hat Sie geliebt, und er hat gewußt, daß Sie ihn lieben. Das ist alles, was zählt.«

Ihre Schultern zuckten. Schweigend lehnte er sich wieder zurück und wartete, bis er sah, daß sie sich langsam entspannte und kaum merklich hin und her zu wiegen begann. Dann sagte er: »Sonst hat Con wirklich nichts darüber gesagt, wohin er wollte?«

Sie schüttelte den Kopf, ohne ihn zu heben. »Ich hab immer wieder darüber nachgedacht. Über jedes Wort, das er gesagt hat, und über jedes Wort, das ich gesagt hab. Aber ich weiß nichts.«

»Und Sie haben ihn an diesem Abend nicht wieder gesehen?«

»Das hab ich Ihnen doch schon gesagt!« gab sie zurück und

hob den Kopf von ihren Knien. Ihre helle Haut war fleckig vom Weinen. Sie schniefte und rieb sich unbefangen die Augen. »Wozu wollen Sie das alles überhaupt wissen?«

Anfangs war ihr Bedürfnis zu sprechen, einen Teil ihres Schmerzes zu äußern, stärker gewesen als alles andere, jetzt aber trat, wie Kincaid sah, ihr natürliches Mißtrauen wieder hervor.

»Hatte Con getrunken?« fragte er.

Sharon lehnte sich in ihrem Sessel zurück und sah ihn unsicher an. »Ich glaub nicht – auf jeden Fall hat er nicht so gewirkt, aber manchmal konnte man's auch nicht gleich erkennen.«

»Er hat wohl eine ganze Menge vertragen, wie?«

Sie zuckte die Achseln. »Con hat gern was getrunken, aber er ist nie gemein geworden, wie manche andere.«

»Sharon, was glauben Sie, ist Con zugestoßen?«

»Der Idiot ist auf dem Wehr spazierengegangen, reingefallen und ertrunken! Was soll das heißen, ›was ist ihm zugestoßen‹? Woher, zum Teufel, soll ich wissen, was ihm zugestoßen ist?« Sie schrie jetzt beinahe, und auf ihren Wangen brannten hellrote Flecken.

Kincaid wußte, daß er ihr jetzt als Zielscheibe des Zorns diente, den sie an Connor nicht auslassen konnte – ihres Zorns darüber, daß Connor gestorben war, daß er sie verlassen hatte. »So leicht ertrinkt ein erwachsener Mann nicht, wenn er ins Wasser fällt, es sei denn, er hatte einen Herzinfarkt oder war sturzbetrunken. Wir können diese Möglichkeiten nicht ausschließen, solange wir nicht den Obduktionsbefund kennen, aber ich glaube, wir werden feststellen, daß Connor bei guter Gesundheit war und auch relativ nüchtern.« Während er sprach, wurden ihre Augen immer größer, und sie wich in die Tiefe ihres Sessels zurück, als könnte sie so seiner Stimme entkommen, doch er fuhr erbarmungslos zu sprechen fort. »Er hatte Druckmale am Hals. Ich glaube, daß ihn jemand gewürgt hat, bis er bewußtlos war, und dann ins Wasser gestoßen hat. Wer könnte das getan haben, Sharon? Haben Sie eine Ahnung?«

»Dieses Luder!« stieß sie hervor, und ihr Gesicht unter der Schminke wurde kreidebleich.

»Was —«

Zornig sprang sie auf, stolperte, verlor das Gleichgewicht und fiel vor Kincaid auf die Knie. »Dieses Luder!«

Speicheltröpfchen sprühten ihm ins Gesicht. Er roch den Sherry in ihrem Atem. »Von wem sprechen Sie, Sharon?«

»Sie hat alles getan, um ihn fertigzumachen, und jetzt hat sie ihn umgebracht.«

»Wer, Sharon? Von wem sprechen Sie?«

»Von ihr natürlich. Von Julia.«

Die Frau, die neben Kincaid saß, stieß ihn an. Die Gemeinde hatte sich erhoben und schlug ihre Gesangbücher auf. Er hatte die Predigt, die von dem kahlköpfigen Geistlichen mit kultivierter Gelehrtenstimme vorgetragen worden war, nur bruchstückweise mitbekommen. Hastig stand er auf, schnappte sich ein Gesangbuch und warf einen Blick in das seiner Nachbarin, um die richtige Seite zu finden.

Er sang automatisch, in Gedanken noch immer bei seinem Gespräch mit Connor Swanns Geliebter. Trotz Sharons Anschuldigungen glaubte er nicht, daß Julia Swann überhaupt die körperliche Kraft besaß, die notwendig gewesen war, um ihren Mann zu erwürgen und in den Kanal zu stoßen. Im übrigen hatte sie auch gar nicht die Zeit dazu gehabt, es sei denn, Trevor Simons hatte gelogen, um sie zu schützen. Er wurde aus der ganzen Sache nicht klug und fragte sich, wie Gemma wohl in London vorankam, ob sie bei ihrem Besuch in der Oper irgend etwas Nützliches in Erfahrung gebracht hatte.

Der Gottesdienst ging zu Ende. Die Leute grüßten einander und plauderten beim Hinausgehen freundlich miteinander, aber nirgends hörte er eine Erwähnung Connor Swanns oder der Ashertons. Man musterte ihn neugierig und ein wenig scheu, doch niemand sprach ihn an. Er folgte der Menge nach draußen, aber anstatt ins Hotel zurückzukehren, machte er, den Mantelkragen hochgeschlagen, die Hände in den Taschen, einen Spaziergang durch den Friedhof. Aus der Ferne hörte er das Knallen von Autotüren und Motorengeräusche, dann blieb nur das Rauschen des Windes und das Rascheln der Blätter im dichten Gras.

Was er halbwegs gesucht hatte, fand er hinter dem Kirchturm unter einer ausladenden alten Eiche.

»Die Familie«, sagte jemand hinter ihm, »scheint über die Maßen gesegnet, aber auch gestraft zu sein.«

Ein wenig erschrocken drehte Kincaid sich herum. Der Pastor stand mit lose gefalteten Händen und leicht gespreizten Beinen am Grab und betrachtete den Grabstein. Der Wind schlug ihm seine Gewänder um die Beine und blies die dünnen Strähnen grauen Haars über seinen knochigen Schädel.

Auf dem Grabstein stand schlicht: ›Matthew Asherton, geliebter Sohn von Gerald und Caroline, Bruder von Julia‹.

»Haben Sie ihn gekannt?« fragte Kincaid.

Der Geistliche nickte. »In vieler Hinsicht ein ganz normaler Junge, doch wenn er gesungen hat, war er wie verwandelt, als wäre er über sich selbst hinausgewachsen.« Er blickte von dem Grabstein auf. Seine Augen waren von einem zarten, klaren Grau. »O ja, ich habe ihn gekannt. Er hat in meinem Chor gesungen. Und ich habe ihn den Katechismus gelehrt.«

»Und Julia? Haben Sie Julia auch gekannt?«

Der Geistliche musterte Kincaid einen Moment und sagte dann: »Sie sind mir vorhin schon aufgefallen, ein neues Gesicht in der Gemeinde, ein Fremder, der hier, auf dem Friedhof, offenbar etwas suchte. Aber ich hatte nicht den Eindruck, daß es Ihnen um Sensationsmache geht. Sind Sie ein Freund der Familie?«

Kincaid nahm seinen Dienstausweis heraus und klappte ihn auf. »Duncan Kincaid. Ich untersuche den Tod von Connor Swann«, sagte er, doch noch während er sprach, fragte er sich, ob das nun die ganze Wahrheit war.

Der Pastor schloß einen Moment die Augen, als halte er ein innerliches Zwiegespräch, dann öffnete er sie wieder und zwinkerte kurz, ehe er Kincaid mit durchdringendem Blick ansah. »Kommen Sie doch mit hinüber zu einer Tasse Tee. Im Haus spricht es sich besser als in diesem fürchterlichen Wind.«

»Eine große Begabung ist schon für einen Erwachsenen eine schwere Bürde und Verantwortung, um so mehr für ein Kind. Ich weiß nicht, was aus Matthew Asherton geworden wäre, wäre er am Leben geblieben, um dieser Begabung gerecht zu werden.«

Sie saßen im Arbeitszimmer des Pastors beim Tee. Er hatte sich als William Mead vorgestellt, und während er den elektrischen Wassertopf einschaltete und das Teegeschirr auf ein Tablett stellte, erzählte er Kincaid, daß seine Frau im vorangegangenen Jahr gestorben war. »An Krebs«, hatte er hinzugefügt, das Tablett genommen und Kincaid bedeutet, er solle ihm folgen. »Sie war überzeugt, daß ich allein niemals zurechtkommen würde, aber irgendwie wurschtelt man sich durch. Obwohl ich zugeben muß«, sagte er, als er die Tür zum Arbeitszimmer öffnete, »daß der Haushalt nie meine starke Seite war.«

Die Unordnung in seinem Arbeitszimmer bestätigte seine Worte, doch sie hatte etwas Gemütliches. Bücher, die irgendwann einmal aus dem Regal genommen worden waren, lagen überall herum, selbst auf dem Boden, und an den Teilen der Wände, die nicht von Regalen bedeckt waren, hingen Landkarten.

Während der Pastor einen kleinen Tisch freimachte, um das Tablett darauf abzustellen, trat Kincaid zu einer sehr alt aussehenden Karte, die hinter Glas hing.

»Saxtons Karte der Chilterns, 1574. Es ist eine der wenigen Karten, die den gesamten Gebirgszug zeigen.« Der Pastor hüstelte ein wenig hinter vorgehaltener Hand, dann fügte er ehrlich hinzu: »Es ist natürlich nur eine Kopie, aber ich freue mich trotzdem daran. Das ist nämlich mein Hobby – die Landschaftsgeschichte der Chilterns.

Leider«, fuhr er fort, als legte er ein Geständnis ab, »nimmt diese Liebhaberei weit mehr meiner Zeit und meines Interesses in Anspruch, als sie eigentlich sollte, aber wenn man fast ein halbes Jahrhundert lang jede Woche eine Predigt geschrieben hat, verblaßt der Reiz des Neuen. Und heutzutage besteht selbst in einer ländlichen Gemeinde wie dieser der größte Teil unserer Arbeit darin, bei Problemen des täglichen Lebens zu helfen. Ich kann mich nicht erinnern, wann das letzte Mal jemand mit einer Glaubensfrage zu mir gekommen ist.« Er trank einen Schluck von seinem Tee und sah Kincaid mit einem etwas wehmütigen Lächeln an.

Kincaid erwiderte das Lächeln und kehrte zu seinem Stuhl zurück. »Dann kennen Sie die Gegend hier sicher sehr gut.«

»Jeden Stock und Stein, könnte man sagen.« Mead streckte seine Beine aus. Die Joggingschuhe, die er nach seiner Rückkehr ins Haus angezogen hatte, stachen unter seinem schwarzen Ornat hervor. »Meine Füße sind wahrscheinlich fast so weit gereist wie die von Paulus auf der Straße nach Damaskus«, bemerkte er mit einem Lächeln. »Wir leben hier in einer alten gewachsenen Landschaft, Mr. Kincaid – gewachsen in dem Sinn, daß es keine ausgesprochene Kulturlandschaft ist. Obwohl diese Hügel Teil des Kalksteinrückgrats sind, das Südengland durchzieht, sind sie weit dichter bewaldet als die meisten solcher Hügellandschaften – diese Tatsache hat ebenso wie die von Flint durchsetzte Lehmschicht des Bodens eine weitreichende landwirtschaftliche Entwicklung verhindert.«

Kincaid umschloß seine warme Tasse mit beiden Händen, bereit, sich die Gelehrtenausführungen des Pastors anzuhören. »Das also ist der Grund, weshalb so viele Häuser hier mit Flint gebaut sind«, sagte er und dachte wieder daran, wie überraschend die hellen glatten Kalksteinmauern des Asherton-Hauses auf ihn gewirkt hatten. »Es ist mir natürlich aufgefallen, aber ich habe nicht weiter darüber nachgedacht.«

»Natürlich. Sicher ist Ihnen auch das Muster von Feldern und Hecken in den Tälern aufgefallen. Viele können sich bis in vorrömische Zeiten zurückverfolgen lassen. Es ist das ›Immanuels Land‹ aus John Bunyans *Pilgrim's Progress*. ›... eine äußerst gefällige Hügellandschaft, mit schönen Wäldern, Weinbergen, Früchten aller Art; auch Blumen und Quellen und Brunnen; sehr köstlich anzusehen.‹

Worauf ich hinaus will, Mr. Kincaid«, fuhr der Pastor mit einem Augenzwinkern fort, »damit Sie mir nicht ungeduldig werden, ist, daß diese Landschaft, wenn auch wunderschön, ein wahres Paradies, wenn Sie so wollen, auch ein Ort ist, an dem Veränderungen langsam vonstatten gehen und nichts so leicht vergessen wird. An der Stelle, an der heute das Haus der Ashertons steht, hat es mindestens seit mittelalterlichen Zeiten immer schon eine Behausung irgendeiner Art gegeben. Die Fassade des heutigen Hauses ist viktorianisch, wenn man ihr das auf den ersten Blick auch nicht ansieht, einige der weniger sichtbaren Teile des Hauses jedoch sind viel älter.«

»Und die Ashertons?« fragte Kincaid, neugierig geworden.

»Die Familie lebt seit Generationen hier, und ihr Leben ist mit der Geschichte des Tals eng verwoben. Keiner, der hier lebt, wird den November, in dem Matthew Asherton ertrank, je vergessen – Kollektiverinnerung, könnte man sagen. Und jetzt dies.« Er schüttelte den Kopf, einen Ausdruck echten Mitleidens im Gesicht.

»Erzählen Sie mir, was Ihnen von dem November damals in Erinnerung geblieben ist.«

»Der Regen.« Der Pastor trank einen Schluck von seinem Tee, dann zog er ein zerknittertes weißes Taschentuch aus seiner Brusttasche und tupfte sich behutsam die Lippen. »Ich fing an, ernstlich an die Geschichte von Noah zu denken, aber mit dem Steigen des Wassers sank die allgemeine Stimmung, und ich weiß noch, ich hatte meine Zweifel daran, ob meine Gemeindemitglieder eine Predigt über dieses Thema ermutigend finden würden. Sie sind wahrscheinlich mit der Geographie der Gegend nicht vertraut, nicht wahr, Mr. Kincaid?«

Kincaid nahm an, es handle sich um eine rhetorische Frage, da der Pastor, noch während er sprach, zu seinem Schreibtisch gegangen war und nun dort in den Papieren kramte, doch er antwortete trotzdem. »Nein, da haben Sie recht.«

Der Gegenstand der Suche war, wie sich zeigte, eine recht zerfledderte Generalstabskarte, die der Pastor mit offenkundiger Freude unter einem Stapel Bücher hervorzug. Er entfaltete sie vorsichtig und breitete sie vor Kincaid aus.

»Die Chiltern Hills sind ein Vermächtnis der letzten Eiszeit. Sie ziehen sich von Nordosten nach Südwesten durch das Land, sehen Sie?« Er zeichnete ein dunkleres grünes Oval mit einer Fingerspitze nach. »Auf der Nordseite haben wir den Steilabbruch, im Süden den langen Hang, durch den sich wie Finger

zahlreiche Täler ziehen. In einigen dieser Täler gibt es Flüsse –
den Lea, den Bulbourne, den Chess, den Wye und andere –,
lauter Nebenflüsse der Themse. In anderen brechen Quellen
und Bäche nur dann hervor, wenn der Grundwasserspiegel bis
zur Oberfläche steigt – im Winter zum Beispiel oder in Zeiten besonders starker Regenfälle.« Seufzend klopfte er einmal
kurz mit dem Zeigefinger auf die Karte, ehe er sie wieder zu-
sammenfaltete. »Diese Bäche können bei Überschwemmung
sehr trügerisch und gefährlich sein, und das wurde dem jungen
Matthew zum Verhängnis.«

»Wie genau ist das denn damals passiert?« fragte Kincaid. »Ich
habe die ganze Geschichte nur aus zweiter Hand gehört.«

»Die Einzige, die genau weiß, was geschehen ist, ist Julia. Sie
war ja bei ihm«, antwortete der Pastor, eine Akribie zeigend,
die eines Polizeibeamten würdig gewesen wäre. »Aber ich
werde mich bemühen, es für Sie zu rekonstruieren. Die Kinder waren auf dem Heimweg von der Schule und schlugen eine
Abkürzung durch den Wald ein, die ihnen gut bekannt war.
Zum erstenmal seit Tagen gab es eine kurze Regenpause.
Matthew, der wohl am Bachufer herumturnte, fiel ins Wasser
und wurde von der Strömung mitgerissen. Julia wollte ihn her-
ausziehen. Sie ging dabei selbst gefährlich tief ins Wasser hinein. Trotzdem gelang es ihr nicht, und sie rannte nach Hause,
um Hilfe zu holen. Es war natürlich zu spät. Ich halte es für sehr
wahrscheinlich, daß der Junge schon tot war, ehe Julia ihn
zurückließ.«

»Hat Julia Ihnen die Geschichte selbst erzählt?«

Mead nickte. »Bruchstückweise, ziemlich wirr. Sie wurde
danach schwerkrank, kein Wunder nach diesem Schock und
der eisigen Kälte des Wassers. In den ersten Stunden dachte
keiner daran, sich um sie zu kümmern, obwohl sie bis auf die
Haut durchnäßt war. Und dann fiel es auch nur Mrs. Plumley

ein, nach ihr zu sehen – die Eltern waren so verstört, daß sie sie offenbar völlig vergessen hatten.

Sie bekam eine schwere Lungenentzündung, und eine Zeitlang schwebte sie in Lebensgefahr.« Kopfschüttelnd streckte er die Hände zum elektrischen Feuer aus, als fröre ihn bei der Erinnerung. »Ich habe sie jeden Tag besucht. Mrs. Plumley und ich haben während der Krise abwechselnd bei ihr gewacht.«

»Und ihre Eltern?« fragte Kincaid mit einem Anflug von Empörung.

Das milde Gesicht des Pastors verzog sich in tiefer Bekümmerung. »Sie können sich den Schmerz in diesem Haus nicht vorstellen, Mr. Kincaid. Die Eltern konnten an nichts anderes denken als an ihren toten Sohn.«

»Nicht einmal an ihre Tochter?«

Sehr leise, beinahe wie zu sich selbst, sagte Mead: »Ich glaube, sie konnten es nicht ertragen zu sehen, daß sie lebte und der Junge nicht.« Er warf Kincaid einen Blick zu und fügte abschließend hinzu: »Das wär's. Ich habe mehr gesagt, als ich sollte. Es ist lange her, daß ich daran gedacht habe, und Connors Tod hat alles wieder lebendig gemacht.«

»Aber noch mehr verschweigen Sie.« Kincaid, der nicht bereit war, es dabei bewenden zu lassen, beugte sich vor.

»Es ist nicht an mir, ein Urteil zu sprechen, Mr. Kincaid. Es war damals für alle Beteiligten sehr schwer.«

Kincaid verstand das so, daß Mead das Verhalten der Ashertons unsäglich fand, sich jedoch nicht gestattete, es auszusprechen. »Man kann sicherlich nicht bestreiten, daß Sir Gerald und Dame Caroline jetzt um ihre Tochter sehr besorgt sind.«

»Wie ich schon sagte, Mr. Kincaid, das ist alles sehr lange her. Es tut mir nur leid, daß Julia noch einen solchen Verlust erleiden mußte.«

Eine Bewegung am Fenster zog Kincaids Aufmerksamkeit auf sich. Der Wind hatte eine Laubsäule vom Rasen in die Höhe gewirbelt. Sie drehte sich einen Moment, dann fiel sie zusammen. Einige Blätter schwebten zum Fenster und schlugen leicht gegen die Scheiben.

»Sie sagten, Sie hätten Matthew gekannt, aber Sie müssen doch auch Julia sehr gut gekannt haben.«

Der Pastor schwenkte den letzten Rest Tee in seiner Tasse. »Ich weiß nicht, ob es überhaupt jemanden gibt, der Julia gut kennt. Sie war immer ein stilles Kind. Während Matthew sich mitten in die Dinge hineinstürzte, beschränkte sie sich darauf zu beobachten und zuzuhören. Gerade deshalb waren die seltenen direkten Reaktionen von ihr um so erwärmender. Wenn sie sich aktiv für etwas interessierte, dann schien dieses Interesse echt und tief zu sein, nicht nur eine vorübergehende Laune.«

»Und später?«

»Sie hat während ihrer Krankheit natürlich mit mir gesprochen, aber sie war im Fieber, es ging alles durcheinander. Und als sie wieder gesund wurde, zog sie sich ganz in sich zurück. Nur bei ihrer Hochzeit habe ich noch einmal einen Schimmer des Kindes gesehen, das sie einmal war.« Sein Ton war wehmütig, sein Lächeln suchte Kincaids Verständnis.

Kincaid dachte an Julias Gesicht, wie er es gesehen hatte, als sie ihnen, in dem Glauben, Mrs. Plumley habe geklopft, die Tür geöffnet hatte. »Dann haben Sie sie also getraut, Pastor Mead? Aber ich dachte —«

»Ja, richtig, Connor war katholisch, aber er war kein praktizierender Katholik, und Julia wollte gerne hier heiraten.« Mit dem Kopf wies er zur Kirche hinüber. »Ich habe vor der Trauung nicht nur mit Julia gesprochen, sondern auch mit Connor, und ich muß sagen, ich hatte schon damals meine Zweifel.«

»Aus welchem Grund?« Kincaid hatte im Lauf des Gesprächs beachtlichen Respekt vor den Beobachtungen des Pastors gewonnen.

»Er hat mich auf eine ganz merkwürdige Weise an Matthew erinnert, oder, genauer gesagt, an Matthew, wie er vielleicht geworden wäre, wenn er am Leben geblieben wäre. Ich weiß nicht, ob ich es erklären kann … Er war vielleicht eine Spur zu glatt für meinen Geschmack – bei so viel äußerlichem Charme läßt sich manchmal schwer erkennen, was sich unter der Oberfläche abspielt. Wie dem auch sei, die Ehe wurde nicht glücklich.«

»Es scheint so, ja«, stimmte Kincaid zu. »Bei Julia hat sich offenbar mit der Zeit eine tiefe Abneigung gegen Connor entwickelt.« Er machte eine Pause und wählte seine Worte mit Bedacht. »Halten Sie es für möglich, daß sie ihn getötet hat? Wäre sie dazu fähig?«

»Wir alle tragen den Keim zur Gewalt in uns, Mr. Kincaid. Die Frage, die mich stets fasziniert hat, ist, was führt dazu, daß der eine Mensch zur Gewalt greift und der andere nicht?« In Meads Blick spiegelte sich das Wissen lebenslanger Erfahrung mit Menschen jeglicher Charakterausformung, und wieder kam Kincaid der Gedanke, daß ihre Berufe einiges gemeinsam hatten. »Aber um Ihre Frage zu beantworten«, fuhr der Pastor fort, »nein, ich halte Julia nicht für fähig, einen anderen Menschen zu töten, ganz gleich unter welchen Umständen.«

»Warum sagen Sie ›einen anderen Menschen‹, Pastor Mead?« fragte Kincaid verwundert.

»Weil es nach Matthews Tod Gerüchte gab, die Ihnen zweifellos zu Ohren kommen werden, wenn Sie lange genug in der Sache herumstochern. Offene Anschuldigungen hätte man vielleicht zurückweisen können, aber gegen dieses anonyme Getuschel war man machtlos.«

»Was wurde denn getuschelt?« fragte Kincaid, obwohl er die Antwort schon wußte.

Mead seufzte. »Nur was man erwarten konnte, wenn man die menschliche Natur kennt und von Julias manchmal offenkundiger Eifersucht auf ihren Bruder wußte. Es wurde angedeutet, sie hätte gar nicht versucht, ihn zu retten – sie hätte ihn vielleicht sogar ins Wasser hineingestoßen.«

»Sie war also eifersüchtig auf ihren Bruder?«

Der Pastor richtete sich in seinem Sessel auf und wirkte zum erstenmal leicht gereizt. »Natürlich war sie eifersüchtig! Jedes normale Kind wäre unter diesen Umständen eifersüchtig gewesen.« Er sah Kincaid fest an. »Aber sie hat ihn auch geliebt, und niemals hätte sie zugelassen, daß ihm etwas geschieht, wenn sie es hätte verhindern können. Julia hat alles getan, was man von einer verängstigten Dreizehnjährigen erwarten konnte, um ihren Bruder zu retten. Wahrscheinlich sogar mehr.« Er stand auf und begann das Teegeschirr auf dem Tablett zusammenzustellen. »Ich bin nicht kühn genug, eine solche Tragödie einen Akt Gottes zu nennen. Für Unfälle gibt es häufig keine Erklärung, Mr. Kincaid.«

Kincaid stellte seine Tasse auf das Tablett und sagte: »Ich danke Ihnen für das Gespräch, Pastor Mead.«

Mit dem Tablett in den Händen trat Mead ans Fenster und blickte auf den Friedhof hinaus. »Ich kann nicht behaupten, daß ich die Wege des Schicksals verstehe. In meinem Geschäft ist es manchmal auch besser, wenn man sie nicht versteht«, fügte er mit einer gewissen bitteren Ironie hinzu. »Aber trotzdem hat mich die Frage nicht losgelassen. Im allgemeinen sind die Kinder mit dem Bus von der Schule nach Hause gefahren. An diesem Tag hatten sie sich verspätet und mußten statt dessen zu Fuß gehen. Was hatte sie aufgehalten?«

7

Gereizt schob Kincaid die Akten auf seinem Schreibtisch wieder zusammen und fuhr sich mit den Fingern durch das Haar, bis es wie ein Hahnenkamm in die Höhe stand. Der späte Sonntagnachmittag, wenn sich im Yard kaum etwas tat, war normalerweise die ideale Zeit, um den liegengebliebenen Papierkram zu erledigen, doch heute konnte er sich einfach nicht konzentrieren. Er streckte sich und sah auf seine Uhr – fünf vorbei – und merkte plötzlich, wie hungrig er war. Er hatte seit dem Frühstück nichts mehr gegessen. Rasch warf er die Berichte, die er geschafft hatte, in den Ausgangskorb und nahm seine Jacke vom Haken.

Er würde nach Hause fahren, nach Sid sehen, ein paar frische Sachen einpacken, sich vielleicht beim Chinesen etwas zu essen holen. Doch diese Planungen konnten die innere Ruhelosigkeit, die ihn quälte, seit er das Pfarrhaus verlassen hatte und nach London zurückgefahren war, nicht vertreiben. Wieder stieg Julias Bild vor ihm auf. Ihr Gesicht war jünger, weicher, aber bleich unter dem dunklen, fieberfeuchten Haar, und sie warf sich ungetröstet in dem weißen Krankenbett hin und her.

Er hätte gern gewußt, wieviel politischen Einfluß die Ashertons tatsächlich besaßen, und wie vorsichtig er sein mußte.

Erst als er seinen Wagen aus der Garage von Scotland Yard in die Caxton Street hinauslenkte, dachte er daran, Gemma noch einmal anzurufen. Er hatte im Lauf des Nachmittags mehrmals versucht, sie zu erreichen, jedoch ohne Erfolg, obwohl sie ihre Gespräche im Coliseum schon vor Stunden abgeschlossen haben mußte. Er warf einen nachdenklichen Blick auf sein Autotelefon, hob jedoch nicht ab, sondern fuhr, nachdem er den St. James's Park umrundet hatte, automatisch

Richtung Islington. Gemma war nun schon seit Wochen in ihrer neuen Wohnung, und die halb verlegene Begeisterung, mit der sie von ihr sprach, hatte ihn neugierig gemacht. Er würde einfach mal dort vorbeifahren; vielleicht erwischte er sie ja.

Als er sich erinnerte, wie sorgfältig sie es vermieden hatte, ihn in ihr Haus in Leyton einzuladen, schob er den Gedanken einfach beiseite.

Als er aus dem Wagen gestiegen war, musterte er einen Moment das Haus, eine alleinstehende viktorianische Villa aus glattem honigfarbenem Stein. In den beiden Erkerfenstern fing sich die Sonne des späten Nachmittags, ein schmiedeeiserner Zaun umgab den gepflegten Garten. Von der Treppe aus beobachteten ihn zwei schwarze Hunde mit wacher Aufmerksamkeit. Sich Gemmas Beschreibung erinnernd, folgte er dem Gartenzaun um die Ecke.

Das Garagentor war ebenso wie die kleinere Tür links von ihm in einem leuchtenden Narzissengelb gestrichen. Das kleine Schild mit der schwarzen Ziffer 2 bestätigten ihm, daß er hier richtig war. Er klopfte, und als sich nichts rührte, setzte er sich, entschlossen zu warten, auf die Stufe, die zum Garten hinaufführte, und lehnte sich an die Eisenstangen des schmalen Türchens.

Er hörte ihren Wagen, noch ehe er ihn sah. »Sie bekommen einen Strafzettel, wenn Sie da parken«, sagte er, als sie die Tür öffnete.

»Bestimmt nicht. Ich blockier ja nur meine eigene Garage. Was tun Sie denn hier, Chef?«

Sie löste Tobys Sicherheitsgurt, und sofort kletterte er mit Freudengeschrei über sie hinweg.

»So ein freundlicher Empfang tut doch gut«, meinte Kincaid, als Toby ihm entgegenrannte. Er nahm den kleinen Jungen auf den Arm und zauste ihm das glatte blonde Haar. »Ich hab das Gefühl, Ihr Motor fängt ein bißchen an zu klopfen«, bemerkte er zu Gemma, die gerade noch ihren Wagen absperrte.

Sie schnitt eine Grimasse. »Erinnern sie mich nicht daran. Jedenfalls nicht gerade jetzt.« Einen Moment standen sie sich verlegen gegenüber, Gemma mit einem Strauß pinkfarbener Rosen in der Hand, und als das Schweigen sich in die Länge zog, wurde ihm immer unbehaglicher.

Wieso hatte er geglaubt, er konnte ihre so sorgsam errichteten Barrieren konsequenzlos einreißen? Sein Eindringen stand jetzt wie eine Mauer zwischen ihnen. Er sagte: »Tut mir leid. Ich komme nicht mit rein. Ich konnte Sie nur den ganzen Nachmittag nicht erreichen und wollte irgendwie mit Ihnen Kontakt aufnehmen.« Aus einem Gefühl, Wiedergutmachung leisten zu müssen, fügte er hinzu: »Wie wär's, wenn ich Sie und Toby zum Essen einlade?«

»Ach, hören Sie doch auf!« Sie kramte in ihrer Handtasche nach den Schlüsseln. »Natürlich kommen Sie mit rein.« Sie sperrte die Tür auf und trat mit einem Lächeln zurück. Toby rannte ihnen stürmisch voraus. »Da sind wir«, sagte sie, als sie hinter ihm eintrat.

Ihre Kleider hingen an einer Kleiderstange neben der Tür. Flüchtig roch er das blumige Parfüm, das sie im allgemeinen benützte. In aller Ruhe sah er sich um. Die Schlichtheit überraschte ihn einerseits, andererseits jedoch auch wieder nicht. »Die Wohnung paßt zu Ihnen«, sagte er schließlich. »Sie gefällt mir.«

Wie erlöst ging Gemma, die bis dahin gespannt dagestanden hatte, durch das Zimmer zu der kleinen Kochnische und füllte eine Vase mit Wasser. »Mir auch. Und Toby, glaube ich, auch«, erwiderte sie mit einem Blick zu ihrem Sohn, der eifrig die Schubladen einer unter dem Gartenfenster eingebauten Kommode aufzog. »Aber meine Mutter hat mir heut nachmittag wieder mal kräftig die Leviten gelesen. Sie findet die Wohnung für ein Kind völlig ungeeignet.«

»Im Gegenteil«, meinte er, während er langsam durch den Raum ging, um sich alles näher anzusehen. »Es hat doch fast etwas von einem Puppenhaus. Oder einer Schiffskabine, wo jedes Ding seinen festen Platz hat.«

Gemma lachte. »Ich hab ihr gesagt, daß es meinem Großvater bestimmt gefallen hätte. Er war bei der Marine.« Sie trat zum Couchtisch und stellte die Vase mit den Rosen darauf, einziger Farbtupfer im Schwarz und Grau des Raums.

»Rot wäre doch eigentlich die naheliegende Wahl gewesen«, bemerkte er lächelnd.

»Zu langweilig.« Zwei Baumwollhöschen, ein wenig verwaschen und mit etwas ausgefranstem Gummizug, hingen über dem Heizkörper. Errötend zog Gemma sie weg und stopfte sie in eine Schublade neben dem Bett. Sie machte Licht und ließ die Jalousien herunter. »Ich zieh mich nur rasch um.«

»Wollen wir nicht doch essen gehen?« Er hatte immer noch das Gefühl, etwas wiedergutmachen zu müssen. »Es sei denn, Sie haben schon andere Pläne«, fügte er hinzu. »Oder wir könnten auch bei einem Glas Wein die neuesten Informationen austauschen, und dann zieh ich wieder Leine.«

Einen Moment stand sie unschlüssig, die Jacke in der einen Hand, den Bügel in der anderen, und sah sich im Zimmer um, als erwäge sie die Möglichkeiten. »Nein. Gleich um die Ecke ist ein Supermarkt, der rund um die Uhr geöffnet ist. Wir kaufen ein paar Sachen ein und kochen uns etwas.« Mit plötzlicher Entschlossenheit hängte sie ihre Jacke auf, zog dann Jeans und einen Pullover aus einer niedrigen Kommode unter der Kleiderstange.

»Hier?« fragte er mit einem zweifelnden Blick zur Küche.

»Sie Feigling! Man braucht nur ein bißchen Übung. Sie werden schon sehen.«

»Die Sache hat natürlich ihre Grenzen«, gab Gemma zu, als sie noch einen Stuhl an den halbmondförmigen Tisch stellte. »Aber man lernt, sich anzupassen. Und ich hab ja sowieso nicht viel Zeit für große kulinarische Launen.« Mit leicht herausforderndem Blick sah sie Kincaid an, als sie ihm sein Weinglas reichte.

»Tja, das ist das Polizistenleben. Von mir können Sie keine Anteilnahme erwarten«, versetzte er lächelnd, obwohl er in Wahrheit größte Hochachtung vor ihr hatte. Die Arbeit bei der Kriminalpolizei mit ihren langen, unregelmäßigen Arbeitszeiten war für eine alleinerziehende Mutter ein äußerst harter Job, und er bewunderte Gemma dafür, wie sie ihr Leben meisterte. Aber es war nicht sonderlich ratsam, sein Mitgefühl zu zeigen; sie ging sofort in die Luft, wenn sie das Gefühl hatte, Sonderbehandlung zu genießen.

»Prost!« Er hob sein Glas. »Auf Ihre Anpassungsfähigkeit!«

Sie machten Spaghetti mit einer etwas verfeinerten Fertigsoße. Dazu gab es grünen Salat, frisches Baguette und eine Flasche ganz anständigen Rotwein – nicht übel für eine Küche von der Größe eines Besenschranks.

»Oh, warten Sie! Beinah hätt ich's vergessen.« Gemma sprang auf, kramte in ihrer Handtasche und brachte eine Kassette zum Vorschein. Sie schob sie in den Recorder und sagte, als sie wieder an den Tisch kam: »Das ist Caroline Stowe. Sie singt die Violetta in *La Traviata*. Es ist die letzte Aufnahme, die sie gemacht hat.«

Kincaid lauschte den sanften, beinahe melancholischen Klängen der Ouvertüre. Als sie zu Ende ging, hatte er Gemma von seiner Begegnung mit Sharon Doyle und seiner Unterhaltung mit Trevor Simons und dem Pastor berichtet, und Gemma ihrerseits hatte von ihren Gesprächen im Coliseum erzählt. Sie hatte mit der für sie üblichen Aufmerksamkeit für das Detail gearbeitet, doch ihr Bericht enthielt eine besondere Note, verriet ein Interesse, das über die Grenzen des Falls hinausreichte.

»Das ist das Trinklied«, bemerkte sie bei einem Umschwung der Musik. »Alfredo singt vor seiner Begegnung mit Violetta von seinem unbeschwerten Leben.« Toby knallte seine Tasse im Takt mit den heiteren Klängen auf den Tisch. »Jetzt hören Sie genau hin«, sagte Gemma leise. »Das ist Violetta.«

Die Stimme war dunkler, voller, als er erwartet hatte, und schon bei den ersten Tönen konnte er ihre emotionale Kraft spüren. Er betrachtete Gemma, die ganz versunken zu sein schien. »Das scheint Sie ja sehr zu berühren.«

Gemma trank einen Schluck Wein, dann sagte sie langsam: »Ja, irgendwie schon. Ich hätte es nie gedacht. Aber irgendwas ...« Sie senkte den Kopf und neigte sich über Tobys Teller, um ihm die Spaghetti kleiner zu schneiden.

»Ich glaube, ich habe noch nie erlebt, daß Ihnen die Worte fehlen, Gemma«, bemerkte Kincaid leicht erheitert. »Sie sind doch sonst so schlagfertig. Was ist denn?«

Sie sah ihn an und schob sich eine Strähnte kupferroten Haars aus dem Gesicht. »Ich weiß es auch nicht. Ich kann es nicht erklären«, antwortete sie und drückte dabei mit einer Geste, die beredter war als alle Worte, ihre Hand auf ihre Brust.

»Haben Sie sich die erst heute gekauft?« fragte er mit einem Blick auf den Kassettendeckel, von dem ihm eine jüngere Caroline Stowe entgegensah, deren zierliche Schönheit durch das üppige Kostüm akzentuiert wurde.

»Ja, im ENO-Laden.«

Er lachte. »Und jetzt sind Sie bekehrt, wieso? Wissen Sie

was – die Vernehmung von Caroline Stowe machen Sie morgen. Wir brauchen ja immer noch detailliertere Angaben darüber, was sie am Donnerstag getan hat. Da können Sie dann Ihre Neugier befriedigen.«

»Und was ist mit der Autopsie?« fragte sie, während sie Toby die Hände mit einem feuchten Tuch abwischte. »Ich dachte, ich sollte mitkommen.« Sie gab Toby, der aufgestanden war, einen Klaps auf den Po und sagte leise: »Ab in die Heia, Schatz.«

»Ich mach das diesmal allein«, versetzte Kincaid. »Sie bleiben in der Stadt und sprechen mit diesem Tommy Godwin. Danach kommen Sie raus und nehmen sich Dame Caroline vor.«

Sie öffnete den Mund, als wollte sie protestieren, überlegte es sich dann aber anders und senkte den Blick zu ihrem Teller, um mit ihrer Gabel ein paar Salatblättchen aufzuspießen. Kincaid, der wußte, daß sie es als Ehrensache betrachtete, ihn zu begleiten, wenn er einer Autopsie beiwohnen mußte, war überrascht, daß sie sich so bereitwillig fügte.

»Ich habe die Kollegen von Thames Valley auf Kenneth Hicks angesetzt«, bemerkte er und goß noch einen Schluck Wein in sein Glas.

»Den Buchmachergehilfen? Weshalb sollte der die Gans getötet haben, die ihm die goldenen Eier gelegt hat? Jetzt bekommen sie doch keinen Penny mehr von Connor Swann.«

Kincaid zuckte die Achseln. »Vielleicht wollten sie an ihm ein Exempel statuieren, so nach dem Motto – das blüht jedem, der nicht zahlt.«

Gemma schob ihren leeren Teller weg, nahm sich noch eine Scheibe Brot und bestrich sie geistesabwesend mit Butter. »Aber er hat doch regelmäßig seine Schulden beglichen. Einen besseren Kunden hätte sich ein Buchmacher nicht wünschen können.«

»Vielleicht gab es Streit wegen einer Zahlung. Vielleicht hat

Connor herausbekommen, daß Kenneth in die eigene Tasche gearbeitet hat, und hat gedroht, seinem Chef Bescheid zu sagen.«

»Aber das wissen wir nicht.« Gemma stand auf und begann das Geschirr zusammenzuräumen. »Im Grunde wissen wir fast gar nichts.« Sie stellte den Stapel Teller noch einmal nieder und zählte an ihren Fingern ab: »Uns fehlen detaillierte Informationen darüber, wie Connor Swann den fraglichen Tag verbracht hat. Wir wissen, daß er mit seinen Schwiegereltern zu Mittag gegessen hat und mit jemandem verabredet war, aber wir wissen nicht, mit wem. Warum ist er nach London gefahren? Bei wem war er im Coliscum? Wohin ist er an dem Abend noch gegangen, nachdem er aus London zurückgekommen war? Mit wem hat er sich da getroffen?«

Kincaid lächelte. »Na ja, da wissen wir wenigstens, wo wir den Anfang machen müssen«, meinte er, erleichtert über die Rückkehr ihrer gewohnten Aggressivität.

Nachdem Gemma Toby zu Bett gebracht hatte, wollte Kincaid ihr beim Abspülen helfen, aber die Küche war für zwei zu klein. »Wie die Sardinen«, meinte Kincaid, als er sich hinter ihr vorbeidrängte, um das Brot wegzupacken. Sie reichte ihm gerade bis unter das Kinn, und er wurde sich plötzlich der Wärme ihres Körpers bewußt, wie leicht es wäre, ihr die Hände auf die Schultern zu legen und sie an sich zu drücken. Ihr Haar kitzelte ihn an der Nase, und er trat einen Schritt zurück, um zu niesen.

Gemma drehte sich herum und warf ihm einen Blick zu, den er nicht deuten konnte, dann sagte sie forsch: »Probieren Sie doch den Sessel aus, während ich hier fertigmache.«

Mit einem mißtrauischen Blick auf das edle Stück aus Chrom und Leder fragte Kincaid: »Ist das auch wirklich kein Folterinstrument? Oder eine Skulptur?« Doch als er sich vorsichtig in den Sessel hinuntergelassen hatte, stellte er fest, daß er äußerst bequem war.

Gemma, die sein Gesicht sah, lachte. »Sie sehen, Sie können mir vertrauen.«

Als sie in der Küche fertig war, zog sie einen der Stühle vom Eßtisch näher zu seinem Sessel, und sie plauderten locker und ungezwungen, während sie den Rest des Weins tranken. Er fühlte sich wohl, frei von der nervösen Spannung, die ihn zuvor gequält hatte, und hatte überhaupt keine Lust, sich aus dem Sessel zu erheben und nach Hause zu fahren. Aber als er sah, wie sie krampfhaft ein Gähnen unterdrückte, sagte er: »Wir müssen morgen beide früh raus. Es ist besser, ich gehe jetzt.« Sie versuchte nicht, ihn aufzuhalten.

Erst auf der Heimfahrt wurde ihm bewußt, daß er ihr von Sharon Doyles Beschuldigungen gegen Julia Swann nichts erzählt hatte. Hysterie, dachte er achselzuckend. Der Wiederholung nicht wert.

Eine feine Stimme erinnerte ihn daran, daß er ihr auch von Julias Krankheit nach dem Tod ihres Bruders nichts erzählt hatte. Seine einzige Entschuldigung für diese Unterlassung war, daß es ihm auf unerklärliche Weise wie Verrat vorgekommen wäre, die Geschichte des Pastors weiterzugeben.

Nach ihrer Bekanntschaft mit dem Bühnenhaus des Coliseum hätte Gemma eigentlich auf das Lilian-Baylis-Haus vorbereitet sein müssen, doch Alisons Beschreibung hatte sie in die Irre geführt. »Ein großes altes Haus. Es ist ein bißchen schwierig zu erreichen. Früher war es das Aufnahmestudio einer Schallplattenfirma.« Daraufhin hatte sich Gemma ein vornehmes altes Gebäude in einem großen Garten vorgestellt, in dem noch die Geister ehemaliger Rockstars spukten.

›Ein bißchen schwer zu erreichen‹, hatte sich als drastische

Untertreibung erwiesen. Nicht einmal ihr eselsohriger Stadtplan von London konnte verhindern, daß sie zu ihrem Termin mit Tommy Godwin eine halbe Stunde zu spät kam – gehetzt, mit wirrem Haar und heftig keuchend nach einem Dreihundertmetersprint von dem einzigen Parkplatz, den sie hatte auftreiben können.

Dank dem dunkelblauen Schild mit dem ENO-Logo in Weiß war das Haus leicht zu erkennen, und das war gut so, da es mit Gemmas Phantasievorstellung nicht die geringste Ähnlichkeit hatte. Ein vierschrötiger Kasten aus rußgeschwärztem roten Backstein, eingezwängt zwischen einer Reinigungsfirma und einer Autowerkstatt in einer geschäftigen Einkaufsstraße, die von der Finch Road abging.

Sie verscheuchte den Gedanken, daß sie sich vielleicht nicht so hoffnungslos verfranst hätte, wenn sie sich aufs Fahren konzentriert hätte, anstatt an Kincaids Besuch vom vergangenen Abend zu denken. Hastig strich sie sich einmal über das Haar und zog die Tür auf.

Ein Mann lehnte am Türpfosten des kleinen Empfangsraums und schwatzte mit einer jungen Frau in Jeans. »Ah«, sagte er, sich aufrichtend, als Gemma hereinkam, »ich sehe, wir können es uns nun doch sparen, Ihre Kollegen nach Ihnen fahnden zu lassen, Sergeant. Sie sind doch Sergeant James, nicht?« Über seine lange Nase hinweg musterte er sie, als wollte er sich vergewissern, daß er sich nicht geirrt hatte. »Mir scheint, Sie hatten einige Mühe, uns zu finden.« Als die junge Frau Gemma ein Klemmbrett reichte, auf dem ein Anmeldeformular befestigt war, sah er sie kopfschüttelnd an. »Sie hätten sie wirklich warnen sollen, Sheila. Nicht einmal von Londons Elitepolizei kann man erwarten, daß sie sich in der Wildnis nördlich der Finchley Road auf Anhieb zurechtfindet.«

»Ja, es war ziemlich scheußlich«, bestätigte Gemma. »Ich

wußte zwar, wo Sie sind, aber ich hab's einfach nicht geschafft, von hier nach dort zu kommen. Ich weiß eigentlich immer noch nicht, wie es mir geglückt ist.«

»Na, Sie werden sicherlich erst mal die Nase pudern wollen«, sagte er, »ehe Sie mich durch den Wolf drehen. Ich bin übrigens Tommy Godwin.«

»Das dachte ich mir schon«, gab Gemma zurück und floh dankbar in die Toilette. Hinter der geschlossenen Tür betrachtete sie sich recht niedergeschmettert im schmutzigen Spiegel. Ihr dunkelblaues Kostüm wirkte wie aus einem Ramschladen neben Tommy Godwins lässiger Eleganz. Alles an diesem Mann, vom rohseidenen Jackett bis zum Glanz seiner handgefertigten Slippers verriet Geschmack und Geld. Selbst seinem hellen, von leichtem Grau durchzogenen Haar sah man es an, daß er zu einem teuren Friseur ging, und sein langer, dünner Körper eignete sich vorzüglich, das Flair eleganter Nonchalance zur Geltung zu bringen. Da kam man mit ein paar Bürstenstrichen und nachgezogenen Lippen wohl kaum dagegen an, doch Gemma tat ihr Bestes, straffte ihre Schultern und ging hinaus, um das Gespräch anzupacken.

Er stand so lässig wie zuvor an der Rezeption. »Nun, Sergeant, haben Sie sich ein wenig erholt?«

»Danke, ja. Können wir uns hier irgendwo unterhalten?«

»Wenn wir Glück haben, gönnt man uns vielleicht fünf ungestörte Minuten in meinem Büro. Die Treppe hinauf, bitte.« Er legte ihr leicht die Hand auf den Rücken, als wollte er sie vorwärtsschieben, und Gemma hatte das Gefühl, wieder ausmanövriert worden zu sein. »Offiziell ist das hier das Einkaufsbüro«, fuhr er fort, als er sie oben durch eine Tür führte, »aber wir benützen es alle. Wie Sie wohl sehen.«

Nirgends in dem kleinen Raum schien es eine freie Fläche zu geben – Papiere und Kostümskizzen stapelten sich auf den

Arbeitstischen, Stoffballen lehnten wie alte Säufer, die sich gegenseitig stützen müssen, an den Wänden, und in den Regalen reihten sich zahllose große, schwarz eingebundene Bücher.

»Die Bibeln«, bemerkte Godwin, als er ihren Blick sah. Lächelnd angesichts ihrer Verblüffung fügte er hinzu: »So nennen wir die Bücher. Schauen Sie.« Er fuhr mit dem Finger die Buchrücken entlang, zog dann eines der Bücher heraus und schlug es auf dem Arbeitstisch auf. »Kurt Weills *Street Scene*. Jede Inszenierung im Repertoire hat ihre eigene Bibel, und solange diese Inszenierung auf die Bühne kommt, hält man sich bis ins kleinste Detail an die Bibel.«

Unter Gemmas fasziniertem Blick blätterte er das Buch langsam durch. Die ausführlichen Beschreibungen von Bühnenbildern und Kostümen waren von kolorierten Skizzen begleitet, und zu jedem Kostüm waren die entsprechenden Stoffmuster eingeklebt. Sie berührte das Fetzchen roten Satins, das neben einem weiten, gebauschten Rock leuchtete. »Ich dachte immer – ich dachte, jedesmal, wenn eine Oper aufgeführt wird, ist es was Neues.«

»O nein, durchaus nicht. Inszenierungen bleiben manchmal bis zu zehn oder fünfzehn Jahren im Repertoire und werden oft an andere Bühnen ausgeliehen. Diese Inszenierung hier zum Beispiel« – er tippte auf das Buch – »ist ein paar Jahre alt, aber wenn sie nächstes Jahr in Mailand oder Santa Fe gebracht werden sollte, muß der dortige Kostümier dafür sorgen, daß genau dieser Stoff verwendet wird, wenn möglich sogar vom selben Farbmuster.« Behutsam klappte er das Buch zu, setzte sich auf einen Hocker und schlug die Beine in der perfekt gebügelten Hose übereinander. »Es gibt ein paar neue Regisseure, die darauf bestehen, daß eine Inszenierung von ihnen nur unter ihrer Leitung gespielt werden darf, ganz gleich, wo. Emporkömmlinge!«

Gemma riß sich aus ihrer Faszination und kam entschlossen zur Sache. »Mr. Godwin, wie ich hörte, waren Sie bei der Aufführung am letzten Donnerstag abend im Coliseum.«

»Aha, jetzt kommen wir zum Thema, wie, Sergeant?« Mit gespielter Enttäuschung schüttelte er den Kopf. »Nun ja, was sein muß, muß sein. Ja, ich war auf einen Sprung dort. Es ist eine neue Inszenierung. Da seh ich immer gern mal nach dem Rechten. Kostüme müssen sitzen, sonst wirken sie nicht.«

»Und ist es auch Ihre Gewohnheit, nach der Vorstellung Sir Gerald Asherton aufzusuchen?«

»Aha, ich sehe schon, Sie haben Ihre Hausaufgaben gemacht, Sergeant.« Godwin lächelte strahlend, als wäre er stolz auf ihre Klugheit. »Gerald war an dem Abend in besonders guter Form – ich fand es nur recht und billig, ihm das zu sagen.«

Zunehmend gereizt von Tommy Godwins Verhalten, sagte Gemma: »Sir, ich bin, wie Sie wohl wissen, wegen des Todes von Sir Geralds Schwiegersohn hier. Soviel ich weiß, kennen Sie die Familie seit Jahren, und ich muß sagen, unter den gegebenen Umständen finde ich Ihre Haltung etwas sehr lässig, oder sind Sie da anderer Meinung?«

Einen Moment lang sah er sie scharf an, dann erschien wieder das unbekümmerte Lächeln. »Ich verdiene es sicher, wegen meines mangelnden Bedauerns zurechtgewiesen zu werden, Sergeant«, sagte er und schnalzte einmal kurz mit der Zunge. »Ich kenne Gerald und Caroline praktisch, seit wir noch in den Windeln waren.« Als er Gemmas Ungläubigkeit sah, zog er eine Augenbraue hoch. »Na ja, zumindest in Julias Fall trifft das im wahrsten Sinne des Wortes zu. Ich war damals ein kleiner Piefke, Assistent des Kostümschneiders. Heutzutage braucht man drei Jahre an der Schule für Design, um sich für diesen Job zu qualifizieren, aber damals sind die meisten von uns einfach irgendwie hineingestolpert. Meine Mutter war Schneiderin –

mit zehn Jahren kannte ich eine Nähmaschine in- und auswendig.«

Wenn das wirklich zutraf, sagte sich Gemma, konnte man nur bewundern, welchen Schliff er sich im Lauf der Jahre zugelegt hatte.

Er bemerkte ihre Überraschung und sagte mit diesem Lächeln, das nicht totzukriegen war: »Ich habe außerdem ein starkes Nachahmungstalent, Sergeant, das ich mir zunutze gemacht habe.

Die kleinen Gehilfen der Schneiderwerkstatt haben natürlich bei den Anproben der Stars nichts zu suchen, aber manchmal dürfen sie die weniger prominenten betreuen, die Sterne, die nicht mehr so hell leuchten, und die, die erst aufgehen. Caro war damals noch eine Anfängerin, ihr phantastisches Talent war noch nicht voll ausgebildet, aber sie hatte ein hohes Potential. Gerald entdeckte sie im Chor und hat sie protegiert. Er ist dreizehn Jahre älter als sie – wußten Sie das, Sergeant?« Godwin neigte den Kopf ein wenig zur Seite und musterte sie kritisch, als wollte er sich vergewissern, daß er die volle Aufmerksamkeit seiner Schülerin hatte. »Er hatte einen Ruf, auf den er Rücksicht nehmen mußte, und – ach Gott, war das damals ein Getuschel und Gezischel, als er sie geheiratet hat.«

»Aber ich dachte –«

»Oh, daran erinnert sich heute natürlich keiner mehr. Das ist alles eine Ewigkeit her.«

Der Anflug von Müdigkeit in seiner Stimme weckte ihre Neugier. »Und so haben Sie Dame Caroline kennengelernt, bei der Anprobe?«

»Sehr scharfsichtig bemerkt, Sergeant. Caro hatte Gerald inzwischen geheiratet und Julia geboren. Manchmal brachte sie Julia zu den Anproben mit – alle waren natürlich hingerissen

—, aber selbst damals dachte Julia gar nicht daran, sich beeindruckt zu zeigen.«

»Beeindruckt wovon, Mr. Godwin? Ich kann Ihnen da nicht ganz folgen.«

»Na, von der Musik im allgemeinen und von der ganzen überdimensionalen Glitzerwelt der Oper im besonderen.« Er glitt vom Hocker und ging zum Fenster. Die Hände in den Hosentaschen, blieb er stehen und blickte zur Straße hinunter. »Es ist wie ein Bazillus oder ein Virus, und ich glaube, manche Menschen haben eine Veranlagung, ihn sich einzufangen. Vielleicht ist es Vererbung.« Er drehte sich herum und sah sie an. »Was meinen Sie, Sergeant?«

Gemma blätterte in den Kostümskizzen, die lose auf dem Tisch lagen, und erinnerte sich ihrer Verzauberung, als sie zum erstenmal das Finale der *Traviata* gehört hatte. »Diese – Veranlagung hat mit Erziehung nichts zu tun?«

»In meinem Fall gewiß nicht. Obwohl meine Mutter während des Krieges eine gewisse Vorliebe für Tanzorchester hatte.« Die Hände noch immer in den Hosentaschen, machte er anmutig einen kleinen Tanzschritt und sah Gemma dann an. »Ich habe mir immer vorgestellt, daß ich nach einem Tanzabend mit Glen Miller oder Benny Goodman gezeugt worden bin«, fügte er mit leichtem Spott hinzu. »Was Caroline und Gerald angeht, so vermute ich, ihnen ist niemals der Gedanke gekommen, daß Julia ihre Sprache nicht sprechen würde.«

»Und Matthew?«

»Oh, Matty – das war etwas ganz anderes.« Noch während er sprach, wandte er sich wieder ab. Dann schwieg er abrupt, den Blick zum Fenster hinausgerichtet.

Wieso, fragte sich Gemma, stoße ich jedesmal, wenn ich das Gespräch auf Matthew Asherton bringe, auf diese steinerne Mauer? Sie erinnerte sich an Vivian Plumleys Worte ›darüber sprechen wir nicht‹ und meinte, ein Zeitraum von zwanzig Jahren hätte die Wunden eigentlich heilen lassen müssen.

»Nachdem Caro sich zurückgezogen hatte, verlor alles irgendwie an Glanz«, sagte Godwin leise. Er wandte sich Gemma zu. »Sagt man nicht so, Sergeant, daß man die besten Zeiten seines Lebens erst in der Rückschau erkennt?«

»Das weiß ich nicht, Sir. Mir erscheint das ein wenig zynisch.«

»Oh, aber Sie haben sich widersprochen, Sergeant. Ich sehe Ihnen an, daß Sie eine Meinung haben.«

»Mr. Godwin«, entgegnete Gemma scharf, »meine Meinung tut hier nichts zur Sache. Worüber haben Sie und Sir Gerald am letzten Donnerstag abend miteinander gesprochen?«

»Ach, es war eigentlich nur das übliche oberflächliche Geplauder. Um ehrlich zu sein, ich kann mich nicht erinnern. Ich war höchstens fünf oder zehn Minuten bei ihm.« Er kehrte zu dem Hocker zurück und lehnte sich an ihn. »Warum setzen Sie sich nicht, Sergeant? Ich möchte nicht, daß Sie sich später über meine Unhöflichkeit beschweren.«

Gemma blieb entschlossen stehen, wo sie stand, den Rücken an den Arbeitstisch gelehnt. Sie fand dieses Gespräch schwierig genug und hatte nicht die geringste Lust, es in Augenhöhe mit Tommy Godwins eleganter Gürtelschließe fortzusetzen. »Ich stehe sehr gut, Sir. Wirkte Sir Gerald irgendwie erregt oder benahm er sich ungewöhnlich?«

Sie über seine lange Nase hinweg anblickend, sagte er mit leichtem Sarkasmus: »Sie meinen, ob er vielleicht mit einem Lampenschirm auf dem Kopf im Zimmer herumgetanzt ist? Ich muß Sie enttäuschen, Sergeant, er wirkte völlig normal. Ein bißchen aufgedreht noch von der Vorstellung, aber das ist nur zu erwarten.«

»Hatte er getrunken?«

»Ja, wir haben ein Glas getrunken. Gerald hat in seiner Garderobe immer eine Flasche guten Whisky für Besucher, aber betrunken habe ich ihn nie erlebt. Der Donnerstag abend war da keine Ausnahme.«

»Und nach Ihrem Besuch bei Sir Gerald haben Sie das Theater wieder verlassen, Mr. Godwin?«

»Nein, nicht direkt. Ich war noch auf einen Sprung in den Garderoben.« Die losen Münzen in seiner Hosentasche klimperten leise, als er sein Gewicht auf das andere Bein verlagerte.

»Wie lange, Sir? Fünf Minuten? Zehn Minuten? Erinnern Sie sich, wann Sie sich bei Danny abgemeldet haben?«

»Ich habe mich gar nicht abgemeldet, Sergeant.« Er senkte den Kopf wie ein schuldbewußter Schuljunge. »Weil ich mich nämlich auch nicht angemeldet hatte, und das wird gar nicht gern gesehen.«

»Sie hatten sich nicht angemeldet? Aber ich dachte, das sei Pflicht für jeden.«

»Ist es auch. In der Theorie. Aber das Theater ist kein Gefängnis, junge Frau. Ich muß zugeben, ich war nicht unbedingt geselliger Stimmung, als ich Donnerstag abend ankam. Die Vorstellung hatte schon angefangen, als ich durchs Foyer hereinkam, da hab ich eben einer der Platzanweiserinnen freundlich zugezwinkert und mich hinten hineingestellt.« Er warf Gemma einen lächelnden Blick zu, dann hob er einen Ballen schottisch karierten Satins vom Tisch und strich mit einer Hand über den Stoff. »Das macht sich sicher sehr gut für die *Lucia* –«

»Mr. Godwin! Tommy!« Als Gemma plötzlich seinen Vornamen gebrauchte, wurde er aufmerksam und unterbrach sich in seinem oberflächlichen Geplauder. »Was haben Sie getan, als die Vorstellung zu Ende war?«

»Das habe ich Ihnen doch schon gesagt, ich bin direkt zu Gerald –« Er brach ab, als Gemma den Kopf schüttelte. »Ach so, jetzt verstehe ich, worauf Sie hinauswollen. Sie meinen, wie bin ich in Geralds Garderobe gekommen? Das ist ganz einfach, wenn man sich in diesem Labyrinth auskennt, Sergeant. Im Zuschauerraum ist eine Tür, die zur Bühne führt, aber sie ist natürlich nicht gekennzeichnet, und ich bin sicher, die meisten Zuschauer bemerken sie nicht einmal.«

»Und auf demselben Weg sind Sie wieder gegangen? Nachdem Sie mit Sir Gerald gesprochen hatten und in den Garderoben waren?«

»Sie haben es erfaßt.«

»Es wundert mich, daß die Türen im Foyer noch nicht abgeschlossen waren.«

»Ach, es gibt immer ein paar Nachzügler, und außerdem müssen die Platzanweiserinnen noch aufräumen.«

»Sie erinnern sich wohl nicht, um welche Zeit das war oder ob jemand Sie hat weggehen sehen«, sagte Gemma mit einem Anflug von Sarkasmus.

Ziemlich betreten erwiderte Tommy Godwin: »Nein, leider nicht, Sergeant. Aber man denkt in so einem Moment natürlich auch nicht daran, daß man später womöglich über sein Tun und Lassen Rechenschaft ablegen muß, nicht wahr?«

Entschlossen, diese glatte Fassade der Unschuld zu durchbrechen, hakte sie etwas aggressiver nach: »Und was haben Sie nach der Vorstellung getan, Tommy?«

Er lehnte sich mit einer Hüfte an die Kante des Arbeitstischs und verschränkte seine Arme. »Ich bin nach Hause gefahren, in meine Wohnung in Highgate, was sonst, Verehrteste?«

»Allein?«

»Ich lebe allein, ja, abgesehen von meiner Katze, die ganz gewiß bereit sein wird, für mich zu bürgen. Sie heißt übrigens Salome, und ich muß sagen, das paßt —«

»Wann sind Sie zu Hause angekommen? Können Sie sich daran vielleicht zufällig erinnern?«

»In der Tat.« Er hielt inne und sah sie an, als erwarte er ein Lob. »Ich habe eine alte Standuhr, und ich erinnere mich, daß sie, kurz nachdem ich nach Hause gekommen war, geschlagen hat. Es muß also vor Mitternacht gewesen sein.«

Patt. Er konnte die Wahrheit seiner Aussagen nicht beweisen, aber ohne zusätzliches Material konnte sie auch nicht beweisen, daß sie falsch waren. Gemma betrachtete ihn und fragte sich, was hinter seiner gewinnenden äußeren Art verborgen war.

»Ich brauche Ihre Adresse, Mr. Godwin, und ebenso den Namen der Person, mit der Sie gesprochen haben, nachdem Sie bei Sir Gerald waren.« Sie riß ein Blatt aus ihrem Block, und während sie zusah, wie er mit klarer Schrift die gewünschten Angaben aufschrieb, wurde ihr plötzlich klar, woher ihr Unbehagen kam und wie geschickt Tommy Godwin ihr die ganze Zeit ausgewichen war.

»Wie gut haben Sie Connor Swann eigentlich gekannt, Mr. Godwin? Das haben Sie mir noch gar nicht gesagt.«

Er reichte ihr ihren Kugelschreiber zurück und faltete säuberlich das Papier zu einem kleinen Rechteck. »Ich bin ihm im Lauf der Jahre natürlich gelegentlich begegnet. Er war nicht unbedingt mein Fall, muß ich sagen. Es hat mich erstaunt, daß Gerald und Caro die Beziehung zu ihm aufrechterhalten haben, als nicht einmal Julia mehr etwas von ihm wissen wollte, aber es kann ja sein, daß sie etwas etwas von ihm wußten, von dem ich keine Ahnung habe.« Er zog eine Braue hoch und lächelte schief. »Und in seinem Urteil kann sich ja jeder einmal irren, nicht wahr, Sergeant?«

8

Der Kreisverkehr in High Wycombe erinnerte Kincaid an ein Spielzeug, das er als Kind besessen hatte, einen Satz ineinandergreifender Plastikzahnräder, die sich fröhlich drehten, wenn man eine Kurbel in der Mitte betätigte. In diesem Fall jedoch war es so, daß fünf Minikreisverkehrsanlagen eine große bildeten, Menschen in Blechkästen sich auf ihren Bahnen drehten wie auf einem Karussell und kein einziger an diesem Montag morgen zur Hauptverkehrszeit auch nur im geringsten fröhlich war. Er sah eine Lücke, schoß hinein und bekam dafür von einem ungeduldigen Lastwagenfahrer den Finger gezeigt. »Danke, ebenfalls«, murmelte Kincaid und scherte erleichtert aus dem letzten Minikreisverkehr aus.

Ein Stau auf der M 40 hatte ihn aufgehalten, und er kam mit einer halben Stunde Verspätung zur Obduktion im Krankenhaus von High Wycombe an. Er klopfte an die Tür des Obduktionsraums und öffnete sie einen Spalt. Ein kleiner Mann im grünen Kittel stand mit dem Rücken zu Kincaid am Operationstisch aus blankem rostfreiem Stahl.

»Dr. Winstead, nehme ich an?« sagte Kincaid. »Tut mir leid, daß ich mich verspätet habe.« Er trat in den Raum und ließ die Tür hinter sich zufallen.

Winstead tippte auf den Fußschalter seines Diktiergeräts und drehte sich um. »Superintendent Kincaid?« Mit dem Handrücken schob er das Mikrofon von seinem Mund weg. »Tut mir leid, ich kann Ihnen die Hand nicht geben«, fügte er hinzu. »Den größten Teil des Vergnügens haben Sie leider verpaßt. Ich hab etwas früher angefangen, um den Rückstand aufzuholen. Ihren Freund hätte ich mir eigentlich schon am Samstag oder spätestens gestern vornehmen sollen, aber wir hatten hier in einer der Sozialsiedlungen einen Brand. Wir waren das ganze Wochenende damit beschäftigt, die Überreste zu identifizieren, soweit das möglich war.«

Winstead, klein und rundlich mit dichtem lockigem Haar und schwarzen Knopfaugen, wurde seinem Spitznamen gerecht. Mein Bild von Pu dem Bären mit dem Skalpell in der Hand war gar nicht so absurd, dachte Kincaid. Und wie viele Gerichtspathologen, denen Kincaid im Rahmen seiner beruflichen Arbeit begegnet war, schien auch Winstead in seiner Gutgelauntheit kaum zu erschüttern zu sein.

»Haben Sie etwas Interessantes gefunden?« fragte Kincaid, dem es ganz recht war, daß Winstead ihm den Blick auf den Stahltisch versperrte.

»Leider nichts Weltbewegendes.« Er kehrte Kincaid den Rücken zu und machte sich wieder an seine Arbeit. »Ich muß hier nur noch ein, zwei Dinge fertigmachen, dann können wir in mein Büro hinübergehen, wenn Sie wollen.«

Kincaid sah zu. Die Ventilatoren bliesen ihm kalte Luft ins Genick. Wenigstens war der Geruch nicht allzu stark, da das kalte Wasser und die Unterkühlung den natürlichen Zerfallsprozeß der Leiche verzögert hatten.

Eine junge Frau in Grün kam herein und sagte: »Bist du soweit, Winnie?«

»Die Säuberungsarbeiten überlasse ich jetzt meiner Assistentin«, bemerkte Winstead über seine Schulter hinweg zu Kincaid. »Sie hat ein Händchen für die Feinarbeit. Stimmt's nicht, Heather, mein Schatz?« fügte er mit einem Lächeln zu ihr hinzu. »Das gibt ihr ein Gefühl der Befriedigung.« Er streifte seine Handschuhe ab, warf sie in einen Abfalleimer und wusch sich am Becken die Hände.

Heather verdrehte leicht genervt die Augen. »Er ist nur eifersüchtig«, sagte sie leise zu Kincaid, »weil ich ordentlicher bin als er.« Während sie sich ein Paar Handschuhe überstreifte, fuhr sie fort: »Wenn ich mit unserem Freund hier fertig bin, wäre selbst Mama stolz auf ihren Jungen, richtig, Winnie?«

Wenigstens war es Connor Swanns Mutter erspart geblieben, Heathers Künste bewundern zu müssen, dachte Kincaid. Er überlegte, ob Julia der Konvention so weit trotzen würde, auf den Besuch im Leichenschauhaus und die Teilnahme an der Beerdigung zu verzichten.

Als Winstead Kincaid hinausbegleitete, sagte er: »Sie hat leider recht. Ich bin mehr der Mann fürs Grobe. Sie hingegen ist eine Perfektionistin.« Er führte Kincaid durch mehrere Korridore, machte unterwegs einmal vor einem Automaten halt, um zwei Becher Kaffee mitzunehmen. »Schwarz?« fragte er, die Knöpfe drückend.

Kincaid nahm den Pappbecher entgegen, trank einen Schluck und fand das Gebräu genauso ekelhaft wie das Zeug im Yard. Er folgte Winstead in sein Büro und blieb stehen, um den Schädel zu studieren, der den Schreibtisch des Arztes schmückte. Auf der Gesichtsfläche saßen, mit Nadeln befestigt, kleine Gummizylinder unterschiedlicher Höhe, jeder mit einer Ziffer in Schwarz gekennzeichnet. »Voodoo oder Kunst, Doktor?«

»Eine Technik der Gesichtsrekonstruktion. Das Ding hat mir ein Freund, der Anthropologe ist, geliehen. Nach Messung gewisser charakteristischer Stellen des Schädels kann man auf Geschlecht und Rasse schließen. Dann setzt man gemäß statistischer Informationen diese Markierungen, die die Dicke der Haut anzeigen. Man füllt Ton in Höhe der Markierungen auf, und fertig ist der Lack, man hat wieder ein menschliches Gesicht. Eine sehr effektive Methode, auch wenn es in diesem Stadium mehr nach einem Alptraum aussieht. Heather interessiert sich sehr für diese Wiederaufbautechnik. Sie ist mit ihrer Handfertigkeit zweifellos die Richtige dafür.«

Ehe Winstead sich weiter über die Eigenschaften der hübschen Heather verbreiten konnte, kam Kincaid wieder zur Sache. »Wie sieht es aus, Doktor«, fragte er, als sie sich in abgewetzten Ledersesseln niederließen, »ist Connor Swann nun ertrunken?«

Winstead zog die Brauen zusammen, was seinem Gesicht ein eher komisches als grimmiges Aussehen gab, und schien sich einen Moment zu sammeln. »Tja, das ist ein Problem, Superintendent, wie Sie sicher wissen. Es läßt sich durch eine Autopsie nicht eindeutig feststellen, ob jemand ertrunken ist. Da muß man die Diagnose eher durch Ausschluß anderer Möglichkeiten stellen.«

»Aber es wird sich doch feststellen lassen, ob er Wasser in der Lunge hatte –«

»Einen Moment noch, Superintendent, lassen Sie mich das ausführen. Wasser in der Lunge ist nicht unbedingt signifikant. Ich habe ja nicht gesagt, daß ich Ihnen gar nichts sagen kann, nur daß es sich nicht beweisen läßt.« Winstead machte eine Pause, um von seinem Kaffee zu trinken, und schnitt ein Gesicht. »Ich bin wahrscheinlich ein ewiger Optimist – jedesmal erwarte ich, daß dieses Zeug besser schmeckt, als es tatsächlich ist. – Also, wo war ich stehengeblieben?« Er lächelte freundlich und nahm noch einmal einen Schluck von seinem Kaffee.

Kincaid hatte den Eindruck, daß Winstead ihn absichtlich auf die Folter spannen wollte und daß er den Befund um so schneller zu hören bekommen würde, je weniger er drängte. »Sie wollten mir sagen, was Sie *nicht* nachweisen konnten.«

»Schußwunden, Messerstiche, Schlag- und Stoßverletzungen – das sind alles ziemlich klare Sachen, da läßt sich die Todesursache leicht feststellen. Ein Fall wie dieser jedoch ist immer eine harte Nuß, und ich mag harte Nüsse.« Winstead sagte das mit solchem Behagen, daß Kincaid beinahe erwartete, er würde sich voll Vorfreude die Hände reiben. »Es gibt zwei Dinge, die einem Tod durch Ertrinken widersprechen«, fuhr er fort und hielt zwei Finger hoch. »Erstens, in der Lunge waren keinerlei Fremdkörper zu finden, kein Sand, kein Schlick, keine Pflanzenteilchen. Wenn man aber beim Ertrinken große Mengen Wasser schluckt, nimmt man dabei in der Regel auch anderes in sich auf.« Er knickte den einen Finger um und wackelte mit dem anderen. »Zweitens, die Leichenstarre hat mit beträchtlicher Verzögerung eingesetzt. Zum Teil ist das natürlich der Wassertemperatur zuzuschreiben, aber ein Mensch, der ertrinkt, kämpft im allgemeinen heftig, und dabei wird den Muskeln eine Menge Adenosintriphosphatsäure entzogen. Dieser Entzug beschleunigt das Einsetzen der Leichenstarre beträchtlich.«

»Gut, aber wenn nun ein Kampf stattfand, bevor er ins Wasser stürzte? Er hatte Druckmale am Hals – er könnte ja bewußtlos gewesen sein. Oder auch schon tot.«

»Es gibt mehrere Anzeichen dafür, daß er schon eine ganze Weile tot war, als man ihn fand«, bestätigte Winstead. »Der Mageninhalt war nur teilweise verdaut, wenn also Ihr Mr. Swann nicht sehr spät zu Abend gegessen hat, würde ich sagen, daß er spätestens um Mitternacht tot war. Wenn wir die Analyse des Mageninhalts vom Labor bekommen, wird sich vielleicht feststellen lassen, wann er zuletzt gegessen hat.«

»Und die Blutergüsse –«

Winstead hielt wie ein Verkehrspolizist eine Hand in die Höhe. »Es gibt noch eine andere Möglichkeit, Superintendent, und wenn die zutrifft, könnte Mr. Swann sehr wohl noch gelebt haben, als er ins Wasser stürzte. Es kann vorkommen, daß sich beim ersten Kontakt mit dem Wasser die Kehle verschließt. Die Atemwege ziehen sich zusammen. Es gelangt kein Wasser in die Lunge. Da sich nach dem Tod jedoch der Krampf löst, läßt sich das unmöglich nachweisen. Es wäre allerdings eine Erklärung dafür, daß sich keinerlei Fremdkörper in der Lunge befanden.«

»Wie kommt es dann zu dieser Art des Ertrinkens?« fragte Kincaid, bereit, sich in Geduld zu üben und dem Arzt seinen kleinen Spaß zu lassen.

»Das ist eines der kleinen Geheimnisse der Natur. Schock wäre wahrscheinlich die beste Erklärung, wenn Sie eine haben müssen.« Winstead hielt inne, um einen Schluck Kaffee zu trinken, und schien überrascht, daß er immer noch nicht besser geworden war. »Nun zu den Druckmalen am Hals, die Sie so sehr interessieren. Die erlauben leider auch keine schlüssige Aussage. Es gab einige äußere Blutergüsse – Sie waren ja im Leichenhaus, nicht wahr?« Als Kincaid nickte, fuhr er fort: »Dann haben Sie sie gesehen – aber entsprechende innere Verletzungen lagen nicht vor, das Zungenbein beispielsweise war intakt. Wir haben auch keinen Blutstau im Gesicht oder Hals festgestellt.«

»Keine Flecken in den Augen?«

Winstead strahlte ihn an. »Ganz recht. Keine Petechiae. Es ist natürlich möglich, daß jemand entweder zufällig oder ganz gezielt so viel Druck auf seine Halsschlagadern ausübte, daß er bewußtlos wurde, und ihn dann in den Fluß gestoßen hat.«

»Wäre eine Frau fähig, so starken Druck auszuüben?«

»Oh, gewiß, eine Frau wäre dazu durchaus imstande. Aber ich hätte mehr als nur Druckstellen erwartet – Fingernagelabdrücke zum Beispiel, Abschürfungen –, aber das alles war nicht vorhanden. Und ich bezweifle sehr, daß eine Frau ihn auf diese Weise hätte bewußtlos machen können, ohne daß ihre Hände von dem Kampf irgendwelche Verletzungen davongetragen hätten.«

Kincaid ließ sich das einen Moment durch den Kopf gehen. »Mit anderen Worten«, sagte er dann, »Sie wissen nicht, wie Connor Swann gestorben ist, und wenn sie mir die *Todesursache* nicht nennen können, folgt daraus wohl, daß Sie nicht bereit sind, eine Vermutung über die *Art und Weise* des Todes auszusprechen.«

»Die meisten Todesfälle durch Ertrinken sind Unfälle, die fast immer unter Alkoholeinfluß geschehen. Seinen Alkoholspiegel erfahren wir erst, wenn wir den Bericht vom Labor bekommen, aber ich möchte schon jetzt behaupten, daß er ziemlich hoch war. Wenn Sie jedoch« – wieder hob er abwehrend die Hand, als Kincaid zum Sprechen ansetzte – »wenn Sie jedoch meine ganz private Meinung hören wollen …« Winstead griff wieder zu seinem Kaffeebecher und trank. »Die meisten derartigen Unfälle sind ziemlich banal. Da fährt einer mit seinen Freunden zum Fischen raus, es wird kräftig getrunken, der Mann fällt ins Wasser, und seine Kumpel sind zu blau, um ihn rauszuholen. Bestätigung mehrerer Zeugen – Fall erledigt. Hier jedoch« – die intelligenten dunklen Knopfaugen richteten sich auf Kincaid – »gibt es zu viele unbeantwortete Fragen. Keine Anzeichen für einen Selbstmord?«

Kincaid schüttelte den Kopf. »Nein.«

»Dann würde ich sagen, es gibt kaum Zweifel daran, daß er auf diese oder jene Weise von dritter Hand in den Fluß befördert wurde. Ich würde aber auch sagen, daß es Ihnen verdammt schwerfallen wird, das zu beweisen.« Winstead lächelte, als hätte er eben eine höchst willkommene Äußerung getan.

»Wie steht es mit der Todeszeit?«

»Na, die liegt irgendwann zwischen dem Zeitpunkt, als er zuletzt gesehen wurde, und dem, als er gefunden wurde.« Winstead grinste über sein kleines Witzchen. »Im Ernst, Superintendent, rein intuitiv würde ich sagen, daß er zwischen einundzwanzig Uhr und Mitternacht gestorben ist, vielleicht auch zwischen einundzwanzig Uhr und ein Uhr morgens.«

»Tja, dann vielen Dank.« Kincaid stand auf und bot dem Arzt die Hand. »Sie waren – äh – eine große Hilfe.«

»Freut mich.« Winstead schüttelte Kincaid die Hand und lächelte, Pu Bär ähnlicher denn je. »Wir schicken den Befund raus, sobald wir die Laborergebnisse haben. Finden Sie allein hinaus? Gut, dann auf Wiedersehen.«

Bevor Kincaid aus dem Büro ging, warf er noch einen Blick zurück. Der Schädel verdeckte Winsteads rundes Gesicht, und als Winstead winkte, meinte Kincaid zu sehen, daß der Schädel noch ein wenig breiter grinste.

Kincaid verließ das Krankenhaus mit dem Gefühl, keinen Schritt vorwärtsgekommen zu sein. Zwar war er jetzt noch sicherer, daß Connor Swann ermordet worden war, er hatte aber immer noch keinen konkreten Beweis dafür. Ebenso fehlten ein plausibles Motiv und echte Verdächtige.

Neben seinem Wagen blieb er stehen und sah auf seine Uhr. Nach ihrem Gespräch mit Tommy Godwin würde Gemma sich auf den Weg machen, um Dame Caroline zu vernehmen, und solange sie sich um die Ashertons kümmerte, konzentrierte er selbst sich wohl am besten auf Connor Swann. Er war der Schlüssel – solange er nicht mehr über Connor Swann wußte, würde ihm der Fall verschlossen bleiben.

Es war Zeit, daß er sich etwas gründlicher mit jenem Teil von Connor Swanns Leben befaßte, der mit den Ashertons nichts zu tun hatte. Über die Telefonauskunft beschaffte er sich die Adresse von Gillock, Blackwell & Frye und fuhr dann nach Süden, in Richtung Maidenhead und Reading.

Immer wenn er nach Reading kam, mußte er an Vic denken. Sie war hier aufgewachsen und zur Schule gegangen, und da er von Norden in die Stadt hineinfuhr, schlug er einen Umweg ein, der ihn zum Haus ihrer Eltern führte. Es stand in einem Vorort selbstzufriedener Doppelhäuser und halb zu Tode gepflegter Gärten, in denen hier und dort hinter einem Busch oder einer Hecke ein freundlicher Gartenzwerg hervorspitzte. Er hatte die Gegend damals gräßlich gefunden und stellte fest, daß die Zeit nichts dazugetan hatte, seine Meinung zu ändern.

Er hielt den Wagen an und ließ den Motor laufen, während er das Haus musterte. Es erschien so unverändert, als wäre es in ewiger Stagnation steckengeblieben, während die Zeit über es hinweggegangen war und er selbst sich verändert hatte und gealtert war. Er sah es wie damals, als Vic ihn zum erstenmal mitgenommen hatte, um ihn ihren Eltern vorzustellen, selbst der Messingbriefkasten hatte noch den gleichen harten, fleckenlosen Glanz. Sie hatten ihn mit wohlerzogener Mißbilligung behandelt, entsetzt, daß ihre schöne und gebildete Tochter sich ausgerechnet mit einem Polizeibeamten eingelassen hatte, und mit einer plötzlichen Aufwallung von Ärger erinnerte er sich, daß er sich damals seiner unkonventionellen Familie ein wenig geschämt hatte. Seinen Eltern waren Bücher und Ideen immer wichtiger gewesen als der Erwerb materieller Besitztümer, und seine Kindheit in ihrem weitläufigen Haus auf dem Land in Cheshire war weit entfernt gewesen von dieser adretten, ordentlichen Welt.

Er legte den ersten Gang ein und ließ die Kupplung kommen. Der Midget antwortete mit dem vertrauten Stottergeräusch, ehe er sich in Bewegung setzte. Vielleicht hatte sich Vic für den zweiten Versuch einen passenderen Ehemann gesucht. Er jedenfalls hatte mit dieser Welt nichts mehr zu tun. Mit diesen Gedanken stellte sich ein Gefühl der Erleichterung ein und die wohltuende Erkenntnis, daß es endlich wirklich so war.

Die Verkehrssituation in Reading hatte sich seit seinem letzten Besuch nicht gebessert, und während er in der Autoschlange stand, die zum Parkhaus in der Stadtmitte drängte, und mit den Fingern auf das Lenkrad trommelte, erinnerte er sich, wie wenig ihm die Stadt immer schon gefallen hatte. Sie war eine Kombination moderner Architektur übelster Sorte mit schlechter Planung, und angesichts des Resultats konnte einem nur die Galle hochkommen.

Nachdem er seinen Wagen abgestellt hatte, fand er das moderne Bürogebäude, in dem die Werbeagentur ihre Büros hatte, ohne allzu große Schwierigkeiten. Eine hübsche Empfangsdame begrüßte ihn mit einem Lächeln, als er das Foyer im dritten Stockwerk betrat. »Kann ich Ihnen behilflich sein, Sir?« fragte sie mit einem Anflug von Neugier in der Stimme.

Er wußte, daß sie jetzt versuchte, ihn einzuordnen – kein bekannter Kunde oder Lieferant, keine Aktentasche, kein Musterkoffer, der ihn als Vertreter gekennzeichnet hätte –, und er konnte der Versuchung nicht widerstehen, sie ein wenig auf die Folter zu spannen. »Schönes Büro«, bemerkte er, während er sich gemächlich umsah. Spärliches modernes Mobiliar, dezente Beleuchtung, Art-déco Reklameposter, geschmackvoll gerahmt und gehängt – insgesamt, dachte er, beschränkte Mittel geschickt angelegt.

»Ja, Sir. Haben Sie einen Termin?« fragte sie ein wenig energischer.

Er zog seinen Dienstausweis heraus und hielt ihn ihr hin. »Superintendent Duncan Kincaid, Scotland Yard. Ich würde mich gern mit jemandem über Connor Swann unterhalten.«

»Oh.« Sie blickte von seinem Gesicht zu seinem Ausweis, und plötzlich standen ihr die Tränen in den Augen. »Ist das nicht einfach schrecklich? Wir haben es erst heute morgen erfahren.«

»Tatsächlich? Wer hat es Ihnen mitgeteilt?« fragte er und nahm seinen Ausweis wieder an sich.

Sie schniefte. »Sein Schwiegervater Sir Gerald Asherton. Er hat John angerufen – Mr. Frye, meine ich –«

Im Flur hinter ihrem Schreibtisch wurde eine Tür geöffnet, und ein Mann kam heraus, der eben dabei war, sich ein Jackett überzuziehen. »Melissa, Schätzchen, ich geh jetzt –« Er brach ab, als er Kincaid sah.

»Das ist Mr. Frye«, sagte die Empfangsdame zu Kincaid und fügte dann zu ihrem Chef gewandt hinzu: »Der Herr kommt von Scotland Yard. Wegen Connor, John.«

»Scotland Yard? Connor?« wiederholte Frye, und seine momentane Verwirrung gab Kincaid Gelegenheit, ihn sich näher anzusehen. Seiner Schätzung nach mußte er in seinem eigenen Alter sein, doch er war klein und dunkel und neigte sichtlich zur Fülle.

Kincaid stellte sich vor, und Frye, der sich inzwischen von seiner Verblüffung erholt hatte, reichte ihm die Hand. »Was kann ich für Sie tun, Superintendent? Ich meine, nach dem, was Sir Gerald sagte, habe ich eigentlich nicht erwartet ...«

Mit einem entwaffnenden Lächeln entgegnete Kincaid: »Ich habe lediglich einige Routinefragen, die Mr. Swann und seine Arbeit betreffen.«

Frye wirkte erleichtert. »Ich wollte gerade rüber ins Pub, um was zu essen, weil ich nachher gleich wieder einen Termin habe. Können Sie nicht einfach mitkommen, und wir unterhalten uns beim Essen?«

»In Ordnung.« Kincaid merkte plötzlich, daß er einen Bärenhunger hatte, eine ihm nicht unbekannte Reaktion auf die Teilnahme an einer Autopsie, doch bei der Aussicht auf die kulinarischen Genüsse, die ein Pub in Reading zu bieten hatte, lief ihm nicht gerade das Wasser im Mund zusammen.

Auf dem Weg zum Pub unterzog Kincaid John Frye einer unauffälligen Musterung. Anthrazitgrauer Anzug mit Weste, die sehr stramm saß; glattrasiert; das Haar nach letzter Yuppie-Art mit Gel an den Kopf geklatscht; ein Duft nach einem schwülen Rasierwasser. Connor, dachte er, hatte sein Äußeres gleichermaßen gepflegt – aber in der Werbung ging es ja letztlich auch um den Verkauf eines Images.

Sie unterhielten sich über Belangloses, bis sie ihr Ziel erreichten, und als sie das *White Hart* betraten, hellte sich Kincaids Stimmung beträchtlich auf. Das Pub war einfach und sauber und bot eine reiche Auswahl an Speisen an, die mit Kreide auf einem schwarzen Brett aufgeführt waren. Die meisten Tische waren besetzt, lauter Büroflüchtlinge, alle eifrig essend und diskutierend.

Kincaid wählte die Scholle mit Pommes frites und Salat. Nachdem er sich entschieden hatte, wandte er sich Frye zu und fragte: »Was trinken Sie?«

»Wasser.« Frye schnitt eine Grimasse. »Ich muß dringend abnehmen. Ich trinke zwar leidenschaftlich gern Bier, aber das setzt leider sehr an.« Er klopfte sich mit der flachen Hand auf die Weste.

Kincaid ließ sich ein Wasser geben und nahm für sich selbst, ganz ohne schlechtes Gewissen Frye gegenüber, ein Bier. Dann bahnten sie sich mit ihren Getränken in der Hand einen Weg zu einem kleinen Tisch am Fenster.

»Erzählen Sie mir von Connor Swann«, sagte Kincaid, als sie es sich bequem gemacht hatten. »Wie lange hat er für Sie gearbeitet?«

»Etwas über ein Jahr. Gordon und ich brauchten jemanden

für den Verkauf. Wir haben beide kein besonderes Talent dafür, und wir hatten mittlerweile genug Kunden, um —«

»Gordon ist Ihr Partner?« unterbrach Kincaid. »Ich dachte, Sie wären zu dritt.« Er trank von seinem Bier und wischte sich mit der Zunge den Schaum von der Oberlippe.

»Oh, tut mir leid. Ich fange wohl am besten von vorn an.« Frye warf einen sehnsüchtigen Blick auf Kincaids Bier, seufzte und fuhr dann zu sprechen fort. »Ich bin Frye, Gordon ist Gillock, und einen Blackwell gibt es nicht. Als wir uns vor drei Jahren selbständig gemacht haben, fanden wir, Gillock und Frye klinge nach einer Fischhandlung.« Frye lächelte etwas verlegen. »Also haben wir noch Blackwell angefügt. Um dem Firmennamen ein bißchen mehr Stil zu geben. Kurz und gut, ich fungiere als Kreativdirektor, und Gordon ist für den Medieneinkauf und die Überseeproduktion zuständig. Wir waren also ziemlich gefordert. Als wir über einen Freund hörten, daß Connor eventuell an einer Position als *Account Executive,* das ist eine Art Sachbearbeiter für Kundenwerbung, interessiert sei, dachten wir, das wäre genau das Richtige für uns.«

Die Bedienung, groß und blond, eine Walküre in Jeans und T-Shirt, brachte ihnen die bestellten Speisen. Mit einem verführerischen Lächeln stellte sie die Teller vor ihnen ab und drängte sich dann durchs Gewühl zurück zum Tresen.

»Das ist Marian«, sagte Frye. »Wir nennen sie hier alle nur den Eisberg. Jeder ist in sie verknallt, und sie genießt das ungeheuer.«

»Bezieht sich der Spitzname auf ihr Aussehen oder ihr Wesen?« Kincaid warf einen Blick auf Fryes gemischten Salat und machte sich vergnügt über seinen dampfenden Fisch her.

»Gebratenes darf ich auch nicht essen«, bemerkte Frye wehmütig. »Marian ist ein durchaus sonniges Gemüt, aber nicht freigiebig mit ihrer Gunst. Sogar Connor konnte da nicht landen.«

»Hat er denn versucht, sich an sie ranzumachen?«

»Geht jeden Morgen die Sonne auf?« fragte Frye sarkastisch und schob mit dem kleinen Finger etwas Brunnenkresse nach, die ihm im Mundwinkel hing. »Natürlich hat Con versucht, sich an sie ranzumachen. Das war bei ihm so natürlich wie das Atmen —« Mit erschrockenem Gesicht brach er ab. »Ach Gott, das war geschmacklos. Tut mir leid. Ich hab's eben einfach noch nicht begriffen.«

Kincaid träufelte noch etwas Zitrone auf seinen ausgezeichneten Fisch und fragte: »Haben Sie ihn gemocht? Als Mensch, meine ich.«

Frye machte ein nachdenkliches Gesicht. »Hm, ja, ich denke schon. Aber so einfach ist das nicht. Wir waren, wie ich schon sagte, anfangs überglücklich, daß er zu uns kommen wollte. Natürlich haben wir uns Gedanken gemacht, weshalb er eine der besten Firmen Londons unseretwegen verlassen wollte, aber er sagte, er hätte familiäre Schwierigkeiten und wollte ein bißchen kürzer treten, näher an zu Hause sein.« Er schob sich eine Ladung Salat in den Mund und kaute ausgiebig.

Kincaid überlegte, ob Fryes bekümmerte Miene seine Meinung über sein Mittagessen oder seine Gefühle in bezug auf Connor widerspiegele. »Und?« drängte er vorsichtig.

»Es war wahrscheinlich naiv von uns, daß wir ihm das glaubten. Aber Con konnte sehr charmant sein. Nicht nur Frauen gegenüber – Männer haben ihn auch gemocht. Das war einer der Gründe, weshalb er ein so guter Verkäufer war.«

»Er war also gut in seiner Arbeit?«

»O ja, sehr gut. Wenn er sich darauf eingelassen hat. Aber genau da lag das Problem. Er war am Anfang so enthusiastisch – voller Pläne und Ideen –, daß Gordon und ich ganz hingerissen waren.« Frye machte eine kurze Pause. »Wenn ich jetzt daran zurückdenke, kann ich sehen, daß das Ganze etwas Hektisches hatte, aber damals ist mir das nicht aufgefallen.«

»Gehen Sie noch einmal ein Stück zurück«, bat Kincaid. »Sie sagten, es sei naiv von Ihnen gewesen, Connors Begründung für seinen Wunsch, bei Ihnen anzufangen, für bare Münze zu nehmen. Hat sich denn herausgestellt, daß sie nicht zutreffend war?«

»Sagen wir, er hat eine Menge weggelassen«, antwortete Frye. »Einige Monate später sickerte langsam durch, was wirklich los war.« Er sah Kincaid stirnrunzelnd an. »Hat seine Frau es Ihnen nicht erzählt? Sie haben doch mit der Frau gesprochen?«

»Was soll sie mir erzählt haben?« entgegnete Kincaid, der Beantwortung der Frage ausweichend.

Frye schob den Rest seines Salats zu einem sauberen Häufchen in der Mitte seines Tellers zusammen. »Cons ehemalige Firma in London macht die gesamte Werbung für ENO. Dadurch hat er seine Frau überhaupt erst kennengelernt – bei irgendeinem Empfang, soviel ich weiß. Ich vermute, sie war mit ihren Eltern dort. Als sie ihn dann verließ, und er …« Ziemlich verlegen sah Frye zu seinem Teller hinunter und stocherte mit seiner Gabel in den Salatresten herum. »Er hatte so eine Art Nervenzusammenbruch, so kann man's wohl nennen. Anscheinend hat er völlig durchgedreht – hat vor Kunden plötzlich zu weinen angefangen und dergleichen mehr. Die Firma hat versucht, alles zu vertuschen – ich nehme an, sie wollten es nicht riskieren, die Ashertons vor den Kopf zu stoßen, indem sie ihn ganz offiziell an die Luft setzten.«

Sie waren alle sehr diskret gewesen, dachte Kincaid. Hatte

Mitleid eine Rolle gespielt? »Und er kam mit einer Empfehlung der Firma, als er bei Ihnen anfing?«

»Sonst hätten wir ihn nicht genommen«, antwortete Frye sachlich.

»Und wann begann es schiefzulaufen?«

Ein Ausdruck schlechten Gewissens löste die Verlegenheit auf Fryes Gesicht ab. »Es war keinesfalls so, daß Con ein totaler Reinfall war – den Eindruck wollte ich Ihnen nicht vermitteln.«

»Das haben Sie ganz gewiß nicht«, erwiderte Kincaid beschwichtigend, weil er hoffte, damit weitere Beteuerungen Fryes abzubiegen, die nach ›Die Toten soll man ruhen lassen‹ klangen.

»Es kam allmählich. Er verpaßte Termine mit Kunden – natürlich immer mit einer guten Entschuldigung, aber wenn so was mehrmals passiert, werden auch die besten Entschuldigungen etwas fadenscheinig. Er hat Dinge versprochen, die wir nicht erfüllen konnten …« Er schüttelte den Kopf bei der Erinnerung. »Das ist für einen Kreativdirektor der absolute Alptraum. Und die vielen neuen Kunden, die er uns bringen wollte, die guten Verbindungen, die er hatte …«

»War alles nur leeres Gerede?«

Frye nickte bekümmert. »Leider, ja.«

Kincaid schob seinen leeren Teller weg. »Warum haben Sie ihn dann behalten, Mr. Frye? Das hört sich ja wirklich an, als sei er für Sie mehr zu einer Belastung geworden.«

»Nennen Sie mich doch einfach John«, sagte Frye. Er beugte sich etwas vor und fuhr in vertraulichem Ton fort: »Wissen Sie, es war komisch, vor ein paar Monaten hatten Gordon und ich uns gerade nach langem Hin und Her entschlossen, ihn an die Luft zu setzen, da fing es plötzlich an, besser zu werden. Es war nichts Weltbewegendes, aber er wurde etwas zuverlässiger, er zeigte etwas mehr Interesse.«

»Haben Sie eine Ahnung, woher diese Veränderung kam?« fragte Kincaid, der an Sharon und die kleine Hayley dachte.

Frye zuckte die Achseln. »Keinen Schimmer.«

»Wußten Sie, daß er eine Freundin hatte?«

»Freundinnen, meinen Sie. Im Plural«, sagte Frye mit Nachdruck. Mit der resignierten Miene des Festverheirateten fügte er hinzu: »Nachdem meine Frau ihn ein paarmal gesehen hatte, hätte sie mir am liebsten strikt verboten, nach der Arbeit noch mit ihm auf ein Bier zu gehen. Sie war überzeugt, er würde mich auf Abwege führen.« Er lächelte. »Zu meinem Glück oder zu meinem Pech, wie man's nimmt, hatte ich nie Connors umwerfenden Charme.«

Das Lokal hatte sich geleert, die Reihen am Tresen waren merklich gelichtet. Marian kam, um abzuräumen. »Sonst noch etwas, meine Herren? Einen kleinen Nachtisch? Wir haben noch einen phantastischen Kuchen da —«

»Bitte, quälen Sie mich nicht so!« Frye schlug stöhnend beide Hände vor sein Gesicht.

Marian nahm Kincaids Teller und bedachte ihn mit einem ganz und gar nicht eisigen Augenzwinkern. Innerlich lächelnd dachte Kincaid, daß Fryes Frau sich wegen Connors Einfluß nicht hätte zu sorgen brauchen — die Schwächen ihres Mannes lagen offensichtlich auf einem anderen Gebiet. Bei diesem Gedanken fiel ihm eine andere Schwäche ein, über die sie noch nicht gesprochen hatten.

»Wußten Sie, daß Connor Spielschulden hatte?« fragte er Frye.

»Schulden?« fragte Frye verblüfft. »Ich wußte, daß er ganz gern auf die Rennbahn ging, aber ich hatte keine Ahnung, daß es so ernst war.«

»Haben Sie schon mal von einem Mann namens Kenneth Hicks gehört?«

Frye runzelte einen Moment die Stirn, dann schüttelte er den Kopf. »Nein, ich kann mich nicht erinnern.«

Kincaid schob seinen Stuhl zurück, hielt jedoch inne, als ihm noch eine Frage einfiel. »John, haben Sie eigentlich jemals Connors Frau Julia kennengelernt?«

Fryes Reaktion überraschte ihn. Erst räusperte er sich mehrmals verlegen, dann sah er Kincaid schließlich in die Augen. »Na ja – äh – direkt kennengelernt habe ich sie nicht.«

Kincaid zog eine Augenbraue hoch. »Wie meinen Sie das?«

»Ich hab sie gesehen. Ich meine, ich wollte sie mir einfach mal anschauen, und da bin ich einfach hingegangen.« Er errötete, als er Kincaids zweifelnde Miene sah. »Herrgott noch mal, ich komme mir wie ein Idiot vor«, sagte er. »Nach allem, was ich über sie gehört hatte, war ich neugierig auf sie, und als ich in der Zeitung von ihrer Ausstellung in Henley gelesen habe …«

»Sie sind zu der Ausstellungseröffnung gegangen?«

»Meine Frau war an dem Abend bei ihrer Mutter, und ich dachte mir, gehst einfach mal hin, es ist ja schließlich nichts dabei.«

»Nein, was hätte denn groß dabei sein sollen?« fragte Kincaid verwundert.

»Ich möchte malen«, erklärte Frye rundheraus. »Nur deswegen bin ich auf die Kunstakademie gegangen. Meine Frau findet es frivol von mir – zwei Kinder und das Haus und alles …«

»Und dann noch der schlechte Einfluß von Künstlern?« warf Kincaid ein.

»So was in der Art, ja.« Frye lächelte bedauernd. »Sie verliert manchmal ein bißchen das Augenmaß. Ich nehme an, sie hat Angst, ich würde einfach abhauen und sie alle verhungern lassen, wenn jemand mir mit einem Pinsel winkt.«

»Und wie war es bei der Ausstellungseröffnung? Haben Sie Julia kennengelernt?«

Frye blickte gedankenverloren ins Leere. »Sie ist eine sehr aparte Person, nicht wahr? Und ihre Bilder – also, wenn ich so malen könnte, würde ich bestimmt nicht mein Leben damit zubringen, Reklameentwürfe für Whites Installateurbedarf und die Teppichfirma Carpetland zu machen.« Er lächelte mit einer gewissen Geringschätzung, die ihm selbst galt. »Aber ich kann eben nicht so malen.« Den Blick wieder auf Kincaid richtend, fügte er hinzu: »Ich habe sie nicht kennengelernt, aber nicht, weil ich's nicht versucht hätte. Ich hatte gerade meinen billigen Champagner getrunken und hatte es fast geschafft, mich bis zu ihr durchzudrängen, da ging sie plötzlich hinaus und war verschwunden.«

»Sind Sie ihr gefolgt?«

»Ja, ich kämpfte mich bis zur Tür durch, weil ich ihr doch wenigstens sagen wollte, wie gut mir ihre Bilder gefielen.«

»Und?« sagte Kincaid ungeduldig.

»Draußen war sie nirgends zu sehen.«

9

Das Geäst der alten Bäume wölbte sich über ihr, die Zweige griffen ineinander wie zusammengeschobene Finger, der Tunnel wurde immer enger – Gemma blies sich eine Haarsträhne aus dem Gesicht und sagte laut: »Dumme Gans!« Der Klang ihrer Stimme hallte einen Moment nach, dann war es wieder ganz still im Auto, bis auf das gelegentliche durchdringende Quietschen, wenn Zweige und Wurzelwerk, die sich aus den Böschungen streckten, die Fenster streiften. Das Geräusch erinnerte sie an Fingernägel auf einer Schiefertafel.

London und Tommy Godwins geschliffene Höflichkeit schienen Welten entfernt, und einen Moment lang wünschte sie, sie hätte darauf bestanden, Kincaid zu der Autopsie zu begleiten. Er hatte ihr im Yard eine Nachricht hinterlassen, eine Zusammenfassung der ziemlich nichtssagenden Ergebnisse.

Sie schaltete in den zweiten Gang hinunter, als die Steigung steiler wurde. Als sie das ersten Mal diesen Weg gefahren war, hatte Kincaid sie begleitet, und seine Anwesenheit hatte klaustrophobischen Gefühlen vorgebeugt. Das ist doch wirklich lächerlich, schalt sie sich selbst. Nichts weiter als eine schmale Landstraße. Zum Teil rührte ihr Unbehagen sicherlich daher, daß ihr als geborene Londonerin das Land fremd war.

Dennoch war sie erleichtert, als sie endlich die Abzweigung zum Haus der Ashertons sah. Keine zwei Minuten später hielt sie in der Lichtung vor dem Haus. Sie stieg aus und blieb einen Moment stehen. Der modrige Geruch faulender Blätter, Essenz des Herbstes, stieg ihr in die Nase.

In der Stille hörte sie das gleiche merkwürdige Sirren, das ihr und Kincaid zuvor schon aufgefallen war. Auf der Suche nach Stromleitungen blickte sie in die Höhe, sah aber nur herbstliches Laub und ein Fleckchen grauen Himmels. Vielleicht kam das Geräusch von einem Generator oder Transformator, oder – sie lächelte erheitert – von einem UFO. Mal sehen, wie Kincaid reagierte, wenn sie damit herausrückte.

Immer noch leicht belustigt, ging sie zur Haustür und läutete. Wie zuvor öffnete ihr Vivian Plumley, diesmal jedoch lächelte sie, als sie Gemma erkannte. »Sergeant! Bitte, kommen Sie doch herein.«

»Ich hätte gern Dame Caroline gesprochen, Mrs. Plumley«, erklärte Gemma, als sie in das gefliese Vestibül trat. »Ist sie zu Hause?«

»Ja, aber sie gibt gerade Unterricht.«

Gemma hörte, wie das Klavier einsetzte und gleich darauf eine helle Sopranstimme leicht und trällernd der vorgegebenen Melodie folgte. Unvermittelt brach der Gesang ab, sie hörte jemanden sprechen, dann wiederholte eine zweite Stimme die Melodie. Sie war dunkler und reifer als die erste und besaß ein ganz eigenes Timbre. Selbst durch die geschlossene Tür erkannte Gemma sie sofort. »Das ist Dame Caroline.«

Vivian Plumley warf ihr einen aufmerksamen Blick zu. »Sie haben ein gutes Ohr, Sergeant. Wo haben Sie sie gehört?«

»Auf einer Kassette«, antwortete Gemma kurz, nicht bereit, ihr starkes Interesse einzugestehen.

Vivian sah auf ihre Uhr. »Kommen Sie und trinken Sie eine Tasse Tee. Die Stunde ist bald zu Ende.«

»Was singen sie?« fragte Gemma, als sie Vivian durch den Flur folgte.

»Rossini. Eine von Rosinas Arien aus dem *Barbier von Sevilla*. Gott sei Dank auf italienisch.« Sie warf Gemma über ihre Schulter hinweg einen lächelnden Blick zu, als sie die Tür zur Küche aufstieß. »In diesem Haus allerdings ist es nicht unbedingt politisch korrekt, das zu sagen.«

»Wegen der Auffassung, die man an der National Opera vertritt?«

»Genau. Sir Gerald stimmt absolut mit ihrer Position überein. Ich glaube, Caro hat immer lieber in der Originalsprache gesungen, aber sie hält mit ihrer Ansicht zurück.« Vivian lächelte wieder, mit liebevoller Nachsicht. Diese Meinungsverschiedenheit hatte offensichtlich lange Tradition in der Familie.

»Irgend etwas riecht hier köstlich«, bemerkte Gemma schnuppernd und sah sich um. Neben dem roten Herd lagen zum Abkühlen zwei braune Brotlaibe.

»Ich hab das Brot gerade aus dem Rohr geholt«, sagte Vivian, während sie Becher und eine Keramikteekanne auf ein Tablett stellte. Auf dem Herd stand leise dampfend ein Kupferkessel.

»Sie nehmen keinen elektrischen Wasserkochtopf?« erkundigte sich Gemma neugierig.

»Ich gehöre wahrscheinlich zu den Dinosauriern. Für diesen ganzen modernen Schnickschnack hab ich nichts übrig.« Sie drehte sich nach Gemma um und fragte: »Sie essen doch etwas frisches Brot? Es ist ja bald Teezeit.«

»Ich habe etwas zu Mittag gegessen, bevor ich aus London weggefahren bin«, antwortete Gemma und dachte an die fetttriefenden Würstchen, die sie sich nach dem Gespräch mit Tommy Godwin in der Kantine des Yard genehmigt hatte. »Aber doch, ich nehme eine Scheibe. Vielen Dank.« Sie trat näher, als Vivian das Brot aufzuschneiden begann. »Vollkorn?«

»Ja. Mögen Sie das?« Vivian war sichtlich erfreut. »Das ist gewissermaßen mein Markenzeichen und meine Therapie. Man muß es zweimal mit der Hand richtig durchkneten und dann dreimal gehenlassen, aber im Rohr geht es dann auf wie ein Traum.« Sie warf Gemma einen heiteren Blick zu. »Wenn man sich beim Kneten so richtig ins Zeug legt, verschwinden alle Frustrationen.«

Als sie sich an den großen Eichentisch setzten, sagte Gemma: »Ich bin in einer Bäckerei großgeworden. Meine Eltern haben einen kleinen Laden in Leyton. Das meiste wird natürlich maschinell gemacht, aber meine Mutter hat uns fast immer beim Kneten und Backen helfen lassen, wenn wir wollten.«

»Ich kann mir vorstellen, daß das Spaß gemacht hat«, meinte Vivian, während sie Gemma Tee einschenkte.

Eine blumige Duftwolke stieg zu Gemma auf. »Earl Grey?«

»Ich hoffe, Sie mögen ihn. Ich hätte Sie fragen sollen. Das ist die Gewohnheit – ich trinke nämlich nachmittags immer Earl Grey.«

»Doch, ich mag ihn, vielen Dank«, versicherte Gemma brav. Wenn ich schon eine Gewohnheit daraus mache, mich in solchen Häusern zum Tee einladen zu lassen, dachte sie, muß ich eben verdammt noch mal lernen, Earl Grey zu mögen.

Sie aß ihr Butterbrot mit stillem Genuß und tupfte die letzten Krümel noch mit der Fingerspitze vom Teller. »Mrs. Plumley –«

»Alle nennen mich Plummy«, unterbrach Vivian einladend. »Die Kinder haben damit angefangen, und der Name ist mir geblieben. Inzwischen gefällt er mir sogar.«

»Also gut dann, Plummy.« Gemma fand, daß der Name zu ihr paßte. Selbst in dem orangefarbenen Jogginganzug, den sie anhatte, hatte Vivian Plumley etwas altmodisch Gemütliches an sich.

Schweigend saßen sie beieinander und tranken ihren Tee, und in der entspannten, beinahe schläfrigen Atmosphäre kamen Gemma die Fragen so leicht über die Lippen, als spreche sie mit einer Freundin. »Fanden Sie es nicht merkwürdig, daß Connor nach der Trennung von Julia noch immer so eine enge Beziehung zu der Familie hatte? Zumal ja keine Kinder da waren …«

»Aber er kannte ja Caro und Gerald schon vorher, müssen Sie wissen. Er hatte sie über seine Arbeit kennengelernt und sich sehr um ihre Freundschaft bemüht. Ich weiß, daß ich damals den Eindruck hatte, er sei bis über beide Ohren in Caro verliebt. Aber sie hat ja immer schon Verehrer gesammelt, wie andere Leute Schmetterlinge sammeln.«

Obwohl Plummy dies ohne eine Spur von Tadel gesagt hatte, sah Gemma plötzlich einen wild flatternden, aufgespießten Schmetterling vor sich. »Puh«, sagte sie und rümpfte voll Abscheu die Nase. »Ich hab das immer schon grauenvoll gefunden.«

»Was denn?« fragte Plummy. »Ach, Sie sprechen von den Schmetterlingen. Na ja, das war vielleicht ein etwas grausamer Vergleich, aber die Männer schwirren wirklich immer ganz hilflos um sie herum. Sie glauben alle, sie brauche jemanden, der für sie sorgt, aber Tatsache ist, daß sie sehr wohl imstande ist, für sich selbst zu sorgen. Mir selbst ist so was noch nie passiert.« Sie lächelte Gemma an. »Ich glaube, ich habe noch nie bei jemandem den Wunsch ausgelöst, für mich zu sorgen.«

Gemma dachte daran, mit welcher Selbstverständlichkeit Rob angenommen hatte, sie würde jederzeit all seine Bedürfnisse, sowohl körperlicher als auch emotionaler Art, bedienen. Der Gedanke, daß auch sie einige Bedürfnisse haben könnte, war ihm nicht gekommen. Sie sagte: »Darüber habe ich noch nie nachgedacht, aber für mich haben sich die Männer auch kein Bein ausgerissen.« Sie trank einen Schluck Tee und fuhr fort: »Um noch einmal auf Dame Caroline zurückzukommen – Sie sagten, daß Sie zusammen zur Schule gegangen sind? Wollte sie immer schon singen?«

Plummy lachte. »Caro stand vom Tag ihrer Geburt an im Mittelpunkt. In der Schule sang sie bei jeder Aufführung die erste Partie. Die meisten anderen Mädchen haben sie nicht gemocht, aber das schien sie gar nicht zu merken. Sie hätte ebensogut Scheuklappen tragen können – sie wußte genau, was sie wollte, und alles andere hat sie nicht interessiert.«

»Für eine Sängerin hat sie ihre Karriere sehr früh begonnen, nicht wahr?« fragte Gemma eingedenk dessen, was sie von Alison Douglas gehört hatte.

»Da hatte Gerald die Hand im Spiel. Er hat sie aus dem Chor geholt und direkt an die Rampe gestellt, und sie besaß die Dynamik und den Ehrgeiz, dieser Herausforderung gerecht zu werden, obwohl sie kaum Erfahrung hatte.« Sie brach sich von einer Scheibe des Brots, das sie auf den Tisch gestellt hatte, ein Stück ab und knabberte daran. »Nur um zu probieren«, sagte sie lächelnd. »Qualitätskontrolle.« Nachdem sie das Brot mit einem Schluck Tee hinuntergespült hatte, fuhr sie zu sprechen fort. »Aber das alles ist mehr als dreißig Jahre her, und es gibt nur noch wenige, die Gerald und Caro aus der Zeit kennen, als sie noch keine großen Stars waren.«

Plummys Beispiel folgend, nahm sich Gemma noch eine Scheibe Brot und sagte dann: »Lassen sie sich gern daran erinnern, daß sie einmal ganz gewöhnliche Leute waren?«

»Ich glaube, es hat etwas Tröstliches für sie.«

Wie war es für Julia gewesen, im Schatten dieser Eltern aufzuwachsen? Es war schon unter normalen Umständen schwierig genug, sich vom Einfluß der Eltern zu befreien und ein selbstbestimmter Mensch zu werden.

»Und Julia hat Connor über ihre Eltern kennengelernt?« fragte sie.

Plummy überlegte einen Moment. »Ich glaube, es war bei einem Empfang in der Oper. Damals ging Julia noch hin und wieder zu solchen musikalischen Veranstaltungen. Sie fing gerade erst an, sich als Malerin zu entfalten, und hatte sich noch nicht ganz von ihren Eltern gelöst.« Sie schüttelte den Kopf. »Ich war von Anfang an völlig überrascht – Julia hatte immer den intellektuellen, musischen Typ bevorzugt, und davon war Con so weit entfernt, wie man sich das überhaupt vorstellen kann. Ich habe versucht, mit ihr zu sprechen, aber sie wollte nichts hören.«

»Haben sie wirklich so schlecht zueinander gepaßt, wie Sie dachten?«

»O ja«, antwortete sie seufzend. »Noch schlechter.«

Als sie nicht näher darauf einging, fragte Gemma: »Wußten Sie, daß Connor fremdgegangen ist?«

Plummy sah überrascht aus. »Vor kurzem erst, meinen Sie? Er hatte eine Freundin?«

»Ja. Eine junge Frau mit einer kleinen Tochter.«

»Nein. Nein, das hab ich nicht gewußt.« Voll Mitgefühl, wie Gemma es bei ihr nicht anders erwartet hatte, fügte sie hinzu: »Ach Gott, das arme Ding. Sein Tod hat sie sicher schrecklich getroffen.«

Die Worte ›im Gegensatz zu Julia‹ schienen unausgesprochen zwischen ihnen zu hängen.

»Sie ist übrigens wieder in die Wohnung gezogen«, sagte Plummy unvermittelt. »Julia, meine ich. Ich habe ihr gesagt, das mache sich nicht sehr gut, aber sie meinte, es sei schließlich ihre Wohnung und sie habe das Recht, zu tun und zu lassen, was sie für richtig halte.«

Gemma dachte an das Atelier im oberen Stockwerk, das jetzt leer war, frei von Julia Swanns verwirrender Persönlichkeit, und verspürte eine unerklärliche Erleichterung. »Wann ist sie ausgezogen?«

»Heute morgen, in aller Frühe. Sie hatte ihr Atelier vermißt, das arme Kind – ich hab nie verstanden, weshalb sie Con die Wohnung überlassen hat. Aber wenn sie sich einmal zu irgend etwas entschlossen hat, ist nicht mit ihr zu reden.«

Der leicht gereizte und doch liebevolle Ton erinnerte Gemma an ihre eigene Mutter, die bei jeder Gelegenheit behauptete, ihre rothaarige Tochter sei störrisch zur Welt gekommen.

»War Julia immer schon so eigensinnig?« fragte sie.

Plummy sah sie einen Moment lang unverwandt an, dann antwortete sie: »Nein, nicht immer.« Sie warf einen Blick auf ihre Uhr. »Haben Sie Ihren Tee ausgetrunken? Die Stunde müßte jetzt eigentlich zu Ende sein. Aber nachher kommt noch eine Schülerin, da ist es besser, wir schieben Sie jetzt gleich ein.«

»Caro, das ist Sergeant James«, sagte Plummy, als sie Gemma ins Wohnzimmer führte. Dann zog sie sich zurück, und Gemma spürte den kühlen Luftzug, als die Tür hinter ihr zufiel.

Caroline Stowe stand vor dem Feuer, genau wie ihr Mann vor zwei Tagen, als Gemma und Kincaid mit ihm gesprochen hatten. Mit ausgestreckter Hand trat sie auf Gemma zu. »Es freut mich, Sie kennenzulernen, Sergeant. Was kann ich für Sie tun?«

Ihre Hand war klein und kühl, weich wie die eines Kindes. Unwillkürlich warf Gemma einen Blick auf die Fotografie auf dem Klavier. Es hatte ihr zwar einen Eindruck von der Zartheit dieser Frau vermittelt, ihre Vitalität jedoch hatte es nicht gezeigt.

»Ich würde mich, gewissermaßen im Nachtrag zu der Aussage, die Sie bei der Kriminalpolizei Thames Valley gemacht haben, gern noch einmal mit Ihnen unterhalten, Dame Caroline«, sagte Gemma, und ihre Stimme klang ihr hart in den Ohren.

»Bitte, nehmen Sie Platz.« Caroline Stowe ging zum Sofa und klopfte einladend auf das Polster. Das Granatrot des langen Pullovers, den sie zur hellen Hose trug, brachte die helle Haut und das dunkle Haar wirkungsvoll zur Geltung.

Gemma, die sich an diesem Morgen mit besonderer Sorgfalt angekleidet hatte, fand ihr olivfarbenes Seidenensemble plötzlich so langweilig wie einen Tarnanzug, und als sie sich setzte, kam sie sich linkisch und plump vor. Hastig sagte sie: »Dame Caroline, Ihrer ersten Aussage zufolge waren Sie am letzten

Donnerstag abend hier zu Hause. Können Sie mir sagen, was Sie an diesem Abend getan haben?«

»Aber natürlich, Sergeant, wenn Sie das für notwendig halten«, antwortete Caroline freundlich resigniert. »Ich habe mit Plummy – das ist Vivian Plumley – zu Abend gegessen, dann haben wir uns im Fernsehen etwas angesehen. Leider kann ich mich nicht mehr erinnern, was es war. Spielt das eine Rolle?«

»Was haben Sie danach getan?«

»Plummy hat uns einen Kakao gekocht, das muß so gegen zehn gewesen sein. Wir haben uns noch eine Weile unterhalten, dann sind wir beide zu Bett gegangen.« Beinahe entschuldigend fügte sie hinzu: »Es war ein ganz normaler Abend, Sergeant.«

»Erinnern Sie sich, um welche Zeit Ihr Mann nach Hause kam?«

»Nein, leider nicht. Ich habe einen sehr gesunden Schlaf, und wir haben getrennte Betten. Da stört er mich nur selten, wenn er nach einer Vorstellung spät nach Hause kommt.«

»Und Ihre Tochter hat Sie auch nicht geweckt, als sie in den frühen Morgenstunden nach Hause kam?« fragte Gemma, die den Wunsch hatte, Carolines selbstzufriedene Gelassenheit ein wenig zu erschüttern.

»Nein. Meine Tochter ist eine erwachsene Frau und kommt und geht, wie es ihr paßt. Es ist nicht meine Art, sie zu kontrollieren.«

Mitten ins Schwarze, dachte Gemma. Sie hatte offensichtlich einen wunden Punkt getroffen. »Von Mrs. Plumley hörte ich eben, daß Ihre Tochter in die Wohnung zurückgekehrt ist, die sie mit ihrem Mann geteilt hat. War es Ihnen angesichts der Umstände recht, daß sie so bald wieder Ihr Haus verließ?«

Caroline schien eine scharfe Erwiderung zu unterdrücken, dann seufzte sie. »Ich fand es etwas unbedacht, aber auf meine Meinung hat Julia nie viel gegeben. Sie hat sich meiner Ansicht nach in dieser Sache – ich meine, Connors Tod – von Anfang an unmöglich verhalten.« Plötzlich müde wirkend, rieb Caroline sich mit den Fingern über ihre Wangenknochen, aber Gemma fiel auf, daß sie darauf achtete, die Haut nicht zu dehnen.

»In welcher Hinsicht?« fragte Gemma, obwohl sie bereits Beweise genug hatte, daß Julia nicht die trauernde Witwe spielte.

Mit einem Achselzucken antwortete Caroline: »Es gibt gewisse Dinge, die nun mal getan werden müssen, und die Leute haben gewisse Erwartungen ... Julia ist schlicht und einfach ihren Verpflichtungen ausgewichen.«

Gemma fragte sich, ob Julia sich anders verhalten hätte, wenn sie nicht sicher gewesen wäre, daß ihre Eltern für sie einspringen und alles erledigen würden. Die Tatsache, daß Julia genau das übelzunehmen schien, war nur ein Ausdruck der Verdrehtheit der menschlichen Natur, und Gemma gewann langsam den Eindruck, daß die Beziehung zwischen Julia und ihren Eltern verdrehter war als die meisten.

Sie schlug eine neue Seite in ihrem Block auf und sagte: »Soviel ich weiß, war Connor Swann am letzten Donnerstag zum Mittagessen hier.« Auf Carolines Nicken fuhr sie fort: »Ist Ihnen da an seinem Verhalten irgend etwas Ungewöhnliches aufgefallen?«

Lächelnd erwiderte Caroline: »Con war sehr amüsant, aber das war nichts Ungewöhnliches.«

»Erinnern Sie sich, worüber Sie sich unterhalten haben?« fragte Gemma und dachte, sie habe noch nie zuvor eine Frau so anmutig ihre Stirn runzeln sehen.

»Ach, wir haben im Grunde nur über Belanglosigkeiten gesprochen, Sergeant. Über Klatschgeschichten, die wir gehört hatten, über Geralds Vorstellung am Abend —«

»Connor Swann wußte also, daß Ihr Mann in London sein würde?«

Perplex entgegnete Caroline: »Aber natürlich wußte er das.«

»Haben Sie eine Ahnung, warum Ihr Schwiegersohn am selben Nachmittag im Coliseum gewesen sein könnte?«

»Nein. Das kann ich mir nicht vorstellen. Zu uns hat er jedenfalls nichts davon gesagt, daß er nach London wollte – wollen Sie damit sagen, daß er im Theater war?«

»So steht es jedenfalls im Anmeldebogen des Portiers, aber bis jetzt hat niemand sonst das bestätigen können.«

»Wie merkwürdig«, sagte Caroline langsam, und zum erstenmal hatte Gemma den Eindruck, daß sie von einem wohleinstudierten Skript abwich. »Hm, sein Abgang war natürlich ziemlich —«

»Was war denn los?« Gemma spürte ein Prickeln der Erregung. »Sie sagten doch eben, er hätte sich in keiner Weise ungewöhnlich verhalten.«

»Ich weiß nicht, ob ich das als ungewöhnlich beschreiben würde. Con war nun mal ein ruheloser Mensch. Das Stillsitzen lag ihm nicht. Als Gerald und ich unseren Kaffee tranken, entschuldigte er sich einen Moment. Er sagte, er wolle Plummy in der Küche helfen, und weg war er. Ein paar Minuten später hörten wir ihn wegfahren, ohne ihn noch einmal gesehen zu haben.«

»Und Sie glaubten, es hätte ihn vielleicht etwas verstimmt?«

»Nun, wir fanden es auf jeden Fall etwas merkwürdig, daß er sich nicht einmal von uns verabschiedet hatte.«

Gemma blätterte in ihren Notizen zurück und richtete dann ihren Blick wieder auf Caroline. »Mrs. Plumley hat gesagt, daß sie allein abgespült hat. Sie hat Ihren Schwiegersohn nicht mehr gesehen, nachdem sie das Speisezimmer verlassen hatte. Halten Sie es für möglich, daß er nach oben gegangen ist, um mit Julia zu sprechen? Daß die beiden vielleicht eine Auseinandersetzung hatten?«

Caroline faltete ihre Hände im Schoß, und die Schatten auf dem granatroten Pullover verschoben sich, als sie seufzte. »Das kann ich Ihnen nicht sagen, Sergeant. Aber wenn es so gewesen wäre, bin ich sicher, Julia hätte etwas davon erwähnt.«

Gemma teilte ihre Überzeugung nicht. »Wußten Sie eigentlich, daß Ihr Schwiegersohn eine Freundin hatte, Dame Caroline?«

»Eine Freundin? Con?« sagte Caroline leise. Sie blickte ins Feuer und fügte noch leiser hinzu: »Davon hat er nie etwas gesagt.«

»Ihr Name ist Sharon Doyle«, bemerkte Gemma, »und sie hat eine vierjährige Tochter. Es war allem Anschein nach eine ziemlich ernste Beziehung, und er ... Nun, sie war sehr viel bei ihm in der Wohnung.«

»Ein Kind?« Caroline wandte ihr Gesicht wieder Gemma zu. Ihre dunklen Augen hatten sich geweitet, und Gemma sah darin die Widerspiegelung des Feuers.

Während ihres Gesprächs war es draußen langsam dunkel geworden, und der Schein des Feuers und der Lampen hüllten den stillen Raum jetzt in warmes gelbes Licht. Gemma konnte sich die Abende hier vorstellen, heitere Stunden bei Musik und angeregten Gesprächen, köstliche Muße in Gesellschaft eines Buchs, niemals jedoch zornig erhobene Stimmen.

»Angenommen, Julia hätte von Sharon erfahren? Wäre es darüber zum Streit gekommen? Wäre es Julia recht gewesen, daß ihr Mann eine andere Frau in ihrer Wohnung empfing?«

Nach einem langen Schweigen sagte Caroline: »Julia ist häufig unberechenbar, Sergeant. Ich weiß nie, wie sie auf eine Situation reagiert. Und was spielt es schon für eine Rolle?« fügte sie müde hinzu. »Sie glauben doch nicht etwa, Julia hätte etwas mit Cons Tod zu tun?«

»Wir bemühen uns, für das Verhalten Ihres Schwiegersohns an diesem letzten Nachmittag und Abend eine Erklärung zu finden. Er hat einen unerwarteten Besuch im Theater gemacht. Als er später am selben Abend wieder in Henley war, traf er sich noch einmal mit jemandem, aber wir wissen nicht, wer das war.«

»Was wissen Sie überhaupt?« Caroline richtete sich auf und sah Gemma direkt in die Augen.

»Der Autopsiebefund hat uns nicht viel verraten. Wir warten noch auf einige Laborberichte – bis dahin können wir nur versuchen, möglichst umfassende Informationen zu sammeln.«

»Sergeant, ich habe den Eindruck, Sie drücken sich absichtlich vage aus«, sagte Caroline mit neckender Herausforderung.

Gemma, die nicht bereit war, sich aus der Reserve locken zu lassen, konzentrierte sich auf das Erstbeste, das ihr in den Sinn kam. Sie hatte während des Gesprächs beiläufig die Bilder betrachtet, von denen Kincaid und Julia gesprochen hatten – wie hatte Julia gleich wieder gesagt, hieß der Maler? Flynn? Nein, Flint. Richtig. Die rosigen barbusigen Frauen waren üppig, irgendwie unschuldig und gleichzeitig leicht dekadent, und der Glanz ihrer Satingewänder erinnerte Gemma an die Kostümstoffe, die sie an diesem Morgen im LB-Haus gesehen hatte.

»Ich habe heute einen alten Freund von Ihnen kennengelernt, Dame Caroline. Tommy Godwin.«

»Tommy? Du lieber Gott, was wollen Sie denn von Tommy?«

»Er ist ein sehr geistreicher Mann.« Gemma lehnte sich tiefer in das Sofa und steckte ihren Block in ihre Handtasche. »Er hat mir sehr viel von früher erzählt, als Sie alle bei der Oper anfingen. Das muß eine aufregende Zeit gewesen sein.«

Carolines Gesicht wurde weich. Geistesabwesend blickte sie ins Feuer, und nach einem kurzen Schweigen sagte sie: »Es war herrlich. Aber ich hatte natürlich keine Ahnung, was für eine besondere Zeit das war, weil ich ja keinen Vergleich hatte. Ich dachte, das Leben könnte nur schöner werden, und alles, was ich anfaßte, würde sich in Gold verwandeln.« Sie hob den Blick und sah wieder Gemma an. »Tja, so ist das Leben, nicht wahr, Sergeant? Man lernt, daß der Zauber vergänglich ist.«

Die Worte enthielten eine so tiefe Trauer, daß Gemma bis ins Innerste berührt war. Die Fotografien auf dem Flügel übten einen beinahe unwiderstehlichen Sog auf sie aus, doch sie hielt ihren Blick fest auf Carolines Gesicht gerichtet. Sie brauchte die Fotografien nicht anzusehen – das Bild des strahlenden Matthew Asherton hatte sich in ihr Gedächtnis eingebrannt. Sie holte tief Atem und sagte mit einer Kühnheit, die ihrer eigenen Furcht entsprang: »Wie schaffen Sie es weiterzumachen?«

»Man schützt das, was man hat«, sagte Caroline leise und heftig. Dann lachte sie und brach den Bann. »Tommy war damals noch nicht ganz so elegant, obwohl man das heute nicht mehr glauben möchte. Er hatte seine Herkunft schon abgeschüttelt wie eine Schlange, die sich häutet, aber der Prozeß war noch nicht ganz abgeschlossen. Es waren noch ein paar ungeschliffene Kanten da.«

»Das kann ich mir gar nicht vorstellen«, sagte Gemma, und sie lachten beide.

»Tommy war immer ein höchst amüsanter Mensch, auch als es ihm noch ein bißchen an Kultur fehlte. Wir hatten herrliche

Zeiten zusammen … Wir hatten so große Pläne. Gerald und Tommy und ich – wir wollten die ganze Oper verändern.« Caroline lächelte.

Wie hast du es ertragen, das alles aufzugeben? dachte Gemma. Laut sagte sie: »Ich habe Sie singen hören. Ich habe mir eine Kassette gekauft. *La Traviata*. Einfach wunderbar.«

Caroline verschränkte ihre Arme locker unter ihrer Brust und streckte ihre kleinen Füße dem Feuer entgegen. »Ja, nicht wahr? Ich habe Verdi mit Leidenschaft gesungen. Seine Heldinnen haben eine spirituelle Qualität, die man bei Puccini nicht findet, und sie geben einem mehr Interpretationsfreiheit. Puccini muß man genauso singen, wie es niedergeschrieben ist, sonst wird es vulgär – bei Verdi muß man das Herz der Heldin finden.«

»Genau das hab ich empfunden, als ich Ihre Violetta gehört habe«, erklärte Gemma eifrig. Caroline hatte ihr eine Definition ihrer eigenen vagen Eindrücke gegeben.

»Kennen Sie die Geschichte der *Traviata*?« Als Gemma den Kopf schüttelte, fuhr Caroline fort: »Etwa um 1840 herum lebte in Paris eine junge Kurtisane namens Marie Duplessis. Sie starb am zweiten Februar 1846, neunzehn Tage nach ihrem zweiundzwanzigsten Geburtstag. Unter ihren zahlreichen Liebhabern in ihrem letzten Lebensjahr waren Franz Liszt und Alexandre Dumas der Jüngere. Dumas schrieb ein Stück, das auf Maries Leben basierte, *La Dame aux Camélias* oder die Kamelien-«

»Und Verdi nahm es als Grundlage für seine *Traviata*.«

»Ach, Sie haben gespickt«, sagte Caroline mit gespielter Enttäuschung.

»Ich hab nur die Anmerkungen gelesen. Und ich wußte nicht, daß Violetta ein lebendes Vorbild hatte.«

»Marie Duplessis ist auf dem Friedhof am Montmartre begraben, gleich unterhalb von Sacré Cœur. Man kann ihr Grab besuchen.«

Gemma wagte nicht zu fragen, ob Caroline selbst eine solche Pilgerfahrt unternommen hatte – sie fürchtete, damit dem verbotenen Terrain von Matthews Tod zu nahe zu kommen.

Draußen läutete es, und Gemma fiel ein, daß Caroline noch eine Schülerin erwartete.

»Entschuldigen Sie, Dame Caroline. Ich habe Sie zu lange aufgehalten.« Sie schob den Riemen ihrer Tasche über ihre Schulter und stand auf. »Ich danke Ihnen, daß Sie sich so viel Zeit genommen haben.«

Auch Caroline stand auf. Sie bot Gemma die Hand. »Auf Wiedersehen, Sergeant.«

Als Gemma sich der Tür näherte, wurde sie von Plummy geöffnet, die sagte: »Cecily ist hier, Caro.«

Im Vestibül sah Gemma im Vorübergehen flüchtig ein junges Mädchen mit dunkler Haut und dunklen Augen, dann brachte Plummy sie hinaus in den dämmrigen Abend. Die Tür schloß sich, und Gemma blieb einen Moment wie benommen in der kühlen feuchten Luft stehen. Sie schüttelte den Kopf, um wieder zur Besinnung zu kommen, aber das machte die langsam heraufziehende Erkenntnis auch nicht angenehmer.

Sie war verführt worden.

»Hier ist eine Nachricht für Sie, Mr. Kincaid«, rief Tony aus der Bar, als Kincaid das *Chequers* betrat. »Und Ihr Zimmer ist fertig.« Tony schien hier das Mädchen für alles zu sein und behielt dabei immer seine gute Laune. Jetzt zog er einen Zettel unter dem Tresen hervor und reichte ihn Kincaid.

»Jack Makepeace hat angerufen?«

»Ja, Sie haben ihn nur um ein paar Minuten verpaßt. Sie

können nebenan telefonieren, wenn Sie wollen.« Tony wies zu dem kleinen Speiseraum gegenüber der Bar.

Kincaid rief beim Revier High Wycombe an und wurde sofort mit Makepeace verbunden. »Wir haben möglicherweise Ihren Kenneth Hicks aufgetan, Superintendent. Angeblich soll er Stammgast in einem Pub in Henley sein, das *Fox and Hounds* heißt. Es ist an der Straße nach Reading.«

Kincaid fluchte im stillen. Er war gerade auf der Rückfahrt von Reading über Henley gekommen; jetzt würde er den ganzen Weg noch einmal zurückfahren müssen. Doch er machte Makepeace keinen Vorwurf, daß er ihn nicht im Auto angerufen hatte – das hätte nur die gute Zusammenarbeit getrübt.

»Ist irgend etwas über ihn bekannt?«

»Ein paar kleine Vorstrafen – Jugendsachen. Er scheint nur ein kleiner Gauner zu sein. Hat hier und da mal einen Griff in die Kasse getan.«

»Und seine Beschreibung?«

»Zwischen eins siebzig und eins fünfundsiebzig groß, Gewicht etwa sechzig Kilo, helles Haar, blaue Augen. Keine bekannte Adresse. Wenn Sie mit ihm reden wollen, werden Sie sich wohl im *Fox and Hounds* einen hinter die Binde gießen müssen.«

Kincaid seufzte resigniert. »Vielen Dank, Sergeant.«

Im Gegensatz zu dem Pub, in dem er in Reading zu Mittag gegessen hatte, erwies sich das *Fox and Hounds* als genauso öde, wie er es sich vorgestellt hatte. Die wenigen Nachmittagsgäste vergnügten sich am Billardtisch im Hinterzimmer, Kincaid jedoch setzte sich in die Bar, an einen schlecht gewischten Plastiktisch. In Jeans und Pullover kam er sich im Vergleich mit den anderen Gästen auffallend gepflegt vor. Er sog den Schaum von seinem Bier und lehnte sich zurück. Jetzt konnte er nur warten.

Er hatte sein Bier so langsam wie möglich fast bis zur Neige getrunken, als ein Mann hereinkam, auf den Kenneth Hicks' Beschreibung paßte. Kincaid beobachtete ihn, als er sich an den Tresen lehnte, mit dem Barkeeper einige leise Worte tauschte und dann ein Glas Bier entgegennahm. Er trug teure Kleider, die an seinem schmächtigen Körper schlecht saßen, und das schmale Gesicht war knochig wie das eines unterernährten Kindes. Über den Rand seines Glases hinweg beobachtete Kincaid den Mann, der sich nervös umsah, dann zu einem Tisch in der Nähe der Tür ging.

Diesen Kerl hätte schon seine Verfolgungsangst verraten, dachte Kincaid und lächelte befriedigt. Er trank noch einen Schluck Bier, dann stand er auf und ging mit seinem Glas zum Tisch des anderen hinüber.

»Haben Sie was dagegen, wenn ich mich zu Ihnen setze?« fragte er und zog sich schon einen Stuhl heran, um sich darauf niederzulassen.

»Und wenn?« entgegnete der Mann, der ein wenig zurückgeschreckt war und sein Glas wie einen Schild vor seinem Körper hielt.

Kincaid konnte die Schuppen in dem von Gel glänzenden Haar des Mannes sehen. »Wenn Sie Kenneth Hicks sind, haben Sie Pech gehabt. Ich möchte nämlich ein Wörtchen mit Ihnen reden.«

»Was geht es Sie an, wer ich bin? Weshalb sollte ich mit Ihnen reden?« Sein Blick huschte hin und her, doch die Sicht auf die Tür war ihm durch Kincaids Körper versperrt. Im grauen Licht, das durch das vordere Fenster hereinfiel, wirkte sein Gesicht kalkig. Am Kinn hatte er eine blutverkrustete Schnittwunde vom Rasieren.

»Weil ich Sie höflich darum gebeten habe«, versetzte Kincaid und zog seinen Dienstausweis heraus. Er hielt ihn Hicks hin. »Ihre Ausweispapiere bitte.«

Auf Hicks' Oberlippe bildete sich ein feiner Schweißfilm. »Wie kommen Sie dazu! Das ist reine Schikane, weiter nichts.«

»Von Schikane kann keine Rede sein«, sagte Kincaid gedämpft, »aber wenn es Ihnen lieber ist, holen wir die Freunde vom zuständigen Revier und halten unseren kleinen Schwatz auf der Polizeidienststelle.«

Im ersten Moment glaubte er, Hicks wolle türmen, und machte sich zum Sprung bereit. Dann aber stellte Hicks sein Glas krachend auf den Plastiktisch und reichte Kincaid wortlos seinen Führerschein.

»Ah, eine Adresse in Clapham?« meinte Kincaid, nachdem er ihn sich angesehen hatte.

»Das ist die Wohnung von meiner Mutter«, erklärte Hicks mürrisch.

»Aber Sie wohnen doch hier in Henley, nicht wahr?« Kincaid schüttelte den Kopf. »Sie sollten wirklich darauf achten, daß Ihre Papiere auf dem laufenden sind. Wir wissen gern, wo Sie zu finden sind, wenn wir Sie brauchen.« Er zog ein Notizbuch und einen Kugelschreiber aus der Hüfttasche seiner Hose und schob beides über den Tisch. »Am besten schreiben Sie mir Ihre Adresse auf, ehe wir es vergessen. Und bitte die richtige«, fügte er hinzu, als Hicks widerstrebend den Kugelschreiber nahm.

»Was geht Sie das überhaupt an?« fragte Hicks, während er ein paar Zeilen auf das Papier kritzelte und Kincaid das Buch dann wieder hinschob.

Kincaid hielt ihm die geöffnete Hand entgegen, um seinen Kugelschreiber zurückzufordern. »Tja, mir liegt sehr daran, mit Ihnen in Verbindung zu bleiben. Ich untersuche nämlich den Tod von Connor Swann, und ich glaube, Sie wissen eine ganze

Menge über Connor Swann. Wenn man bedenkt, wieviel Geld er Ihnen jeden Monat bezahlt hat, wäre es schon sehr seltsam, wenn Sie jetzt behaupten würden, nichts über ihn zu wissen.« Kincaid sah Hicks lächelnd an. Das kalkige Gesicht hatte bei der Erwähnung von Connors Namen beinahe einen Grünschimmer angenommen.

»Ich weiß überhaupt nicht, wovon Sie reden«, stieß Hicks mit Mühe hervor, und jetzt konnte Kincaid seine Furcht förmlich riechen.

»O doch, ich denke, das wissen Sie sehr genau. Soweit ich gehört habe, spielen Sie den Kassierer für einen hiesigen Buchmacher, ganz inoffiziell natürlich, und Connor hatte Schulden bis über beide Ohren –«

»Wer hat Ihnen den Quatsch erzählt? Wenn das dieses kleine Flittchen war, das er sich gehalten hat, dann werd ich ihr –«

»Sie werden Sharon Doyle nicht anrühren.« Kincaid beugte sich vor, alle äußere Liebenswürdigkeit jetzt wie weggeblasen. »Und hoffen Sie, daß sie nicht zu Unfällen neigt, ich werde Sie nämlich zur Verantwortung ziehen, wenn sie sich auch nur den kleinen Finger bricht. Haben Sie das kapiert, Sportsfreund?« Er wartete, bis Hicks nickte, dann sagte er: »Gut. Ich wußte gleich, daß Sie ein heller Junge sind. Also – leider hat Connor über seine finanziellen Probleme nicht mit Sharon gesprochen, deshalb werden Sie mir weiterhelfen müssen. Wenn Connor Ihrem Boß Geld geschuldet hat, wieso hat er dann an Sie bezahlt?«

Hicks nahm einen tiefen Zug von seinem Bier und wühlte in seiner Jackentasche, bis er eine zerdrückte Packung Benson & Hedges fand. Er zündete sich eine Zigarette an und schien neuen Mut zu fassen, als er den Rauch einsog. »Ich weiß echt nicht, was Sie von mir wollen, und Sie können mir nicht –«

»Und wie ich kann! Connor war vielleicht in manchen Dingen sehr nachlässig, in anderen jedoch war er äußerst genau. Er hat über jeden Scheck, den er ausgestellt hat, Buch geführt – wußten Sie das, Kenneth? Es stört Sie doch nicht, wenn ich Sie Kenneth nenne?« erkundigte sich Kincaid, wieder ganz Höflichkeit. Als Hicks nicht antwortete, sagte er: »Er hat Ihnen regelmäßig große Beträge bezahlt. Es würde mich interessieren, ob die Beträge mit denen übereinstimmen, die er Ihrem Chef geschuldet hat –«

»Lassen Sie den ja aus der Sache raus!« schrie Hicks beinahe und sah sich sofort erschrocken um, um zu sehen, ob jemand ihn gehört hatte. Dann beugte er sich weit über den Tisch und senkte die Stimme. »Ich sag's Ihnen noch mal, lassen Sie den ja –«

»Wieso? Was haben Sie denn getrieben, Kenneth? Ein bißchen Wucherei nebenbei? Haben Sie sich von Con für seine Schulden Zinsen zahlen lassen? Ich kann mir nicht vorstellen, daß es Ihrem Chef recht wäre, daß Sie bei seinen Kunden auf die Weise absahnen.«

»Con und ich hatten eine private Vereinbarung. Ich hab ihm ausgeholfen, wenn er in der Patsche gesessen hat. Genauso wie er es für mich getan hätte. Wie man's eben für jeden Kumpel tut.«

»Ach, Sie beide waren Kumpel? Tja, das ist natürlich was ganz anderes. Ich bin überzeugt, in dem Fall hat es Connor nichts ausgemacht, daß Sie an seinen Schulden verdient haben.« Kincaid beugte sich wieder vor. Am liebsten hätte er Hicks gepackt und einmal kräftig durchgeschüttelt. »Sie sind ein Blutsauger, Kenneth. Wenn man Freunde wie Sie hat, braucht man keine Feinde. Ich möchte wissen, wann Sie Connor Swann das letzte Mal gesehen haben, und ich möchte ganz genau wissen, worüber Sie mit ihm gesprochen haben, weil ich nämlich allmählich glaube, daß Connor es satt hatte, sich von Ihnen ausnehmen zu lassen. Vielleicht hat er gedroht, zu Ihrem Chef zu gehen – war es so, Kenneth? Sie beide sind sich in die Haare geraten, und Sie haben ihn in den Fluß gestoßen. Was meinen Sie dazu, Sportsfreund? War es so?«

Die Bar begann sich langsam zu füllen, und Hicks mußte etwas lauter sprechen, um von Kincaid gehört werden zu können. »Nein, ich sag Ihnen doch, daß es nicht so war. Überhaupt nicht, Mann.«

»Wie war es denn?« fragte Kincaid ruhig. »Klären Sie mich doch auf.«

»Con hat ein paarmal schwer verloren, kurz nacheinander, und konnte das Geld nicht aufbringen. Ich war damals gerade flüssig, da bin ich für ihn eingesprungen. Daraus wurde dann so eine Art Gewohnheit.«

»Eine schlimme Gewohnheit, genau wie das Glücksspiel. Ich kann mir vorstellen, daß Connor Swann davon ziemlich schnell genug hatte. Er hatte Ihnen in den letzten Wochen vor seinem Tod keinen Scheck mehr ausgestellt. Wollte er nicht mehr, Kenneth? Hatte er die Nase voll?«

Hicks wischte sich den Schweiß mit dem Handrücken von der Oberlippe. »Nein, Mann, er hat in den letzten Wochen zur Abwechslung einfach mal Glück gehabt. Er hat seine Schulden bezahlt – wir waren quitt. Sie können's mir glauben.«

»Das ist ja wirklich herzerwärmend, genauso wie es sich unter braven kleinen Pfadfindern gehört. Wahrscheinlich haben Sie beide sich auch noch die Hand drauf gegeben, was?« Kincaid nahm wieder einen Schluck aus seinem Glas, dann sagte er im Konversationston: »Gutes Bier brauen die hier, finden Sie nicht?« Ehe Hicks etwas antworten konnte, beugte er sich so weit über den kleinen Tisch, daß sein Gesicht nur noch etwa eine Handbreit von dem des Mannes entfernt war. »Selbst wenn ich Ihnen glauben würde, was ich nicht tue, bin ich sicher, Sie hätten einen anderen Weg gefunden, ihn bluten zu lassen. Sie scheinen eine Menge über sein Privatleben zu wissen, wenn man bedenkt, daß Sie nur geschäftlich miteinander zu tun hatten. Sie haben wohl nach einem anderen Druckmittel gesucht, was, Ken? Haben Sie vielleicht etwas über Connor herausbekommen, das er geheimhalten wollte?«

Hicks wich zurück. »Ich weiß nicht, was Sie da reden. Fragen Sie doch seine Freundin, dieses Flittchen, was die weiß? Vielleicht ist sie dahintergekommen, daß er sie nie im Leben geheiratet hätte.« Er grinste höhnisch mit nikotinbraunen Zähnen. »Vielleicht hat die ihn in den Fluß befördert – haben Sie sich das schon mal überlegt, Sie Schlaumeier?«

»Wie kommen Sie darauf, daß er Sharon nicht geheiratet hätte?«

»Weshalb hätte er sie heiraten sollen? Sich so eine dämliche kleine Kuh aufzuhalsen – und dazu noch den Balg von einem andern? Niemals!« Immer noch grinsend nahm sich Hicks eine weitere Zigarette aus der Packung und zündete sie an der Kippe der ersten an. »Mit dem Mundwerk, das die hat! Wie ein Fischweib.«

»Sie sind wirklich ein Schatz, Kenneth«, erklärte Kincaid generös. »Woher wissen Sie überhaupt, daß Sharon dachte, Connor Swann würde sie heiraten? Hat sie Ihnen das erzählt?«

»Genau. Sie sagen es. ›Dann wirst du abserviert, Kenneth Hicks‹, hat sie zu mir gesagt. ›Dafür werd ich sorgen.‹ Die blöde –«

»Wissen Sie was, Kenneth, wenn man sie in der Themse gefunden hätte, wären wir, glaube ich, um ein Motiv nicht verlegen gewesen.«

»Wollen Sie mir vielleicht drohen? Das dürfen Sie nicht – das ist –«

»Schikane, ich weiß. Nein, Kenneth, ich drohe Ihnen nicht, ich mache nur eine Feststellung.« Kincaid lächelte. »Ich bin überzeugt, Ihnen lag nur Connor Swanns Wohl am Herzen.«

»Er hat mir einiges erzählt, wenn er ein paar gehoben hatte.« Hicks senkte seine Stimme. »Der war total abhängig von seiner Frau. Die brauchte nur den kleinen Finger zu krümmen, und er ist mit eingekniffenem Schwanz zu ihr gerannt. Er hatte einen Riesenkrach mit ihr an dem Tag, das Luder –«

»An welchem Tag, Kenneth?« sagte Kincaid sehr deutlich und sehr betont.

Hicks starrte Kincaid so erschrocken an wie eine Ratte, die von einem Frettchen überrascht worden ist. »Keine Ahnung. Sie können nichts beweisen.«

»Es war der Tag, an dem er gestorben ist, stimmt's, Kenneth? Sie haben Connor Swann an dem Tag seines Todes gesehen. Wo?«

Hicks wich Kincaids scharfem Blick nervös aus und sog tief an seiner Zigarette.

»Raus damit, Kenneth. Herausbekommen werde ich es auf jeden Fall. Ich fange einfach damit an, daß ich diese netten Leute hier frage.« Kincaid wies mit dem Kopf zur Bar. »Das ist doch eine gute Idee, nicht wahr?«

»Und – was ist schon dabei, wenn ich ein Bier mit ihm getrunken hab? Woher hätte ich wissen sollen, daß es ein besonderer Tag war?«

»Wo und wann?«

»Hier, wie immer. Die Zeit weiß ich nicht mehr«, antwortete Hicks ausweichend, sagte aber, als er Kincaids Gesicht sah: »War vielleicht so um zwei rum.«

Nach dem Mittagessen, dachte Kincaid. Von den Ashertons

aus war Connor Swann direkt hierhergefahren. »Und er hat Ihnen erzählt, daß er mit Julia Krach gehabt hatte? Worum ging es?«

»Das weiß ich doch nicht. War schließlich nicht meine Sache.« Hicks klappte so resolut seinen Mund zu, daß Kincaid es für angebracht hielt, das Thema zu wechseln.

»Worüber haben Sie sonst noch gesprochen?«

»Nichts. Wir haben nur in aller Freundschaft ein Bier zusammen getrunken. Das ist doch wohl nicht verboten?« fragte Hicks mit anschwellender Stimme.

»Haben Sie Connor Swann danach noch einmal gesehen?«

»Nein. Er ist hier weggegangen und das war's.« Er zog ein letztes Mal an seiner Zigarette und drückte sie im Aschenbecher aus.

»Wo waren Sie an dem fraglichen Abend, Kenneth? Von acht Uhr an?«

Kopfschüttelnd sagte Hicks: »Das geht Sie überhaupt nichts an. Ich hab die Nase voll von Ihrer Fragerei. Ich hab nichts verbrochen, Sie haben kein Recht, mir die Hölle heiß zu machen.« Mit einer heftigen Bewegung stieß er sein leeres Glas weg und schob, ohne Kincaid aus den Augen zu lassen, seinen Stuhl zurück.

Kincaid überlegte, ob es Sinn hatte, ihn noch ein bißchen härter anzufassen, und entschied sich dagegen. »Also gut, Kenneth, wie Sie wollen. Aber halten Sie sich zur Verfügung für den Fall, daß wir noch einmal miteinander sprechen müssen.«

Hicks stand auf, die Beine seines Stuhls schrammten quietschend über den Boden. Als er an Kincaid vorbei wollte, packte ihn dieser beim Arm. »Wenn Sie auch nur daran denken zu verschwinden, mein Freund, werde ich Ihnen die Truppe so schnell auf den Hals hetzen, daß Sie gar keine Zeit mehr haben, sich irgendwo zu verstecken. Haben wir uns verstanden?«

Nach einem Moment trotzigen Schweigens nickte Hicks schließlich, und Kincaid ließ ihn lächelnd los. »Braver Junge. Wir sehen uns.«

Als die Tür zur Straße hinter Hicks zugefallen war, wischte sich Kincaid sorgfältig seine Hand an seiner Jeans ab.

10

Kincaid trank den letzten Schluck seines Biers und überlegte kurz, ob er sich noch eines bestellen sollte. Doch die Atmosphäre in diesem Pub lud nicht zum Bleiben ein.

Draußen auf der Straße hob er neugierig die Nase in die Luft. Er hatte den Geruch schon bemerkt, als er in Henley angekommen war, jetzt jedoch schien er stärker geworden zu sein. Vertraut, aber nicht zu definieren ... irgendwie süßlich. Nachdem er seinen Wagen frei von aufgesprühten Graffiti und noch in Besitz seiner Radkappen vorgefunden hatte, blieb er noch einmal einen Moment stehen und schloß die Augen. Hopfen. Natürlich, es war Hopfen – es war Montag, und die Brauerei arbeitete mit Volldampf. Der Wind mußte, während er im Pub gesessen hatte, umgeschlagen haben, daher die plötzliche Intensität des Geruchs. Die Brauerei würde bald schließen, genau wie die meisten Geschäfte, dachte er mit einem Blick auf seine Uhr – gleich würde die *rush hour* beginnen.

Voll Ungeduld, sich im *Chequers* mit Gemma über die Ergebnisse dieses Tages auszutauschen, hatte er sich bis zur Hauptstraße durchmanövriert, als ihm plötzlich der Wegweiser zum Station-Road-Parkplatz ins Auge fiel. Fast ohne zu überlegen wendete er und lenkte den Wagen in eine freie Lücke. Von hier aus waren es nur ein paar hundert Meter die

Station Road hinunter zum Fluß. Zu seiner Rechten hob sich die Bootshaussiedlung aus dem abendlichen Zwielicht.

Die ganze Zeit über hatte ihn etwas beschäftigt – er wußte das Datum des letzten Schecks nicht, den Connor Swann an Kenneth Hicks ausgestellt hatte. Er hatte seine Durchsuchung von Swanns Schreibtisch, bei der er von Sharon Doyle unterbrochen worden war, nie abgeschlossen, das wollte er jetzt nachholen. Mit dem Schlüssel, den er immer noch bei sich hatte, sperrte er die Tür zu der Wohnung auf.

Als er die Tür hinter sich geschlossen hatte, blieb er stehen. Während er sich umsah, versuchte er festzustellen, warum die Atmosphäre in der Wohnung sich verändert zu haben schien. Zum einen war es warm. Die Zentralheizung war eingeschaltet worden. Swanns Schuhe, die unter dem Sofa gestanden hatten, waren verschwunden. Auch der Stapel Zeitungen auf dem Beistelltisch war weg, aber es sprach noch etwas weniger Definierbares dafür, daß jemand hier gewesen war. Ein leiser Duft, der ihm vertraut erschien, wehte ihm flüchtig in die Nase. Er versuchte sich zu erinnern, als er plötzlich über sich ein Geräusch hörte.

Er lauschte mit angehaltenem Atem, dann bewegte er sich leise zur Treppe. Er hörte ein Kratzen, dann einen dumpfen Aufschlag. Schob da jemand Möbel herum? Er hatte das Pub nur wenige Minuten nach Kenneth verlassen – war dieser kleine Gauner hierhergekommen, um Beweismaterial zu vernichten? Oder war Sharon vielleicht doch noch einmal zurückgekehrt?

Beide Türen im ersten Stockwerk waren geschlossen, doch ehe er dazukam, einen Blick in die Zimmer zu werfen, hörte er von weiter oben wieder ein Geräusch. Schnell huschte er die Treppe hinauf. Die Tür zum Atelier war einen Spalt offen, aber nicht weit genug, daß er das ganze Zimmer hätte überblicken können. Er holte Luft und stieß die Tür dann mit einem kräftigen Faustschlag ganz auf. Sie flog krachend an die Wand, als er ins Zimmer stürmte.

Julia Swann ließ den Stapel Leinwände fallen, den sie in den Händen gehalten hatte.

»Mein Gott, Julia, haben Sie mir einen Schrecken eingejagt! Was zum Teufel tun Sie hier?« Keuchend blieb er stehen.

»Ich hab *Ihnen* einen Schrecken eingejagt!« Eine Faust auf die Brust gedrückt, starrte sie ihn ärgerlich an. »Sie haben mich wahrscheinlich gerade zehn Jahre meines Lebens gekostet, Superintendent, ganz zu schweigen von dem Schaden an meinen Bildern.« Sie bückte sich, um ihre Gemälde wieder aufzuheben. »Ich könnte Ihnen die gleiche Frage stellen – was zum Teufel tun Sie in meiner Wohnung?«

»Sie ist noch unter unserer Zuständigkeit. Es tut mir leid, daß ich Sie erschreckt habe. Ich hatte keine Ahnung, daß Sie hier sind.« In dem Bemühen, seine Autorität wieder herzustellen, fügte er hinzu: »Sie hätten die Polizei informieren sollen.«

»Weshalb sollte ich der Polizei mitteilen müssen, daß ich in meine eigene Wohnung zurückgekehrt bin?« Sie setzte sich auf die Lehne des Sessels, an den sie ihre Bilder gelehnt hatte, und sah ihn herausfordernd an.

»Die Untersuchung zum Tod Ihres Mannes ist noch nicht abgeschlossen, Mrs. Swann, und er hat schließlich hier gelebt, falls Sie das vergessen haben sollten.« Er kam näher und setzte sich auf das einzige andere dafür geeignete Möbelstück, ihren Arbeitstisch. Seine Füße reichten nicht ganz bis zum Boden, und er kreuzte die Beine an den Knöcheln, um sie stillzuhalten.

»Vorhin haben Sie mich Julia genannt.«

»Ach ja?« Er hatte es unwillkürlich getan. Jetzt tat er es bewußt. »Okay, Julia.« Er zog die beiden Silben in die Länge. »Was also tun Sie hier?«

»Das dürfte doch offensichtlich sein.« Sie machte eine umfassende Handbewegung.

Er musterte den Raum. Gemälde, sowohl die kleinen Blumenstudien als auch die größeren Porträts, lehnten an den Wänden, das Zimmer war frisch geputzt, Farbtuben und Papiere lagen auf dem Tisch. Sie hatte eine große Topfpflanze mitgebracht und sie neben den blauen Samtsessel gestellt – diese beiden Gegenstände bildeten zusammen mit dem verblichenen Perserteppich und den bunten Büchern im Regal hinter dem Sessel das Stilleben, das er auf mehreren ihrer Gemälde in der Galerie gesehen hatte.

Der Raum war wieder lebendig, und jetzt erkannte er auch den Duft, den er unten nicht hatte identifizieren können. Es war Julias Parfüm.

Sie hatte sich tief in den Sessel sinken lassen und saß, die Beine ausgestreckt, ruhig da, eine Zigarette in der Hand. Ihre Augen waren von Müdigkeit umschattet.

»Warum haben Sie das hier überhaupt aufgegeben, Julia? Ich versteh das nicht.«

Einen Moment sah sie ihn nachdenklich an, dann sagte sie: »Ohne Ihre korrekte Polizistenmontur sehen Sie ganz anders aus. Sympathisch. Richtig menschlich. Ich würde Sie gern zeichnen.« Sie stand plötzlich auf und drückte ihre Finger leicht an seinen Unterkiefer, um seinen Kopf zu drehen. »Ich male fast nie Männer, aber Sie haben ein interessantes Gesicht, gute Knochenstruktur.« Ebenso schnell setzte sie sich wieder in ihren Sessel und betrachtete ihn.

Er fühlte noch den Druck ihrer Finger auf seiner Haut, widerstand jedoch dem Wunsch, die Stelle zu berühren, und sagte: »Sie haben mir keine Antwort gegeben.«

Seufzend drückte sie die erst zur Hälfte gerauchte Zigarette in einem Keramikaschenbecher aus. »Ich weiß nicht, ob ich das überhaupt kann.«

»Versuchen Sie's.«

»Um das alles zu verstehen, müßten Sie wissen, wie es zwischen uns war, als es dem Ende zuging.« Sie rieb den Samt auf der Sessellehne mit einem Finger gegen den Strich. Kincaid wartete. Sie hob den Kopf und sah ihn an. »Er konnte meiner nicht habhaft werden – anders kann ich es nicht ausdrücken. Je heftiger er es versuchte, desto frustrierter wurde er, bis er schließlich anfing, sich alles mögliche einzubilden.«

»Was meinen Sie damit, wenn Sie sagen, er konnte Ihrer nicht habhaft werden?« fragte Kincaid.

»Ich war nie für ihn da, jedenfalls weder so, wie er es wollte, noch wann er es wollte …« Sie verschränkte die Arme, als wäre ihr plötzlich kalt. »Haben Sie es mal erlebt, daß jemand Sie ausgesogen hat, Superintendent?« Ehe er antworten konnte, fügte sie hinzu: »Ich kann Sie einfach nicht Superintendent nennen. Das ist ja furchtbar. Sie heißen Duncan, nicht wahr?« Sie betonte seinen Namen leicht auf der ersten Silbe, so daß er einen schottischen Anklang bekam.

»Und was hat sich Connor eingebildet, Julia?«

Sie zuckte die Achseln mit herabgezogenen Mundwinkeln. »Ach, Sie wissen schon. Liebhaber, geheime Rendezvous und dergleichen.«

»Aber es war alles nur Einbildung?«

»Damals schon.« Sie zog die Brauen hoch und sah ihn mit einem leicht herausfordernden Lächeln an.

»Heißt das, daß ausgerechnet Connor eifersüchtig war?«

Julia lachte, und die Art, wie dieses Lachen ihr schmales Gesicht verwandelte, berührte ihn tief. »Das ist wirklich paradox, nicht wahr? Ein echter Witz. Connor Swann, Weiberheld erster Klasse, hat Angst, daß seine eigene Frau ihn hintergeht.« Als sie Kincaids Verblüffung sah, lachte sie noch einmal kurz und sagte: »Haben Sie geglaubt, ich hätte von Cons Ruf nichts gewußt? Da hätte ich wirklich taub und blind sein müssen.« Ihre Heiterkeit trübte sich, und sie fügte leise hinzu: »Je mehr ich ihm entglitt, desto mehr Eroberungen mußte er natürlich machen. Was meinen Sie – wollte er mich strafen? Oder hat er nur gesucht, was ich ihm nicht geben konnte?« Sie blickte an Kincaid vorbei zum Fenster.

»Sie haben meine Frage immer noch nicht beantwortet«, sagte er wieder, diesmal jedoch freundlich.

»Was?« Sie riß sich aus ihrer Gedankenverlorenheit. »Ach so, wegen der Wohnung. Ich war am Ende nur noch erschöpft. Ich bin davongelaufen. Das war einfacher.« Schweigend sahen sie einander einen Moment an, dann sagte sie: »Das können Sie doch verstehen, oder nicht, Duncan?«

Bei dem Wort ›davongelaufen‹ sah er sich plötzlich, wie er in aller Eile nur das Nötigste eingepackt hatte, um aus der Wohnung zu fliehen, die Vic und er mit solcher Sorgfalt ausgesucht hatten. Es war leichter gewesen, leichter, ganz von vorn anzufangen, an einem Ort, wo nichts ihn an sein Versagen oder ihres erinnerte.

»Und Ihr Atelier?« fragte er, die Erinnerung ausblendend.

»Ich habe es natürlich vermißt, aber ich kann überall malen, wenn es sein muß.« Ihren Blick unverwandt auf ihn gerichtet, lehnte sie sich zurück.

Kincaid dachte an seine früheren Gespräche mit ihr zurück und versuchte die Veränderung, die er spürte, zu fassen zu bekommen. Sie war immer noch scharf und schnell, ihre hohe Intelligenz jederzeit spürbar, doch die gereizte Nervosität war verschwunden. »Das Zusammenleben mit Ihren Eltern war nicht leicht für Sie, nicht wahr?«

Einen Moment lang starrte sie ihn schweigend an, die Lippen leicht geöffnet, und ihn durchrann wieder dieser Schauder, der dem Wissen entsprang, daß er sie auf eine Weise kannte, die mit Worten nichts zu tun hatte.

»Sie sind sehr scharfsichtig, Duncan.«

»Was ist mit Trevor Simons? Hatten Sie damals schon eine Beziehung mit ihm?«

»Ich sagte Ihnen doch, nein. Es gab niemanden.«

»Und jetzt? Lieben Sie ihn?« Eine notwendige Frage, sagte er sich, doch die Worte schienen ihm ganz von selbst über die Lippen zu kommen.

»Liebe, Duncan?« Julia lachte. »Wollen Sie hier mit mir philosophische Haare über die Natur von Liebe und Freundschaft spalten?« In ernsterem Ton fuhr sie fort: »Trev und ich sind Freunde, ja, aber verliebt bin ich nicht. Spielt das überhaupt eine Rolle?«

»Ich weiß es nicht«, antwortete Kincaid aufrichtig. »Würde er für Sie lügen? Sie sind an dem Abend Ihrer Vernissage doch einmal weggegangen, das weiß ich inzwischen. Ich habe einen Zeugen, der Sie gesehen hat.«

»Ach ja?« Sie sah von ihm weg und bückte sich nach der Packung Zigaretten, die unter ihren Sessel gefallen war. »Stimmt, ich war ein Weilchen draußen. Es war furchtbar voll. Ich gebe es nicht gern zu, aber in so einem Gedränge bekomme ich manchmal Platzangst.«

»Sie rauchen immer noch zuviel«, sagte er, als sie sich eine neue Zigarette anzündete.

»Wieviel ist zuviel? Sie spalten wieder Haare.« In ihrem Lächeln lag eine Spur Übermut.

»Wohin gingen Sie, als Sie die Galerie verließen?«

Julia stand auf und ging zum Fenster. Er drehte sich herum. Sie schloß die Jalousien vor dem anthrazitgrauen Himmel. Immer noch mit dem Rücken zu Kincaid, sagte sie: »Ich mag keine freien Fenster, wenn es dunkel ist. Ich weiß, es ist albern, aber sogar hier oben hab ich immer das Gefühl, jemand könnte mich beobachten.« Sie wandte sich ihm wieder zu. »Ich bin ein Stück am Fluß spazierengegangen, Luft schnappen.«

»Haben Sie Connor getroffen?«

»Nein«, antwortete sie, zu ihrem Sessel zurückkehrend. Sie setzte sich und zog ihre langen Beine hoch. »Und ich war bestimmt nicht länger als fünf oder zehn Minuten weg.«

»Aber Sie haben ihn an diesem Tag gesehen, nicht wahr? Im Haus Ihrer Eltern, nach dem Mittagessen. Sie hatten eine Auseinandersetzung.«

Er sah, wie sie hastig die Luft einsog, als wollte sie es leugnen, doch sie sah ihn nur einen Moment lang schweigend an, ehe sie sagte: »Es war im Grund genommen lächerlich, armselig. Ich hab mich geschämt.

Er kam nach dem Mittagessen nach oben, mit Riesensprüngen wie ein übermütiger junger Hund, und ich bin sofort auf ihn losgegangen. Ich hatte am Morgen einen Brief von der Bank bekommen – er hatte seit zwei Monaten keine Zahlung mehr auf die Hypothek geleistet. Aber genau das war unsere Vereinbarung«, erklärte sie Kincaid, »daß er so lange in der Wohnung bleiben kann, wie er die Zahlungen leistet. Na ja, wir haben gestritten, wie Sie sich vorstellen können, und ich hab ihm gesagt, daß er sofort bezahlen muß.« Sie machte eine kleine Pause und drückte die Zigarette aus, die sie brennend im Aschenbecher liegengelassen hatte. »Außerdem habe ich ihm gesagt, er solle sich langsam nach etwas anderem umsehen. Mir war das zu unsicher, mit den Zahlungen, meine ich … und es war nicht einfach für mich, zu Hause zu leben.«

»Und damit ist er nicht zurechtgekommen?« fragte Kincaid.

Sie schüttelte mit zusammengepreßten Lippen den Kopf. »Haben Sie ihm einen Termin gesetzt?«

»Nein, aber er mußte doch sehen, daß es so nicht weitergehen konnte ...«

Kincaid stellte die Frage, die ihm von Anfang an zu schaffen gemacht hatte. »Warum haben Sie sich nicht einfach scheiden lassen, Julia? Einen Schlußstrich gemacht. Das war doch bei Ihnen keine Trennung auf Probe – Sie wußten, als Sie ihn verließen, daß es da nichts zu kitten gab.«

Sie lächelte ein wenig spöttisch. »Gerade Sie müßten doch eigentlich die Gesetze kennen, Duncan. Zumal Sie das gleiche selbst durchgemacht haben.«

Überrascht sagte er: »Alte Geschichten. Sind die Narben noch so sichtbar?«

Julia zuckte die Achseln. »Ich hab nur geraten. Hat Ihre Frau die Scheidung eingereicht?« Als er nickte, fuhr sie fort: »Und haben Sie der Scheidung zugestimmt?«

»Ja, natürlich. Alles andere wäre sinnlos gewesen.«

»Wissen Sie, was geschehen wäre, wenn Sie sich geweigert hätten?«

Er schüttelte den Kopf. »Darüber habe ich nie nachgedacht.«

»Dann hätte sie zwei Jahre warten müssen. Wenn ein Ehepartner der Scheidung nicht zustimmt, muß eine zweijährige Trennung nachgewiesen werden, ehe die Scheidung möglich ist.«

»Soll das heißen, daß Ihr Mann sich geweigert hat, der Scheidung zuzustimmen?«

»Sie haben es erraten, Superintendent.« Sie beobachtete ihn aufmerksam, während er sich das durch den Kopf gehen ließ, und sagte dann leise: »War sie sehr schön?«

»Wer?«

»Ihre Frau natürlich.«

Kincaid stellte sich Vics zarte, helle Schönheit neben der Frau vor, die vor ihm saß. Julias Gesicht schien zwischen der Schwärze ihres Rollkragenpullovers und ihrem dunklen Haar zu schweben, beinahe körperlos, und im Lampenlicht sprangen die Linien von Schmerz und Erfahrung scharf hervor. »Ja, man würde sie wahrscheinlich als schön bezeichnen. Ich weiß es nicht. Es ist so lange her.«

Er merkte plötzlich, daß sein Gesäß von dem langen Sitzen auf der harten Tischplatte ganz taub geworden war, und rutschte von ihr herunter. Er streckte sich, dann hockte er sich auf den Perserteppich, die Arme um die Knie geschlungen, und sah zu Julia hinauf. Ihm fiel auf, wie anders ihr von Licht und Schatten belebtes Gesicht aus dieser Perspektive wirkte. »Wußten Sie von der Spielleidenschaft Ihres Mannes, als Sie ihn heirateten?«

Sie schüttelte den Kopf. »Nein, ich wußte nur, daß er gern zum Rennen ging, und für mich war es ein netter Spaß. Ich hatte noch nie ein Pferderennen gesehen –« Sie lachte über sein Gesicht. »Nein, wirklich. Sie glauben, ich wäre in einer sehr vielseitigen und kosmopolitischen Welt aufgewachsen, nicht wahr? Aber Sie verstehen nicht, daß meine Eltern einzig die Musik interessiert.« Sie seufzte, dann sagte sie nachdenklich: »Ich war begeistert von den Farben und der Bewegung, von der Anmut der Pferde und ihren perfekten Körpern. Ich merkte erst ganz allmählich, daß es für Con nicht nur Spaß war, nicht in dem Sinn wie für mich. Er geriet bei den Rennen häufig ins Schwitzen, und manchmal fiel mir auf, daß seine Hände zitterten. Und eines Tages erkannte ich, daß er mich immer belog, wenn ich ihn fragte, wieviel er gesetzt hätte.« Achselzuckend fügte sie hinzu: »Nach einer Weile bin ich nicht mehr mitgegangen.«

»Aber Ihr Mann hat weiterhin gewettet.«

»Natürlich gab es deswegen Streit zwischen uns. ›Ein harmloses Vergnügen‹, nannte er es. Er verdiene das nach dem täglichen Arbeitsdruck. Aber erst gegen Ende wurde es wirklich beängstigend.«

»Haben Sie ihm aus der Patsche geholfen, seine Schulden bezahlt?«

Julia senkte den Blick, das Kinn in die Hand gestützt. »Lange, ja. Es ging ja auch um meinen Ruf.«

»Diese Auseinandersetzung am vergangenen Donnerstag war also in gewisser Weise nichts Neues?«

Sie lächelte trübe. »Richtig. Es ist wahnsinnig frustrierend, wenn man sich selbst lauter Dinge sagen hört, die man vorher schon hundertmal gesagt hat, obwohl man genau weiß, daß es sinnlos ist.«

»Hat er, bevor er ging, irgendwas gesagt, das vom üblichen Muster dieser Auseinandersetzungen abwich?«

»Nein, ich kann mich nicht erinnern.«

Und doch war er schnurstracks zu Kennth Hicks gefahren. Hatte er vorgehabt, sich von ihm Geld für die Hypothek zu leihen? »Sagte er Ihnen, daß er am Nachmittag nach London wollte, ins Coliseum?«

Julia hob ruckartig den Kopf. »Nach London? Nein. Nein, davon hat er kein Wort gesagt. Das weiß ich mit Sicherheit. Weshalb hätte er ins Coliseum fahren sollen? Er war doch gerade erst bei meinen Eltern gewesen.«

»Ich hatte gehofft, das könnten Sie mir sagen«, entgegnete er. »Hat Ihr Mann Ihnen gegenüber je den Namen Hicks genannt? Kenneth Hicks.« Er beobachtete sie genau, aber sie schüttelte nur mit einem Ausdruck echter Ratlosigkeit den Kopf.

»Nein. Warum? War er ein Freund von Con?«

»Er arbeitete für einen hiesigen Buchmacher. Unter anderem kassiert er für ihn. Ein ziemlich unangenehmer Bursche.

Ihr Mann hat ihm regelmäßig große Beträge bezahlt. Das ist der Grund, weshalb ich noch einmal hierhergekommen bin, ich wollte mir das Scheckbuch Ihres Mannes noch einmal ansehen.«

»Ich habe gar nicht daran gedacht, Cons Dinge durchzusehen«, sagte Julia langsam. »Ich war noch nicht einmal in seinem Arbeitszimmer.« Sie senkte ihren Kopf in beide Hände und sagte gedämpft: »Ich wollte wohl das Unvermeidbare hinausschieben.« Nach einem Moment des Schweigens hob sie den Kopf und sah ihn an, ihr Gesicht eine Mischung aus Verlegenheit und Herausforderung. »Im Bad und im Schlafzimmer hab ich Sachen von einer Frau gefunden. Ich hab sie in einen Karton gepackt – ich wußte nicht, was ich sonst mit ihnen tun sollte.«

Sharon war also nicht noch einmal hergekommen. »Geben Sie den Karton mir. Ich kann die Sachen zurückgeben.«

Sie sah ihn fragend an, doch sie sagte nichts. Er saß ihr so nahe, daß er sie hätte berühren können, und er empfand den Wunsch, seine Hand auf ihre Wange zu legen.

Statt dessen jedoch sagte er ruhig: »Er hatte eine Freundin. Es scheint eine ziemlich feste Beziehung gewesen zu sein. Die Frau hat eine vierjährige Tochter, und Ihr Mann hat ihr versprochen, sie zu heiraten und sich um die beiden zu kümmern, sobald Sie in eine Scheidung einwilligen würden.«

Einen Moment lang starrte Julia ihn völlig verständnislos an, dann lachte sie erstickt. »Ach Gott, armer Con«, sagte sie. »Der arme dumme Kerl!«

Zum erstenmal sah Kincaid Tränen in ihren Augen.

Gemma knüllte die zweite Erdnußtüte zusammen, die sie innerhalb der letzten halben Stunde geleert hatte, und leckte sich das Salz von den Fingerspitzen. Als sie aufblickte, sah sie, daß Tony sie beobachtete, und lächelte ein wenig beschämt. »Ich bin völlig ausgehungert«, sagte sie entschuldigend.

»Ich kann Ihnen in der Küche was machen lassen.« Tony war die Fürsorglichkeit selbst. »Wir haben sehr schöne Schweinekoteletts heute abend und eine vegetarische Lasagne.«

Gemma warf verstohlen einen Blick auf ihre Uhr. »Ich warte noch ein bißchen, vielen Dank, Tony.«

Nach ihrem Gespräch mit Dame Caroline war sie direkt ins Pub gefahren und hatte ihren Koffer nach oben getragen. Plötzlich erschöpft, hatte sie sich auf ihr Bett gelegt und eine Stunde lang tief und traumlos geschlafen. Beim Erwachen war ihr ein wenig kalt gewesen, doch sie hatte sich weit frischer gefühlt. Sie hatte geduscht, sich umgezogen und war dann hinuntergegangen, um auf Kincaid zu warten.

Tony, der am anderen Ende des Tresens Gläser trocknete, sah ab und zu herüber, um festzustellen, ob sie noch genug zu trinken hatte. Gerade hatte sie beschlossen, sich noch einen Apfelwein geben zu lassen, als er zur Tür blickte und sagte: »Da kommt Ihr Chef, Miss James.«

Kincaid setzte sich auf den Hocker neben ihr. »Na, hat Tony Ihnen gut zu trinken gegeben?« Ohne auf eine Antwort zu warten, fuhr er fort: »Gut, ich werde Sie nämlich jetzt zum Essen einladen. Sharon Doyle hat mir erzählt, daß Connor Swann am liebsten im *Red Lion* in Wargrave gegessen hat – es soll ein sehr gutes Lokal sein. Ich schlage vor, wir probieren es einmal aus.«

»Möchten Sie noch etwas trinken, ehe Sie fahren, Mr. Kincaid?« fragte Tony.

Kincaid sah Gemma an. »Hungrig?«

»Dem Tode nahe.«

»Dann fahren wir besser gleich, Tony.«

Tony winkte ihnen mit dem Geschirrtuch. »Viel Vergnügen. Eins möcht ich allerdings sagen«, fügte er in leicht beleidigtem Ton hinzu, »das Essen dort ist nicht besser als bei uns.«

Nachdem sie Tony versichert hatten, daß ihre Absage an das *Chequers* nicht persönlich gemeint sei, gingen sie zum Wagen hinaus und fuhren schweigend nach Wargrave.

Erst als sie es sich an einem Tisch in dem freundlichen Lokal bequem gemacht hatten, sagte Gemma: »Tony hat mir erzählt, daß Sergeant Makepeace Sie sprechen wollte. Was wollte er denn? Wo waren Sie?«

Kincaid, der die Karte studierte, sagte: »Bestellen wir doch zuerst. Dann erzähl ich Ihnen alles. Haben Sie schon was gefunden, was Sie lockt? Das Lachsgratin vielleicht? Oder Garnelen in Knoblauchsoße? Hühnerbrüstchen mit roten und grünen Pfefferkörnern?« Er sah sie lächelnd an, und sie fand, seine Augen wirkten ungewöhnlich leuchtend. »Connor Swann hatte offensichtlich einen guten Geschmack.«

»Trägt unser Spesenkonto das auch?« fragte Gemma.

»Keine Sorge, Sergeant«, antwortete er, den Vorgesetzten herauskehrend. »Das erledige ich schon.«

Gemma, die nicht so leicht zu überzeugen war, warf ihm einen zweifelnden Blick zu, sagte aber: »Gut, dann nehme ich das Huhn. Und vorher die Tomatensuppe mit Basilikum.«

»Wenn schon, denn schon, hm?«

»Und wenn ich hinterher noch Platz habe, nehm ich auch noch einen Nachtisch.« Sie klappte ihre Speisekarte zu und legte sie weg. Sie saß mit dem Rücken zum offenen Feuer, und die Wärme sickerte langsam durch ihren Pullover. »Ich bin der Meinung, das habe ich verdient.«

Seinen Block gezückt, kam der Barkeeper zu ihnen, ein junger Mann mit dunklem lockigem Haar, das zu einem Pferdeschwanz gebunden war. »Was darf's sein?« fragte er mit einem einnehmenden Lächeln.

Kincaid bestellte, wählte das Lachsgratin für sich und bat um eine Flasche Weißwein dazu.

»Gut, in Ordnung«, sagte der junge Mann. »Ich geb das gleich mal an die Küche weiter.« Als er wieder hinter den Tresen ging, fügte er hinzu: »Mein Name ist übrigens David. Sie brauchen mich nur zu rufen, wenn Sie noch etwas brauchen.«

Gemma und Kincaid sahen einander mit hochgezogenen Brauen an, dann sagte sie: »Glauben Sie, die Bedienung ist hier immer so gut, oder ist das heute eine Ausnahme, weil so wenig los ist?« Sie sah sich in dem gemütlichen Raum um. Nur einer der anderen Tische war noch besetzt – drüben, in der gegenüberliegenden Ecke, saß ein verliebtes junges Paar.

»Der Junge hat bestimmt ein gutes Gedächtnis für seine Gäste. Wenn wir gegessen haben, fühlen wir ihm mal auf den Zahn.«

Nachdem David ihnen den Wein gebracht hatte, sagte Kincaid: »Also, schießen Sie los.«

Gemma berichtete von ihrem Gespräch mit Tommy Godwin, verschwieg allerdings ihre wenig glorreiche Ankunft im LB-Haus. »Aber die Geschichte, daß er durchs Foyer ins Theater gegangen ist und dann die ganze Vorstellung hindurch hinten gestanden hat, kann ich ihm nicht recht abkaufen. Irgendwie stimmt das nicht.«

Ihre Vorspeisen wurden gebracht, und als Kincaid sich über seine Paté hermachte, sagte er: »Und wie war's mit Caroline Stowe? Irgendwas Neues?«

»Das Mittagessen ist anscheinend doch nicht ganz harmonisch verlaufen, wie sie zuerst behauptet haben. Gegen Ende ist Connor unter dem Vorwand verschwunden, beim Abspülen helfen zu wollen, aber Mrs. Plumley sagt, er sei überhaupt nicht in der Küche gewesen, und dann ist er abgefahren, ohne sich von Gerald und Caroline zu verabschieden.« Sie trank den letzten Rest Suppe aus ihrer Tasse. »Meiner Meinung nach war er oben bei Julia.«

»Stimmt. Und die beiden hatten eine ziemlich böse Auseinandersetzung.«

»Woher wissen Sie das?« fragte Gemma verblüfft.

»Kenneth Hicks hat's mir erzählt, und Julia hat es bestätigt.«

»Also schön, Chef«, sagte Gemma leicht gereizt. »Machen Sie nicht so ein selbstgefälliges Gesicht. Erzählen Sie lieber.«

Als er zum Ende seines Berichts gekommen war, waren ihre Hauptgerichte serviert worden, und sie aßen beide ein paar Minuten lang schweigend.

»Was ich nicht verstehen kann«, sagte er, die Gabel senkend, »wie konnte ein Gauner wie Kenneth Hicks Connor Swann so fest in die Klauen kriegen.«

»Geld hat eben eine ungeheure Macht.« Gemma überlegte, ob sie sich noch etwas von den Röstkartoffeln oder lieber noch ein wenig Lauchgemüse nehmen sollte, und bediente sich dann von beidem. »Warum hat Julia zuerst gelogen und nichts von ihrem Streit mit Connor gesagt? Er scheint doch etwas beinahe Alltägliches gewesen zu sein.«

Kincaid zögerte, dann zuckte er die Achseln. »Ich vermute, sie hielt die Sache nicht für bedeutsam. Es war ja kein neuer Streit.«

»Aber sie hat gelogen«, entgegnete Gemma hitzig. »Ganz bewußt. Und auch ihre Behauptung, sie hätte die Galerie nie verlassen, war eine Lüge.« Sie legte ihre Gabel mit dem aufgespießten Stück Hühnchen auf ihren Teller zurück und beugte sich zu Kincaid hinüber. »Und wie sie sich nach dem Tod ihres Mannes verhalten hat, ist doch auch ziemlich sonderbar. Ich meine, daß sie alles ihren Eltern überlassen hat. Was hätte sie denn getan, wenn die nicht gewesen wären? Hätte sie ihn von der Gemeinde beerdigen lassen?«

»Das bezweifle ich sehr.« Kincaid schob seinen Teller zur Seite und lehnte sich in seinem Sessel zurück.

Obwohl sein Ton durchaus milde gewesen war, fühlte sich Gemma zurechtgewiesen. Rot im Gesicht griff sie zu ihrer Gabel und legte sie gleich wieder nieder. Sie hatte den Appetit verloren.

Kincaid, der sie beobachtete, fragte: »Sie sind schon fertig? Und was ist mit dem Nachtisch, den Sie sich bestellen wollten?«

»Ich glaube, das schaffe ich nicht mehr.«

»Dann trinken Sie wenigstens Ihren Wein«, sagte er und schenkte ihr nach. »Danach sprechen wir ein Wörtchen mit David.«

Seine onkelhafte Gönnerhaftigkeit ärgerte Gemma, doch ehe sie etwas sagen konnte, winkte er dem jungen Barkeeper.

»Einen Nachtisch?« sagte David, als er zu ihnen an den Tisch trat. »Die Schokoladenrolle ist sehr zu empfehlen —« Als sie beide die Köpfe schüttelten, fuhr er unerschüttert fort: »Gut, dann vielleicht zum Abschluß etwas Käse? Wir haben eine ausgezeichnete Auswahl.«

»Eigentlich würden wir Ihnen nur gern ein paar Fragen stellen.« Kincaid hatte seine Brieftasche geöffnet. Zuerst zeigte er David seinen Dienstausweis, dann ein Foto Connor Swanns, das er sich von Julia hatte geben lassen. »Unseres Wissens nach war dieser Mann Stammgast bei Ihnen. Erkennen Sie ihn?«

»Natürlich«, antwortete David verwundert. »Das ist Mr. Swann. Wieso sagen Sie ›war‹?«

»Er ist tot«, antwortete Kincaid. »Und wir untersuchen die Umstände seines Todes.«

»Mr. Swann – er ist tot?« Der junge Mann sah plötzlich so blaß aus, daß Kincaid einen Stuhl vom Nachbartisch heranzog.

»Setzen Sie sich«, sagte er. »An der Bar ist ja im Moment nicht gerade Hochbetrieb.«

»Was?« David ließ sich wie benommen auf den Stuhl sinken. »Ach so, ich verstehe.« Er versuchte ein Lächeln, das recht dünn ausfiel. »Es ist einfach ein Schock. Erst neulich abend war er noch hier, und er war immer so – so unglaublich vital, richtig überwältigend manchmal.« Beinahe zaghaft berührte er mit einer Fingerspitze das Foto.

»Können Sie sich erinnern, wann Sie ihn hier das letzte Mal gesehen haben?« fragte Kincaid ruhig, doch Gemma spürte seine gesammelte Aufmerksamkeit.

David zog die Brauen zusammen, als müßte er nachdenken, sagte dann jedoch ziemlich prompt: »Meine Freundin hatte Abendtisch bei Tesco, sie war erst so um halb zehn fertig ... Am Donnerstag. Ja, das muß der Donnerstag gewesen sein.« Als erwarte er Anerkennung, sah er von einem zum anderen.

Kincaid tauschte einen kurzen Blick mit Gemma, und sie sah das Aufblitzen von Triumph in seinem Auge, doch er sagte nur: »Gut. Wissen Sie noch, um welche Zeit er am Donnerstag kam?«

»Ziemlich spät. Es muß schon nach acht gewesen sein.« David schien sich langsam warmzusprechen. »Manchmal kam er allein, aber meistens war er mit anderen Leuten zusammen. Nach dem, was sie geredet haben, müssen es irgendwelche Kunden gewesen sein. Ich hab nicht absichtlich gelauscht«, fügte er mit etwas Unbehagen hinzu, »aber wenn man bedient, bekommt man manches mit, ob man will oder nicht. Es wurde eigentlich immer über irgendwelche Geschäfte geredet.«

»Und wie war es am Donnerstag abend?« hakte Gemma nach.

»Das weiß ich noch besonders gut, weil er da anders war als sonst. Er ist allein gekommen und war ziemlich gereizt. Sogar mich hat er angeschnauzt. Ich dachte noch: ›Na, der ist ja ganz schön angesäuert.‹ Ich meine, er hat immer ganz schön gebechert, aber er ist dabei nie aggressiv geworden. Da gibt's ganz andere.« Er schnitt ein Gesicht, und Gemma nickte teilnehmend. Als hätte ihn das an seine anderen Gäste erinnert, warf er einen Blick zu dem Tisch auf der anderen Seite, aber das junge Paar war viel zu sehr mit sich selbst beschäftigt, um ihn zu vermissen. »Dann kam dieser Mann rein, und die beiden nahmen sich einen Tisch, um zu essen.«

»Kannten die beiden einander?« fragte Kincaid.

»Wie hat —«, warf Gemma ein, doch Kincaid brachte sie mit rasch erhobener Hand zum Schweigen.

»Ja, ich bin sicher, daß sie sich gekannt haben. Mr. Swann ist aufgestanden, sobald der andere Mann reinkam. Dann sind sie direkt zu ihrem Tisch gegangen. Ich hab nicht gehört, was sie gesprochen haben – an dem Abend war ziemlich viel los –, aber am Anfang war alles ganz freundlich.«

»Und dann?« fragte Kincaid.

David, der sich jetzt sichtlich unbehaglich fühlte, blickte von einem zum anderen. »Na, man könnte vielleicht sagen, daß sie eine ziemlich hitzige Diskussion geführt haben. Sie haben nicht gebrüllt oder so was – eigentlich haben sie überhaupt nicht laut gesprochen, aber man konnte sehen, daß sie Streit hatten. Mr. Swann hat nicht mal aufgegessen, obwohl er sonst immer mit Genuß gegessen hat und eigentlich auch jedesmal den Koch gelobt hat.«

»Erinnern Sie sich noch, was er an dem Abend bestellt hatte?« fragte Kincaid.

Gemma wußte, daß er an den immer noch unvollständigen Laborbericht über Connor Swanns Mageninhalt dachte.

»Er hat Steak gegessen. Und dazu eine Flasche Burgunder getrunken.«

»Danke«, sagte Kincaid, dann fragte er: »Wie ging es dann weiter?«

David kratzte sich an der Nase. »Sie haben bezahlt – getrennt – und sind gegangen.«

»Sind sie zusammen gegangen?« fragte Gemma.

David nickte. »Aber sie haben immer noch gestritten, soweit ich sehen konnte.« Er begann jetzt sichtlich unruhig zu werden und drehte sich auf seinem Stuhl, um zum Tresen hinüberzusehen.

Gemma sah Kincaid fragend an, und als dieser mit einem kaum wahrnehmbaren Nicken antwortete, sagte sie: »Nur eins noch, David. Wie hat der andere Mann ausgesehen?«

»Sehr elegant«, antwortete David. »Klasse angezogen. Groß, dünn, blond« – er krauste die Stirn und überlegte einen Moment – »so um die fünfzig, würde ich sagen, aber gut erhalten.«

»Hat er mit Kreditkarte bezahlt?« fragte Kincaid hoffnungsvoll.

David schüttelte den Kopf und sagte mit echtem Bedauern: »Nein, tut mir leid. Er hat bar bezahlt.«

Gemma bemühte sich, von ihrer inneren Erregung nichts merken zu lassen, und dankte ihm. »Sie sind ein sehr aufmerksamer Beobachter, David. Wir bekommen selten so gute Beschreibungen.«

»Das macht der Job hier«, antwortete er lächelnd. »Da wird das zur Gewohnheit. Ich versuche immer, mir die Namen zu den Gesichtern zu merken. Die Leute mögen es, wenn man sie mit Namen anspricht.« Er schob seinen Stuhl zurück und blickte fragend von einem zum anderen. »Kann ich jetzt wieder an meine Arbeit gehen?«

Kincaid nickte und reichte ihm eine Karte. »Sie können uns anrufen, wenn Ihnen noch etwas einfallen sollte.«

David hatte schon ihr schmutziges Geschirr zusammengestellt und nahm es hoch, um es abzutragen, als er zögerte. »Was ist Mr. Swann eigentlich passiert? Das haben Sie mir gar nicht gesagt.«

»Das wissen wir selbst nicht genau, aber er ist unter verdächtigen Umständen ums Leben gekommen«, sagte Gemma. »Man hat seine Leiche in der Themse gefunden.«

Die Teller klapperten, und David drückte seine freie Hand auf den Stapel. »Doch nicht etwa hier?«

»Nein, an der Hambleden-Schleuse.« Gemma meinte, einen Schatten der Erleichterung über das Gesicht des jungen Mannes fliegen zu sehen, schrieb das jedoch der allgemein menschlichen Neigung zu, sich alles Unangenehme möglichst weit vom Leibe zu halten.

»Und wann war das? Wann ist es passiert?« fragte David.

»Er wurde am Freitag morgen gefunden«, antwortete Kincaid und beobachtete David mit der freundlich teilnehmenden Miene, die Gemma kannte. Sie bedeutete, daß sein Interesse ganz gefesselt war.

»Am Freitag morgen?« wiederholte David erschrocken, und Gemma hatte den Eindruck, daß sein Gesicht wieder blaß geworden war. »Sie meinen, am Donnerstag abend …«

In diesem Moment öffnete sich die Tür zum Lokal, und von einem kalten Luftzug begleitet, trat eine ganze Gesellschaft ein. Mit einem kurzen Blick auf die Leute sagte David: »Jetzt muß ich aber wirklich gehen. Tut mir leid.« Er lächelte Kincaid und Gemma noch einmal zu, dann eilte er mit den klappernden Tellern zum Tresen.

Kincaid sah ihm einen Moment nach, dann zuckte er die Achseln. »Netter Junge. Aus dem könnte ein guter Polizist werden. Er hat das richtige Gedächtnis dafür.«

»Chef!« sagte Gemma drängend.

Aber ehe sie fortfahren konnte, setzten sich die zwei Paare, die soeben hereingekommen waren und inzwischen ihre Getränke an der Bar bestellt hatten, an den Nebentisch. Sie lächelten Gemma und Kincaid gutnachbarlich zu, ehe sie begannen, sich deutlich vernehmbar miteinander zu unterhalten.

»Kommen Sie, David hat uns die Rechnung schon hingelegt«, sagte Kincaid. »Zahlen wir und machen wir uns auf den Weg.«

Erst als sie auf der Straße standen, sagte Gemma aufgeregt: »Das war Tommy Godwin.« Kincaid sah sie verständnislos an. »Der Mann, mit dem Connor am Donnerstag abend hier war«, erklärte sie. »Ich bin überzeugt, das war Tommy Godwin. Das wollte ich Ihnen die ganze Zeit sagen«, fügte sie leicht gereizt hinzu.

Im Nebel, der vom Fluß heraufgezogen war, standen sie auf der Straße vor dem Pub. »Wie können Sie das mit solcher Sicherheit sagen?«

»Das kann einfach nur Godwin gewesen sein.« Sie hörte selbst, wie ihre Stimme vor Erregung anschwoll, und bemühte sich, ruhiger zu werden. »Sie haben doch selbst gesagt, daß David ein guter Beobachter ist. Seiner Beschreibung nach kann der Mann nur Tommy Godwin gewesen sein.«

»Okay, okay.« Kincaid hob beide Hände, als kapitulierte er. »Aber er war doch angeblich im Theater. Sie müssen das noch einmal überprüfen –«

Plötzlich flog die Tür des Pubs auf, und David stürzte heraus. »Oh, Entschuldigung. Ich hab gehofft, daß ich Sie noch erwische. Ich –« Er brach ab, als wäre der Impuls, der ihn herausgetrieben hatte, plötzlich verflogen. Fröstelnd in der Kälte, verschränkte er die Arme und stampfte ein wenig mit den Füßen. »Ich meine – ich konnte es ja schließlich nicht ahnen, oder? Ich hab gedacht, es wär nur Blödsinn. Ich wär mir wie ein Idiot vorgekommen, wenn ich mich da eingemischt hätte ...«

»Erzählen Sie, was passiert ist, David«, sagte Kincaid. »Wollen Sie wieder hineingehen?«

David blickte zur Tür zurück. »Nein, die sind im Moment alle versorgt.« Er schluckte, dann sagte er: »Kurz nachdem Mr. Swann und der andere Mann gegangen waren, es waren vielleicht ein paar Minuten, bin ich mal kurz vor die Tür. Kelly, das ist meine Freundin, kommt meistens auf ein Bier vorbei, wenn sie mit der Arbeit fertig ist, und ich warte gern hier draußen auf sie – eine Frau allein am Abend, Sie wissen schon. Die Straßen sind ja nicht mehr so sicher wie früher.« Er schwieg einen Moment, vielleicht weil ihm einfiel, wen er da belehrte, und Gemma spürte, wie seine Verlegenheit wuchs.

»Na jedenfalls – ich hab hier draußen gestanden, so wie wir jetzt, und eine geraucht, und da hab ich plötzlich am Fluß Geräusche gehört.« Er wies die sanft abfallende Straße hinunter. »Es war ein klarer Abend, nicht so neblig wie heute, und der Fluß ist keine hundert Meter weit von hier.« Wieder schwieg er, als wartete er auf eine Aufforderung weiterzusprechen.

»Konnten Sie etwas sehen?« fragte Kincaid.

»Nicht viel, blondes Haar, es hat im Licht geglänzt, und dann noch eine etwas kleinere Gestalt mit dunklem Haar. Ich glaube, das müssen Mr. Swann und der andere Mann gewesen sein, aber beschwören kann ich es nicht.«

»Was haben die beiden gemacht? Sich geprügelt?« Gemma konnte ihre Ungläubigkeit nicht verbergen. Sie fand die Vorstellung, daß Tommy Godwin sich auf eine solche körperliche Konfrontation eingelassen haben sollte, beinahe undenkbar.

»Es war mehr ein Hin- und Hergeschubse. Wie Jungens auf dem Schulhof.«

Mit erstaunt hochgezogenen Augenbrauen sah Kincaid Gemma an. »Und was ist dann passiert, David?«

»Dann hab ich Kellys Auto gehört. Da ist ein Schalldämpfer hin«, erläuterte er. »Die Kiste röhrt wie verrückt. Ich bin ihr entgegengegangen, und als wir zurückkamen, waren die beiden weg.« Er sah sie mit ängstlicher Besorgnis an. »Sie glauben doch nicht ... Ich hätte nie gedacht ...«

»David«, sagte Kincaid, »wissen Sie noch, um welche Zeit das alles war?«

Er nickte. »Ziemlich genau um Viertel vor zehn.«

»Würden Sie den anderen Mann wiedererkennen, wenn Sie ihn sähen«, warf Gemma ein.

Er zitterte jetzt sichtlich vor Kälte, dennoch nahm er sich Zeit, um zu überlegen. »Ja, ich denke schon. Aber Sie glauben doch nicht, daß er —«

»Wir werden Sie vielleicht brauchen, um ihn zu identifizieren. Aber das ist reine Routine«, fügte Gemma beruhigend hinzu. »Können wir Sie hier erreichen? Am besten geben Sie uns Ihre Privatadresse und Ihre Telefonnummer.« Sie reichte ihm ihren Block, und er schrieb, die Augen im orangefarbenen Schein der Straßenlampen zusammengekniffen. »So, und jetzt sollten Sie sich vielleicht wieder um Ihre Gäste kümmern«, sagte sie lächelnd, als er ihr den Block zurückgab. »Wir melden uns, wenn wir Sie brauchen sollten.«

Als David gegangen war, wandte sie sich Kincaid zu. »Ich weiß, was Sie denken, aber es ist nicht möglich. Wir wissen, daß er wenige Minuten nach elf in London war —«

Kincaid legte ihr die Hände auf die Schultern und drehte sie herum. »Gehen wir mal zum Fluß.« Der Nebel hüllte sie ein, setzte sich in ihre Kleider, benetzte ihre Haut mit Feuchtigkeit, so daß ihre Gesichter im Licht glänzten. Die gepflasterte Straße endete, Kies knirschte unter ihren Füßen, dann hörten sie das Plätschern des Wassers. »Der Fluß muß ganz nah sein«, bemerkte Kincaid. »Riechen Sie ihn?«

Es war merklich kühler in der Nähe des Flusses, und Gemma zog fröstelnd ihren Mantel fester um sich. Die Dunkelheit vor ihnen wurde tiefer, und sie blieben stehen, da sie kaum noch etwas sehen konnten.

»Wo sind wir hier?«

Kincaid, der seine Taschenlampe angeknipst hatte, richtete sie zum Boden. »Überall Reifenspuren, sehen Sie. Die Freunde von der Spurensicherung werden ihre Freude haben.«

Gemma sagte vor Kälte schnatternd: »Wie soll Tommy Godwin das gemacht haben? Selbst wenn er Connor erwürgt und ihn dann im Kofferraum seines Wagens verstaut hätte, hätte er wie der Teufel fahren müssen, um vor elf in London zu sein. Er kann unmöglich erst noch nach Hambleden gefahren sein und Cons Leiche den langen Weg getragen haben.«

»Nein«, stimmte Kincaid zu, »aber er könnte die Leiche im Kofferraum gelassen haben, nach London gefahren sein, um sich ein Alibi zu sichern, und die Leiche dann später in die Themse geworfen haben.«

»Das ist doch unsinnig. Weshalb hätte er ausgerechnet ins Coliseum gehen sollen, wo man sofort die Verbindung zu den Ashertons und über sie zu Connor Swann herstellt? Und wenn er sich wirklich ein Alibi sichern wollte, wieso hat er sich dann nicht beim Portier angemeldet? Es war reiner Zufall, daß Alison Douglas ihn in Geralds Garderobe gesehen hat, und Gerald hat von seinem Besuch nichts gesagt.« Gemma, die in der Hitze des Gefechts Kälte und Feuchtigkeit vergessen hatte, holte Atem zur letzten Salve. »Und selbst wenn alles andere zuträfe, wie soll er Connor Swanns Leiche vom Parkplatz in Hambleden bis zur Schleuse geschleppt haben?«

Kincaid erwiderte mit einem Lächeln, das sie wütend machte, weil es verriet, daß er ihre Heftigkeit erheiternd fand: »Tja, das fragen wir ihn wohl am besten selbst.«

11

Alison Douglas protestierte, als Gemma sie am folgenden Morgen anrief. »Aber, Sergeant, ich kann unmöglich sämtliche Platzanweiser und Platzanweiserinnen bitten, heute morgen schon ins Theater zu kommen. Sie haben alle gestern abend gearbeitet. Außerdem haben einige von ihnen noch andere Jobs oder gehen noch zur Schule.«

»Versuchen Sie es wenigstens. Sonst müssen wir sie alle in den Yard holen, und darauf sind sie sicher nicht scharf.« Gemma bemühte sich, von ihrer Ungeduld nichts merken zu lassen. Sie hatte eine schlechte Nacht hinter sich, und die Fahrt nach London, mitten im dichtesten Morgenverkehr, war auch nicht gerade eine Wonne gewesen, aber das war kein Grund, ihre schlechte Laune an Alison auszulassen. Im übrigen war ja ihr Anliegen für das Personal tatsächlich eine gewisse Zumutung. »Ich komme kurz vor Mittag«, sagte sie zu Alison und verabschiedete sich dann.

Mit Widerwillen musterte sie die Berge von Papier auf Kincaids Schreibtisch. Von der Befriedigung, die es ihr sonst bereitete, Kincaids Platz einzunehmen, verspürte sie nichts, statt dessen quälte sie immer noch das Unbehagen, das sie in der vergangenen Nacht bis in die frühen Morgenstunden wachgehalten hatte. Irgend etwas war gestern abend an Kincaid anders gewesen – zunächst war ihr nur eine gewisse fieberhafte Hektik aufgefallen, doch in der Nacht, als sie sich rastlos hin- und hergewälzt hatte, war sie zu der Erkenntnis gekommen, daß sich auch sein Verhalten ihr gegenüber geändert hatte. Hatte sie sich die ungezwungene Herzlichkeit des vergangenen Abends in London nur eingebildet? Er war schließlich zu ihr gekommen. Hatten sein Gefallen an ihrer Wohnung und sein offenkundiges Vergnügen an ihrer Gesellschaft sie dazu verleitet, sich zu weit zu öffnen?

Achselzuckend rieb sie sich die Augen, als könnte sie so die Müdigkeit wegmassieren, doch es half ihr nicht, den Gedanken loszuwerden, daß die Veränderung an Kincaids Verhalten mit seinem Besuch bei Julia Swann zu tun hatte.

Alison schaffte es schließlich, wenigstens vier Platzanweiser zusammenzutrommeln, die jetzt mürrisch, aber auch neugierig auf Klappstühlen in ihrem kleinen Büro saßen.

Gemma stellte sich vor. »Ich werde versuchen, Sie nicht länger als notwendig hier festzuhalten«, fügte sie hinzu. »Kennt jemand von Ihnen Tommy Godwin, den Kostümier? Groß, schlank, blond, sehr gut gekleidet.«

Sie hatte nicht den Eindruck, daß modische Eleganz ihnen etwas bedeutete. Die drei jungen Männer waren ordentlich, aber nicht gerade flott angezogen; das junge Mädchen schien eher für Flippiges zu schwärmen.

»Ich möchte gern wissen, ob jemand von Ihnen ihn am letzten Donnerstag abend gesehen hat.«

Die jungen Männer tauschten verständnislose Blicke. Hinter ihnen stand mit verschränkten Armen Alison, leicht an die Wand gelehnt, und Gemma bemerkte, wie sie überrascht den Mund öffnete. Sie sah sie mit einem leichten Kopfschütteln an und wartete, während das Schweigen sich in die Länge zog.

Schließlich sagte das junge Mädchen: »Ich hab ihn gesehen, Miss.« Sie hatte einen leicht westindischen Tonfall, wahrscheinlich von Eltern oder anderen Familienmitgliedern übernommen, die Einwanderer erster Generation waren.

Gemma atmete auf. »Und Sie sind sicher, daß es am Donnerstag abend war? Als hier *Pelleas und Melisande* gegeben wurde?« Sie hatte im Grunde ein so positives Ergebnis nicht erwartet, glaubte noch nicht recht daran.

»Ja, Miss.« Das Mädchen lächelte, als fände sie Gemmas Zweifel erheiternd. »Ich schaue mir alle Inszenierungen an – ich kann sie schon voneinander unterscheiden.«

»Gut. Ich bin froh, daß eine von uns das kann.« Gemma lächelte, obwohl sie sich wegen ihres gönnerhaften Tons am liebsten geohrfeigt hätte. »Darf ich fragen, wie Sie heißen?«

»Patricia, Miss. Ich studiere Design – ich interessiere mich für Kostümbildnerei, darum helfe ich manchmal in der Garderobe aus. Daher kenne ich auch Mr. Godwin.«

»Was können Sie mir über den Donnerstag abend sagen?«

Das Mädchen sah sich nach Alison um, als wollte sie sie um Erlaubnis bitten.

»Nur zu, Patricia, erzählen Sie Sergeant James, was Sie wissen. Es ist ganz in Ordnung«, versicherte Alison.

»Mr. Godwin kam von draußen ins Foyer. Ich steh sonst immer im Zuschauerraum und hör mir die Vorstellung an, aber da bin ich gerade aus der Toilette gekommen und selbst durchs Foyer gegangen. Ich hab ihn angerufen, aber er hat mich nicht gehört.«

Gemma wußte nicht, ob sie Erleichterung oder Enttäuschung verspürte – wenn Tommy Godwin ihr die Wahrheit erzählt hatte, als er sagte, er habe sich die Vorstellung angesehen, konnte er nicht mit Connor Swann in Wargrave gewesen sein.

»Und was hat er dann getan, haben Sie das gesehen?«

»Er ist durch die nächste Tür in den Zuschauerraum gegangen. Auf Rolands Seite«, fügte sie mit einem Seitenblick auf einen der jungen Männer hinzu.

»Haben Sie ihn bemerkt?« fragte Gemma, ihm ihre Aufmerksamkeit zuwendend.

Er lächelte, schien sich, plötzlich in den Mittelpunkt gerückt, ganz wohl zu fühlen. »Mit Sicherheit kann ich das nicht sagen, Miss, weil ich ihn nicht kenne. Aber ich erinnere mich nicht, jemanden gesehen zu haben, der so ausgesehen hat.«

Gemma erwiderte das Lächeln und wandte sich dann wieder Patricia zu. »Haben Sie Mr. Godwin noch einmal gesehen, nachdem Sie an Ihren Platz im Zuschauerraum zurückgekehrt waren?«

Das junge Mädchen schüttelte den Kopf. »Kurz danach wollten alle zur gleichen Zeit raus, da hatte ich wahnsinnig zu tun.«

»War da schon Pause?« fragte Gemma verblüfft.

»Nein.« Wieder schüttelte Patricia den Kopf, entschiedener diesmal. »Die Vorstellung war zu Ende. Mir war zum Glück gerade noch rechtzeitig eingefallen, daß ich mal auf den Lokus mußte.«

»Die Vorstellung war zu Ende?« wiederholte Gemma verdattert. »Ich dachte, Sie meinten, er sei unmittelbar nach Beginn der Vorstellung gekommen.«

»Nein, Miss. Fünf Minuten vielleicht vor dem Ende. Kurz vor elf.«

Gemma brauchte einen Moment, um sich zu fassen. Tommy Godwin konnte also doch der Mann im *Red Lion* gewesen sein. »Haben Sie ihn später noch einmal gesehen, Patricia, beim Aufräumen vielleicht?«

»Nein, Miss.« Es hörte sich an, als täte es ihr wirklich leid, nicht mehr beisteuern zu können.

»Okay, vielen Dank, Patricia.« Gemma sah die jungen Männer an. »Hat noch jemand etwas hinzuzufügen?«

Kollektives Kopfschütteln.

»Na gut, das wär's dann. Sie können wieder gehen«, sagte Gemma. Patricia ging als letzte. »Ein intelligentes Ding«, meinte Gemma, als die Tür sich hinter ihr geschlossen hatte.

»Was hat das alles zu bedeuten, Sergeant?« fragte Alison an ihren Schreibtisch gelehnt. Zerstreut strich sie über die kleinen Falten in ihrem braunen Wollkostüm. Der Stoff hatte den gleichen weichen Ton wie ihr Haar und ihre Augen. Sie sah darin aus wie ein kleiner brauner Zaunkönig.

»Sind Sie ganz sicher, daß Sie Mr. Godwin erst gesehen haben, als Sie in Sir Geralds Garderobe gingen? Nicht vorher?«

»Ganz sicher. Warum?«

»Mir hat er erzählt, er sei an diesem Abend während der ganzen Vorstellung im Theater gewesen. Aber Patricia hat dem eben widersprochen, und sie scheint mir eine zuverlässige Zeugin zu sein.«

»Sie glauben doch nicht etwa, Tommy könnte mit Connor Swanns Tod etwas zu tun haben? Das ist ausgeschlossen. Tommy ist ... Ich meine, jeder mag ihn. Und nicht nur weil er geistreich und amüsant ist«, erklärte Alison, als hätte Gemma das unterstellt. »Nein, er ist einfach nett. Menschlich. Ich weiß, man vermutet es bei seiner Art nicht, aber er nimmt andere Menschen wahr. Dieses Mädchen, Patricia – ich vermute, er hat ihr hier ein bißchen unter die Arme gegriffen, sie gefördert. Als ich hier anfing, bin ich praktisch auf Zehenspitzen herumgelaufen, weil ich dauernd Angst hatte, irgendeinen Fehler zu machen, aber er hatte immer ein nettes Wort für mich.«

»Ich bin sicher, Sie haben recht«, sagte Gemma in der Hoffnung, Alisons Feindseligkeit zu dämpfen, »aber wir stehen hier vor einer Diskrepanz in den Aussagen, und dem muß ich nachgehen.«

Alison seufzte. Sie sah plötzlich müde aus. »Ja, das verstehe ich. Kann ich Ihnen irgendwie behilflich sein?«

»Versuchen Sie sich einen Moment in Sir Geralds Garderobe zurückzuversetzen. Ist Ihnen irgend etwas Ungewöhnliches aufgefallen?«

»Wie soll ich das jetzt noch sagen?« fragte Alison, schon wieder leicht aufgebracht. »Woher soll ich wissen, daß sich unter dem Eindruck dessen, was Sie mir erzählt haben, meine Erinnerung nicht verzerrt hat? Daß ich nicht aus einer Mücke einen Elefanten mache?« Als Gemma nichts erwiderte, fuhr sie ruhiger fort: »Ich habe schon darüber nachgedacht. Sie hörten auf zu sprechen, als ich hereinkam. Ich hatte das Gefühl, ich hätte sie gestört – wissen Sie?« Sie sah Gemma an, und diese nickte. »Und nach diesem ersten Moment der Verlegenheit waren sie dann irgendwie beide zu herzlich, zu jovial, wenn Sie wissen, was ich meine. Jetzt glaube ich, daß ich deshalb nur einen Moment geblieben bin, gerade lang genug, um zu gratulieren, wenn mir das auch damals gar nicht bewußt war.«

»Sonst noch etwas?« fragte Gemma ohne allzu viel Hoffnung.

»Nein, tut mir leid.«

»Ist schon in Ordnung.« Gemma lächelte, obwohl sie Mühe hatte, die Lethargie zu überwinden, die ihr plötzlich in alle Glieder zu kriechen schien. »Ich werde mich eben noch einmal mit ihm unterhalten müssen. Er ist allerdings schwer zu erreichen. Ich habe es heute morgen schon in seiner Wohnung versucht, im LB-Haus und dann hier – alles ohne Ergebnis. Haben Sie einen Tip?«

Alison schüttelte den Kopf. »Nein, er müßte eigentlich hier sein.«

Gemma, die den Schatten von Unruhe in Alisons Augen sah, sagte nachdenklich: »Ich hoffe, es wird sich nicht als zu schwierig erweisen, unseren Mr. Godwin zu finden.«

Beim Revier High Wycombe hatte man Kincaid entgegenkommenderweise den Schreibtisch eines derzeit abwesenden Detective Inspector zur Verfügung gestellt, und dort hatte er den Morgen damit zugebracht, einen nichtssagenden Bericht nach dem anderen durchzugehen. Er streckte sich und überlegte, ob er sich noch eine Tasse von dem gräßlichen Kaffee zumuten oder lieber aufgeben und zum Mittagessen gehen sollte.

Er hatte sich gerade widerstrebend für Pflicht und Kaffee entschieden, als Jack Makepeace den Kopf zur Tür hereinsteckte. »Na, was gefunden?«

Kincaid schnitt ein Gesicht. »Nichts. Sie haben sie ja gelesen. Haben Sie inzwischen was von dem Team in Wargrave gehört?«

Makepeace grinste boshaft. »Zwei zerdrückte Bierdosen, diverse Kaugummipapiere, die Überreste eines toten Vogels und ein halbes Dutzend gebrauchte Kondome.«

»Der Parkplatz ist wohl sehr populär?«

»Er ist am Anfang eines Fußwegs, der ein Stück am Fluß entlang führt und dann einen Schwenk in den Friedhof macht. Eigentlich ist Parken dort verboten, aber die Leute halten sich nicht daran, schon gar nicht die Liebespärchen.« Makepeace zwirbelte seinen Schnurrbart. »Die Leute von der Spurensicherung sagen, daß der Kies für Reifenabdrücke viel zu weich und viel zu durchfurcht ist.«

»Das hab ich schon erwartet.« Kincaid betrachtete ihn gedankenvoll. »Jack, angenommen, die Leiche wurde in Wargrave in den Fluß geworfen, könnte sie dann bis zum Morgen nach Hambleden getrieben worden sein?«

Makepeace schüttelte den Kopf, noch ehe Kincaid fertig gesprochen hatte. »Nein, das ist nicht möglich. Die Strömung ist zu langsam, und außerdem ist gleich hinter Henley noch eine Schleuse.«

Kincaid, der an Julias kurzes Verschwinden aus der Galerie dachte, sagte: »Dann träfe das gleiche wohl zu, wenn Swann in Henley in den Fluß geworfen worden wäre?«

Makepeace, der bis jetzt am Türpfosten gelehnt hatte, richtete sich auf und ging zu der großen Karte, die an der Bürowand hing. Mit kurzem dickem Finger zeigte er auf das gewundene blaue Band, das die Themse darstellte. »Schauen Sie sich doch diese Windungen an, lauter Stellen, wo eine Leiche mit Leichtigkeit hängenbleiben könnte.« Er drehte sich nach Kincaid um. »Meiner Meinung nach wurde Swann höchstens ein paar hundert Meter von der Stelle entfernt, an der er gefunden wurde, ins Wasser gestoßen.«

Kincaid schob den knarrenden Stuhl zurück, streckte seine Beine aus und faltete seine Hände hinter dem Kopf.

»Wahrscheinlich haben Sie recht, Jack. Ich grabsche nur nach Strohhalmen. Was ist mit den Häusern am Fluß, oberhalb der Schleuse? Hat die Befragung der Leute irgendwas gebracht?«

»Entweder haben sie spätestens um zehn alle geschlafen wie die Murmeltiere«, antwortete Makepeace sarkastisch, »oder sie kommen sofort mit ihren eigenen Beschwerden daher, wenn wir anfangen, mit ihnen zu reden. Eine alte Frau in einem der Wohnblöcke am Fluß hat allerdings gesagt, sie hätte kurz nach den Spätnachrichten Stimmen gehört. Als sie zum Fenster rausschaute, sah sie einen Mann und einen Jungen auf dem Fußweg zur Schleuse. ›Homosexuelle‹, sagte sie. ›Perverse, die sich gegen den Herrn versündigen. Und dazu noch Motorradrowdys.‹« Makepeace kräuselte amüsiert die Lippen. »Der Junge hatte anscheinend längeres Haar und trug eine Lederkluft, das hat ihr schon gereicht. Ehe mein Constable ging, fragte sie ihn noch, ob er ein Kind Jesu sei.«

Kincaid lachte. »Da bekomm ich wirklich Sehnsucht nach den Zeiten, als ich noch Streife ging. Wie steht's mit dem Zugang südlich vom Fluß? Über die Flußniederungen.«

»Da braucht man einen Land Rover oder so was mit Vierradgetriebe. Der Boden ist nach dem vielen Regen völlig durchweicht.« Makepeace sah Kincaid mitleidig an. »Pech. Oh« – er tippte auf die Akte, die er unter den linken Arm geklemmt trug – »hier hab ich was, das Sie vielleicht ein bißchen aufheitert – den Abschlußbericht von der Pathologie.« Er reichte Kincaid den Hefter. »Gehen wir Mittagessen?«

»Geben Sie mir zehn Minuten«, bat Kincaid und vertiefte sich in die Akte.

Nachdem er den Inhalt überflogen hatte, griff er zum Telefon und rief Dr. Winstead an.

»Doktor«, sagte er, nachdem er seinen Namen genannt hatte, »ich weiß jetzt, um welche Zeit Connor Swann gegessen hat – um neun oder kurz danach. Sind Sie sicher, daß er nicht schon gegen zehn gestorben sein könnte?«

»Fleisch und Kartoffeln, hab ich recht gehabt?«

»Steak«, bestätigte Kincaid.

»Ich würde sagen, mehr gegen Mitternacht, sonst müßte der Mann schon Salzsäure im Magen gehabt haben.«

»Vielen Dank, Doktor. Ich bin begeistert.« Kincaid legte auf und sah nachdenklich auf die über den ganzen Schreibtisch verstreuten Berichte. Dann schob er sie alle zu einem Stapel zusammen, richtete den Knoten seiner Krawatte und machte sich auf den Weg zu erfreulicheren Aktivitäten.

Als Gemma in den Yard zurückkam, fand sie auf ihrem Schreibtisch eine Nachricht: ›Tom Godwin hat angerufen. Brown's Hotel, drei Uhr.‹

Sie ging zum diensthabenden Sergeant. »War das alles, Bert? Sicher?«

Pikiert sagte er: »Haben Sie schon mal erlebt, daß ich bei einer telefonischen Nachricht einen Fehler gemacht hab, Gemma?«

»Nein, nein, natürlich nicht.« Sie tätschelte ihm liebevoll den grauen Kopf. »Ich finde diese Nachricht nur merkwürdig.«

»Das ist alles, was der Herr gesagt hat, wortwörtlich«, erklärte Bert wieder besänftigt. »Der Chef will Sie übrigens sprechen.«

»Na herrlich«, murmelte sie.

Bert warf ihr einen teilnahmsvollen Blick zu. »Er hat seit dem Mittagessen niemanden mehr gefressen, Gemma.«

»Danke, Bert«, sagte Gemma lachend. »Ich fühl mich gleich viel besser.«

Dennoch ging sie mit einem Kribbeln im Bauch den Korridor hinunter. Zwar war Chief Superintendent Denis Childs für seine Fairneß seinen Mitarbeitern gegenüber bekannt, doch irgend etwas an seiner freundlichen und höflichen Art gab ihr immer das Gefühl, sich für Missetaten entschuldigen zu müssen, die sie gar nicht begangen hatte.

Seine Tür stand offen wie immer, und Gemma klopfte leicht an, ehe sie ins Zimmer trat. »Sie wollten mich sprechen, Sir?«

Childs blickte von irgendwelchen Papieren auf. Seit kurzem trug er eine Lesebrille, runde kleine Gläser mit Nickelrand, mit der er aussah wie seine eigene Großmutter, wie Gemma fand, die mit Mühe ein Lachen unterdrückte. Zum Glück nahm er sie jetzt ab und ließ sie leicht zwischen Zeigefinger und Daumen baumeln.

»Setzen Sie sich, Sergeant. Was haben Sie und Kincaid in den letzten Tagen eigentlich getrieben – Däumchen gedreht? Der *Assistant Commissioner* hat bei mir angeklopft, er wollte wissen, wieso wir immer noch nicht mit den erwarteten brillanten Ergebnissen aufwarten können. Sir Gerald Asherton macht ihm offenbar ganz schön die Hölle heiß.«

»Es sind erst vier Tage, Sir«, entgegnete Gemma gekränkt. »Und der Pathologe ist erst gestern dazu gekommen, die Obduktion zu machen. Aber«, fügte sie eilig hinzu, ehe Childs ihr sein gefürchtetes Motto – Resultate, keine Entschuldigungen – entgegenhalten konnte –, »wir haben einen Verdächtigen. Ich vernehme ihn heute nachmittag.«

»Irgendwelche harten Beweise?«

»Nein, Sir, noch nicht.«

Childs faltete die Hände über seinem runden Bauch, und Gemma staunte wieder einmal, was für eine körperliche Anziehungskraft dieser Mann trotz seiner Leibesfülle besaß. Soweit sie wußte, war er glücklich verheiratet und benutzte seinen Appeal zu nichts Verwerflicherem, als die Schreibkräfte zur Arbeit zu motivieren.

»Alle unsere Teams sind im Augenblick unterwegs – wir hatten eine wahre Mordwelle. Aber sosehr ich Sie beide auch brauche, denke ich doch, wir möchten den *Assistant Commissioner* nicht enttäuschen, nicht wahr, Sergeant? Es ist stets in unserem eigenen Interesse, die Obrigkeiten bei Laune zu halten.« Er sah sie lächelnd an. »Würden Sie das an Superintendent Kincaid weitergeben, wenn Sie ihn sehen?«

»Ja, Sir«, antwortete Gemma und machte sich, in der Annahme, daß damit das Gespräch beendet sei, schleunigst aus dem Staub.

Breite Bahnen Sonnenlicht fielen schräg ins Zimmer, als Gemma in Kincaids Büro zurückkehrte. Sie wirkten beinahe greifbar in ihrer Dichte, und das Licht schien eine sirupartige Qualität zu haben. Dem Phänomen nicht ganz trauend, ging sie zum Fenster und spähte durch die Ritzen der Jalousien. Der Himmel war in der Tat so klar und blau, wie das bei der Dunstglocke über der Stadt überhaupt möglich war. Sie blickte vom Fenster zu den Papierstapeln auf dem Schreibtisch. Das starke Licht enthüllte Staubstreifen und mehrere Fingerabdrücke; lächelnd ging Gemma hinüber und wischte sie mit einem Papiertuch weg. Immer die Indizien entfernen – so lautete die erste Regel. Dann nahm sie ihre Tasche vom Garderobenständer und eilte zum Aufzug, ehe jemand sie aufhalten konnte.

Sie ging zu Fuß durch den St. James's Park, mit flottem Schritt, tief die kühle, klare Luft einatmend. Die Engländer, dachte sie, haben einen Instinkt für den Sonnenschein, mag er auch von noch so kurzer Dauer sein, es ist, als lockte eine Art Frühmeldesystem sie aus den Häusern. Im Park waren viele Menschen unterwegs, die dem Signal gefolgt waren, manche gingen rasch und zielstrebig dahin wie sie selbst, andere bewegten sich in gemächlichem Schlenderschritt oder saßen auf Bänken, und alle wirkten sie in ihrer korrekten Kleidung seltsam fehl am Platz. An den Bäumen, die im Nieselregen der letzten Tage grau und ausgelaugt gewirkt hatten wie viel gewaschene Wäsche, leuchteten Reste von Rot und Gold, und in den Blumenbeeten standen späte Chrysanthemen.

Sie kam hinaus auf die Mall, und als sie etwas später den Piccadilly Circus erreichte, fühlte sie sich erhitzt und hatte leichtes Herzklopfen. Aber der Weg war nicht mehr weit, nur noch ein Stück die Albemarle Street hinunter, und zum erstenmal an diesem Tag hatte sie das Gefühl, einen völlig klaren Kopf zu haben.

Obwohl sie sich die Zeit gut eingeteilt hatte und ein paar Minuten zu früh ankam, war Tommy Godwin schon da. Aus einem der tiefen Clubsessel des Hotels, in dem er sich so wohl zu fühlen schien wie in seinem eigenen Wohnzimmer, winkte er ihr zu. Als sie auf ihn zuging, wurde sie sich plötzlich ihres zerzausten Haars, ihres geröteten Gesichts und ihrer absolut nicht schicken flachen Schuhe bewußt.

»Bitte, setzen Sie sich, Sergeant. Sie sehen aus, als hätten Sie sich unnötig angestrengt. Ich habe schon für Sie bestellt – ich hoffe, Sie haben nichts dagegen. So verstaubt und altmodisch das hier ist« – mit einer kurzen Geste umschloß er den Raum mit den holzgetäfelten Wänden und dem flackernden Feuer –, »der Tee ist sehr ordentlich hier.«

»Mr. Godwin, wir treffen uns hier nicht aus gesellschaftlichem Anlaß«, sagte Gemma so streng sie konnte, als sie es sich in ihrem Sessel bequem machte. »Wo sind Sie gewesen? Ich habe den ganzen Tag versucht, Sie zu erreichen.«

»Ich habe heute morgen meine Schwester in Clapham besucht. Eine ziemlich schauderhafte, aber regelmäßige familiäre Pflichtübung, die wohl den meisten von uns vertraut ist – es sei denn, man hatte das Glück, per Reagenzglas zur Welt zu kommen, und selbst das birgt Konsequenzen in sich, an die ich gar nicht denken möchte.«

Gemma versuchte sich in dem weichen Sessel aufzurichten und gerade zu sitzen. »Lassen wir doch die Spielchen, Mr. Godwin. Ich habe Fragen an Sie –«

»Können wir nicht zuerst unseren Tee trinken?« unterbrach er sie vorwurfsvoll. »Und nennen Sie mich bitte Tommy.« Er neigte sich ihr zu und sagte in vertraulichem Ton: »Dieses Hotel war das Vorbild für Agatha Christies ›At Bertram's Hotel‹, wußten Sie das, Sergeant? Ich habe den Verdacht, es hat sich seit damals kaum verändert.«

Neugierig, obwohl sie entschlossen war, sich nicht ablenken zu lassen, sah Gemma sich in dem großen Raum um. Einige der alten Damen, die in der Nähe saßen, erinnerten in der Tat an Miss Marple. Die blassen Farben ihrer Kleider – über denen sie vernünftige Strickjacken trugen – harmonierten mit den verblichenen Blau- und Violettschattierungen ihrer Haartönungen, und ihre Schuhe – vernünftig und solide bis zur Plumpheit.

Seltsam, daß Tommy Godwin an so einer Umgebung Gefallen findet, dachte sie, während sie ihn unauffällig musterte. Teures marineblaues Kaschmirjackett, blaßgraues Hemd aus feinstem Leinen, dazu eine seidene Krawatte mit diskretem Paisley Muster.

Als hätte er ihre Gedanken gelesen, bemerkte er: »Es ist dieses Vorkriegsflair, dem ich nicht widerstehen kann. Das goldene Zeitalter britischer Lebensart – von der heute nichts mehr zu spüren ist. Ich bin während des Kriegs geboren, aber selbst während meiner Kindheit waren noch Spuren dieser Kultiviertheit vorhanden. Ah, da kommt unser Tee«, sagte er, als der Kellner mit einem Tablett an ihren Tisch trat. »Zu den Brötchen habe ich Assam bestellt – ich hoffe, das ist in Ordnung – und danach zum Gebäck eine Kanne Keemun.«

In Gemmas Familie hatte man sich bei der Teezeremonie auf Tetley's Teebeutel beschränkt, die in eine Blechkanne gehängt wurden. Da sie jedoch nicht zugeben wollte, daß sie weder Assam noch Keemun je probiert hatte, griff sie auf seine vorangegangene Bemerkung zurück. »Sie glauben nur, daß die Zeit damals ideal gewesen sein muß, weil Sie nicht in ihr gelebt haben. Ich vermute, die Generation zwischen den Kriegen hat das edwardianische England als das goldene Zeitalter gesehen, und die Edwardianer dachten mit Trauer an viktorianische Zeiten zurück.«

»Das ist sicher ein gutes Argument, Verehrteste«, sagte er ernst, während er ihr Tee einschenkte, »aber es gab da einen großen Unterschied – den Ersten Weltkrieg. Sie hatten die Hölle gesehen und wußten, wie dünn das Furnier unserer Zivilisation in Wirklichkeit ist.«

Der Kellner kehrte zurück und stellte eine dreistöckige Platte auf ihren kleinen Tisch. Auf der unteren Platte waren kleine Brötchen angerichtet, in der Mitte Scones, süßes Gebäck ganz oben.

»Nehmen Sie ein Brötchen«, sagte Tommy. »Der Lachs auf Schwarzbrot ist besonders gut.«

Er trank von seinem Tee, nahm sich ein Gurkenbrötchen und fuhr in seinem Vortrag fort. »Es gehört heute zum guten Ton, Kriminalromane des goldenen Zeitalters als trivial und unrealistisch zu verdonnern, aber dieses Urteil ist nicht zutreffend. Er war ihre Festung gegen das Chaos. Die Konflikte waren persönlich und nicht global, und immer siegten Gerechtigkeit, Ordnung und Vergeltung. Sie brauchten diese beruhigende Gewißheit dringend. Wußten Sie, daß Großbritannien in den Jahren zwischen 1914 und 1918 fast ein Drittel seiner jungen Männer verloren hat? Doch dieser Krieg bedrohte uns nicht so wie der nächste – er blieb auf die europäische Front beschränkt.«

Er legte eine Pause ein, biß von seinem Gurkenbrötchen ab und kaute einen Moment, dann sagte er traurig: »Als was für eine Verschwendung muß man es angesehen haben, einen Teil der Jugend Großbritanniens geopfert zu haben, ohne mehr dafür vorweisen zu können als ein paar Zeitungsschlagzeilen und Politikerreden.« Er lächelte. »Aber in den Romanen von Christie oder Allingham oder Sayers hat der Detektiv den Verbrecher immer erwischt. Und es fällt auf, daß der Detektiv stets außerhalb des Systems arbeitete – die Geschichten drückten einen tröstlichen Glauben an die Gültigkeit individuellen Handelns aus.«

»Aber waren die Morde nicht immer sauber und blutlos?« fragte Gemma ziemlich ungeduldig.

»Einige waren ganz im Gegenteil ausgesprochen diabolisch. Christie hatte eine besondere Vorliebe für Giftmorde, und ich persönlich kann mir keine brutalere Weise vorstellen, einen Mord zu begehen.«

»Wollen Sie damit sagen, daß es Morde gibt, die nicht brutal sind?« Zum Beispiel, wenn man sein Opfer in den nächsten Fluß stößt, dachte sie, verwundert über die bizarre Wendung des Gesprächs.

»Natürlich nicht, Sergeant, ich will damit nur sagen, daß für mich ein Giftmord etwas besonders Grauenvolles ist – dieses Leiden und diese Schmach, die da ein Mensch einem anderen zufügt.«

Gemma trank von ihrem Tee. Sie ließ ihn langsam über ihre Zunge fließen und fand den vollen, malzigen Geschmack angenehm. »Ihnen ist also ein schneller, sauberer Mord lieber, Tommy?«

»Ich mag Mord weder so noch so, meine Liebe«, erwiderte er, zu ihr hinaufblickend, während er ihr Tee nachschenkte. Er machte sich über sie lustig, sie sah es am unterdrückten Gelächter in seinen Augen.

Zeit für eine kleine Dosis Realität, dachte sie und leckte sich einen Rest Mayonnaise von der Fingerspitze. »Ich selbst habe mir immer vorgestellt, daß es absolut grauenhaft sein muß, zu ertrinken. Wenn man schließlich diesem verzweifelten Bedürfnis, Luft zu holen, nachgibt und dann im Ersticken kämpft, bis man endlich von der Bewußtlosigkeit erlöst wird.«

Tommy Godwin saß reglos, die Hände entspannt auf der Tischplatte, während er ihr zuhörte. Was für schöne Hände er hat, dachte Gemma, lange schlanke Finger, makellos gepflegte Nägel. Sie konnte sich nicht vorstellen, daß er imstande war, sich wie ein gemeiner Rowdy zu prügeln, mit diesen Händen einem anderen den Hals zuzudrücken oder vielleicht einen sich wehrenden Menschen unter Wasser zu halten.

»Sie haben natürlich recht, Sergeant«, sagte er leise. »Meine Bemerkungen waren geschmacklos, aber Kriminalromane sind ein Hobby von mir.« Er nahm ein Kressebrötchen, betrachtete es einen Moment und legte es dann auf die Platte zurück. Der Blick seiner überraschend dunkelblauen Augen, als er sie ansah, war ohne Falsch. »Glauben Sie, daß Connor gelitten hat?«

»Das wissen wir nicht. Der Pathologe fand keine Anzeichen dafür, daß er Flußwasser in seine Lungen aufgenommen hatte, aber das schließt die Möglichkeit nicht aus.« Sie schwieg einen Moment, dann fügte sie hinzu: »Ich hatte gehofft, Sie könnten mir das sagen.«

Er riß die Augen auf. »Aber Sergeant! Sie werden doch nicht glauben —«

»Sie haben mich belogen, als Sie mir erzählten, Sie wären an dem Abend in der Oper gewesen. Eine der Platzanweiserinnen hat Sie kurz vor Ende der Vorstellung von der Straße hereinkommen sehen. Und ich habe einen Zeugen, der Sie in einem Pub in Wargrave gesehen hat, wo Sie beim Abendessen ein nicht allzu freundliches Gespräch mit Connor Swann führten«, sagte sie mit Nachdruck.

Zum erstenmal, seit sie ihm begegnet war, schien Tommy Godwin um Worte verlegen. Sie betrachtete sein stilles Gesicht und sah, daß seine Attraktivität weniger auf seinem Aussehen beruhte, als auf der Lebendigkeit seiner Züge, diesem Ausdruck wacher, humorvoller Wißbegier.

Schließlich seufzte er und schob seinen leeren Teller weg. »Ich hätte wissen müssen, daß es keinen Sinn hat. Schon als Kind konnte ich nicht lügen. Ich hatte eigentlich vor, an dem Abend die Vorstellung zu besuchen – soweit ist meine Geschichte immerhin richtig. Aber dann hatte ich eine dringende Nachricht von Connor auf meinem Anrufbeantworter. Er sagte, er müßte mich unbedingt sprechen. Ich vermute, er war auf der Suche nach mir, als er an dem Nachmittag ins Theater kam.«

»Und er bat Sie, ihn im *Red Lion* zu treffen?«

Tommy nickte, doch ehe er etwas sagen konnte, trat der Kellner mit ihrer zweiten Kanne Tee an den Tisch. Er nahm die Kanne und sagte: »Sie müssen den Keemun probieren, Sergeant. Was möchten Sie dazu haben?«

Gemma schüttelte den Kopf.

»Bitte, Sergeant«, beharrte er, »nehmen Sie etwas. Es sollte eine besondere Überraschung für Sie sein – ich dachte mir, daß hart arbeitende Polizeibeamtinnen wahrscheinlich kaum Gelegenheit haben, nachmittags in aller Ruhe Tee zu trinken.«

Sie hörte wieder Alisons Worte. Ganz gleich, was Tommy Godwin sonst getan haben mochte, sie konnte diese Freundlichkeit nicht einfach zurückweisen. »Gut, dann hätte ich gern ein *Scone*.«

Nachdem er auch sich selbst ein Stück Gebäck genommen hatte, schenkte er ihr aus der neuen Kanne ein. »Kosten Sie. Sie können natürlich Milch nehmen, wenn Sie das gern haben, aber ich würde davon abraten.«

Gemma probierte von ihrem Tee und blickte dann überrascht auf. »Der ist ja süß.«

Er machte ein erfreutes Gesicht. »Schmeckt er Ihnen? Es ist ein nordchinesischer Congou. Einer der besten chinesischen Schwarztees meiner Meinung nach.«

»Erzählen Sie mir von Ihrem Gespräch mit Connor«, sagte Gemma, während sie Erdbeermarmelade und dicke Sahne auf ihr *Scone* gab.

»Da gibt es eigentlich nicht viel zu erzählen. Ich habe mich, wie Sie schon sagten, im *Red Lion* mit ihm getroffen. Er benahm sich von Anfang an sehr merkwürdig. Ich hatte ihn nie so erlebt, obwohl ich Geschichten über die Zeit nach seiner Trennung von Julia gehört hatte. Er hatte getrunken, aber ich glaube nicht so viel, daß das eine Erklärung für sein Verhalten gewesen wäre. Es war – ich weiß auch nicht –, es hatte beinahe etwas Hysterisches.«

»Und warum wollte er Sie sehen?«

Godwin spülte einen Bissen *Scone* mit Tee hinunter. »Das hab ich bald genug erfahren. Er sagte, er wolle seine alte Stellung wiederhaben – er hätte genug davon, sich mit kleinstädtischen Pipikunden abzugeben, und er bat mich, für ihn zu vermitteln.«

»Hätten Sie das denn tun können?« fragte Gemma einigermaßen verwundert.

»Nun ja, ich denke schon. Ich kenne den Seniorpartner der Firma seit Jahren. Ich war derjenige, der ihm den Tip gegeben hat, sich den ENO-Werbeetat zu sichern.« Über den Rand seiner Tasse, die er in beiden Händen vor sich hielt, sah er Gemma an. »Tja, leider können wir die Konsequenzen unserer Handlungen nicht immer voraussehen. Hätte ich das nicht getan, so hätte Connor Gerald und Caro nie kennengelernt und natürlich auch Julia nicht.«

»Aber Sie haben Connor Swanns Bitte abgelehnt.«

»Ganz höflich zunächst. Ich habe ihm erklärt, daß es auch um meinen Ruf ginge, wenn ich ihn empfehlen würde, und daß ich das angesichts seines früheren Verhaltens nicht riskieren könnte. Die Wahrheit ist«, fügte er hinzu, ohne Gemma anzusehen, »daß ich ihn nie gemocht habe. Nicht gerade sehr diplomatisch, das zu sagen, wenn man eines Verbrechens verdächtigt wird, nicht wahr, Sergeant?« Er lächelte mit leichtem Spott, ehe er nachdenklich sagte: »Ich kann mich noch lebhaft an den Hochzeitstag der beiden erinnern. Es war im Juni, im Garten des Hauses von Julias Eltern – Sie haben ihn sicher nicht gesehen, aber um diese Jahreszeit ist er sehr schön. Alles Plummy zu verdanken, obwohl Julia ihr eine Menge geholfen hat, wenn sie Zeit hatte.

Alle sagten damals, Julia und Connor seien wie füreinander geschaffen, und ich muß zugeben, sie waren wirklich ein schönes Paar, aber trotzdem – ich sah nur Desaster, wenn ich sie mir angeschaut habe. Sie haben überhaupt nicht zueinander gepaßt.«

»Bitte, bleiben Sie bei der Sache, Tommy«, sagte Gemma und fragte sich, wie sie ihm den Ernst der Situation mit einem Mund voll Marmeladenscone klarmachen wollte.

Er seufzte. »Es kam zum Streit. Er fing an, mich zu beschimpfen, es wurde immer schlimmer, bis ich schließlich sagte, ich hätte genug davon. Dann bin ich gegangen. Das war alles.«

Gemma schob ihren Teller weg und beugte sich über den Tisch. »Das war nicht alles, Tommy. Kurz nachdem Sie und Connor das Pub verlassen hatten, ist der Barkeeper hinausgegangen, um frische Luft zu schnappen. Er hat uns erzählt, daß er Sie beide unten am Fluß bei Handgreiflichkeiten beobachtet hat.«

Obwohl sie es nicht für möglich gehalten hätte, daß ein Mann von Tommy Godwins weltmännischer Gewandtheit und Erfahrung überhaupt erröten konnte, hatte sie den Eindruck, daß sein Gesicht sich rosig färbte vor Verlegenheit.

Er wich ihrem forschenden Blick aus und schwieg. Schließlich jedoch sagte er: »Ich habe so etwas seit meiner Schulzeit nicht mehr getan, und selbst damals fand ich jede Form körperlicher Gewalt würdelos und unzivilisiert. Es war zwar die allgemein akzeptierte Ansicht, daß man sich in der Welt durchboxen müßte, um etwas zu erreichen, aber ich habe mich schon damals ganz bewußt entschieden, mein Leben anders zu führen. Natürlich drückte man mir prompt das Etikett des Feiglings und des Schwulen auf«, fügte er mit einem Anflug des alten gewinnenden Lächelns hinzu, »aber damit konnte ich leben. Nicht leben konnte ich mit dem Gedanken, meine Prinzipien aufzugeben.

Als ich mich plötzlich in eine Art Schuljungenrangelei mit Connor verwickelt sah, habe ich darum einfach aufgehört und bin gegangen.«

»Und das hat er zugelassen?«

Tommy nickte. »Ich glaube, da war ihm selbst schon der Dampf ausgegangen.«

»Hatten Sie Ihren Wagen auf dem Kiesplatz am Fluß abgestellt?«

»Nein, ich hatte einen Parkplatz auf der Straße gefunden, nicht allzuweit vom Pub entfernt. Bestimmt hat jemand meinen Wagen gesehen«, fügte er hoffnungsvoll hinzu. »Es ist ein Jaguar, rot, ziemlich auffallend.«

»Und was haben Sie getan, als Sie wieder bei Ihrem Wagen waren?«

»Ich bin nach London zurückgefahren. Das unerfreuliche Gespräch mit Connor hatte mir gründlich den Abend verdorben, außerdem hatte ich das Gefühl, von ihm zum Narren gehalten worden zu sein. Ich beschloß, wenigstens den letzten Rest meiner ursprünglichen Pläne für den Abend zu retten.«

»Ganze fünf Minuten?« fragte Gemma skeptisch.

Er lächelte. »Nun, ich hab mein Bestes getan.«

»Und Sie haben Sir Gerald nicht nur in seiner Garderobe aufgesucht, um sich ein Alibi zu sichern?«

Geduldig sagte er: »Ich wollte ihm gratulieren, Sergeant. Das habe ich Ihnen doch schon gesagt.«

»Obwohl Sie die Vorstellung gar nicht gesehen hatten?«

»Die Reaktion des Publikums hat mir gezeigt, daß sie besonders gut gewesen war.«

Sie blickte ihm forschend ins Gesicht, und er erwiderte ruhig ihren Blick. »Sie haben recht, Tommy«, sagte sie schließlich. »Sie sind wirklich ein schlechter Lügner. Ich nehme an, nach dem Theater sind Sie direkt nach Hause gefahren?«

»Das ist richtig, ja.«

»Kann das jemand bestätigen?«

»Nein, leider nicht. Und da ich meinen Wagen hinter dem Haus geparkt habe und dann mit dem Lieferantenaufzug hinaufgefahren bin, hat mich auch kein Mensch gesehen. Tut mir wirklich leid«, sagte er, als bedaure er es, sie zu enttäuschen.

»Ja, mir tut es auch leid, Tommy.« Gemma seufzte. Sie fühlte sich plötzlich müde. »Sie könnten Connor Swanns Leiche im Kofferraum Ihres Wagens verstaut haben, nach der Vorstellung nach Hambleden gefahren sein und sie dort in den Fluß geworfen haben.«

»Im Ernst? Das ist ja wirklich sehr phantasievoll.« Godwin zeigte Erheiterung.

Gereizt sagte sie: »Ihnen ist klar, daß wir Ihren Wagen beschlagnahmen müssen, damit die Spurensicherung ihn untersuchen kann. Und wir werden auch Ihre Wohnung durchsuchen müssen. Außerdem müssen Sie jetzt mit mir zum Yard fahren, damit wir Ihre Aussage zu Protokoll nehmen können.«

Er hob die Teekanne aus zartem Porzellan und lächelte. »Dann trinken Sie jetzt wohl am besten Ihren Tee aus, Verehrteste.«

12

Das Mittagessen mit Makepeace verbesserte Kincaids Stimmung ganz erheblich. Als die beiden Männer aus dem düsteren Pub in der Nähe der Polizeidienststelle High Wycombe auf die Straße traten, zwinkerten sie verblüfft.

»Das ist aber eine Überraschung«, sagte Makepeace und hielt sein Gesicht in die Sonne. »Nur wird es wohl leider nicht lang anhalten – der Wetterbericht hat starke Regengüsse angesagt.«

Nach diesem langen Morgen am Schreibtisch, dachte Kincaid, als er die schwache Wärme der Sonne auf seinem Gesicht fühlte, ist jetzt ein Spaziergang das Richtige. »Die paar Sonnenstrahlen werd ich ausnützen«, sagte er zu Makepeace, als sie vor der Dienststelle standen. »Sie können mich ja erreichen, wenn sich etwas tun sollte.«

»So ein Glück möcht ich auch haben«, antwortete Makepeace gutmütig. »Aber ich muß zurück in die Tretmühle.« Er winkte Kincaid kurz zu und verschwand hinter der Glastür.

Kincaid fuhr das kurze Stück von High Wycombe nach Fingest mit dem Auto. Als er das Dorf erreichte, zögerte er einen Moment, ehe er auf den Parkplatz des Pubs fuhr. Das Pfarrhaus sah zwar in der Nachmittagssonne sehr einladend aus, und der Pastor kannte hier gewiß jeden Weg und Steg, doch er fürchtete, er könnte sich dazu verleiten lassen, den ganzen Nachmittag beim gemütlichen Plausch mit dem Pastor in seinem Arbeitszimmer zu verbringen.

Tony erwies sich schließlich in der Frage örtlicher Spazierwege so hilfreich und entgegenkommend wie in allem anderen bisher. »Ich hab genau das Richtige für Sie«, sagte er und holte ein zerfleddertes Buch unter dem Tresen hervor. »Eine Pubwanderung. Dreieinhalb Meilen, ist das zuviel für Sie?« Er musterte Kincaid mit taxierendem Blick.

»Ich glaube, das schaffe ich gerade noch«, erwiderte Kincaid lächelnd.

»Fingest, Skirmett, Turville und dann zurück nach Fingest. Jedes Dorf liegt in seinem eigenen Tal, aber auf dieser Wanderung werden die steilsten Steigungen vermieden. Ein bißchen matschig könnte es allerdings schon werden.«

»Vielen Dank, Tony. Ich verspreche Ihnen, den Matsch nicht ins Haus zu tragen. Ich geh nur rasch hinauf und zieh mich um.«

»Nehmen Sie meinen Kompaß«, rief Tony ihm nach. Er hielt das Gerät hoch, als hätte er es wie ein Zauberkünstler aus dem Ärmel geschüttelt. »Den kann man immer gebrauchen.«

Auf der Höhe des ersten langen Anstiegs hatte ein freundlicher Mensch eine Bank aufgestellt, auf der der außer Atem geratene Wanderer sich niederlassen und die Aussicht genießen konnte. Kincaid machte von dem Angebot nur kurzen Gebrauch, dann marschierte er weiter, durch Wälder und Wiesen und Felder. Anfangs beschäftigte ihn der kurze geschichtliche Überblick, den der Pastor ihm gegeben hatte, und er dachte beim Gehen an die Kelten, Römer, Sachsen und Normannen, die sich nacheinander in diesen Hügeln angesiedelt und alle dieser Landschaft ihren besonderen Stempel aufgedrückt hatten.

Aber nach einer Weile begannen frische Luft, Bewegung und Einsamkeit zu wirken, und mit freiem Kopf konnte er zu der Frage von Connor Swanns Tod zurückkehren, die Tatsachen und Impressionen sichten, die er bisher gesammelt hatte. Der pathologische Befund ließ es als höchst unwahrscheinlich erscheinen, daß Tommy Godwin Connor Swann draußen vor dem *Red Lion* in Wargrave getötet hatte. Es war natürlich möglich, daß er Connor zunächst bewußtlos geschlagen und ihn zwei Stunden später getötet hatte, nachdem er aus London zurückgekehrt war – aber Kincaid konnte sich so wenig wie Gemma vorstellen, wie die Leiche später vom Auto zur Schleuse gebracht worden sein sollte.

Dr. Winsteads Bericht bedeutete ferner, daß auch Julia während ihrer kurzen Abwesenheit von der Galerie Connor nicht getötet haben konnte, und Davids Aussage, derzufolge Connor bis mindestens zehn Uhr in Wargrave gewesen war, bewies, daß sie ihn unmöglich am Fluß getroffen haben konnte, um ein späteres Zusammentreffen mit ihm zu vereinbaren. Kincaid drängte die Erleichterung zurück, die diese Schlußfolgerung ihm brachte, und zwang sich, die nächste Möglichkeit in Betracht zu ziehen – daß sie sich viel später mit Connor getroffen hatte und Trevor Simons log, um sie zu decken.

Er war so vertieft in seine Gedanken, daß er den Kuhfladen erst sah, als er schon hineingepatscht war. Fluchend wischte er den Tennisschuh so gut es ging im Gras ab. Mit dem Motiv war es ähnlich, dachte er, als er achtsamer weitermarschierte – man sah es manchmal erst, wenn man praktisch hineinstolperte. Sosehr er sich bemühte, es fiel ihm kein plausibler Grund ein, weshalb Julia ihren Mann hätte töten sollen; er glaubte auch nicht, daß sie, nachdem sie an diesem Tag bereits einen Streit mit ihm gehabt hatte, zu einer Verabredung mit ihm bereit gewesen wäre.

War dieser Streit mit Julia nach dem Mittagessen der Auslöser von Connors zunehmend seltsamem Verhalten an diesem Tag gewesen? Nein, eigentlich war Connor erst sichtbar vom erwarteten Muster abgewichen, nachdem er sich von Kenneth Hicks getrennt hatte. Und damit war Kincaid wieder bei Kenneth Hicks – wo hatte Hicks den Donnerstag abend verbracht, und warum hatten die Fragen nach seinem Tun ihn veranlaßt, nach anfänglicher, wenn auch widerstrebender Kooperation plötzlich beharrlich zu schweigen? Er sah Hicks vor sich, in seine teure Lederjacke verkrochen, als wäre sie eine Rüstung, und ihm fiel die Zeugin ein, von der Makepeace gesprochen hatte. ›Ein Junge in Ledermontur‹, hatte sie gesagt ... Hicks war schmächtig und nicht größer als eins siebzig. Neben Connor hätte man ihn leicht für einen Jungen halten können. Auf jeden Fall war dies eine Möglichkeit, der nachzugehen sich lohnte.

Wälder schlossen ihn wieder ein, als er Skirmett hinter sich ließ. Er schritt durch eine schattige, geräuschlose Welt, in der der Klang seiner Schritte vom welken Laub auf dem Boden aufgesogen wurde. Nicht einmal Vogelgezwitscher durchbrach die Stille, und als er stehenblieb, weil er in der Ferne ein Reh gesehen zu haben glaubte, hörte er das Rauschen seines Bluts in seinen Ohren.

Er setzte sich wieder in Bewegung und verlor sich gleich wieder in seinen Spekulationen. Wenn Connor Swann nach seinem Streit mit Tommy Godwin vom *Red Lion* weggefahren war, wohin dann? Sharon Doyle kam ihm in den Sinn – sie war genau wie Kenneth Hicks aggressiv geworden, als Kincaid sie danach gefragt hatte, was sie später in jenem Abend getan hatte.

Als er bei Turville aus dem Wald heraustrat, blickte er nach Nordwesten, in Richtung Northend, zu der Anhöhe, auf der unter dem dunklen Laubdach der Buchen verborgen das Haus der Ashertons stand. Was hatte Julia in dieses Haus zurückgezogen? An der Abzweigung nach Northend blieb er stirnrunzelnd stehen. Ein roter Faden zog sich durch diesen Fall, den er nicht recht zu fassen bekam – immer, wenn er glaubte zupacken zu können, entzog er sich ihm, ähnlich wie es einem ergeht, wenn man die Ranke einer Unterwasserpflanze zu erhaschen sucht.

Inmitten der geduckten kleinen Häuser von Turville lockte das *Bull and Butcher*, doch Kincaid widerstand der Versuchung eines kühlen Biers und marschierte weiter, in die Felder hinaus. Bald gelangte er auf die Straße, die nach Fingest führte. Die Sonne war hinter den Wipfeln der Bäume verschwunden, und ihr Licht fiel schräg, von Blättern und Zweigen gebrochen, zwischen den Stämmen hindurch.

Als der nun schon vertraute Turm der Kirche von Fingest in Sicht kam, hatte Kincaid zwei Entschlüsse gefaßt. Er würde die Kollegen von Thames Valley bitten, Kenneth Hicks vorzuführen, dann würde man sehen, wie lange seine dreiste Störrischkeit in einem amtlichen Vernehmungszimmer vorhielt.

Und er würde noch einmal mit Sharon Doyle sprechen.

Als Kincaid ins *Chequers* zurückkam, mit Matsch an den Schuhen, wie Tony prophezeit hatte, und angenehm müde von seiner Wanderung, hatte Gemma noch nichts von sich hören lassen. Er rief im Yard an und hinterließ beim diensthabenden Beamten eine Nachricht für sie. Sobald sie in London fertig sei, solle sie wieder zu ihm nach Fingest kommen. Er wollte sie bei seinem Gespräch mit Hicks dabeihaben. Und in Anbetracht von Hicks' offensichtlicher Abneigung gegen Frauen, dachte Kincaid mit einem Lächeln, würde es sich vielleicht lohnen, sie das Gespräch führen zu lassen.

In Henley ließ Kincaid seinen Wagen in der Nähe der Polizeidienststelle stehen und ging zu Fuß die Hart Street hinunter, immer den Turm der Marienkirche vor Augen, die trutzig und stolz den Mittelpunkt des Ortes bildete. Die Church Avenue lag halb versteckt im Schatten ihres Turms, an den Friedhof angrenzend. Ein Schild, das in das Mauerwerk eingelassen war, besagte, daß die Reihe von Armenhäusern 1547 von John Longland, Bischof von Lincoln, gestiftet und 1830 wieder erbaut worden war.

Die Häuschen waren unerwartet hübsch, mit blaßgrün gestrichenen Mauern und leuchtendblauen Türen. Spitzenvorhänge hingen in jedem Fenster. Kincaid klopfte an der Tür mit der Nummer, die Sharon Doyle ihm angegeben hatte. Von drinnen waren die Geräusche eines Fernsehapparats zu hören und schwach die Stimme eines Kindes.

Er hatte gerade die Hand erhoben, um noch einmal zu klopfen, als Sharon die Tür öffnete. Wären nicht die leuchtendblonden Locken gewesen, er hätte sie kaum wiedererkannt. Sie war nicht geschminkt, nicht einmal ihre Lippen waren gefärbt, und ihr nacktes Gesicht wirkte jung und verletzlich. Statt der aufgedonnerten Klamotten hatte sie ein verwaschenes Sweatshirt an, Jeans und schmutzige Tennisschuhe, und in den wenigen Tagen, seit er sie zuletzt gesehen hatte, schien sie sichtlich dünner geworden zu sein. Zu seiner Überraschung schien sie auch rührend erfreut zu sein, ihn zu sehen.

»Superintendent! Was tun Sie denn hier?« Mit verschmiertem Mund und zerzaustem Haar schob sich das Kind, das Kincaid von dem Foto kannte, neben Sharon und hängte sich an das Bein seiner Mutter.

»Hallo, Hayley«, sagte Kincaid in die Hocke gehend. Er blickte zu Sharon hinauf und fügte hinzu: »Ich wollte mal sehen, wie es Ihnen geht.«

»Ach, kommen Sie doch herein«, sagte sie und trat zur Seite, etwas behindert von dem Kind, das sich fest an ihr Bein klammerte. »Hayley war gerade beim Essen, stimmt's, Schatz? In der Küche, mit Grannie.«

Jetzt, da sie Kincaid ins Wohnzimmer geführt hatte, schien sie nicht zu wissen, was sie mit ihm anfangen wollte, stand nur da und streichelte das Lockengewirr des Kindes.

Kincaid sah sich mit Interesse in dem kleinen Raum um. Spitzendeckchen und dunkle Möbel, Lampenschirme mit Fransen und ein Geruch nach Lavendelwachs, alles so sauber und ordentlich wie in einem Museum. Das Geräusch des Fernsehgeräts war nur wenig lauter als von draußen, die Innenwände des Hauses waren offenbar stabil gebaut.

»Gran hat den Fernseher gern in der Küche«, bemerkte Sharon. »Da sitzt man gemütlicher, gleich beim Kamin.«

Dieses kleine Wohnzimmer hätte der Schauplatz einer Liebesgeschichte aus lang vergangener Zeit sein können, dachte Kincaid. Er sah sie vor sich, die beiden jungen Liebenden, wie sie steif auf den steifen Stühlen saßen, dann fiel ihm ein, daß diese Häuser ja für alte Wohlfahrtsempfänger gebaut worden waren. Er fragte sich, ob Connor je hierhergekommen war.

Diplomatisch sagte er: »Wenn Hayley jetzt wieder zu ihrer Grannie gehen will, um fertig zu essen, könnten wir beide vielleicht ein paar Schritte hinausgehen und uns unterhalten.«

Sharon warf ihm einen dankbaren Blick zu und neigte sich zu ihrer Tochter hinunter. »Hast du gehört, was der Superintendent gesagt hat, Schatz? Er möchte gern mal mit mir reden. Gehst du inzwischen wieder zu Grannie, ja? Wenn du alles aufißt, kannst du hinterher auch ein Plätzchen haben«, fügte sie überredend hinzu.

Hayley musterte ihre Mutter, als wollte sie die Aufrichtigkeit dieses Angebots ergründen.

»Ich versprech es dir«, sagte Sharon, drehte sie herum und gab ihr einen Klaps auf den Po. »Na komm, geh schon. Sag Gran, daß ich gleich komme.« Sie wartete, bis das kleine Mädchen in der Küche verschwunden war, dann sagte sie zu Kincaid: »Ich hol mir nur eine Jacke.«

Die Jacke erwies sich als eine braune Herrenstrickjacke, abgetragen und nicht ohne einige Mottenlöcher. Sie erinnerte Kincaid ironischerweise an die, die Sir Gerald Asherton bei ihrer ersten Begegnung getragen hatte.

Als Sharon Kincaids Blick sah, lächelte sie und sagte: »Die hat meinem Großvater gehört. Gran hat sie aufgehoben. Nur so fürs Haus.« Als sie Kincaid nach draußen folgte, fügte sie hinzu: »Eigentlich ist sie meine Urgroßmutter, meine richtige Großmutter hab ich nie gekannt. Sie ist bei der Geburt meiner Mutter gestorben.« Die Sonne war in den wenigen Minuten, die Kincaid im Haus verbracht hatte, untergegangen, doch im abendlichen Zwielicht wirkte der Friedhof noch einladender. Sie gingen zu einer Bank, und als sie sich setzten, sagte Kincaid: »Ist Hayley immer so schüchtern?«

»Im Gegenteil, von dem Tag an, als sie die ersten Worte sprechen konnte, hat sie immer geplappert wie ein kleiner Papagei, auch mit Fremden.« Sharons Hände lagen locker in ihrem Schoß, so still, daß man hätte meinen können, sie gehörten nicht zu ihrem Körper. »Erst seit ich ihr das von Con gesagt hab, ist sie so geworden.« Sie sah hilfesuchend zu Kincaid auf. »Ich mußte es ihr doch sagen, oder nicht, Mr. Kincaid? Ich konnte sie doch nicht glauben lassen, er wär einfach abgehauen. Ich konnte sie nicht glauben lassen, daß er sich nichts aus uns gemacht hat.«

Kincaid bedachte die Frage sorgfältig, ehe er antwortete. »Ich glaube, Sie haben das Richtige getan, Sharon. Auf lange Sicht ist es immer besser, die Wahrheit zu sagen. Kinder spüren es, wenn man lügt, und wenn Sie Hayley belogen hätten, dann müßte sie jetzt nicht nur mit dem Verlust fertig werden, sondern auch mit dem Verrat.«

Sharon hörte ihm aufmerksam zu und nickte einmal kurz, als er geendet hatte. Einen Moment lang sah sie auf ihre Hände nieder. »Jetzt möchte sie wissen, warum wir ihn nicht sehen können. Meine Tante Pearl ist letztes Jahr gestorben, und da hat Gran sie vor der Beerdigung ins Leichenschauhaus mitgenommen.«

»Was haben Sie ihr gesagt?«

Mit einem Achselzucken erwiderte Sharon: »Daß jeder seinen eigenen Brauch hat. Was hätt ich denn sonst sagen sollen?«

»Ich könnte mir denken, sie will einen konkreten Beweis dafür, daß Con wirklich tot ist. Vielleicht könnten Sie hinterher einmal mit ihr zu seinem Grab gehen.« Er wies auf die Gräber, die so ordentlich im grünen Gras des Friedhofs angeordnet waren. »Das ist ihr doch sicher vertraut.«

Sie schob krampfhaft ihre Hände zusammen. »Ich kann mit keinem Menschen darüber reden, wissen Sie. Gran will nichts davon hören – sie war sowieso dagegen –«

»Warum das?« fragte Kincaid, überrascht, daß die Frau diese Beziehung nicht als Chance für ihre Urenkelin gesehen hatte.

»Vor dem Herrn ist eine Ehe eine Ehe«, ahmte Sharon ihre Urgroßmutter nach, und Kincaid hatte plötzlich ein klares Bild der alten Frau. »Gran hat sehr feste Überzeugungen. Für sie hat es keinen Unterschied gemacht, daß Con nicht mehr mit seiner Frau zusammengelebt hat. Sie hat gesagt, solange Con verheiratet sei, hätte ich keinerlei Rechte. Und jetzt zeigt sich ja, daß sie gewußt hat, wovon sie redet, nicht wahr?«

»Aber Sie haben doch sicher Freundinnen, mit denen Sie sprechen können«, meinte Kincaid, der auf die letzte Frage keine tröstliche Antwort wußte.

»Die wollen auch nichts davon wissen. Man könnt meinen, ich wär eine Aussätzige – die tun so, als hätten sie Angst, sie könnten sich bei mir anstecken.« Sharon schniefte und sagte leiser: »Ich will sowieso nicht mit ihnen über Con reden. Das, was war, war nur zwischen uns, und so soll's auch bleiben.«

»Ja, das kann ich verstehen.«

Ein paar Minuten saßen sie schweigend nebeneinander. In den kleinen Häusern gegenüber gingen die ersten Lichter an. Schattenhafte Gestalten bewegten sich hinter den Spitzenvorhängen, und hier und dort trat eine alte Frau aus der Tür, um die Milchflaschen hinauszustellen oder einen vergessenen Gegenstand hereinzuholen. Kincaid mußte an die Uhren denken, bei denen mit jedem Stundenschlag ein Figürchen aus dem Gehäuse tritt. Er sah die junge Frau an, die mit gesenktem Kopf neben ihm saß. »Ich sehe zu, daß Sie Ihre Sachen zurückbekommen, Sharon. Mrs. Swann möchte das auch.«

Ihre Reaktion überraschte ihn. »Das, was ich da neulich abend gesagt ... Ich hab inzwischen Zeit zum Nachdenken gehabt.« Im schwindenden Licht sah er flüchtig den Glanz ihrer Augen, ehe sie wieder von ihm wegschaute. »Was ich da gesagt hab, war nicht in Ordnung. Sie wissen schon. Über sie ...«

»Sie meinen, als Sie sagten, Julia hätte Connor getötet?«

Sie nickte. »Ich weiß nicht, warum ich das gesagt hab. Ich wollte wahrscheinlich einfach irgend jemandem weh tun.« Nach einer kurzen Pause sagte sie in einem Ton, als hätte sie eine ganz neue Entdeckung gemacht: »Ich glaube, ich wollte unbedingt glauben, daß sie wirklich so gemein ist, wie Con gesagt hat. Das hat mir gutgetan. Da hab ich mich sicherer gefühlt.«

»Und jetzt?« fragte Kincaid. Als sie nicht antwortete, sagte er: »Sie hatten keinen Grund zu diesen Beschuldigungen? Con hat nie etwas gesagt, das Ihnen Anlaß gab zu glauben, Julia habe ihm gedroht?«

Sie schüttelte den Kopf und sagte so leise, daß er sich zu ihr hinunterneigen mußte, um sie zu hören: »Nein.« Sie roch nach Kernseife, und die gute, saubere Alltäglichkeit dieses Geruchs weckte plötzliche Wehmut in ihm.

Das Zwielicht begann sich zu verdunkeln, und hinter einigen der Fenster gegenüber war das bläulich flackernde Licht von Fernsehapparaten zu sehen. Kincaid stellte sich vor, daß die Alten dort drüben, lauter Frauen, soweit er gesehen hatte, jetzt schon ihr Abendessen einnahmen, damit sie es sich dann ungestört, isoliert von sich selbst und voneinander vor der Flimmerkiste bequem machen konnten. Es fröstelte ihn innerlich bei dem Gedanken, und er mußte eine plötzliche Anwandlung von Melancholie abschütteln. Aber warum sollte er ihnen ihr einsames Vergnügen verübeln?

Sharon richtete sich ein wenig auf und zog ihre Strickjacke enger um sich. Sich die Hände reibend, um sie zu wärmen, wandte er sich ihr zu und sagte: »Eines noch, Sharon, und dann gehen Sie lieber wieder hinein, ehe Sie sich erkälten. Wir haben einen Zeugen, der sicher ist, Connor an dem fraglichen Abend im *Red Lion* in Wargrave gesehen zu haben. Nachdem er bei Ihnen weggegangen war. Connor traf sich mit einem Mann, auf den die Beschreibung von Tommy Godwin paßt, einem alten Freund der Ashertons. Kennen Sie ihn, oder hat Con je von ihm gesprochen?«

Sie schwieg lange. Er konnte das Rattern ihrer Gedanken förmlich hören und meinte, wenn er nur genau genug hinsähe, würde er ihre in angestrengtem Nachdenken gekrauste Stirn sehen.

»Nein«, sagte sie schließlich, »der Name ist mir unbekannt.« Sie drehte sich nach ihm herum. »Haben sie – haben sie gestritten?«

»Dem Zeugen zufolge war es keine besonders freundliche Unterhaltung. Warum?«

Sie führte ihre Hand zum Mund und begann am Nagel ihres Zeigefingers zu kauen. Nägelkauen war eine Form der Selbstverstümmelung, die bei Kincaid stets Abscheu hervorrief. Er wartete, die Hände gefaltet, um sich daran zu hindern, ihr die Hand vom Mund wegzureißen.

»Ich hab gedacht, ich hätte ihn wütend gemacht«, sagte sie. »Er ist an dem Abend noch mal zurückgekommen. Er hat sich überhaupt nicht gefreut, mich zu sehen – er wollte nur wissen, warum ich nicht zu Gran gegangen war, wie ich gesagt hatte.« Sie berührte Kincaids Ärmel. »Deshalb hab ich das vorher nicht erzählt. Ich bin mir so blöd vorgekommen.«

Kincaid tätschelte ihre Hand. »Und warum waren Sie nicht heimgegangen?«

»Ach, ich bin schon nach Hause gegangen, aber Gran und ihre Freundinnen haben eher mit dem Bridge aufgehört – eine von ihnen hat sich nicht wohl gefühlt. Da bin ich wieder zu Con gegangen. Es hat mir leid getan, daß ich vorher so beleidigt abgedampft war. Ich hab gedacht, er würde sich freuen, mich zu sehen, und wir könnten –« Sie schluckte, unfähig fortzufahren. Doch was sie gehofft hatte, war Kincaid auch so klar.

»War er betrunken?«

»Er hatte was getrunken, ja, aber richtig betrunken war er nicht.«

»Und er hat Ihnen nicht gesagt, wo er gewesen war und mit wem?«

Sharon schüttelte den Kopf. »Er hat nur gesagt ›Was tust du denn hier?‹, und dann ist er an mir vorbeigegangen, als wär ich ein Möbelstück oder so was.«

»Und weiter? Erzählen Sie mir alle Einzelheiten, alles, woran Sie sich erinnern können.«

Sie schloß die Augen und überlegte einen Moment, dann begann sie gehorsam: »Er ist in die Küche und hat sich was zu trinken gemacht —«

»Nicht an den Barwagen?« fragte Kincaid, der sich des Sortiments von Flaschen auf dem Servierwagen im Wohnzimmer erinnerte.

»Ach, der war nur für die Gäste da. Con hat Whisky getrunken und hatte immer eine Flasche in der Küche stehen. Auf der Arbeitsplatte«, sagte sie und fuhr dann langsamer fort: »Dann ist er wieder ins Wohnzimmer gekommen, und mir ist aufgefallen, daß er sich dauernd den Hals gerieben hat. ›Alles in Ordnung?‹ hab ich ihn gefragt. ›Geht's dir nicht gut?‹ Aber er hat mir gar nicht geantwortet. Er ist nach oben gegangen, in sein Arbeitszimmer, und hat die Tür zugemacht.«

»Sind Sie ihm gefolgt?« fragte Kincaid, als sie nicht weitersprach.

»Ich hab nicht gewußt, was ich tun soll. Ich wollte gerade raufgehen, da hab ich ihn oben reden hören – er hatte anscheinend jemanden angerufen.« Sie sah Kincaid an, und selbst im trüben Widerschein der Straßenlampen konnte er sehen, wie sehr sie sich quälte. »Er hat gelacht. Das ist es, was ich nicht verstehen konnte. Wieso konnte er lachen, wo er doch zu mir kaum ein Wort gesagt hatte?

Als er wieder runtergekommen ist, hat er gesagt: ›Ich geh jetzt noch mal weg, Shar. Sperr ab, wenn du gehst.‹ Ich war inzwischen unheimlich wütend, das können Sie sich wahrscheinlich denken. Ich hab ihm gesagt, er kann seine verdammte Tür selber zuschließen, ich hätte keine Lust, mich von ihm wie ein kleines Flittchen behandeln zu lassen. Ich hab gesagt, wenn er mich sehen wollte, könnt er mich ja anrufen, und dann würd ich's mir überlegen, falls ich nicht gerade was Bessres vorhätte.«

»Und was hat Connor darauf gesagt?«

»Er hat nur dagestanden und mich angestarrt, als hätt er kein Wort gehört.«

Kincaid, der Sharon in Wut erlebt hatte, dachte, daß Connor in der Tat mit seinen Gedanken ganz woanders gewesen sein mußte. »Und sind Sie dann gegangen?«

»Klar, mußte ich ja, oder? Was hätt ich denn sonst tun sollen?«

»Natürlich, die Szene verlangte einen großen Abgang«, sagte Kincaid lächelnd.

Sharon erwiderte das Lächeln ein wenig widerstrebend. »Ich hab die Tür mit solcher Wucht zugeknallt, daß ich mir den Nagel abgebrochen hab. Das hat vielleicht weh getan.«

»Sie haben also nicht selbst gesehen, wie er weggegangen ist?«

»Nein. Ich hab noch einen Moment rumgestanden. Wahrscheinlich hab ich gehofft, er würde nachkommen und sagen, es täte ihm leid. Schön blöd«, fügte sie bitter hinzu.

»Nein, das war gar nicht blöd. Sie hatten ja keine Erklärung für Cons Verhalten – ich glaube, ich an Ihrer Stelle hätte genauso gehandelt.«

Sie schwieg einen Moment, dann sagte sie stockend: »Mr. Kincaid, wissen Sie, warum Con – warum er mich so behandelt hat?«

Er wünschte, er hätte sie irgendwie trösten können, doch er sagte nur: »Nein« und fügte dann mit einer Bestimmtheit, an die er selbst nicht recht glaubte, hinzu: »Aber ich werde es herausfinden. Kommen Sie, ich bring Sie jetzt wieder nach Hause. Sonst hetzt uns Ihre Großmutter noch die Polizei auf den Hals.«

Ihr Lächeln war so schwach wie sein kleiner Scherz.

Als sie vor dem Häuschen standen, fragte er: »Wie spät war

es, als Sie bei Con weggegangen sind, Sharon? Wissen Sie das noch?«

Sie wies mit dem Kopf zu dem trutzigen Kirchturm hinter ihnen. »Es hat gerade elf geschlagen, als ich beim *Angel* vorbeigekommen bin.«

Als er sich von Sharon getrennt hatte, schien es Kincaid das Natürlichste von der Welt, weiter den Hügel hinunterzugehen und am Fluß entlang zu Julias Wohnung. Er wollte Sharons Sachen holen, solange er noch daran dachte, und die Gelegenheit benutzen, um Julia noch einmal zu fragen, was sie in jener Nacht getan hatte, nachdem die Galerie geschlossen hatte.

So zumindest sagte sein rationaler Teil. Ein anderer Teil von ihm jedoch beobachtete diese Zurechtlegungen mit spöttisch erheiterter Herausforderung. Warum gab er nicht zu, daß er mit ihr zusammensein wollte? Daß er den Glanz des Lichts auf ihrem dunklen Haar sehen wollte, die Art, wie ihre Lippen sich an den Winkeln leicht in die Höhe zogen, wenn sie eine Bemerkung von ihm erheiternd fand? Daß seine Haut sich noch immer der Berührung ihrer Finger erinnerte?

»Blödsinn!« sagte Kincaid laut, um den spöttischen Zuschauer zu vertreiben. Es gab noch einige offene Fragen zu klären, das war alles, und sein Interesse an Julia Swann war rein dienstlicher Natur.

Der Wind, der früher am Tag die Wolken weggefegt hatte, hatte sich jetzt gelegt. Der Abend war still, wie in Erwartung gehüllt. Die Lichter, die sich im Fluß spiegelten, verliehen dem Wasser einen eisharten Glanz, und als er am *Angel* Pub vorüberkam und das Ufer entlangging, fühlte er die kalte Luft, die wie eine Wolke über dem Fluß hing.

Als er Trevor Simons' Galerie erreichte, sah er Simons gerade aus der Tür kommen. Eilig überquerte er die Straße und berührte den Arm des Mannes, der mit dem Rücken zu ihm stand und sich am Türschloß zu schaffen machte.

»Mr. Simons. Haben Sie Schwierigkeiten mit Ihrem Schloß?«

Simons fuhr hoch und ließ den Schlüsselbund fallen, den er in der Hand gehalten hatte. »Du meine Güte, Superintendent, haben Sie mich erschreckt!« Er bückte sich, um die Schlüssel wieder aufzuheben, und fügte hinzu: »Ja, das Schloß klemmt ein bißchen, aber jetzt hab ich's schon.«

»Sie gehen jetzt nach Hause?« erkundigte sich Kincaid freundlich und fragte sich dabei, ob zu Simons' Heimweg ein Besuch bei Julia gehörte. Jetzt, da sie wieder in ihrer Wohnung ganz in der Nähe war, waren verstohlene Treffen in der Werkstatt hinter der Galerie nicht mehr notwendig.

Die Schlüssel in der einen Hand, eine Mappe in der anderen, stand Simons etwas verlegen da. »Ja, stimmt, ich wollte nach Hause. Wollten Sie zu mir?«

»Ich hab nur noch ein paar Fragen«, antwortete Kincaid. »Gehen wir doch rüber und trinken ein Glas zusammen.«

»Es wird doch nicht länger als eine halbe Stunde dauern?« Simons sah auf seine Uhr. »Wir gehen heute abend zum Essen aus. Meine Frau hat die Kinder bei Freunden untergebracht – wenn ich da zu spät komme, skalpiert sie mich.«

Kincaid beruhigte ihn. »Keine Sorge, ich verspreche, daß ich Sie nicht lange aufhalte.«

Im *Angel* war es voll, aber es ging gedämpft zu – die Gäste, stellte Kincaid sich umblickend fest, waren meist Berufstätige, die nach der Arbeit noch ein Bier tranken, ehe sie nach Hause fuhren.

»Nett hier«, sagte Kincaid, als sie es sich an einem Tisch bei einem der Fenster mit Blick auf den Fluß bequem gemacht hatten. »Prost. Ich muß gestehen, das hiesige Bier schmeckt mir.«

Während er trank, beobachtete er Simons neugierig. Er hatte etwas verlegen gewirkt, als er von seiner Verabredung zum Abendessen gesprochen hatte, doch Kincaid hatte nicht den Eindruck, daß es eine Lüge gewesen war. »Sie und Ihre Frau haben wohl einen romantischen Abend geplant?« sagte er, um ein wenig auf den Busch zu klopfen.

Simons wich seinem Blick aus, jetzt ganz offensichtlich verlegen. »Na ja, Superintendent, Sie wissen ja, wie Frauen sind. Sie wäre sehr enttäuscht, wenn ich keinen Enthusiasmus zeigen würde.«

Ein Boot tuckerte langsam unter der Henley Bridge hindurch. Kincaid schob mit einem Finger nachdenklich seinen Bierdeckel hin und her, dann hob er den Kopf und sah Simons an. »Wissen Sie, daß Julia wieder in ihrer Wohnung ist?«

»Ja ja, ich weiß. Sie hat mich gestern angerufen.« Ehe Kincaid darauf reagieren konnte, fügte Simons entschlossen hinzu: »Ich habe mir Ihren Rat zu Herzen genommen, Superintendent. Ich habe meiner Frau von – von der Geschichte mit Julia erzählt.« Simons' schmales Gesicht wirkte erschöpft, und als er von seinem Whisky trank, zitterte seine Hand ein wenig.

»Und?« fragte Kincaid, als er nicht weitersprach.

»Sie war natürlich entsetzt. Und verletzt, wie Sie sich vorstellen können«, sagte Simons leise. »Ich glaube, dieser Schaden wird nicht leicht zu reparieren sein. Wir haben eine gute Ehe, sie ist wahrscheinlich besser als die meisten. Ich hätte niemals so achtlos damit umgehen sollen.«

»Das hört sich ja an, als hätten Sie nicht die Absicht, die Beziehung zu Julia fortzusetzen«, sagte Kincaid, der genau wußte, daß ihn das nichts anging und seine dienstliche Aufgabe keinerlei Rechtfertigung dafür war, die Grenzen des guten Geschmacks derart zu überschreiten.

Simons schüttelte den Kopf. »Nein, das ist unmöglich. Das

kann ich nicht, wenn ich meine Ehe erhalten will. Ich habe es Julia schon gesagt.«

»Wie hat sie es aufgenommen?«

»Oh, sie wird nicht an gebrochenem Herzen sterben.« Simons lächelte mit einer Spur Selbstironie. »Ich war nie mehr als ein flüchtiges Abenteuer für Julia. Ich habe ihr wahrscheinlich die Mühe erspart, mir sagen zu müssen: ›Tut mir leid, alter Freund, aber es war nur eine nette kleine Abwechslung.‹«

Kincaid hatte den Eindruck, daß Simons genau wie Sharon Doyle froh war, mit einer neutralen Person sprechen zu können, und beschloß, seinen Vorteil zu nutzen. »Haben Sie sie geliebt?«

»Liebe? Ich weiß nicht, ob es möglich ist, Julia zu lieben, Mr. Kincaid. Ich bin seit fast zwanzig Jahren verheiratet – für mich bedeutet Liebe gestopfte Socken und ›Wer ist denn heute damit dran, den Müll rauszutragen, Schatz?‹.« Lächelnd trank er einen Schluck von seinem Whisky. »Das ist vielleicht nicht aufregend, aber man weiß, woran man ist …« Er wurde plötzlich ernst. »Oder man sollte es wenigstens sein, wenn nicht einer von beiden sich wie ein Idiot benimmt. Ich war verliebt in Julia, fasziniert, verzaubert; aber ich weiß nicht, ob man ihr je nahe genug kommen könnte, um sie zu lieben.«

Es fiel Kincaid schwer, doch er wußte, daß er hier nachhaken mußte. Seine Stimme klang plötzlich hart. »Waren Sie verliebt genug, um für sie zu lügen? Hat sie die Galerie wirklich nicht verlassen, als die Party zu Ende war? Hat sie Ihnen nicht vielleicht gesagt, sie müsse noch einmal weg? Sie würde in ein oder zwei Stunden wieder da sein?«

Der freundlich humorvolle Ausdruck in Trevor Simons' Gesicht erlosch. Er leerte sein Glas und stellte es dann langsam und mit Bedacht genau in die Mitte des Tischs. »Nein. Ich mag ein Ehebrecher sein, Superintendent, aber ich bin kein Lügner.

Und wenn Sie glauben, Julia habe irgend etwas mit Connors Tod zu tun, kann ich Ihnen nur sagen, daß Sie sich auf dem Holzweg befinden. Sie war von dem Zeitpunkt an, als wir die Galerie schlossen, bis Tagesanbruch bei mir. Und da ich nun nichts mehr zu verlieren habe, da ich ja mit meiner Frau gesprochen habe, bin ich bereit, das auch vor Gericht auszusagen, wenn es sein muß.«

13

Kincaid läutete und wartete. Er läutete noch einmal. Aus der Wohnung kam kein Laut, und er wandte sich ab, unerwartet enttäuscht.

Das Geräusch der sich öffnenden Tür hielt ihn auf. Als er sich herumdrehte, sah er Julia in der Öffnung stehen. Sie sah ihn schweigend an, zeigte weder Freude noch Ärger über seine Anwesenheit. Dann hob sie das Weinglas, das sie in der Hand hielt, mit leicht spöttischer Geste. »Superintendent! Was verschafft mir die hohe Ehre? Wenn Sie hergekommen sind, um den bösen Polizisten zu spielen, kann ich Sie leider nicht hereinbitten.«

»Na so was«, sagte er mit einem Blick auf den roten Pullover, den sie über ihrer schwarzen Leggings trug, »ein plötzlicher Ausbruch von Farbe! Hat das eine Bedeutung?«

»Manchmal muß man seine Prinzipien aufgeben, wenn man nicht gewaschen hat«, antwortete sie feierlich. »Aber bitte, kommen Sie doch herein – was sollen Sie nur von meinen Manieren denken? Es könnte natürlich auch meine Art zu trauern sein«, fügte sie hinzu, als sie zurücktrat, um ihn einzulassen.

Kincaid folgte ihr in die Küche.

»Warten Sie, ich hole Ihnen ein Glas. Der Wein ist oben.« Sie öffnete einen Schrank und stellte sich auf Zehenspitzen, um zu einem der Borde im Schrank hinaufzureichen. Kincaid bemerkte, daß sie dicke Socken trug, aber keine Schuhe. Ihre Füße wirkten klein und ungeschützt. »Con hat die ganze Küche nach seinem Belieben eingerichtet«, bemerkte sie, während sie nach einem Glas grabschte. »Und immer, wenn ich etwas suche, kann ich es nur mit Mühe erreichen.«

Kincaid hatte ein Gefühl, als wäre er mitten in eine Party hineingeplatzt. »Haben Sie jemanden erwartet? Ich möchte wirklich nicht stören – ich wollte nur kurz mit Ihnen sprechen und bei dieser Gelegenheit gleich Sharon Doyles Sachen abholen.«

Julia drehte sich herum und blieb an die Arbeitsplatte gelehnt stehen. Beide Gläser an ihre Brust gedrückt, sah sie zu ihm hinauf. »Ich habe keine Menschenseele erwartet, Superintendent. Es ist nichts zu erwarten.« Sie lachte ein wenig über ihren grimmigen Humor. »Kommen Sie. Den ›Superintendent‹ hatten wir eigentlich schon hinter uns gelassen, nicht wahr?« bemerkte sie über ihre Schulter hinweg, als sie ihn durch das Wohnzimmer führte. »Tut mir leid, daß ich rückfällig geworden bin.«

Sie war höchstens leicht beschwipst, sagte sich Kincaid, als er ihr die Treppe hinauf folgte. Ihr Gleichgewicht und ihre Körperkoordination waren noch gut, wenn sie sich auch ein wenig vorsichtiger bewegte als sonst. Im ersten Stock sah er flüchtig durch die offene Schlafzimmertür das ungemachte Bett, doch die Tür zum Arbeitszimmer war immer noch fest geschlossen.

Oben in ihrem Atelier brannten die Lampen, die Jalousien waren zugezogen, und er hatte den Eindruck, daß der Raum in den vierundzwanzig Stunden, seit er ihn das letztemal gesehen hatte, noch einmal mehr von Julias Persönlichkeit angenommen hatte. Sie hatte offensichtlich gearbeitet. Ein angefangenes Aquarell war an dem Brett auf ihrem Arbeitstisch befestigt. Kincaid kannte die Pflanzen aus seiner Kindheit in Cheshire – Ehrenpreis, das Pflänzchen mit den tiefblauen Blüten, das man überall auf den Wiesen fand. Er erinnerte sich auch seiner Enttäuschung, als er entdeckt hatte, daß man seine Schönheit nicht einfangen konnte – die zarten Blüten welkten innerhalb von Minuten, wenn man sie pflückte.

Rund um das Zeichenbrett herum lagen aufgeschlagene Botanikbücher und zusammengeknüllte Papiere, dazwischen standen mehrere benützte Gläser. Im Zimmer roch es nach Zigarettenrauch und sehr schwach nach Julias Parfüm.

Vor dem blauen Sessel hockte sie sich mit gekreuzten Beinen auf den Perserteppich. Neben dem Sessel standen ihr Aschenbecher, der fast überquoll, und ein Eiskübel mit einer Flasche Weißwein. Sie füllte Kincaids Glas. »Nun setzen Sie sich schon, Duncan. Man kann eine Trauerfeier nicht im Stehen abhalten.«

Kincaid ließ sich auf den Boden hinunter und nahm sein Glas entgegen. »Ah, Sie halten eine Trauerfeier ab?«

»Bei einem verdammt guten Cap d'Antibes. Eine Totenwache hätte Con gefallen. Er hatte einen ausgeprägten Sinn für irische Traditionen.« Sie trank einen Schluck von dem Wein, der noch in ihrem Glas war, und schnitt ein Gesicht. »Ganz warm.« Sie schenkte nach und zündete sich dann eine Zigarette an. »Ich werde versuchen, weniger zu rauchen, ich verspreche es«, sagte sie lächelnd.

»Warum verbarrikadieren Sie sich hier, Julia? Der Rest des Hauses sieht aus, als wäre er unbewohnt.« Er blickte ihr forschend ins Gesicht. Die Schatten unter ihren Augen waren tiefer als am Tag zuvor. »Haben Sie eigentlich was gegessen?«

Mit einem Achselzucken antwortete sie: »Ach, im Kühlschrank liegt bestimmt noch irgendwas. Von Con natürlich. Mir hätte ein Marmeladenbrot gereicht. Ich habe mir wahrscheinlich nie klargemacht« – sie unterbrach sich, um an ihrer Zigarette zu ziehen –, »daß es ganz Cons Haus werden würde. Nicht mehr mein's. Gestern habe ich fast den ganzen Tag saubergemacht und aufgeräumt, aber es hat irgendwie gar nichts geändert – er ist überall.« Mit einer Geste umfaßte sie ihr Atelier. »Nur hier nicht. Wenn er überhaupt hier oben war, hat er keine Spuren hinterlassen.«

»Warum wollen Sie ihn so vollkommen auslöschen?«

»Das hab ich Ihnen doch schon mal gesagt, oder nicht?« Sie krauste die Stirn und blickte ihn über den Rand ihres Glases hinweg an, als könnte sie sich nicht recht erinnern. »Con war ein Schwein erster Güte«, sagte sie völlig ruhig. »Ein Trinker, ein Spieler, ein Schürzenjäger, ein Flegel, der sich eingebildet hat, wenn er einem nur genug irischen Honig ums Maul schmiert, bekommt er alles, was er will. Weshalb sollte ich mich an so einen Menschen erinnern lassen wollen?«

Kincaid zog skeptisch eine Augenbraue hoch und probierte seinen Wein. »Haben wir den auch Con zu verdanken?« fragte er, die duftige Frische des Weins genießend.

»Er hatte einen guten Geschmack und ein erstaunliches Talent, günstig einzukaufen«, gab Julia zu. »Eine Folge seiner Erziehung, vermute ich.«

Kincaid fragte sich, ob Connor Swanns Zuneigung zu Sharon Doyle ebenfalls eine Folge dieser Erziehung war – der verwöhnte Sohn einer Mutter, die ihn vergöttert hatte, hatte vielleicht gefunden, daß er ein Recht auf bedingungslose Hingabe hatte.

Als wäre sie seinem Gedankengang gefolgt, sagte Julia: »Wie heißt diese Frau eigentlich – Cons Geliebte?«

»Sharon. Sharon Doyle.«

Julia nickte, als paßte das zu einem Bild, das ihr vorschwebte. »Blond, etwas rundlich, jung, nicht übermäßig kultiviert?«

»Kennen Sie sie?« fragte Kincaid überrascht.

»Das ist gar nicht nötig.« Julias Lächeln war wehmütig. »Ich habe mir nur mein Gegenteil vorgestellt«, erklärte sie. »Schauen Sie mich doch an.«

Es fiel Kincaid nicht schwer, ihrer Aufforderung zu folgen. Das Gesicht unter dem dunklen Haar zeigte Humor und Intelligenz in gleichem Maße. Er sagte in scherzendem Ton: »Ich kann Ihrer Theorie nur begrenzt folgen. Oder wollen Sie sagen, daß ich Sie als alt und blasiert betrachten soll?«

»Na ja, nicht ganz.« Sie lächelte sehr offen, und wieder dachte Kincaid, wie seltsam es schien, Sir Geralds Lächeln so unmittelbar auf ihr schmales Gesicht übertragen zu sehen. »Aber Sie verstehen, was ich meine?«

»Und weshalb sollte Connor sich jemanden gesucht haben, der das genaue Gegenteil von Ihnen ist?«

Sie zögerte einen Moment, dann schüttelte sie den Kopf, vor der Antwort zurückschreckend. »Diese Frau – Sharon – wie kommt sie damit zurecht?«

»Schlecht, würde ich sagen.«

»Glauben Sie, es wäre ihr eine Hilfe, wenn ich mal mit ihr spreche?« Sie drückte ihre Zigarette aus und fügte in leichterem Ton hinzu: »Ich habe leider keine Übung darin, wie man sich in solchen Situationen zu verhalten hat.«

Kincaid ahnte, wie angreifbar und verletzlich sich Sharon in Julias Anwesenheit fühlen würde, andererseits hatte sie niemanden, mit dem sie ihren Kummer teilen konnte. »Ich weiß es nicht, Julia. Ich glaube, sie würde gern zu Connors Beerdigung kommen. Ich werde ihr sagen, daß Sie nichts dagegen haben, wenn Ihnen das recht ist. Aber ich würde an Ihrer Stelle nicht zuviel erwarten.«

»Con hat ihr bestimmt Horrorgeschichten über mich erzählt«, sagte Julia nickend. »Das ist nur natürlich.«

Kincaid sah sie neugierig an und sagte: »Sie sind heute abend wirklich in sehr großmütiger Stimmung. Liegt da vielleicht etwas in der Luft? Ich habe mich eben mit Trevor Simons unterhalten, und er war ganz ähnlich gestimmt.« Er machte eine Pause, um noch etwas von seinem Wein zu trinken, und als Julia nicht antwortete, fuhr er fort: »Er sagte, er ist bereit, unter Eid auszusagen, daß Sie die ganze Nacht zusammen verbracht haben, ganz gleich, wie sich das auf seine Ehe auswirken sollte.«

Sie seufzte. »Trev ist ein feiner Kerl. Aber dazu wird es doch hoffentlich nicht kommen?« Sie schlang die Arme um ihre hochgezogenen Beine und legte ihr Kinn auf ihre Knie. »Sie können doch nicht im Ernst glauben, daß ich Con getötet habe?« Als Kincaid nichts sagte, hob sie den Kopf. »Das glauben Sie doch nicht, oder, Duncan?«

Kincaid ließ sich die Fakten noch einmal durch den Kopf gehen. Connor war zu einem Zeitpunkt gestorben, der zwischen dem Ende der Vernissage und den frühen Morgenstunden lag, genau in der Zeit also, für die Trevor Simons Julia ein Alibi gegeben hatte. Simons war ein feiner Kerl, wie Julia so passend gesagt hatte, und es hatte Kincaid keine Freude gemacht, ihn hart anzufassen, doch er war jetzt sicherer denn je, daß Simons es nicht riskiert hätte, für Julia zu lügen.

Doch noch während er sich diese Tatsache vor Augen hielt, war ihm klar, daß sie mit dem, was er fühlte, kaum etwas zu tun hatte. Er musterte ihr Gesicht. Konnte man Schuld sehen, wenn man über das richtige Auge, die richtigen Informationen verfügte? Er hatte sie oft genug gespürt, und sein Verstand sagte ihm, daß die Bewertung auf einer Kombination unbewußt gegebener Signale beruhen mußte – auf Körpersprache, Geruch, Schwingungen in der Stimme. Er wußte aber auch, daß es ein Element gab, das über das Rationale hinausging – man konnte es ein Gefühl oder eine Ahnung nennen, es spielte keine Rolle. Es basierte auf einer inneren, unerklärlichen Kenntnis eines anderen, und seine Kenntnis Julias ging tief. Er war ihrer Unschuld so sicher wie seiner eigenen.

Langsam schüttelte er den Kopf. »Nein. Ich glaube nicht, daß Sie Connor getötet haben. Aber jemand hat es getan, und ich habe nicht den Eindruck, daß wir dem Täter auch nur einen Schritt nähergekommen sind.« Sein Rücken tat ihm weh, und er streckte sich, änderte die Haltung seiner Beine. »Wissen Sie, warum Connor an dem Abend, bevor er starb, mit Tommy Godwin zusammen gegessen hat?«

Julia richtete sich mit einem Ruck kerzengerade auf und sah ihn erstaunt an. »Mit Tommy? Unserem Tommy? Ich kenne Tommy seit meiner frühesten Kindheit. Ich kann mir nicht vorstellen, daß ausgerechnet diese beiden sich zu einem gemütlichen Abendessen getroffen haben sollen. Tommy hat Con nie gemocht, und ich bin sicher, er hat es ihn merken lassen. Auf sehr höfliche Weise natürlich«, fügte sie lächelnd hinzu. »Wenn Con vorhatte, sich mit Tommy zu treffen, hätte er doch bestimmt etwas gesagt.«

»Godwin hat uns erzählt, daß Con seine alte Stellung wiederhaben wollte und glaubte, er könnte ihm helfen.«

Julia schüttelte den Kopf. »So ein Quatsch. Con hatte einen totalen Nervenzusammenbruch. Die Firma hätte das nicht einmal in Betracht gezogen.« Ihre Augen waren dunkel und ganz arglos.

Kincaid schloß einen Moment seine Augen, weil er hoffte, wenn er sich dem Anblick ihres Gesichts entzog, würde er wieder einen klaren Kopf bekommen. Als er sie wieder öffnete, sah er, daß sie ihn beobachtete.

»Was hat Connor an dem Tag gesagt, Julia? Ich habe den Eindruck, daß sein Verhalten erst ungewöhnlich wurde, nachdem er sich mittags von Ihnen getrennt hatte. Ich glaube, Sie haben mir nicht die ganze Wahrheit gesagt.«

Sie senkte den Kopf und griff nach ihren Zigaretten, dann jedoch schob sie die Packung weg und stand auf, anmutig wie eine Tänzerin. Sie trat zum Tisch, schraubte eine Farbtube auf und drückte einen Tropfen tiefblauer Farbe auf ihre Palette. Mit einem feinen Pinsel tupfte sie etwas von der Farbe auf das Aquarell. »Irgendwie krieg ich das einfach nicht richtig hin, und ich habe es satt, es anzustarren. Vielleicht, wenn ich —«

»Julia!«

Sie brach ab, die Hand mit dem Pinsel erstarrte. Eine ganze Weile stand sie so da, ohne etwas zu sagen, dann spülte sie den Pinsel aus und legte ihn sorgfältig neben das Bild. Sich Kincaid zuwendend, sagte sie: »Es fing an wie immer, genauso, wie ich es Ihnen erzählt habe. Ein Streit über das Geld und über die Wohnung.« Sie kehrte zum Sessel zurück.

»Und wie ging es dann weiter?« Er trat näher zu ihr und berührte ihre Hand, um sie zum Sprechen zu ermuntern.

Julia fing seine Hand ein und hielt sie fest. Sie blickte hinunter, während sie seinen Handrücken mit ihren Fingerspitzen rieb. »Er hat gebettelt«, sagte sie so leise, daß Kincaid es kaum hörte. »Er ist vor mir auf die Knie gefallen und hat gebettelt. Er hat mich angefleht, zu ihm zurückzukommen, ihn zu lieben. Ich weiß nicht, wie es dazu gekommen ist. Ich dachte, er hätte die Situation inzwischen ganz gut akzeptiert.«

»Was haben Sie ihm gesagt?«

»Daß es keinen Sinn hätte. Daß ich mich scheiden lassen

würde, sobald die Zweijahresfrist vorüber wäre, wenn er sich weiterhin weigern sollte, einer Scheidung zuzustimmen.« Sie sah Kincaid in die Augen. »Ich war wirklich gemein zu ihm, und es war nicht seine Schuld. Nichts war seine Schuld.«

»Wovon sprechen Sie?« fragte Kincaid, so verblüfft, daß er einen Moment lang das Gefühl vergaß, das die Berührung ihrer Finger auf seiner Haut hervorrief.

»Es war von Anfang an alles meine Schuld. Ich hätte Con überhaupt nicht heiraten sollen. Ich wußte, daß es nicht fair war, aber ich war ganz verliebt in die Vorstellung zu heiraten, und ich nehme an, ich dachte, wir würden uns schon irgendwie durchwurschteln.« Sie lachte und ließ seine Hand los. »Aber je mehr er mich liebte, je mehr er brauchte, desto weniger konnte ich ihm geben. Am Ende war überhaupt nichts mehr übrig.« Leise fügte sie hinzu: »Außer Mitleid.«

»Julia«, sagte Kincaid scharf, »Sie waren doch nicht für Connors Bedürfnisse verantwortlich. Es gibt Menschen, die saugen einen aus, ganz gleich, wieviel man ihnen gibt. Sie konnten nicht —«

»Sie verstehen nicht.« Wie getrieben ging sie ein paar Schritte von ihm weg und kehrte um, als sie den Arbeitstisch erreicht hatte. »Ich wußte schon, als ich Con geheiratet habe, daß ich ihn nicht lieben konnte. Ihn nicht und auch keinen anderen, nicht einmal Trev, der nichts verlangt hat als Ehrlichkeit und Wärme. Ich kann nicht lieben, verstehen Sie? Ich bin dazu nicht fähig.«

»Das ist ja absurd«, widersprach Kincaid hitzig und sprang auf. »Natürlich können Sie —«

»Nein«, unterbrach sie ihn scharf. »Ich kann es nicht. Wegen Matty.«

Die Verzweiflung in ihrer Stimme bannte seinen Zorn. Er ging zu ihr und zog sie sachte an sich, streichelte ihr Haar, als sie ihren Kopf an seine Schulter legte. Ein schwacher Duft nach Flieder strömte von ihr aus. Kincaid holte tief Atem, um den Taumel abzuwehren, der ihn zu erfassen drohte. Er mußte sich auf das Sachliche konzentrieren.

»Was hat Matty damit zu tun, Julia?«

»Alles. Ich liebte ihn auch, aber daran schien keiner zu denken – außer vielleicht Plummy. Sie wußte es. Ich war krank – hinterher. Da hatte ich Zeit zum Nachdenken, und da habe ich beschlossen, daß nie wieder etwas mich so tief verletzen würde.« Sie neigte sich ein wenig nach rückwärts, um ihm ins Gesicht sehen zu können. »Es ist solchen Schmerz nicht wert. Nichts ist solchen Schmerz wert.«

»Aber die Flucht – ein Leben emotionaler Isolation – ist doch noch viel schlimmer?«

Sie vertraute sich wieder seiner Umarmung an, legte ihre Wange an seine Schulter. »Es ist wenigstens erträglich«, sagte sie gedämpft. Er fühlte ihren Atem warm durch den Stoff seines Hemdes. »Ich hab es Con an dem Tag zu erklären versucht – warum ich ihm niemals geben konnte, was er sich wünschte – eine Familie, Kinder. Ich hatte ja kein Vorbild für ein normales Familienleben. Und ein Kind – dieses Risiko hätte ich nie eingehen können. Das verstehen Sie doch, nicht wahr?«

Mit unangenehmer Klarheit sah er sich selbst, wie er sich, nachdem Vic all seine Sicherheit zerstört hatte, wie ein verwundeter Igel in sich selbst zurückgezogen hatte. Wie Julia hatte er sich vor jedem Risiko geschützt. Doch sie wenigstens war ehrlich mit sich selbst gewesen, während er die Arbeit als Vorwand benutzt hatte, keinerlei emotionale Bindungen einzugehen.

»Ja, ich verstehe es«, sagte er leise, »aber ich kann es nicht richtig finden.«

Er rieb leicht ihren Rücken, der sich wie ein harter Panzer anfühlte. »Hat Connor es verstanden?«

»Es machte ihn nur noch wütender. Da bin ich dann gemein geworden. Ich habe gesagt —« Sie brach ab und schüttelte den Kopf. Ihr Haar kitzelte Kincaids Nase. »Furchtbare Dinge habe ich gesagt. Einfach furchtbar. Ich schäme mich dafür.« Mit harter Stimme stieß sie hervor: »Es ist meine Schuld, daß er tot ist. Ich weiß nicht, was er getan hat, nachdem er an dem Tag bei uns weggegangen ist, aber wenn ich nicht so grausam gewesen wäre...« Sie weinte jetzt, unter Schluchzen stammelnd.

Kincaid umfaßte ihr Gesicht mit seinen Händen und wischte ihr mit den Daumen die Tränen von den Wangen. »Julia. Julia! Das wissen Sie nicht mit Sicherheit. Das können Sie gar nicht wissen. Sie waren für Connors Verhalten nicht verantwortlich, Sie tragen keine Schuld an seinem Tod.« Er sah zu ihr hinunter, und in dem tränennassen Gesicht sah er wieder das Kind seiner Vorstellung, allein mit ihrem Schmerz in dem schmalen weißen Krankenbett. »Und Sie tragen auch keine Verantwortung an Matthews Tod«, fügte er hinzu. »Sehen Sie mich an, Julia. Hören Sie mich?«

»Woher wollen Sie das wissen?« fragte sie heftig. »Alle dachten ... Meine Eltern haben mir nie verziehen —«

»Die Menschen, die Sie gekannt und geliebt haben, haben Ihnen nie Schuld gegeben, Julia. Ich habe mit Plummy gesprochen. Und mit dem Pastor. Sie selbst haben sich nie vergeben. So eine Last kann man nicht zwanzig Jahre lang mit sich herumschleppen. Sie ist einfach zu schwer. Werfen Sie sie ab.«

Lange starrte sie ihn schweigend an, dann spürte er, wie die Spannung aus ihrem Körper herausfloß. Sie legte ihren Kopf wieder an seine Schulter, schlang ihre Arme um seine Mitte und lehnte sich an ihn.

Lange standen sie so, und Kincaid wurde sich jeder kleinsten

Stelle bewußt, an der ihre Körper einander berührten. Er konnte das Dröhnen seines Bluts in seinen Ohren hören.

Julia seufzte und hob ein wenig den Kopf. »Jetzt hab ich Ihr Hemd ganz naß gemacht«, sagte sie und rieb über die feuchte Stelle an seiner Schulter. Dann neigte sie ihren Kopf nach rückwärts, so daß sie ihm in die Augen sehen konnte. Ihre Stimme klang ein wenig rauh von unterdrücktem Gelächter, als sie fragte: »Steht Scotland Yard immer so – begeistert zu Diensten?«

Rot vor Verlegenheit trat er zurück. »Das tut mir leid. Ich wollte nicht –«

»Es macht doch nichts«, sagte sie, ihn wieder an sich ziehend. »Es stört mich nicht. Wirklich nicht.«

14

Tonys Stimme weckte ihn. »Ihr Morgentee, Mr. Kincaid«, sagte er, als er klopfte und eintrat. »Und eine Nachricht von Sergeant Makepeace aus High Wycombe. Sie hätten den Vogel erwischt, hinter dem Sie her sind.«

Kincaid setzte sich und fuhr sich mit den Fingern durch sein Haar, ehe er die Tasse entgegennahm. »Danke, Tony«, rief er dem Davoneilenden nach. Sie hatten also Kennth Hicks aufgestöbert und auf die Dienststelle gebracht. Lange würden sie ihn ohne Grund nicht festhalten können. Er hätte gestern abend noch nachfragen sollen. Heißer Tee schwappte ihm auf die Hand, als schlagartig die Erinnerung an den vergangenen Abend zurückkehrte.

Julia. Verdammt noch mal, was habe ich da getan! Wie hatte er sich so unprofessionell verhalten können? Trevor Simons' Worte fielen ihm ein: Ich wollte es nicht. Es war einfach – Ju-

267

lia. Und dazu seine eigenen reichlich hochnäsigen Bemerkungen über den Fehltritt des Mannes.

Er schloß die Augen. Solange er bei der Polizei war, hatte er diese Grenze niemals überschritten, hatte nicht einmal geglaubt, daß er sich überhaupt vor der Versuchung in acht nehmen müßte. Aber selbst während er sich die schwersten Vorwürfe machte, war ihm bewußt, daß ein Teil von ihm nichts bereute, denn ihr Zusammenkommen war eine Heilung gewesen, bei der alter Schmerz endlich gestillt und allzu lang aufrechterhaltene Barrieren eingerissen worden waren.

Erst als er den Speiseraum des *Chequers* betrat und Gemma allein an einem Tisch sitzen sah, erinnerte er sich der Nachricht, die er ihr gestern im Yard hinterlassen hatte. Wann war sie hier angekommen und wie lange hatte sie auf ihn gewartet?

Als er sich ihr gegenüber setzte, sagte er so unbefangen wie möglich: »Na, Sie sind aber eine Frühaufsteherin. Aber das ist ganz gut so. Wir müssen schleunigst rüber nach High Wycombe. Dort wartet Kenneth Hicks auf uns.«

Nicht halb so munter wie sonst antwortete Gemma: »Ich weiß. Ich habe schon mit Jack Makepeace gesprochen.«

»Stimmt was nicht, Gemma?«

»Kopfschmerzen.« Lustlos knabberte sie an einer trockenen Scheibe Toast.

»Tony hat's wohl zu gut mit Ihnen gemeint gestern abend?« sagte er scherzhaft, aber sie zuckte nur die Achseln. »Gemma«, fuhr er fort, während er sich fragte, ob sein Schuldbewußtsein ihm anzusehen war, »tut mir leid, daß ich mich gestern abend nicht gemeldet habe. Ich bin – aufgehalten worden.« Sie war vermutlich im Expreßtempo aus London hierher gefahren und hatte auf ihn gewartet, sich vielleicht sogar Sorgen um ihn gemacht, und er hatte sich nicht einmal gerührt. »Ich hätte Sie anrufen sollen, ich weiß. Das war ungezogen von mir.« Er neigte den Kopf ein wenig zur Seite und sah sie forschend an. »Soll ich auf Knien rutschen? Oder feurige Kohlen auf mein Haupt sammeln?«

Diesmal lächelte sie, und er atmete auf. Um das Thema zu wechseln, sagte er: »Wie war Ihr Gespräch mit Godwin? Erzählen Sie.«

Während er sich hungrig über sein Frühstück hermachte, lieferte ihm Gemma einen Kurzbericht ihrer Zusammenkunft mit Tommy Godwin. »Ich habe seine Aussage zu Protokoll genommen«, sagte sie abschließend, »und sein Auto und seine Wohnung durchsuchen lassen.«

»Ich habe noch einmal mit Sharon Doyle und Trevor Simons gesprochen«, berichtete er mit vollem Mund. »Und mit Julia. Connor Swann ist nach dem Zusammenstoß mit Tommy Godwin noch mal nach Hause gefahren, Gemma. Godwin scheint also sauber zu sein, es sei denn, wir können beweisen, daß er Connor Swann später noch einmal getroffen hat. Swann hat allerdings von seiner Wohnung aus jemanden angerufen – der Haken ist nur, daß wir keinen blassen Schimmer haben, wen.«

Julia. Wie er ihren Namen gesagt hatte. Mit solcher Vertrautheit. Gemma versuchte sich auf das Fahren zu konzentrieren, die Gewißheit, die sich langsam in ihr festzusetzen begann, zu verdrängen. Das konnte doch nur Einbildung sein. Und selbst wenn es wahr sein sollte – weshalb sollte es ihr derart zusetzen, wenn Duncan Kincaid zu einer Frau, die zu den Verdächtigen in einem Mordfall gehörte, eine Beziehung aufgenommen hatte, die weit über das Dienstliche hinausging? So etwas kam immer wieder vor – sie hatte es bei anderen Kollegen erlebt –, und sie hatte ihn nie für unfehlbar gehalten. Oder vielleicht doch?

»Werd endlich erwachsen, Gemma«, schimpfte sie lautlos. Er war ein Mensch und ein Mann dazu, und sie hätte niemals vergessen sollen, daß selbst Götter manchmal auf tönernen Füßen standen. Doch all diese Vorhaltungen halfen hier nicht, und sie war froh, als das Kreisverkehrkonglomerat von High Wycombe ihre ganze Aufmerksamkeit beanspruchte.

»Ich hab Hicks in der letzten halben Stunde schon ein bißchen eingeheizt«, sagte Jack Makepeace zur Begrüßung, als sie in sein Büro traten. Er gab ihnen beiden die Hand, und Gemma hatte den Eindruck, daß er die ihre besonders herzlich drückte. »Ich hab mir gedacht, das würde ihm guttun. Leider konnte er sein Frühstück nicht ganz fertigessen.« Makepeace zwinkerte Gemma zu. »Seinen Anruf hat er gemacht – bei Mama, so sagt er jedenfalls –, aber die Retter sind ausgeblieben.«

Kincaid, der sich schon früher von Makepeace am Telefon hatte unterrichten lassen, hatte Gemma während der Fahrt aufs Laufende gebracht und vorgeschlagen, daß sie die Vernehmung führen solle. »Er mag Frauen nicht«, sagte er jetzt, als sie vor der Tür von Vernehmungsraum A standen. »Ich möchte, daß Sie ihn ein bißchen aus der Fassung bringen und mir den Boden bereiten.«

Die Vernehmungsräume bei den Polizeidienststellen waren im wesentlichen alle gleich – klein, kahl, nach kaltem Zigarettenrauch und menschlichem Schweiß riechend. Sie wußten also, was sie zu erwarten hatten. Dennoch schnappte Gemma unwillkürlich nach Luft, als sie das Zimmer betraten, und hätte sich am liebsten die Nase zugehalten. Kenneth Hicks, unrasiert und unverkennbar ungewaschen, stank nach Furcht.

»Du meine Güte«, murmelte Kincaid, als er hinter Gemma eintrat. »Wir hätten Masken mitnehmen sollen.« Er hustete, zog Gemma einen Stuhl heran und sagte laut: »Hallo, Kenneth. Na, wie gefällt Ihnen das Hotel? Das Hilton ist es nicht gerade, ich weiß, aber was soll man machen?«

»Verpißt euch«, sagte Hicks scharf und kurz. Er hatte eine nasale Stimme und sprach mit Südlondoner Akzent.

Kopfschüttelnd setzte sich Kincaid neben Gemma nieder und sah Hicks über den schmalen Tisch hinweg an. »Ich bin enttäuscht von Ihnen, Kenneth. Ich hätte bessere Manieren von Ihnen erwartet. Ich denke, wir nehmen unser kleines Gespräch auf«, sagte er und schaltete den Recorder ein. »Wenn Sie nichts dagegen haben natürlich. Sie haben doch nichts dagegen oder, Kenneth?«

Gemma musterte Hicks, während Kincaid freundlich weiterplauderte und mit dem Recorder fummelte. Hicks' schmales, pickeliges Gesicht war mürrisch. Trotz der Wärme im Zimmer hatte er seine schwarze Lederjacke angelassen. Nervös rieb er sich Nase und Kinn, ohne auf Kincaids Bemerkungen einzugehen. Irgendwie kam er Gemma bekannt vor, doch es gelang ihr nicht, ihn einzuordnen.

»Sergeant James wird Ihnen jetzt einige Fragen stellen«, sagte Kincaid und schob seinen Stuhl etwas vom Tisch weg. Er verschränkte die Arme und streckte seine Beine aus, als hätte er vor, ein Nickerchen zu halten.

»Kenneth«, begann Gemma freundlich, nachdem die Personalien aufgenommen waren, »warum machen Sie es nicht allen Beteiligten leicht und sagen uns genau, was Sie an dem Abend getan haben, an dem Connor Swann getötet wurde?«

Hicks warf einen raschen Blick auf Kincaid. »Das hab ich dem andern Kerl doch schon gesagt, dem, der mich hergebracht hat. Dem großen mit den roten Haaren.«

»Sie haben Sergeant Makepeace erzählt, Sie hätten mit Freunden im *Fox and Hounds* in Henley getrunken und in der Wohnung der Freunde weitergemacht, als das Pub geschlossen wurde«, sagte Gemma, und Hicks richtete seine Aufmerksamkeit wieder auf sie. »Ist das richtig?« fügte sie etwas energischer hinzu.

»Genau. Stimmt genau. Das hab ich ihm gesagt.« Hicks schien aus der Wiederholung seiner Geschichte ein wenig Selbstvertrauen zu ziehen. Er setzte sich bequemer und starrte Gemma an, wobei er demonstrativ seinen Blick auf ihren Busen richtete.

Sie lächelte freundlich und blätterte umständlich in ihrem Block. »Die Kollegen von der Kriminalpolizei Thames Valley haben gestern abend noch die Freunde vernommen, die Sie genannt haben, Kenneth, und leider erinnert sich keiner von ihnen, daß Sie überhaupt an dem Abend dabeigewesen sind.«

Hicks wurde blaß. Sein Teint wurde gelblich wie die nikotinverfärbten Wände des Zimmers. »Die bring ich um, diese Scheißkerle. Die lügen doch wie gedruckt.« Er blickte von Gemma zu Kincaid, entdeckte jedoch nichts Beruhigendes in ihren Gesichtern. Verzweifelt setzte er hinzu: »Das können Sie nicht mit mir machen. Ich hab Con nicht mehr gesehen, nachdem wir im *Fox* waren. Ich schwör's.«

Gemma blätterte zu einer anderen Seite in ihrem Block. »Das werden Sie vielleicht auch tun müssen, wenn Sie uns nicht genauer sagen können, was Sie nach halb zehn Uhr abends getrieben haben. Connor Swann hat um diese Zeit von seiner Wohnung aus telefoniert und sagte danach, er müßte noch einmal weg.«

»Wer hat Ihnen das erzählt?« fragte Hicks schlau.

»Das tut nichts zur Sache. Wollen Sie wissen, was ich denke, Kenneth?« Gemma neigte sich über den Tisch und senkte die

Stimme. »Ich denke, Connor hat Sie angerufen und sich mit Ihnen an der Schleuse verabredet. Es kam zu einem Streit zwischen Ihnen, und Connor Swann ist in den Fluß gestürzt. Das hätte jedem passieren können, stimmt's Kenneth? Haben Sie versucht, ihm zu helfen, oder hatten Sie Angst vor dem Wasser?« Ihr Ton sagte, sie hätte volles Verständnis für ihn und würde alles verzeihen.

»Das stimmt doch gar nicht!« Hicks stieß krachend seinen Stuhl zurück. »Das ist eine gottverdammte Lüge! Können Sie mir vielleicht mal sagen, wie ich da ohne Auto überhaupt hingekommen sein soll?«

»Connor Swann hat Sie mit seinem Wagen abgeholt«, erwiderte Gemma ruhig. »Und hinterher sind Sie per Anhalter nach Henley zurückgefahren.«

»So war's nicht, sag ich Ihnen, und Sie können mir überhaupt nichts nachweisen.«

Gemma wußte aus den Aufzeichnungen der Kollegen von Thames Valley, daß das leider zutraf – Connor Swanns Wagen war frisch gewaschen und gestaubsaugt gewesen, und die Spurensicherung hatte keinerlei Material von Bedeutung gefunden.

»Wo waren Sie dann? Sagen Sie zur Abwechslung mal die Wahrheit.«

»Ich hab's Ihnen doch schon gesagt. Ich war im *Fox* und hinterher beim einem Kumpel von mir. Jackie – Jack Fawcett heißt er.«

Kincaid richtete sich träge auf und mischte sich zum erstenmal ins Gespräch. »Warum geben Ihre Kumpel Ihnen dann nicht ein schönes, wasserdichtes Alibi, Kenneth? Ich sehe da zwei Möglichkeiten – die erste ist, daß Sie lügen; die zweite, daß Ihre Kumpel Sie nicht mögen. Ehrlich gesagt, ich weiß nicht, welche ich für wahrscheinlicher halten soll. Haben Sie

Ihren Freunden auf die gleiche nette Art unter die Arme gegriffen wie Connor Swann?«

»Ich weiß überhaupt nicht, was Sie reden.« Hicks zog eine zerdrückte Zigarettenpackung aus seiner Jackentasche. Er schüttelte sie ein paarmal, bohrte dann mit dem Zeigefinger in ihr herum und knüllte sie schließlich ärgerlich zusammen.

Gemma nahm den Faden wieder auf. »Darum ging es doch bei dem Streit, nicht wahr, Kenneth? Als Sie Connor Swann nach dem Mittagessen trafen, haben Sie ihm gesagt, er müsse zahlen. Er hat sich dann für später am Abend mit Ihnen verabredet. Und als er ohne das Geld kam, gab es Krach«, improvisierte sie.

Ein flehender Unterton schlich sich in Hicks' Stimme. »Er hat mir nichts geschuldet, sag ich Ihnen.« Sein Blick war voller Angst auf Kincaid gerichtet, und Gemma fragte sich, was Kincaid getan hatte, um ihn so klein zu bekommen.

»Sie behaupten also«, sagte Kincaid, sich noch etwas weiter aufrichtend, »Connor Swann hätte seine Schulden bei Ihnen bezahlt. Aber ich weiß zufällig, daß er so knapp bei Kasse war, daß er nicht einmal die fälligen Hypothekenzahlungen auf die Wohnung leisten konnte. Ich glaube, Sie lügen. Ich glaube, Sie haben bei dem gemütlichen Bierchen im *Fox* etwas zu Connor Swann gesagt, das ihn völlig aus dem Gleichgewicht geworfen hat. Was war das, Kenneth? Haben Sie ihm damit gedroht, daß Sie ihrem Boß Bescheid sagen würden und der seine Leute auf ihn hetzen würde?« Er stand auf und beugte sich, die Hände auf den Tisch gestützt, über Hicks.

»Ich hab ihm nicht gedroht. So war's überhaupt nicht«, stieß Hicks zurückschreckend hervor.

»Aber er hat Ihnen noch Geld geschuldet?«

Hicks blickte von einem zum anderen. Schweiß sammelte sich auf seiner Oberlippe. Gemma sah ihm an, wie er überlegte, was er tun sollte. Wie eine Ratte in der Falle, dachte sie und preßte ihre Lippen zusammen, um sich von ihrer Genugtuung nichts anmerken zu lassen.

Sie warteten schweigend, bis Hicks schließlich sagte: »Kann schon sein. Na und? Gedroht hab ich ihm jedenfalls nicht, da können Sie sagen, was Sie wollen.«

Rastlos ging Kincaid vor dem Tisch auf und ab. »Ich glaube Ihnen nicht«, entgegnete er. »Ihr Boß wäre Ihnen auf die Pelle gerückt, wenn Sie nicht mit dem Geld rübergekommen wären – ich glaube nicht, daß Sie nicht ein bißchen Überredung angewendet haben.« Er lächelte Hicks an, als er wieder in seine Nähe kam. »Und das Problem ist, daß man manchmal ein bißchen zu weit geht, wenn man jemanden überreden möchte. Stimmt das nicht, Kenneth?«

»Nein. Ich weiß nicht. Ich mein –«

»Wollen Sie sagen, daß es kein Unfall war? Daß Sie die Absicht hatten, ihn zu töten?«

»Das hab ich nicht gemeint.« Hicks schluckte und wischte sich die Hände an seinen Oberschenkeln. »Ich hab ihm nur einen Vorschlag gemacht, ein Angebot, könnte man sagen.«

Kincaid blieb stehen. Die Hände in den Hosentaschen, sah er Hicks aufmerksam an. »Das klingt ja sehr interessant, Kenneth. Was war denn das für ein Angebot?«

Gemma hielt den Atem an, als sie sah, daß Hicks am Rand eines Geständnisses zu schwanken schien. Während sie seinen keuchenden Atemzügen lauschte, sandte sie ein Stoßgebet zum Gott der Vernehmungen hinauf.

Dann sprach Hicks endlich, sprudelnd, als wäre ein Damm gebrochen, und voll giftiger Gehässigkeit. »Ich hab von Anfang an über ihn und seine feinen Ashertons Bescheid gewußt. So wie er von denen geredet hat, hätt man ja meinen können, die wären vom Feinsten, aber ich hab Bescheid gewußt. Diese

Dame Caroline ist doch nichts weiter als eine aufgemotzte Nutte. Und das Theater, das sie wegen dem Kleinen gemacht haben, der ertrunken ist – der war ja nicht mal das Kind von Sir Gerald. Ein Bastard war er, sonst nichts.«

Matty. Er meint Matty, dachte Gemma in dem Bemühen, aus seinen Worten klug zu werden.

Kincaid setzte sich wieder und zog seinen Stuhl so nahe an den Tisch, daß er seine Arme aufstützen konnte. »Fangen wir doch von vorn an, Kenneth, hm?« sagte er sehr ruhig, und Gemma fröstelte. »Sie haben Connor Swann gesagt, daß Matthew Asherton ein uneheliches Kind war, habe ich das richtig verstanden?«

Hicks' Adamsapfel sprang aus dem mageren Hals hervor, als der Mann krampfhaft schluckte und nickte. Er sah Gemma hilfesuchend an. Angst vor der eigenen Courage, dachte Gemma und fragte sich plötzlich, was Kincaid getan hätte, wenn sie nicht im Raum gewesen und der Recorder nicht eingeschaltet gewesen wäre.

»Woher wissen Sie das?« fragte Kincaid mit samtweicher Stimme.

»Weil mein Onkel Tommy sein Vater war, wenn Sie's genau wissen wollen.«

In der Stille, die diesen Worten folgte, hörte Gemma überlaut Hicks' pfeifenden Atem. Sie öffnete den Mund, um etwas zu sagen, aber sie konnte kein Wort hervorbringen.

»Ihr Onkel Tommy? Sprechen Sie von Tommy Godwin?« fragte schließlich Kincaid, dem es nicht ganz gelang, seine Überraschung zu verbergen.

Gemma hatte ein Gefühl, als drückte ihr jemand die Luft ab. Sie sah wieder die Fotografie Matthew Ashertons vor sich – das blonde Haar, das spitzbübische Lächeln in dem offenen Gesicht. Sie erinnerte sich an Tommy Godwins Ton, als er von Caroline Stowe gesprochen hatte, und fragte sich, wieso sie es nicht schon früher erkannt hatte.

»Ich hab gehört, wie er's meiner Mutter erzählt hat, als der Kleine ertrunken ist«, sagte Hicks. Er hielt ihre Überraschung offenbar für Ungläubigkeit und beteuerte mit schriller Panik in der Stimme: »Ich schwör's. Ich hab nie was gesagt, aber wie ich dann Con kennengelernt hab und er von ihnen geredet hat, sind mir die Namen wieder eingefallen.«

»Ich glaube Ihnen nicht«, sagte Gemma hitzig. »Sie können nicht Tommy Godwins Neffe sein. Das ist ausgeschlossen.« Sie dachte an Godwins Eleganz, an seine Höflichkeit und Geduld, als sie im Yard das Protokoll seiner Aussage aufgenommen hatte, doch sosehr sie sich dagegen wehrte, der erste Eindruck, Hicks irgendwoher zu kennen, blieb. War es die Form der Nase oder die Kontur das Unterkiefers?

»Dann fahren Sie doch nach Clapham und fragen Sie meine Mutter. Die wird Ihnen schon sagen —«

»Sie haben gesagt, Sie hätten Connor Swann einen Vorschlag gemacht«, unterbrach Kincaid Hicks' Beteuerungen. »Wie genau hat dieser Vorschlag ausgesehen?«

Hicks rieb sich die Nase und schnüffelte.

»Na los, Sportsfreund, Sie können es uns ruhig erzählen«, drängte Kincaid. »Heraus mit der Sprache.«

»Na ja, die Ashertons haben doch Geld wie Heu, oder? Ich mein, mit ihren Titeln und allem. Dauernd steht irgendwo was über sie in der Zeitung und so. Denen wär's doch bestimmt nicht recht gewesen, wenn rausgekommen wär, daß der Junge ein Kuckucksei war.«

Kincaids Zorn schien sich gelegt zu haben. »Verstehe ich richtig? Sie haben Connor vorgeschlagen, daß er seine eigenen Schwiegereltern erpressen soll?« fragte er kalt. »Und was ist mit

Ihrer eigenen Familie? Ist Ihnen nicht der Gedanke gekommen, daß das auch Ihrem Onkel und Ihrer Mutter schaden könnte?«

»Er hätt ja nicht sagen sollen, daß er's von mir hat«, erwiderte Hicks, als spräche ihn das von aller Schuld frei.

»Mit anderen Worten, es war Ihnen gleichgültig, wie es sich auf Ihren Onkel auswirken könnte – Hauptsache, keiner hätte erfahren, daß Sie hinter der Sache steckten.« Kincaid lächelte. »Sehr nobel von Ihnen, Kenneth? Und wie hat Connor Swann auf Ihren kleinen Vorschlag reagiert?«

»Er hat mir nicht geglaubt«, erklärte Hicks empört. »Jedenfalls nicht gleich. Aber dann hat er ein bißchen drüber nachgedacht und war auf einmal total aufgeregt. Er wollte wissen, was für einen Betrag ich mir vorgestellt hätte, und wie ich gesagt hab: ›Fangen wir bei fünfzig Riesen an und machen wir halbe-halbe, wir können später immer noch mehr verlangen‹, hat er mich ausgelacht. Ich soll sofort mein dreckiges Mundwerk halten, hat er gesagt, und wenn ich noch ein einziges Wort sagen würde, würd er mich umbringen.« Hicks zwinkerte mit hellen Wimpern und sagte in einem Ton, als könnte er es immer noch nicht glauben: »Nach allem, was ich für den getan hatte!«

»Er hat wirklich nicht begriffen, warum Swann wütend auf ihn war«, sagte Kincaid zu Gemma, als sie zum Parkplatz beim Bahnhof von High Wycombe gingen, wo sie Gemmas Escort stehengelassen hatten. »Er ist absolut gewissenlos. Er ist nur deshalb nie über kleine Gaunereien hinausgekommen, weil er außerdem ein stinkender Feigling ist.« Er wischte sich über den Ärmel seines Jacketts.

Es war eines seiner Lieblingsjacketts, stellte Gemma mit der kühlen Distanziertheit fest, die sich ihrer bemächtigt hatte.

Feine Wolle in einem Blaugrau, das die Farbe seiner Augen zur Geltung brachte. Wieso regte er sich auf, als hätte er noch nie zuvor mit so einem Burschen wie Kenneth Hicks zu tun gehabt?

Kincaid warf einen Blick auf seine Uhr, als sie beim Wagen waren. »Ich denke, wir können es schaffen, noch vor dem Mittagessen ein Wörtchen mit Godwin zu sprechen, wenn wir auf die Tube drücken. Am besten ist es vielleicht«, meinte er, als Gemma den Wagenschlüssel aus ihrer Handtasche kramte, »wir holen gleich unsere Sachen ab und fahren meinen Wagen auch nach London zurück, da wir ja hier wahrscheinlich nichts mehr zu tun haben.«

Ohne ein Wort ließ Gemma den Motor an, sobald er sich neben sie gesetzt hatte. Sie hatte ein Gefühl, als hätte sie ein wild wirbelndes Kaleidoskop in ihrem Kopf, das kein erkennbares Muster mehr sichtbar werden ließ.

Kincaid berührte ihren Arm. »Gemma, was ist los? Sie sind schon seit dem Frühstück so. Wenn es Ihnen wirklich nicht gutgeht —«

Mit einer heftigen Bewegung wandte sie sich ihm zu. »Glauben Sie ihm?«

»Wem? Kenneth?« fragte Kincaid leicht verwundert. »Na, Sie müssen zugeben, daß dadurch einige Dinge plausibel werden, die —«

»Sie kennen Tommy nicht. Oh, daß Tommy Matthews Vater war, kann ich glauben«, sagte sie. »Aber den Rest nicht. Das ist der größte Mumpitz, den ich je —«

»Gerade unwahrscheinlich genug, um wahr zu sein, fürchte ich«, unterbrach Kincaid. »Und wie sonst hätte er die Geschichte über Godwin und Matthew Asherton herausfinden können? Seine Aussage liefert uns das fehlende Glied, Gemma – das Motiv. Connor Swann konfrontierte Godwin am Donnerstag beim

Abendessen mit dem, was er erfahren hatte, und Godwin tötete ihn, um ihn zum Schweigen zu bringen.«

»Das glaube ich nicht«, erklärte Gemma störrisch, und doch begannen schon erste Zweifel an ihr zu nagen. Tommy Godwin liebte Caro und Julia. Das war offenkundig. Und von Sir Gerald sprach er mit Respekt und Zuneigung. War es ihm so wichtig gewesen, sie zu schützen, daß er dafür gemordet hatte? Selbst wenn sie bereit war, das zuzugestehen, blieb der Rest in ihren Augen unsinnig. »Weshalb hätte Connor sich mit ihm an der Schleuse treffen sollen?«

»Weil Godwin ihm versprach, das Geld dorthin zu bringen.«

Gemma starrte in den feinen Nieselregen hinaus. »Ich glaube nicht, daß Connor Swann Geld wollte«, sagte sie mit ruhiger Gewißheit. »Außerdem ist damit nicht erklärt, weshalb Tommy nach London gefahren ist und Sir Gerald aufgesucht hat. Er kann es nicht getan haben, um sich ein Alibi zu beschaffen. Jedenfalls nicht, wenn Connor Swann zu dem Zeitpunkt noch am Leben war.«

»Ich habe den Eindruck, Sie lassen sich in Ihrem Urteil von Ihrer Sympathie für Tommy Godwin beeinflussen, Gemma. Niemand sonst hat auch nur die Spur eines Motivs. Sehen Sie denn nicht —«

Der Zorn, der sich den ganzen Morgen in ihr aufgestaut hatte, brach sich plötzlich Bahn. »Sie sind derjenige, der blind ist«, schrie sie ihn an. »Sie sind so vernarrt in Julia Swann, daß Sie die Möglichkeit ihrer Schuld an Connors Tod nicht einmal in Betracht ziehen, obwohl Sie so gut wie ich wissen, daß bei einem Ehegattenmord meistens der Partner der Täter ist. Woher sind Sie so sicher, daß Trevor Simons nicht lügt, um sie zu decken? Woher wissen Sie, daß sie sich nicht vor Connors Abendessen mit Tommy Godwin und vor Beginn der Vernissage mit ihrem Mann getroffen und sich für später mit ihm verabredet hat? Vielleicht hatte sie Angst, ein Skandal um ihre Familie würde ihrer Karriere schaden. Vielleicht wollte sie ihre Eltern schützen. Vielleicht ...« Sie schwieg, aller Zorn war verraucht. Sie konnte nur noch auf den unvermeidlichen Gegenschlag warten. Niedergeschmettert. Diesmal hatte sie die Grenze wirklich weit überschritten.

Doch anstatt sie abzukanzeln, wie sie erwartet hatte, senkte Kincaid den Blick. In der Stille konnte sie das Zischen der Reifen auf dem nassen Asphalt hören.

»Vielleicht haben Sie recht«, sagte er schließlich. »Vielleicht ist meinem Urteil nicht zu trauen. Aber solange wir keine konkreten Indizien haben, kann ich mich nur darauf verlassen.«

Sie fuhren in zwei Autos nach London zurück und trafen sich wie vereinbart vor Kincaids Wohnung. Der Nieselregen war ihnen gefolgt, und Kincaid zog die Plane über den Midget, ehe er ihn abschloß. Als er zu Gemma in den Wagen stieg, sagte er: »Sie müssen sich wirklich mal um Ihre Reifen kümmern, Gemma. Der hintere ist so kahl wie eine Glatze.« Es war eine häufig wiederholte Mahnung, auf die Gemma meist gereizt reagierte. Als sie diesmal nicht nach dem Köder schnappte, seufzte er und fuhr fort: »Ich habe vom Auto aus im LB-Haus angerufen. Tommy Godwin ist heute gar nicht erschienen. Er sagte, es ginge ihm nicht gut. Haben Sie mir nicht erzählt, daß seine Wohnung in Highgate ist?«

Gemma nickte. »Ich habe mir die Adresse aufgeschrieben. Es ist, glaube ich, hier ganz in der Nähe.«

Eine diffuse Angst breitete sich in ihr aus, während sie fuhr, und sie war erleichtert, als sie das Haus entdeckte, in dem Tommy Godwin seine Wohnung hatte. Sie ließ den Wagen auf dem Vorplatz stehen und sprang heraus. Ungeduldig wartete sie vor der Haustür auf Kincaid, der sich Zeit ließ.

»Du meine Güte, Gemma, brennt's hier irgendwo?« fragte er scherzhaft, doch sie ignorierte die Bemerkung und stieß die Haustür auf. Als sie dem Portier ihre Ausweise zeigten, wies der ihnen unwirsch den Weg zum Aufzug. »Vierte Etage.«

»Schönes Haus«, meinte Kincaid, als sie in dem ächzend aufwärts fahrenden Lift standen. »Gut erhalten, aber nicht zu Tode modernisiert.« Der Treppenflur in der vierten Etage, in einem geometrischen Muster schwarzweiß gefliest, bestätigte seine Worte. »Deco, wenn ich mich nicht irre.«

Gemma, die nach der richtigen Wohnungsnummer suchte, hatte nur mit halbem Ohr hingehört. »Was?« fragte sie und klopfte schon in 4 C.

»Art deco. Das Haus muß ungefähr —«

Die Tür öffnete sich. Tommy Godwin sah Kincaid und Gemma neugierig an. »Mike hat mich schon angerufen und mir gesagt, daß die Freunde von der Polizei auf dem Weg sind. Er war ausgesprochen mißvergnügt. Ich vermute, er hat in einem früheren Leben einmal unangenehme Erfahrungen mit der Polizei gemacht.« Godwin trug einen seidenen Morgenrock mit Paisley-Muster und Hausschuhe. Sein sonst so gepflegtes Haar stand ihm zerzaust vom Kopf ab. »Sie sind sicher Superintendent Kincaid«, sagte er, als er sie in die Wohnung führte.

Als Gemma sah, daß Tommy Godwin frisch und munter war und keineswegs den Kopf in den Gasofen gesteckt oder etwas ähnlich Unbesonnenes getan hatte, überkam sie ein irrationaler Zorn auf ihn, daß er sie so sehr geängstigt hatte. Während sie den Männern folgte, sah sie sich neugierig um. Eine kleine, moderne Küche zur Linken, schwarzweiß wie der Treppenvorplatz. Rechts ein ebenfalls in Schwarzweiß gehaltenes

Wohnzimmer, durch dessen großes Fenster sie ein graues London sehen konnte. Die Linien der Möbel waren gerundet, jedoch ohne Schnörkel. Gemma fand den Raum wohltuend in seiner Sanftheit, die ihr zu Tommy Godwin zu passen schien.

Auf einem Sessel vor dem Fenster hockte eine Katze und beobachtete sie mit saphirblauen Augen.

»Sie haben übrigens recht, Superintendent«, sagte Godwin gerade, als sie zu den beiden Männern trat, »das Haus ist Anfang der dreißiger Jahre gebaut worden. Es war damals natürlich der letzte Schrei moderner Architektur, und es hat sich im Gegensatz zu den meisten Nachkriegsmonstrositäten unglaublich gut gehalten. – Bitte, nehmen Sie doch Platz«, fügte er hinzu, als er sich selbst in einem gerundeten Sessel niederließ. »Ich stelle mir allerdings vor, daß es im Krieg hier oben ziemlich beängstigend gewesen sein muß. Man muß sich wie eine Zielscheibe vorgekommen sein, wenn die deutschen Bomber angedonnert kamen. Eine Ritze in der Verdunkelung und –«

»Tommy«, unterbrach Gemma streng, »im LB-Haus wurde uns gesagt, Sie fühlten sich nicht wohl. Was fehlt Ihnen?«

Er fuhr sich mit einer Hand durch sein Haar, und im klaren Licht sah Gemma, daß die Haut unter seinen Augen ein wenig schlaff zu werden begann. »Ich bin einfach nicht ganz auf der Höhe, Sergeant. Ich muß zugeben, daß der gestrige Tag mich recht mitgenommen hat.« Er stand auf und trat zu dem Barschrank an der Wand. »Darf ich Ihnen einen Sherry anbieten? Es ist ja fast Mittag, und Rory Allyn hat bestimmt immer einen Sherry angenommen, wenn er Verdächtige verhört hat.«

»Tommy, Herrgott noch mal, das ist keine Detektivgeschichte«, sagte Gemma, die ihre Gereiztheit nicht zurückhalten konnte.

Die Sherrykaraffe in einer Hand, drehte er sich nach ihr um.

»Ich weiß, Verehrteste. Aber das ist eben meine Art, im Dunkeln zu pfeifen.« Sein sanfter Ton sagte ihr, daß er ihre Besorgnis anerkannte und von ihr gerührt war.

»Zu einem kleinen sage ich nicht nein«, bemerkte Kincaid, und Godwin stellte drei Gläser und die Karaffe auf ein kleines Tablett.

»Wenn ich schon die Verantwortung für ein Verbrechen übernehmen soll, das ich nicht begangen habe«, sagte Godwin, als er eingeschenkt hatte und die Gläser herumreichte, »dann will ich es wenigstens mit Grazie tun.«

»Sie haben mir gestern gesagt, sie seien in Clapham gewesen, um Ihre Schwester zu besuchen.« Gemma machte eine Pause und trank. Dann fügte sie langsam hinzu: »Aber von Kenneth haben Sie nichts gesagt.«

»Ach so.« Tommy Godwin lehnte sich in seinem Sessel zurück und schloß die Augen. Im grauen Licht traten die Linien der Erschöpfung um seinen Mund und seiner Nase deutlich hervor. Zum erstenmal sah Gemma das Grau, das sich in das Blond an den Schläfen mischte. »Würden Sie Ihre Verwandtschaft mit Kenneth freiwillig zugeben, wenn Sie eine Wahl hätten?« fragte Godwin, ohne sich zu rühren. »Nein, antworten Sie nicht darauf.« Er öffnete die Augen und sah Gemma mit einem etwas bemühten Lächeln an. »Ich nehme an, Sie haben ihn kennengelernt?«

Gemma nickte.

»Dann kann ich wohl auch annehmen, daß die ganze schmutzige Katze aus dem Sack ist.«

»Ich denke, ja. Sie haben mich belogen. Bei Ihrem Abendessen mit Connor ging es überhaupt nicht darum, daß er seine alte Stellung wiederhaben wollte. Er hat Sie vielmehr mit dem konfrontiert, was er von Kenneth erfahren hatte.« Heute ist anscheinend mein Anklagetag, dachte sie, als ihr bewußt wurde, daß sie Tommy Godwins Lüge persönlich nahm, so als sei sie von einem Freund getäuscht worden.

»Das war doch nur eine kleine Flunkerei –« Als er Gemmas Gesichtsausdruck sah, brach er ab und seufzte. »Tut mir leid, Sergeant. Sie haben ganz recht. Was wollen Sie jetzt von mir wissen?«

»Fangen Sie von vorn an. Erzählen Sie uns von Caroline.«

»Ah, ganz von vorn, meinen Sie.« Tommy Godwin schwenkte den Sherry in seinem Glas und sah nachdenklich vor sich hin. »Ich habe Caro geliebt, so blind und bedingungslos, wie man nur in der Jugend liebt. Aber vielleicht hat das Alter auch gar nichts damit zu tun ... Ich weiß es nicht. Als sie merkte, daß sie schwanger war, endete unsere Beziehung. Ich bat sie, Gerald zu verlassen und mich zu heiraten. Ich hätte Julia wie mein eigenes Kind geliebt.« Er machte eine Pause, um den Rest seines Sherrys zu trinken. Bedächtig stellte er das leere Glas wieder auf das Tablett. »Das waren natürlich Hirngespinste. Caro stand damals am Anfang einer großen Karriere, sie führte an Geralds Seite ein sorgenfreies Leben, mit dem Namen Asherton und einem Vermögen im Rücken. Was hätte ich ihr schon bieten können? Außerdem war ja auch noch Gerald da, der sich in all den Jahren, seit ich ihn kenne, immer wie ein Ehrenmann verhalten hat.

Man paßt sich an, wie man das muß«, sagte er mit einem Lächeln zu Gemma. »Ich bin zu dem Schluß gekommen, daß große Tragödien immer von denen ausgelöst werden, die die Anpassung nicht schaffen. Wir lebten weiter. Als ›Onkel Tommy‹ durfte ich Matty aufwachsen sehen, und keiner außer Caro und mir wußte die Wahrheit.«

»Dann ist Matty tödlich verunglückt.«

Kincaid stellte sein leeres Glas auf das Tablett. Das Klirren des Glases auf dem Holz klang in der Stille so laut wie ein

Schuß. Gemma fuhr zusammen – in ihrer Konzentration auf Tommy Godwin hatte sie Kincaids Anwesenheit einen Moment lang vergessen gehabt. Weder sie noch Kincaid sagten etwas, und nach einer kleinen Weile fuhr Godwin zu sprechen fort.

»Sie haben mich damals ausgeschlossen. Sie rückten zusammen, und ich blieb außen. Caro und Gerald hatten in ihrem Schmerz keinen Raum für den Schmerz eines anderen. Sosehr ich Matty geliebt habe, habe ich doch auch gesehen, daß er ein ganz normaler kleiner Junge war, mit allen liebenswerten und manchmal auch weniger liebenswerten Eigenschaften eines normalen Kindes. Die Tatsache, daß er außergewöhnlich begabt war, bedeutete ihm nicht mehr, als wenn er einen extra Finger gehabt hätte oder wie der Blitz hätte kopfrechnen können. Aber Caro und Gerald sahen es ganz anders. Verstehen Sie das? Für sie war Matty die Erfüllung ihrer Träume, ein Geschenk, das Gott ihnen gesandt hatte, es nach ihrem Bild zu formen.«

»Und Kenneth Hicks?« fragte Gemma. »Was hat er für eine Rolle gespielt in dieser Geschichte?«

»Meine Schwester ist eine nette Frau. Jeder von uns hat sein Kreuz zu tragen – und Kenneth ist ihrs. Unsere Mutter ist gestorben, als sie noch zur Schule ging. Ich kam damals gerade so über die Runden und konnte nicht viel für sie tun. Ich glaube, sie hat Kenneths Vater aus reiner Verzweiflung geheiratet. Wie sich dann zeigte, blieb er gerade lang genug, um seinen Sohn und Stammhalter zu produzieren. Dann hat er sich aus dem Staub gemacht und sie mit dem Kind allein gelassen.«

Gemma sah in Godwins Schilderung der Ehe seiner Schwester ein Abbild ihrer eigenen Ehe und schauderte bei dem Gedanken, daß ihr kleiner Sohn sich trotz all ihrer Bemühungen eines Tages zu einem zweiten Kenneth Hicks entwickeln könnte. Eine unerträgliche Vorstellung. Sie spülte ihren Sherry mit einem langen Zug hinunter.

Godwin glättete die Falten seines Morgenrocks über seinen Knien. Die Katze schien das als Einladung aufzufassen. Mit einem geschmeidigen Satz sprang sie auf seinen Schoß und machte es sich bequem. Er streichelte mit seinen langen, schlanken Fingern ihr schokoladenbraunes Fell, und Gemma, die ihn beobachtete, konnte sich einfach nicht vorstellen, daß diese Hände Connor Swann den Hals zugedrückt haben sollten. Sie sah auf und begegnete Tommy Godwins Blick.

»Nach Mattys Tod«, sagte er, »bin ich zu meiner Schwester gefahren und habe ihr die ganze Geschichte erzählt. Es war niemand anders da.« Mit einem Räuspern griff er nach der Karaffe und schenkte sich noch einen Tropfen Sherry ein. »Ich habe keine klare Erinnerung an diese Zeit, Sie müssen das verstehen. Ich versuche selbst gerade, die Bruchstücke wieder zusammenzufügen. Kenneth kann damals höchstens acht oder neun gewesen sein, aber meiner Ansicht nach war er schon von Geburt an hinterhältig. Er hat ständig versucht, seine Mutter zu kontrollieren, und sich immer irgendwo versteckt, um die Gespräche der Erwachsenen zu belauschen. Ich hatte keine Ahnung, daß er an diesem Tag überhaupt im Haus war. Können Sie sich vorstellen, wie entsetzt ich war, als Connor mir erzählte, was er gehört hatte und wer es ihm berichtet hatte?«

»Warum ist Connor Swann zu Ihnen gekommen?« fragte Kincaid. »Wollte er Geld?«

»Ich glaube, Connor wußte selbst nicht, was er wollte. Er schien es sich in den Kopf gesetzt zu haben, daß Julia ihn geliebt hätte, wäre nicht Matthews Tod gewesen, und daß zwischen ihm und ihr alles anders gewesen wäre, wenn sie von Anfang an die Wahrheit über Matty gewußt hätte. Er redete eine Menge wirres Zeug. ›Diese verlogene Bande‹, sagte er immer wieder. ›Nichts als Heuchler, alle miteinander‹.« Godwin verschränkte die Arme und seufzte. »Ich glaube, Connor hatte das Image der Familie Asherton für bare Münze genommen und konnte die Desillusionierung nicht aushalten. Oder vielleicht brauchte er auch jemanden, dem er die Schuld an seinem eigenen Versagen geben konnte. Sie hatten ihn gekränkt und verletzt, und er hatte es sich ohnmächtig gefallen lassen müssen. Kenneth hatte ihm die perfekte Waffe in die Hand gegeben.«

»Hätten Sie ihn nicht aufhalten können?« fragte Kincaid.

Tommy Godwin lächelte. Der beiläufige Ton konnte ihn nicht täuschen. »Nicht auf die Weise, die Sie meinen. Ich habe mit ihm geredet, ihn gebeten, um Gerald und Caros willen den Mund zu halten, und auch um Julias willen, aber das schien ihn nur um so wütender zu machen. Am Ende kam es sogar zu Handgreiflichkeiten. Ich schäme mich jetzt noch dafür.

Als ich mich von Connor trennte, wußte ich schon, was ich tun würde. Wir hatten lange genug gelogen. Connor hatte in gewisser Beziehung recht – die Lüge hatte unser aller Leben verbogen, ob wir uns dessen nun bewußt waren oder nicht.«

»Das versteh ich nicht«, sagte Kincaid. »Wieso glaubten Sie, Sie müßten Connor töten, um der Lüge ein Ende zu bereiten?«

»Ich habe Connor nicht getötet, Superintendent«, erwiderte Godwin ruhig und entschieden. »Ich habe Gerald die Wahrheit gesagt.«

15

Gemma ließ den Motor ihres Wagens an und ließ ihn laufen, während Kincaid neben ihr sich anschnallte. Auf dem Weg von Godwins Wohnung zum Auto hatte sie kein Wort gesprochen.

Kincaid, der aus ihrem Verhalten nicht klug wurde, warf ihr einen forschenden Blick zu. Er dachte an den lebhaften Austausch, der sonst bei der Arbeit zwischen ihnen üblich war, und er dachte an das Abendessen in ihrer Wohnung vor wenigen Tagen, an die unbefangene Vertrautheit, die sich zwischen ihnen an diesem Abend eingestellt hatte. Auf einer eher gefühlsmäßigen Ebene war er sich ihrer besonderen Begabung, zu anderen in Beziehung zu treten, bewußt gewesen, doch er hatte nie recht darüber nachgedacht. Sie hatte ihn angenommen, mit ihrer Wärme bewirkt, daß er sich mit sich und mit ihr wohlfühlte, und er hatte es für selbstverständlich genommen. Jetzt, da er gesehen hatte, was für ein menschliches Verhältnis sich zwischen ihr und Godwin entwickelt hatte, empfand er plötzlich Neid. Er fühlte sich wie ein Kind, das man in die Kälte hinausgesperrt hat.

Sie strich sich eine Locke aus dem Gesicht, die sich aus ihrem Zopf gelöst hatte, und wandte sich ihm zu. »Wie geht's weiter, Chef?« fragte sie in neutralem Ton.

Es drängte ihn, den Bruch zwischen ihnen wieder zu kitten, aber er wußte nicht recht, wie er das anfangen sollte, und andere Dinge beanspruchten seine unmittelbare Aufmerksamkeit. »Warten Sie einen Moment«, sagte er und rief im Yard an. Er stellte nur eine kurze Frage, dann legte er wieder auf. »Die Untersuchungen von Godwins Wohnung und Wagen haben nichts erbracht.« Vorsichtig seinen Weg ertastend, sagte er: »Vielleicht war ich mit meinen Schlußfolgerungen über Godwin etwas voreilig. Das ist sonst eigentlich mehr Ihre Art«, fügte er mit einem Lächeln hinzu, doch Gemma verzog keine Miene. Er seufzte. »Ich denke, wir werden noch einmal mit Gerald Asherton sprechen müssen. Aber gehen wir erst mal was essen und sehen, wo wir stehen.«

Als Gemma losfuhr, schloß er die Augen. Er fragte sich,

wie er das alte gute Verhältnis zu ihr wiederherstellen könnte, und warum sich ihm die Lösung dieses Falls so beharrlich entzog.

Nachdem sie bei den Ashertons angerufen und von Sir Gerald gehört hatten, daß er bereit war, sie jederzeit zu empfangen, setzten sie sich in einem Café in Golders Green zu einem späten Mittagessen. Sehr zu Kincaids Befriedigung vertilgte Gemma ohne eine Spur der Lustlosigkeit, die sie beim Frühstück an den Tag gelegt hatte, den Thunfischsalat, den sie sich bestellt hatte. Er schob den letzten Bissen seines Schinken-Käse-Toasts in den Mund und trank seinen Kaffee, während Gemma einen Beutel Cips leerte.

»Ich blick da einfach nicht durch«, sagte er, als sie sich zum Abschluß die Fingerspitzen leckte. »Wen hat Connor Swann von seiner Wohnung aus angerufen? Sir Gerald kann es nicht gewesen sein. Wie Sharon mir sagte, hat Swann den Anruf kurz nach halb elf gemacht. Zu der Zeit stand Sir Gerald vor dem Orchester.«

»Vielleicht hat er eine Nachricht hinterlassen.« Gemma wischte sich die Finger an einer Papierserviette ab.

»Bei wem? Ihr Portier hätte sich sicher daran erinnert. Alison wie-heißt-sie-gleich hätte sich auch erinnert.«

»Das ist wahr.« Gemma probierte ihren Kaffee und schnitt eine Grimasse. »Der ist ja ganz kalt. Ekelhaft.« Sie schob die Tasse weg und verschränkte ihre Arme auf dem Tisch. »Es wäre viel einleuchtender, wenn Sir Gerald Connor Swann angerufen hätte, nachdem Tommy gegangen war.«

Godwin hatte ihnen erzählt, daß Gerald Asherton weder Schock noch Empörung über seine Mitteilung gezeigt hatte. Er schenkte Tommy einen Whisky ein, als wäre nichts geschehen, und sagte wie zu sich selbst: »Der Wurm hat auch Arthurs

Reich von innen ausgehöhlt, wie er das immer wußte.« Als Tommy gegangen war, hatte er mit seinem Glas in der Hand zusammengesunken vor seinem Garderobenspiegel gesessen.

»Nehmen wir mal an, daß der Anruf, von dem Sharon mir erzählt hat, mit Connor Swanns Ermordung gar nichts zu tun hatte. Wir haben ja keinen Beweis dafür.« Kincaid sah Gemma nachdenklich an. »Nehmen wir an, Swann hatte die Wohnung gar nicht unmittelbar nach Sharon verlassen. Er hat ja nicht gesagt, daß er gleich gehen würde.«

»Sie meinen, er könnte noch dagewesen sein, als Gerald Asherton ihn nach dem Gespräch mit Tommy anrief? Und er könnte sich mit ihm an der Schleuse verabredet haben?« fragte Gemma mit einem Funken Interesse.

»Aber wir haben keinen Beweis«, sagte Kincaid. »Wir haben für nichts einen Beweis. Die ganze Geschichte kommt mir vor wie ein riesiger Wackelpudding – kaum will man richtig die Zähne hineinschlagen, glitscht er weg.«

Gemma lachte, und Kincaid dankte dem Schicksal für diesen kleinen Riß im Eis.

Als sie vor dem Haus der Ashertons anhielten, war aus dem feinen Nieselregen ein handfester Landregen geworden. Einen Moment blieben sie im Wagen sitzen und lauschten dem rhythmischen Prasseln auf Verdeck und Kühlerhaube. Im Haus brannten schon die Lichter, und sie sahen, wie sich der Vorhang am Wohnzimmerfenster bewegte.

»Es ist schon fast dunkel«, sagte Gemma. »Bei dem Wetter kommt der Abend so früh.« Als Kincaid zur Türklinke griff, berührte sie leicht seinen Arm. »Chef, wenn Sir Gerald Connor Swann getötet hat, warum hat er dann die Polizei hinzuziehen lassen?«

Kincaid drehte sich nach ihr um. »Vielleicht hat seine Frau

darauf bestanden. Vielleicht hat sein Freund, der *Assistant Commissioner*, es ihm angeboten, und er hielt es für klüger, nicht abzulehnen.« Ihr Unbehagen spürend, berührte er ihre Finger und fügte hinzu: »Mir gefällt das auch nicht, Gemma, aber wir müssen der Sache nachgehen.«

Zusammen unter einem Schirm, rannten sie zum Haus und drängten sich unter das Vordach über der Treppe. Sie hörten das Bimmeln der Glocke, als Kincaid läutete, doch noch ehe er die Finger vom Klingelknopf genommen hatte, öffnete Sir Gerald ihnen selbst die Tür.

»Kommen Sie herein«, sagte er. »Warten Sie, legen Sie Ihre nassen Sachen ab. Das ist ja ein grauenhaftes Wetter, und leider soll es auch nicht besser werden.« Er führte sie ins Wohnzimmer, wo im Kamin ein helles Feuer brannte.

»So, und jetzt brauchen Sie noch ein bißchen Wärme von innen«, sagte Sir Gerald, als sie sich am Feuer niedergelassen hatten. »Plummy macht uns eine Tasse Tee.«

»Sir Gerald, wir müssen mit Ihnen sprechen«, sagte Kincaid, sich dem Schwall konventioneller Höflichkeiten entgegenstellend.

»Caroline ist leider nicht zu Hause«, fuhr Sir Gerald auf seine freundschaftlich herzliche Art fort, als wäre an ihrem Gespräch nichts Sonderbares zu finden. »Sie und Julia kümmern sich um die letzten Formalitäten für Connors Beerdigung.«

»Julia kümmert sich um die Beerdigung?« fragte Kincaid so überrascht, daß er von seiner Marschroute abwich.

Sir Gerald strich sich über sein schütteres Haar und setzte sich auf dem Sofa nieder. Es war offensichtlich sein Platz; das Polster hatte eine Mulde, in die sein Gesäß genau hineinpaßte. Er trug an diesem Tag einen olivgrünen Pullover und dieselbe ausgebeulte Manchesterhose, so schien es Kincaid jedenfalls, wie bei ihrem letzten Gespräch.

»Ja«, sagte er. »Sie ist anscheinend zur Besinnung gekommen. Ich weiß nicht, wodurch, und ich bin zu froh darüber, um Fragen zu stellen.« Er lächelte auf seine gewinnende Art. »Sie schoß nach dem Mittagessen plötzlich wie ein Wirbelwind hier herein und sagte, sie wisse jetzt, was das Richtige für Con sei, und seitdem hat sie in dieser Hinsicht den Ton angegeben.«

Julia schien mit Connors Andenken Frieden geschlossen zu haben. Kincaid schob den Gedanken weg und konzentrierte sich auf das bevorstehende Gespräch. »Wir wollten sowieso mit Ihnen sprechen, Sir.«

»Haben Sie etwas entdeckt?« Sir Gerald beugte sich ein wenig vor und musterte gespannt ihre Gesichter. »Bitte, sagen Sie es mir. Ich möchte meiner Frau und Julia möglichst jede Aufregung ersparen.«

»Wir kommen gerade von Tommy Godwin, Sir Gerald. Wir wissen jetzt, warum Mr. Godwin Sie an dem Abend des Todes Ihres Schwiegersohns aufgesucht hat.« Sir Gerald ließ sich in das Sofa zurücksinken. Sein Gesicht war plötzlich verschlossen. Kincaid, der sich an die Bemerkung Sir Geralds zu Tommy Godwin erinnerte, fügte hinzu: »Sie wußten von Anfang an, daß Mr. Godwin Matthews Vater war, nicht wahr?«

Gerald Asherton schloß seine Augen. Das Gesicht unter den buschigen, stark hervorspringenden Augenbrauen wirkte unbewegt und uralt. »Natürlich habe ich es gewußt. Ich mag ein Narr sein, Mr. Kincaid, aber ich bin kein blinder Narr. Sie haben ja keine Ahnung, was für ein schönes Paar die beiden waren – Tommy und Caroline.« Langsam öffnete er die Augen. »Grazie, Eleganz, Talent – sie waren wie geschaffen füreinander. Ich lebte in ständiger Angst, daß sie mich verlassen würde, und fragte mich jeden Tag von neuem, wie ich ohne sie weiterleben sollte. Als dann mit Mattys Geburt die Beziehung der beiden langsam zu zerbröckeln schien, dankte ich Gott, daß er mir meine Frau wiedergegeben hatte. Alles andere spielte keine Rolle. Und Matty – Matty war alles, was wir uns hätten wünschen können.«

»Sie haben Ihrer Frau nie gesagt, daß Sie die Wahrheit wissen?« warf Gemma ungläubig ein.

»Wie hätten wir dann weiter miteinander leben können?«

Es hatte nicht mit direkten Lügen begonnen, dachte Kincaid, sondern mit einer Verleugnung der Wahrheit, die zu einem Teil des Lebens dieser Familie geworden war. »Aber Connor Swann wollte alles zerstören, nicht wahr, Sir Gerald? Sie müssen erleichtert gewesen sein, als Sie am nächsten Morgen von seinem Tod hörten.«

Kincaid fing Gemmas schnellen, überraschten Blick auf, ehe sie zum Flügel ging und sich die Fotografien ansah. Er selbst ging vom Feuer weg und setzte sich in einen Sessel Gerald Asherton gegenüber.

»Ich gebe zu, ich hatte das Gefühl, noch einmal verschont worden zu sein. Es beschämte mich und machte mich um so entschlossener, der Wahrheit über Connors Tod auf den Grund zu gehen. Er war mein Schwiegersohn, und wenn er auch gelegentlich ziemlich hysterisch sein konnte, hatte ich ihn doch gern.« Wieder beugte er sich vor. »Bitte, Superintendant, es kann Connor doch nicht helfen, diese alte Geschichte wieder aufzurühren. Können wir das meiner Frau nicht ersparen?«

»Sir Gerald –«

Die Wohnzimmertür öffnete sich. Caroline trat ein, gefolgt von Julia. »Ist das ein Wetter!« sagte Caroline und schüttelte ihr dunkles Haar, so daß feine Wassertröpfchen nach allen Seiten flogen. »Guten Abend, Superintendent. Sergeant. Plummy kommt gleich mit dem Tee. Den können wir alle gebrauchen, denke ich.« Sie schlüpfte aus ihrer Lederjacke und warf sie mit dem Futter nach außen über die Rückenlehne des Sofas, ehe sie sich neben ihren Mann setzte. Die hellrote Seide des Jackenfutters glänzte wie frisches Blut im Schein des Feuers.

Kincaid sah Julia in die Augen und gewahrte Freude, die mit einer gewissen mißtrauischen Wachsamkeit gemischt war. Es war das ersten Mal, daß er Julia Seite an Seite mit ihrer Mutter sah, und er staunte über diese Kombination von Ähnlichkeit und Gegensätzlichkeit. Sie wirkte wie eine zartere, geschliffenere Nachbildung ihrer Mutter, mit dem herzlichen Lächeln ihres Vaters. Und obwohl sie sich nach außen so stark und unnahbar gab, war ihr Gesicht für ihn so leicht zu lesen wie sein eigenes, während er das ihrer Mutter unergründlich fand.

»Wir waren in der Kirche in Fingest«, berichtete Julia, sich an ihn richtend, als wäre sonst niemand im Zimmer. »Cons Mutter hätte auf einem katholischen Begräbnis mit allen Schikanen bestanden, aber Con hatte dafür überhaupt keinen Sinn. Darum möchte ich das tun, was mir für ihn das Richtige zu sein scheint.« Sie ging durch das Zimmer zum Kamin und streckte ihre Hände zum Feuer. »Ich bin mit dem Pastor über den ganzen Friedhof gegangen und habe einen Platz ganz in der Nähe von Mattys Grab ausgesucht. Vielleicht gefällt es ihnen, Nachbarn zu sein.«

»Julia, sei nicht so schnoddrig«, sagte Caroline scharf. Sich Kincaid zuwendend, fügte sie hinzu: »Was verschafft uns das Vergnügen Ihres Besuchs, Superintendent?«

»Ich habe eben Sir Gerald erklärt —«

Wieder ging die Tür auf, als Vivian Plumley mit dem vollbeladenen Teetablett eintrat. Julia eilte sofort zu ihr, um ihr zu helfen, und gemeinsam deckten sie den niedrigen Tisch vor dem Feuer.

»Mr. Kincaid, Sergeant James!« Plummy lächelte Gemma zu. Sie schien ehrlich erfreut, sie zu sehen. »Ich habe extra etwas mehr gemacht, für den Fall, daß Sie wieder einmal nicht ordentlich zu Mittag gegessen haben.« Sie schenkte den Tee ein, in zarte Porzellantassen diesmal, nicht in rustikale Keramiktassen, die in der Küche benutzt wurden.

Kincaid lehnte das angebotene frisch geröstete Brot ab und nahm nur mit Widerstreben eine Tasse Tee. Er sah Gerald Asherton an. »Es tut mir leid, Sir, aber wir müssen fortfahren.«

»Fortfahren? Womit denn, Mr. Kincaid?« fragte Caroline. Mit ihrer Tasse kehrte sie zum Sofa zurück und setzte sich auf die Armlehne. Es sah aus, als schwebte sie beschützerisch über ihrem Mann.

Kincaid trank einen Schluck Tee. »An dem Abend, an dem Ihr Schwiegersohn ums Leben kam, hat Tommy Godwin Ihren Mann in seiner Garderobe im Coliseum besucht, Dame Caroline. Er berichtete Ihrem Mann von einem sehr unerfreulichen Zusammentreffen, das er kurz zuvor mit Ihrem Schwiegersohn gehabt hatte. Obwohl Ihr Schwiegersohn angetrunken war und sich nicht unbedingt klar ausdrückte, stellte sich schließlich heraus, daß er die Wahrheit über Matthews Herkunft entdeckt hatte und nun drohte, sein Wissen publik zu machen.« Kincaid machte eine kurze Pause und beobachtete die Gesichter. »Connor Swann hatte entdeckt, daß Matthew der Sohn Tommy Godwins war und nicht der Ihres Mannes.«

Gerald Asherton sank wieder mit geschlossenen Augen in die Polster.

»Tommy und Mama?« sagte Julia. »Aber dann war Matty ja –« Sie brach ab. Ihre Augen waren groß und dunkel vor Schock. Kincaid wünschte, er könnte es ihr irgendwie leichter machen, sie trösten wie am Abend zuvor.

Auch Vivian Plumley beobachtete Gerald und Caroline, und Kincaid sah in ihr die ständige Beobachterin, immer an der Peripherie der Familie, jedoch niemals Teilhaberin an ihren tiefsten Geheimnissen. Sie nickte nur einmal mit geschlossenen

Lippen, aber Kincaid konnte ihrem Gesicht nicht entnehmen, ob sie Bekümmerung oder Genugtuung empfand.

»Was für ein bodenloser Unsinn, Superintendent!« sagte Caroline scharf. Sie legte ihrem Mann leicht ihre Hand auf die Schulter. »Das lasse ich mir nicht bieten. Sie haben nicht nur die Grenzen des guten Geschmacks überschritten, sondern –«

»Es tut mir leid, Ihnen Unannehmlichkeiten bereiten zu müssen, Dame Caroline, aber es läßt sich nicht ändern. – Sir Gerald, würden Sie mir bitte genau sagen, was Sie an dem Abend, nachdem Mr. Godwin gegangen war, taten?«

Gerald Asherton berührte die Hand seiner Frau. »Es ist schon in Ordnung, Caro. Beunruhige dich nicht.« Er richtete sich auf und beugte sich ein wenig nach vorn. »Es gibt gar nicht viel zu erzählen. Ich hatte mit Tommy einen steifen Whisky getrunken und trank weiter, nachdem er gegangen war. Als ich schließlich aus dem Theater wegging, war ich bei weitem nicht mehr nüchtern. Ich hätte in dem Zustand natürlich nicht Auto fahren sollen, das war leichtsinnig von mir, aber ich bin ohne Zwischenfall nach Hause gekommen.« Er lächelte. »Das heißt, beinahe ohne Zwischenfall. Ich hatte ein kleines Rencontre mit dem Wagen meiner Frau, als ich parken wollte. Anscheinend hat mich mein Gedächtnis getäuscht; ich hatte ihn etwa einen Viertelmeter weiter rechts erwartet, und habe etwas Lack mitgenommen. Es muß fast eins gewesen sein, als ich nach oben ging. Meine Frau schlief schon. Ich wußte, daß Julia noch aus war, da ich ihren Wagen nicht in der Auffahrt gesehen hatte. Aber für sie gibt es ja schon lange keine Polizeistunde mehr.« Er warf seiner Tochter einen liebevollen Blick zu.

»Aber ich dachte, ich hätte dich gegen Mitternacht kommen gehört«, sagte Plummy. Sie schüttelte den Kopf. »Ich hab nur kurz die Augen aufgemacht und zu meinem Wecker geblinzelt – vielleicht habe ich mich vertan.«

Caroline glitt von der Armlehne des Sofas und stellte sich vor den Kamin. »Ich verstehe wirklich nicht, was das soll, Superintendent. Ich sehe nicht ein, warum wir uns hier einem Verhör faschistischer Manier unterwerfen sollen, nur weil Connor offensichtlich nicht bei Besinnung war. Wir haben das alles bereits einmal durchgesprochen – das sollte doch wohl genug sein. Ihnen ist hoffentlich klar, daß Ihr *Assistant Commissioner* von Ihrem willkürlichen Verhalten hören wird.«

Die Hände auf dem Rücken, die Beine leicht gespreizt, stand sie da. In dem schwarzen Rollkragenpullover und der schmalen Hose, zu der sie schwarze Stiefel aus weichem Leder trug, sah sie aus, als spielte sie eine Hosenrolle in einer Oper. Mit dem kinnlangen Haar und in diesem Anzug hätte man sie leicht für einen Jungen an der Schwelle zum Mannesalter halten können. Ihr Gesicht war ein wenig erhitzt, wie sich das für einen Helden oder eine Heldin unter erregenden Umständen gehört, doch ihre Stimme war wie immer absolut kontrolliert.

»Dame Caroline«, entgegnete Kincaid, »Connor Swann war vielleicht erregt und aufgewühlt, aber er hat die Wahrheit gesagt. Mr. Godwin hat es bestätigt, genau wie Ihr Mann. Ich denke, es ist an der Zeit –« Aus dem Augenwinkel gewahrte er eine Bewegung. Carolines Jacke glitt raschelnd von der Sofalehne auf das Polster, das schwarze Leder so geschmeidig wie fließendes Wasser.

Ein merkwürdiges Gefühl überkam ihn, als wäre er plötzlich in einen Tunnel gesogen worden, der alle Geräusche und Bilder verzerrte. Zwinkernd wandte er sich wieder Caroline zu. Man brauchte nur ein paar unbedeutende Details in dem Bild zu verschieben, und schon nahm es ein neues Muster an, das scharf und klar und absolut eindeutig ins Auge sprang. Er konnte es nicht glauben, daß er es nicht von Anfang an gesehen hatte.

Sie beobachteten ihn alle mit unterschiedlichen Graden von Besorgnis. Mit einem Lächeln zu Gemma, die wie erstarrt saß, stellte er seine leere Teetasse auf den Tisch. »Es war nicht die Türglocke, die Sie an dem Abend gehört haben, Mrs. Plumley. Es war das Telefon. Und Sie haben nicht Sir Gerald kurz nach Mitternacht nach Hause kommen gehört, sondern Dame Caroline.

Connor Swann hat kurz vor elf von seiner Wohnung aus diese Nummer hier angerufen. Ich halte es für wahrscheinlich, daß er Julia suchte. Aber statt Julia meldete sich Dame Caroline.« Kincaid stand auf und stellte sich an den Flügel, so daß er Caroline direkt ins Gesicht sehen konnte. »Er konnte der Versuchung nicht widerstehen, Sie zu quälen, nicht wahr, Dame Caroline? Denn Sie waren ja die Architektin des Betrugs, der ihn, wie er meinte, sein Glück gekostet hatte.

Sie glaubten, Sie könnten ihn beschwichtigen, ihn zur Vernunft bringen, darum vereinbarten Sie eine Zusammenkunft mit ihm. Aber Sie wollten auf keinen Fall einen großen Auftritt an einem öffentlichen Ort und schlugen deshalb einen Treffpunkt vor, wo Sie ganz allein mit ihm sein würden. Was wäre natürlicher gewesen, als die Hambleden-Schleuse, wo Sie mit Vorliebe spazierengehen?

Sie kleideten sich rasch an, wählten vermutlich etwas, wie Sie es heute tragen, und zogen Ihre Lederjacke über. Es war ein feuchter und kalter Abend, und vom Parkplatz bis zum Fluß ist es ein ganzes Stück Wegs. Sie gingen leise aus dem Haus, um Mrs. Plumley nicht zu wecken, und als Sie am Fluß waren, warteten sie am Wehr auf Connor.«

Er verlagerte sein Gewicht auf sein anderes Bein und schob eine Hand in die Hosentasche. Sie starrten ihn alle an wie gebannt. Julias Augen wirkten glasig; sie schien unfähig zu sein, einem zweiten Schock so bald nach dem ersten standzuhalten.

»Was ist dann geschehen, Dame Caroline?« fragte er. Sich mit geschlossenen Augen die Szene vorstellend, sprach er weiter. »Sie gingen zusammen am Wehr entlang. Sie stritten miteinander. Sie versuchten, vernünftig mit Connor zu sprechen, aber er wurde nur um so schwieriger. Sie erreichten die Schleuse und gingen über den Damm zur anderen Seite. Dort endet der betonierte Weg.« Er öffnete seine Augen wieder und sah Caroline in das unbewegte Gesicht. »Sie blieben mit Connor auf dem kleinen Betonvorplatz gleich oberhalb des Schleusentors stehen. Schlugen Sie ihm vor umzukehren? Doch da war Connor bereits völlig außer Kontrolle, und der Streit artete in –«

»Bitte, Superintendent«, unterbrach Gerald Asherton, »jetzt gehen Sie wirklich zu weit. Das ist doch absurd. Meine Frau könnte keinen Menschen töten. Sie ist schon körperlich gar nicht fähig dazu – Sie brauchen sie nur anzusehen. Und Con war über eins achtzig groß und kräftig –«

»Ihre Frau ist Schauspielerin, Sir Gerald, und hat es gelernt, ihren Körper auf der Bühne einzusetzen. Es kann etwas so Simples gewesen sein wie ein Schritt zur Seite, als er sie angriff. Wir werden das wohl nie mit Sicherheit wissen. Genau wie wir wahrscheinlich niemals wissen werden, wie Connor tatsächlich gestorben ist. Nach dem Obduktionsbefund halte ich es für wahrscheinlich, daß er einen Kehlkopfkrampf bekam – von dem Schock beim Sturz ins Wasser – und erstickte, ohne daß Wasser in seine Lunge gelangte.

Wir wissen aber mit Sicherheit«, sagte er, seinen Blick wieder auf Caroline richtend, »daß Hilfe in der Nähe war. Keine fünfzig Meter entfernt. Der Schleusenwärter war zu Hause, er verfügte über das nötige Gerät und die Erfahrung. Und selbst wenn er nicht zu erreichen gewesen wäre – am anderen Ufer, nur ein kleines Stück flußaufwärts, stehen Häuser.

Ob Connor Swanns Sturz in den Fluß nun ein Unfall war, ob Sie ihn in Notwehr oder mit Vorsatz hineingestoßen haben, die Tatsache bleibt bestehen, daß Sie schuldig sind, Dame Caroline. Sie hätten ihn retten können. Haben Sie gewartet, ob er wieder auftaucht? Als er nicht wieder auftauchte, sind Sie gegangen. Sie sind nach Hause gefahren und haben sich in Ihr Bett gelegt, wo Ihr Mann Sie später friedlich schlafend vorfand. Sie waren nur etwas erregter, als Sie geglaubt hatten, und stellten Ihren Wagen nicht wieder genau an der Stelle ab, an der er vorher gestanden hatte.«

Caroline lächelte. »Das ist eine ausgesprochen unterhaltsame Geschichte, Mr. Kincaid. Ich bin sicher, der *Chief Constable* und Ihr *Assistant Commissioner* werden sie ebenfalls höchst amüsant finden. Sie haben keinerlei Beweise, dafür aber eine blühende Phantasie.«

»Das mag wahr sein, Dame Caroline. Wir werden jedoch Ihren Wagen und Ihre Kleider von unseren Experten untersuchen lassen, und es gibt immerhin eine Zeugin, die einen Mann und, wie sie glaubte, einen Jungen in einer Lederjacke auf dem Fußweg über das Wehr gesehen hat – sie wird Sie vielleicht bei einer Gegenüberstellung wiedererkennen.

Ob es uns nun gelingen wird oder nicht, genug Beweise zusammenzutragen, um Ihnen den Prozeß zu machen, wir alle, die wir heute hier sind, wissen die Wahrheit.«

»Die Wahrheit?« fragte Caroline und ließ es endlich zu, daß ihre Stimme zornig anschwoll. »Sie würden ja die Wahrheit nicht einmal erkennen, wenn sie Ihnen direkt vor Augen stünde, Mr. Kincaid. Die Wahrheit ist, daß diese Familie zusammenstehen wird, wie sie immer zusammengestanden hat, und Sie ihr nichts anhaben können. Sie sind verrückt zu glauben –«

»Aufhören! Hört sofort auf! Alle!« Julia sprang vom Sofa auf.

Totenblaß, die Hände zu Fäusten geballt, stand sie da. Sie zitterte am ganzen Körper. »Es reicht! Was bist du doch für eine Heuchlerin, Mama! Kein Wunder, daß Connor völlig außer sich war. Er hatte deinen ganzen Quatsch geschluckt, und von mir mußte er sich auch noch aufpacken lassen.« Sie machte eine Pause, um Luft zu holen, und sagte dann ruhiger: »Ich bin voller Selbsthaß aufgewachsen, weil ich irgendwie nie richtig in euren wunderbaren Kreis gepaßt habe. Ich glaubte, wenn ich nur anders wäre, besser, was auch immer das heißt, würdet ihr mich mehr lieben. Und dabei war alles nur Lüge. Die ganze heile Familie war nichts als Lüge. Ihr habt mir mein Leben kaputtgemacht, und Mattys hättet ihr auch kaputtgemacht, wenn ihr die Gelegenheit dazu gehabt hättet.«

»Julia, du darfst so was nicht sagen.« In Gerald Ashertons Stimme lag tiefe Qual. »Du hast nicht das Recht, Matthews Andenken in den Schmutz zu ziehen.«

»Sprich du mir nicht von Mattys Andenken. Ich bin die einzige hier, die wirklich um Matty getrauert hat, den kleinen Jungen, der frech und albern sein konnte und manchmal nachts bei Licht schlafen mußte, weil seine Träume ihm angst gemacht haben. Ihr habt nur ein Idealbild verloren.« Julias Blick flog zu Vivian Plumley, die kerzengerade und ohne eine Bewegung auf ihrem Platz saß. »Entschuldige, Plummy, das ist dir gegenüber nicht fair. Du hast ihn auch geliebt – du hast uns beide geliebt, so wie wir waren.

Und Tommy – so krank ich damals war, ich erinnere mich noch genau, wie er hierher kam, und jetzt kann ich verstehen, was ich damals nur fühlte. Er hat bei mir gesessen und versucht, mich zu trösten, so gut er konnte, aber du warst die einzige, die *ihn* hätte trösten können, Mama, und du hast dich geweigert, ihn zu sehen. Du warst zu sehr damit beschäftigt, die tragische Heldin zu spielen. Er hätte Besseres verdient gehabt.«

Mit zwei blitzschnellen Schritten überbrückte Caroline den Raum, der sie von Julia trennte. Sie hob die offene Hand und schlug ihre Tochter ins Gesicht. »Untersteh dich, so mit mir zu sprechen. Du weißt gar nichts. Du machst dich nur lächerlich mit dieser überdrehten Szene. Du machst uns alle lächerlich, und das lasse ich mir in meinem Haus nicht bieten.«

Julia wich nicht zurück. Obwohl ihr die Tränen in die Augen sprangen, sagte sie nichts und hob auch nicht die Hand, um die weiße Stelle an ihrer Wange zu berühren.

Vivian Plumley ging zu ihr und legte ihr behutsam den Arm um die Schultern. Sie sagte: »Vielleicht war es an der Zeit, daß endlich jemand eine Szene macht, Caro. Wer weiß, was hätte vermieden werden können, wenn diese Dinge schon vor langer Zeit einmal ausgesprochen worden wären.«

Caroline trat zurück. »Ich wollte dich nur schützen, Julia. Immer. Und dich, Gerald«, fügte sie hinzu, sich ihrem Mann zuwendend.

Müde sagte Julia: »Du hast dich selbst geschützt, von Anfang an.«

»Es war doch alles gut, so wie es war«, sagte Caroline. »Warum sollte sich etwas ändern?«

»Es ist zu spät, Mama«, entgegnete Julia, und Kincaid hörte eine unerwartete Schwingung des Mitleids. »Siehst du das denn nicht?«

Mit flehender Geste trat Caroline zu ihrem Mann. »Gerald —«

Er sah weg.

In der folgenden Stille peitschte ein Windstoß prasselnden Regen an das Fenster, und das Feuer flackerte. Kincaid sah Gemma an. Er nickte kaum merklich, und sie verließ ihren Platz, um sich neben ihn zu stellen.

»Es tut mir leid, Dame Caroline«, sagte er, »aber ich muß Sie bitten, mit uns nach High Wycombe zu kommen und Ihre Aussage zu Protokoll zu geben. Sie können in Ihrem eigenen Wagen mitkommen, wenn Sie möchten, Sir Gerald, und auf Ihre Frau warten.«

Julia sah ihre Eltern an. Welches Urteil würde sie über sie sprechen, fragte sich Kincaid, jetzt, da sie sich als nur allzu fehlbare menschliche Wesen gezeigt hatten?

Zum erstenmal griff Julia sich an ihre Wange. Sie ging zu ihrem Vater und berührte flüchtig seinen Arm. »Ich warte hier auf dich, Daddy«, sagte sie. Dann wandte sie sich ab und ging ohne einen Blick zu ihrer Mutter aus dem Zimmer.

Als sie in High Wycombe angerufen und das Nötige veranlaßt hatten, entschuldigte sich Kincaid und verließ das Wohnzimmer. Oben, im zweiten Stockwerk angekommen, blieb er einen Moment stehen, um Atem zu holen, dann klopfte er leicht an die Tür zu Julias Atelier und öffnete sie.

Julia stand in der Mitte des Raums. Sie hielt einen offenen Karton in den Armen und sah sich suchend um. »Plummy hat aufgeräumt«, sagte sie, als er hereinkam.

Der Raum wirkte in der Tat ungewöhnlich sauber und so steril, als hätte die Entfernung von Julias Dingen ihn aller Lebendigkeit beraubt.

»Es ist eigentlich nichts mehr hier, was ich brauche. Ich wollte mich wohl nur verabschieden.« Mit einer Kopfbewegung beschrieb sie den Raum. »Ich werde nicht wieder hierherkommen. Jedenfalls nicht so wie früher. Das hier war der Zufluchtsort eines Kindes.«

»Ja«, sagte Kincaid. Sie würde jetzt weitergehen, ihr Leben selbst bestimmen. »Und du wirst zurechtkommen.«

»Ich weiß.« Sie sahen einander an, und er wußte, daß er sie nicht wiedersehen würde, daß ihr Zusammenkommen seinen

Zweck erfüllt hatte. Auch er würde weitergehen, sich vielleicht ein Beispiel an Gemma nehmen – sie war ebenso verletzt worden wie er, aber sie hatte in der praktischen Art, die er so an ihr bewunderte, das Gewesene hinter sich gelassen.

Nach einer kleinen Pause sagte Julia: »Was geschieht jetzt mit meiner Mutter?«

»Das weiß ich nicht. Das hängt davon ab, was die Spurensicherung findet. Aber selbst wenn wir halbwegs konkrete Beweise sichern sollten, wird wohl nicht mehr herauskommen als fahrlässige Tötung.«

Sie nickte.

So dicht unter dem Dach hörten sie deutlich das Geräusch des Regens, der auf das Haus fiel, und der Wind rüttelte an den Fenstern wie ein wildes Tier, das Einlaß sucht.

»Es tut mir leid, Julia.«

»Das sollte es nicht. Du hast nur deine Arbeit getan und nach bestem Gewissen gehandelt. Du konntest nicht deine Integrität aufgeben, um mich oder meine Eltern zu schützen. Von diesem sogenannten Schutz haben wir hier genug gehabt«, sagte sie entschieden. »Tut dir auch leid, was zwischen uns war?« fragte sie mit dem Anflug eines Lächelns.

Tat es ihm leid? Zehn Jahre lang hatte er seine Gefühle unter sicherer und strenger Kontrolle gehalten, bis er beinahe vergessen hatte, wie es war, sich einem anderen Menschen zu öffnen. Julia hatte ihn gezwungen, sich selbst im Spiegel ihrer Isoliertheit zu sehen, und was er gesehen hatte, hatte ihm angst gemacht. Jenseits des Erschreckens jedoch verspürte er ein neues und unerwartetes Gefühl von Freiheit, ja, von Erwartung.

Er erwiderte ihr Lächeln. »Nein.«

16

»Wir hätten den Midget nehmen sollen«, sagte Kincaid gereizt, als Gemma den Escort vor seinem Haus in der Carlingford Road anhielt.

»Sie wissen doch so gut wie ich, daß das verdammte Ding nicht wasserdicht ist«, entgegnete sie mit zornigem Blick.

Sie war so wütend und durchnäßt wie eine Katze, die man gegen ihren Willen ins Wasser geworfen hat, und ihm ging es nicht viel anders. Fasziniert sah sie zu, wie aus seinem feuchten Haar ein Wasserbächlein seine Stirn hinunterrann.

Er wischte es mit dem Handrücken weg und fing plötzlich an zu lachen. »Mein Gott, Gemma, wie wir aussehen! Sie können wirklich unglaublich stur sein.«

Nach einer, wie es schien, endlosen Sitzung in High Wycombe hatten sie endlich die Rückfahrt nach London angetreten und prompt mitten auf der M 40 eine Reifenpanne gehabt. Gemma war an den Straßenrand gefahren und in den strömenden Regen hinausgestürzt, um den Reifen zu wechseln. Jede Hilfe von ihm hatte sie abgelehnt. Er hatte im Regen gestanden und mit ihr gestritten, während sie arbeitete, und am Ende waren sie beide bis auf die Haut durchnäßt gewesen.

»Es ist zu spät, um Toby heute abend noch abzuholen«, sagte er. »Kommen Sie mit rein und ziehen Sie was Trockenes von mir an, ehe Sie sich den Tod holen. Und etwas zu essen wäre auch nicht schlecht. Bitte, kommen Sie doch.«

»Na schön«, sagte sie nach einem Moment des Zögerns, doch die Worte klangen widerwillig und verdrossen, obwohl das nicht ihre Absicht gewesen war. Ihre schlechte Laune schien außer Kontrolle geraten zu sein, und sie wußte nicht, wie sie sie bändigen sollte.

Sie nahmen gar nicht erst einen Schirm, als sie über die Straße zum Haus liefen, sie waren ja sowieso schon bis auf die Haut naß, und die Regentropfen stachen wie Nadeln auf ihrer Haut.

In der Wohnung ging Kincaid, eine Wasserspur über den Teppich ziehend, sofort in die Küche. Er holte eine bereits offene Flasche Weißwein aus dem Kühlschrank und goß zwei Gläser ein. »Fangen Sie erst mal damit an«, sagte er, als er ihr eines reichte. »Das wärmt Sie von innen. Tut mir leid, aber was Stärkeres habe ich nicht da. Und inzwischen hole ich Ihnen trockene Sachen.«

Mit dem Glas in der Hand blieb sie im Wohnzimmer stehen. Sie war zu naß, sich zu setzen, zu erschöpft, um sich mit ihren Gefühlen auseinanderzusetzen. War sie Julias wegen auf ihn böse? Sie hatte eine Nähe zwischen ihnen gespürt, ein Einverständnis, das sie ausschloß, und die Heftigkeit ihrer Reaktion bestürzte sie.

Sie kostete von dem Wein und trank dann das halbe Glas. Kühl in ihrem Mund, schien er doch eine gewisse Wärme in ihrem Körper zu verbreiten.

Oder war sie wütend auf Caroline Stowe, die sie getäuscht hatte, und ließ nun ihren Zorn an Kincaid aus, weil er gerade in der Nähe war?

Vielleicht war es nur die ganze Sinnlosigkeit, die ihr so stark zusetzte, daß sie am liebsten alles hingeschmissen hätte.

Sid erhob sich von seinem gemütlichen Schlummerplätzchen auf dem Sofa, streckte sich ausgiebig und kam zu ihr. Mit schlankem Körper strich er ihr um die Beine und drückte seinen Kopf an ihre Waden. Sie bückte sich, um ihn unter dem Kinn zu kraulen, und spürte, wie sein Hals unter ihren Fingerspitzen zu vibrieren begann.

»Hallo, Sid. Du hast es gut – schön warm und trocken. Glück muß man haben.«

Sie sah sich in dem vertrauten Zimmer um. Das Licht der Lampen, die Kincaid angeknipst hatte, tauchte es in einen warmen gelblichen Schein, der die Sammlung bunter London-Transport-Poster beleuchtete. Auf dem Couchtisch lag neben einer leeren Kaffeetasse ein unordentlicher Bücherstapel, auf dem Sofa eine zusammengeschobene Wolldecke. Gemma verspürte einen Stich sehnsüchtigen Verlangens. Sie hätte sich so gern hier zu Hause gefühlt, sicher und geborgen.

»Mit Unterwäsche kann ich leider nicht dienen«, sagte Kincaid, als er mit einem Stoß gefalteter Kleider und einem weichen Badetuch aus dem Schlafzimmer zurückkam. »Da müssen Sie sich was einfallen lassen.« Er legte Jeans und Sweatshirt auf das Sofa und legte ihr das Badetuch um die Schultern. »Ach, und Socken. Ich hab die Socken vergessen.«

Gemma wischte sich das Gesicht mit einem Zipfel des Badetuchs und versuchte, ihren durchweichten Zopf aufzumachen. Ihre Finger waren vor Kälte so steif, daß ihr Bemühen umsonst war. Tränen des Zorns brannten hinter ihren Lidern.

»Warten Sie, ich helfe Ihnen«, sagte er liebevoll. Er drehte sie herum und löste geschickt den dicken Zopf. Mit den Fingern kämmte er das lockige Haar aus. »So.« Wieder drehte er sie herum und rubbelte ihr den Kopf mit dem Badetuch. Seine Haut roch warm und feucht.

Die Berührung seiner Hände an ihrem Kopf schien alle ihre Barrieren einzureißen. Sie merkte, wie ihre Beine weich und schlaff wurden, als könnten sie ihr Gewicht nicht länger tragen. Sie schloß erschöpft die Augen und dachte, zuviel Wein, zu schnell getrunken, aber das Gefühl der Schwäche ging nicht vorüber. Sie hob den Arm und legte ihre Hand über die seine.

Er hörte auf, ihr Haar zu frottieren, und sah sie besorgt an. »Tut mir leid«, sagte er. »Hab ich zu fest gerubbelt?«

Als sie den Kopf schüttelte, ließ er das Tuch zu ihren Schultern hinuntergleiten und begann behutsam ihren Hals und ihren Hinterkopf abzureiben. Sie mußte plötzlich an Rob denken – er hatte sich nie so um sie gekümmert. Niemand hatte sich je so liebevoll um sie gekümmert. Und niemals hatte sie mit der unwiderstehlichen Macht der Zärtlichkeit gerechnet.

Unter dem leichten Druck seiner Hand in ihrem Nacken stolperte sie einen Schritt vorwärts, und einen Moment benahm es ihr den Atem, als er mit seinem Körper ihre eiskalten Sachen an ihre Haut drückte. Sie hob ihr Gesicht, und wie von selbst umfaßte ihre Hand seinen Kopf und zog ihn zu ihr hinunter.

Verschlafen richtete sich Gemma auf und sah auf einen Ellbogen gestützt zu ihm hinunter. Sie hatte ihn noch nie schlafend gesehen. Sein entspanntes Gesicht wirkte jünger, weicher, und der Kranz seiner Wimpern warf dunkle Schatten auf seine Wangen. Seine Lider flatterten einen Moment, als träumte er, und die Winkel seines Mundes hoben sich in der Andeutung eines Lächelns.

Sie hob die Hand, um ihm das wirre braune Haar aus der Stirn zu streichen, und erstarrte. Bei dieser kleinen Geste intimer Vertrautheit wurde ihr plötzlich bewußt, wie absurd, wie unmöglich das war, was sie getan hatte.

Sie zog ihre Hand zurück, als hätte sie einen Schlag empfangen. Lieber Gott, was habe ich mir dabei gedacht? Was, um alles in der Welt, ist in mich gefahren? Wie sollte sie ihm am Morgen gegenübertreten und »Ja, Chef, nein, Chef, in Ordnung, Chef« sagen, als wäre nichts zwischen ihnen gewesen?

Mit wild klopfendem Herzen glitt sie vorsichtig aus dem Bett. Sie hatten Häufchen feuchter Kleider im ganzen Schlafzimmer hinterlassen, und als sie jetzt ihre Sachen aus dem

Durcheinander heraussuchte, schossen ihr die Tränen in die Augen. Verdammt noch mal, schimpfte sie lautlos. Du dumme Gans. Sie weinte niemals. Nicht einmal als Rob sie verlassen hatte, hatte sie geweint. Fröstelnd schlüpfte sie in ihr feuchtes Höschen, zog sich den nassen Pullover über den Kopf.

Sie hatte genau das getan, was sie sich niemals zu tun geschworen hatte. So hart sie gearbeitet hatte, um sich ihre Position zu verdienen, als gleichwertig betrachtet zu werden, als Kollegin – sie war nicht besser als jedes Flittchen, das seinen Weg durch die Betten machte. Plötzlicher Schwindel überfiel sie, als sie in ihren Rock stieg, und sie schwankte.

Was sollte sie jetzt tun? Um eine Versetzung bitten? Alle würden sofort wissen, warum – ebensogut hätte sie sich ein Schild umhängen können. Kündigen? Ihre Träume aufgeben, alles, was sie sich hart erarbeitet hatte, wegwerfen? Wie sollte sie das ertragen? Oh, an Teilnahme und plausiblen Entschuldigungen würde es nicht fehlen – zu anstrengend für eine alleinerziehende Mutter, die Notwendigkeit, mehr Zeit mit ihrem Sohn zu verbringen –, aber sie würde immer um ihr Versagen wissen.

Kincaid drehte sich herum und zog einen Arm unter der Decke hervor. Sie sah zu ihm hinunter und versuchte, sich den Bogen seiner Schulter, den Schwung seiner Wange für immer einzuprägen. Sehnsucht und Verlangen wurden so heftig, daß sie sich aus Angst vor ihrer Schwäche abwenden mußte.

Im Wohnzimmer zwängte sie ihre nackten Füße in die nassen Schuhe und nahm Mantel und Handtasche. Die Jeans und das Sweatshirt, die er ihr gebracht hatte, lagen immer noch ordentlich gefaltet auf dem Sofa, und das Badetuch, mit dem er ihr Haar getrocknet hatte, lag in einem Häufchen auf dem Boden. Sie hob es auf und hielt es an ihre Wange, es schien ihr ganz schwach nach seiner Rasierseife zu riechen. Mit übertriebener Sorgfalt faltete sie es und legte es neben die Kleidungsstücke, dann ging sie leise aus der Wohnung.

Als sie zur Haustür kam, sah sie, daß es immer noch in Strömen regnete. Einen Moment blieb sie stehen und starrte in das nasse Grau. Ihre rebellische Phantasie zeigte ihr ein Bild von ihr, wie sie die Treppe wieder hinaufrannte, in seine Wohnung trat, ihre Kleider abwarf und neben ihm ins Bett glitt.

Sie stieß die Tür auf, trat langsam in den Regen hinaus und überquerte, gleichgültig gegen den Regen, die Straße. Der Anblick ihres Wagens hatte beinahe etwas Tröstliches. Wie blind sperrte sie auf, öffnete die Tür und ließ sich in den Sitz fallen. Sie wischte sich das nasse Gesicht mit den Händen ab und ließ den Motor an.

Laute Radiomusik plärrte ihr ins Gesicht, doch anstatt den Apparat auszuschalten, schob sie beinahe automatisch eine Kassette in den Recorder. Caroline Stowes Stimme füllte den Wagen – Violetta, die ihre letzte Arie sang, in der sie um Leben flehte, um Liebe, um die Kraft, an ihrem mutigen Entschluß festzuhalten.

Gemma legte ihren Kopf auf das Lenkrad und weinte.

Nach einer Weile trocknete sie sich das Gesicht mit einem Papiertaschentuch und legte den ersten Gang ein. Als die Musik endete, war nur noch das Trommeln des Regens auf dem Wagen zu hören.

Das leise Geräusch der zufallenden Tür durchdrang Kincaids Schlaf. Einen Augenblick wurde er wach, doch dann zog der Schlaf ihn wieder in seine wohligen Tiefen. Sein Körper war wie Watte, und seine Lider schienen ihm sehr schwer. Er zog den entblößten Arm unter die Decke und fühlte plötzlich das Laken neben sich leer und kühl. Gemma. Sie war wahrscheinlich in die Toilette gegangen – oder vielleicht in die Küche, um sich ein Glas Wasser zu holen.

Er lächelte ein wenig über seine eigene Dummheit. Was er begehrte, was er brauchte, hatte er die ganze Zeit direkt vor der Nase gehabt, und er war zu blind gewesen, um es zu sehen. Aber jetzt, jetzt hatte sein Leben die Erfüllung gefunden, und er stellte sich den Ablauf ihrer gemeinsamen Tage vor. Arbeit, dann nach Hause, und am Ende des Tages würde er neben ihr Wärme und Geborgenheit finden.

Kincaid streckte seinen Arm über das Kissen, um sie zu umfangen, wenn sie zurückkehrte. Der Regen trommelte in eintönigem Rhythmus ans Fenster, Kontrapunkt zu der Wärme und Behaglichkeit im Zimmer. Mit einem wohligen Seufzer überließ Kincaid sich wieder dem Schlaf.

DANKSAGUNG

Bedanken möchte ich mich bei Stephanie Woolley aus Taos, New Mexico, deren wundervolle Aquarelle mir als Vorlage für Julias Porträts dienten. Außerdem gilt mein Dank Brian Coventry, Schneidermeister am Lilian Baylis House, der sich trotz eines extrem engen Terminplans die Zeit genommen hat, mir LB House zu zeigen und mich in die Geheimnisse der Kostümschneiderei einzuführen. Des weiteren bedanke ich mich bei Caroline Grummond, Assistentin des Orchestermanagers an der English National Opera, die so freundlich war, mich einen Blick vor und hinter die Kulissen des Coliseums werfen zu lassen.

Meine Agentin Nancy Yost und meine Lektorin Susanne Kirk standen mir auch diesmal wieder mit fachmännischen Ratschlägen zur Seite. Aufrichtiger Dank geht auch – wie stets – an das EOTNWG für die Durchsicht des Manuskripts.

Zuletzt möchte ich mich bei meiner Tochter Katie bedanken, durch deren Unterstützung der Haushalt reibungslos funktioniert hat, und bei meinem Mann Rick Wilson, dessen Geduld und Beistand mir eine unverzichtbare Stütze waren.